土司大传

北方联合出版传媒(集团)股份有限公司
春风文艺出版社
·沈阳·

图书在版编目（CIP）数据

土司大传 / 莫永甫，莫立焕著. —沈阳：春风文艺出版社，2022.9
ISBN 978 - 7 - 5313 - 6313 - 2

Ⅰ. ①土… Ⅱ. ①莫… ②莫… Ⅲ. ①长篇小说—中国—当代 Ⅳ. ①I247.5

中国版本图书馆CIP数据核字（2022）第151078号

北方联合出版传媒（集团）股份有限公司
春风文艺出版社出版发行
http://www.chunfengwenyi.com
沈阳市和平区十一纬路25号　邮编：110003
辽宁新华印务有限公司印刷

责任编辑：韩　喆	责任校对：张华伟
封面设计：金石点点工作室	幅面尺寸：160mm × 230mm
字　　数：297千字	印　　张：22
版　　次：2022年9月第1版	印　　次：2022年9月第1次
书　　号：ISBN 978-7-5313-6313-2	定　　价：80.00元

版权专有　　侵权必究　举报电话：024-23284391
如有质量问题，请拨打电话：024-23284384

《土司大传》出版工作委员会

主　任： 莫军生　莫　羡
副主任： 莫柳生　莫小民　莫东烽
总策划： 莫仁丁　刘玉娟
委　员： 莫声光　莫崇台　莫海志　莫正果
　　　　　莫敬如　莫洪军　莫益标　莫黎元
　　　　　莫少仁　莫明远　莫又阳　莫宇琦

特别鸣谢

陈寿文　罗方贵　韦业猷　黄必林　李　勇
莫汉军　莫鸿魁　莫龙威　莫非凡　莫运华
莫　敏　莫贵良　莫　宁　莫小樯　莫冬生
莫军魁　莫茬惠　莫保治　莫景洪　莫转华
莫子耐　莫兴峰　莫仁锋　莫级宏　梁　良
莫　林　莫恩暖　莫肇琨　赵伟祥　莫永强
莫福建

序言

明初，广西大地兵连祸结，所属忻城县因无效的流官治理匪患常发、动荡无端。曾任元朝千户的莫保被上司起用，平寇灭乱，数次挽救忻城危机。后代踏着莫保的足迹，带领莫家军为朝廷四处征战，百战家族成为护卫粤西平安的重要力量。忻城因而成为粤西重镇，并成为有效管理的典范上达天听。

1496年，忻城推行了100余年的流官制突然改变为土司制，莫保的后人成为治理忻城这方土地的主宰。

由土官治理代替流官治理，从治理文明的进程来说，是历史的倒退。可忻城莫氏土司，却把这辆历史的倒车开上了一个合理的道路，并持续了500年。能以一个相对落后的治理制度代替相对先进的治理制度，并获得卓越的治理成果，表现了忻城莫氏土司不凡的政治智慧。

历史上，很多土司叛服无常。覆巢之下岂有完卵，他们的行径给当地百姓造成无数的血腥惨剧。但忻城莫氏土司历经明清两朝，从没背叛过朝廷，给忻城百姓带来了最大的平安与福祉。

忻城土司的所作所为刷新了人们的历史认知：他们在忻城兴修道路，变天堑为通途，仅桥梁就建了数百座。为发展农业，他们带领百姓兴修水利。每到春播时节，莫氏土司就到各地去组织督促百姓展开农耕。1426年，忻城建立57年的公学因无人读书被撤拆，莫氏土司扛起

001

了兴教的大旗。公学被撤，他们自己建学馆，自己聘教师，还有土司把为何读书总结成《教士条规》公之于众。历任土司以"威振之余，泽以文教"为训，诗歌山水，文以观止，流风数百年，忻城被化育为文化的江山。

风流500年，历史成画卷。置身于忻城土司衙署，我们会看到，16岁的小土官莫凤，英姿飒爽，率军长途奔袭500里，一举斩杀数十个匪徒；七品知县却获得四品官衔的莫镇威，从战场归来，正带着民众修筑从忻城到思练的山道，山顶的罡风将他的头发吹得乱如飘蓬；史学功底深厚的莫景隆正在衙署伏案撰写《庆远府志》；最后的武者莫荣昌站在两个隘口中间的山头，面对土匪潮水般的进攻，稳如磐石。

一代一代胸怀家国的土官，带着壮族的文化洪流，汇融到中华文化的大潮中，给后世留下了民族文化融合的生动范本。

数十万文字编织的文学花篮，盛不了莫氏家族500年的历史辉煌。只愿这段既是家族的也是民族的，既是边疆史也是文化史的历史涛声轰鸣如故，流响后世。

是为序。

2021年6月3日

目录 Contents

第一章：莫家的天命

风雨如磐	004
夜　袭	009
家族符咒	014
蓝不离莫	019
智息干戈	031
英雄远去	035
处低谷仍守本分	042
一救忻城	046

第二章：乱世砥柱

蛮刀蛮腰蛮音柔	058
狼兵战队	064
二救忻城	071
对歌三月三	074
追随山云摧阵破寨	080
忻城，危矣	084
三救忻城	088

第三章：性命服从"皇命"

八年世袭路	100
莫家的根基	105
异禀少年	111
非凡亮相	116

少年的忧思　　　　　　　125
少年领军袭杀500里　　　129
战　殇　　　　　　　　　147

第四章：点亮人文光芒
独掌忻城县事　　　　　　150
《官箴》，以忠立心　　　154
享受有度的制度设计　　　157
诗教肇始　　　　　　　　160
文化之灯　　　　　　　　163

第五章：战将莫镇威
木万壮行　　　　　　　　168
罗家有女初长成　　　　　172
桂溪万人斩　　　　　　　180
初战，名扬簪花顶　　　　189
范团暗流　　　　　　　　206
睦族匪王的家族使命　　　221
再战八寨，领赏皇城　　　225

第六章：胸怀千秋
穿越时空的建筑经典　　　234
重塑忻城地理格局　　　　238
农亭遗爱　　　　　　　　242

第七章：血溅土司府
灭门之祸　　　　　　　　246
制度缺陷　　　　　　　　251
谋杀起于谣言　　　　　　253
第二次灭门之祸　　　　　255
绝地反转，莫恩胜出局　　257

《刘三姐》中的"莫老爷"　259

第八章：天佑莫宗诏
奶娘义救三岁孩　264
请兵南丹报血仇　268
"宗诏之运"　275
劫波度尽兄弟散　278

第九章：文化融合成大势
恩怨难断　280
弦歌声响扫蛮烟　288
史笔纵横写千年　301
蛮荒之地变文物之邦　305
最后的武者　311

附文
历任土官　326
后记　337

"1368年,朱元璋意气风发。他完成了一个惊世骇俗的逆袭,从一个六线小镇的打工青年,一跃而成为明帝国的掌舵人。这样的奇人奇事,翻遍史书,四五千年来,不过二三人。"

1370年,广西八仙屯千户莫保不幸从轰隆声中疾驶而过的历史车辆上摔落,遗落忻城板县,千户变身成一个地道的农民。莫保的逆袭是一个漫长的过程,经过120年、六代人坚韧不拔的奋斗,由世袭到独掌忻城县事,创造了跨越明清两代500年的世袭历史,把蛮荒之地变成文明之邦。

绵延500年的创业家族,翻遍史书,殊为罕见。

——引言

第一章 莫家的天命

1368年的夏季，广西大地风云激荡，烽火连天。

刚登基的大明皇帝朱元璋，调动两路大军，向广西席卷而来。

一路在湖广行省平章政事杨璟的指挥下，从湖南攻击而来，势如破竹，克全州，进抵桂林。

一路在征南将军廖永忠、参政朱亮祖率领下，自广东进取广西，先后攻占梧州、藤州、郁林、浔州、贵州、容州、南宁等地后，与杨璟所率部会师桂林城下。

8月，攻占桂林，俘元朝广西行中书省平章政事也儿吉尼。

军威过处，八桂大地战栗。各地的官吏，均已读出形势：王朝易主，江山变色已是不可逆的历史潮流。各地的官吏，左右江一带的土官纷纷前往明军大营，纳款输诚，好在新王朝的大树下乘凉。也有一些不识时务的土官，把历史大势看成乱世，欲借机抢掠劫夺，发乱世浑财。

风雨如磐

时近中午，远离桂林的庆远八仙屯忽闻疯狂的马蹄声敲打着官道，向八仙屯千户官衙飞奔而来。

近了，三匹黑色骏马从三个方向卷地而来。马上之人，身佩瑶刀。杀伤力十分强大的瑶刀，刀身四尺，刀把二尺，鞘内有一大一小两把刀。瑶刀来自瑶族，但经过改装后，大刀刀背更加宽厚，刀刃更加锋利；小刀更加小巧，突出了伏兵暗器的功用，常发挥临阵奇袭的效用。瑶族的佩刀，经此一改，成了八仙屯军士克敌制胜的大杀器。

佩刀如此显眼，斗笠更是五彩斑斓，艳丽夺目，制作心思之巧令人匪夷所思。斗笠之骨，采用的是庆远地区最坚致的铁力木。内外两层，采用的是鞯皮，即生牛皮经过多道工序加工而制成，刀难刺穿，火难烧毁，外层艳丽，内层黝黑。再经箍扎，内外鞯皮和中间的木骨，合为一体，坚固非常。头顶处，装有卯榫机关，插入配套的木棍，成为不怕刀砍火烧的盾牌。平时，取下配套的木棍，又成了防雨防晒的斗笠。如此斗笠，当然是八仙屯的招牌武器。

临近官衙，第一骑和第二骑收缰勒马，飞身而下，动作一气呵成。第三骑却突生变故，跑疯了的马，不听收缰的号令，仍犟着头往前狂奔。

突然，一黑影从官衙门口飞出，以八步赶蝉的功夫跃过马头，双手勒缰，一个千斤坠，疯奔的黑马止住了前奔的势头，借势掉头，缓缓地朝衙门走去。

飞身控马的人回到门口站定。三个骑手恭敬地喊道:"千户大人。"被称为千户大人的人,50多岁,中等个头,眼神沉郁,脸色刚毅,给人智慧和决断的印象。

千户者,莫保也,字裕定。广西忻城土司500年历史的奠基人。生于元朝末年,在风雨飘摇的动乱中,为了个人的前途和家族的命运,他毅然投军。在军旅生涯中,屡建奇功,因功晋升为千户,成为正五品官员。如此功业,凭的就是他过人的智慧和决断的才干。

明王朝大军分两路攻取八桂大地时,莫保正在宜州八仙屯做千户,率领一支元朝子民在此屯垦。

面临气势磅礴的新时代,个人命运难以自主抉择,审时度势才是上策。正是基于这样的想法,他才派出三个亲信到桂林、庆远府、南丹打探消息、搜集信息,然后谋定而动。

莫保冲三个亲信挥挥手,说:"回屋里说话。"莫保落座后,眼神扫过三人。

三人知道,该向千户回话了,但右边的两人却把目光瞄向了站在左边的这人。看这架势,左边这人一定是三人中的老大。

不错,左边这个高瘦清癯、脸如斧削的人叫蓝双玉。他不到30岁,是莫保手下的百户,机警干练,在莫保的屯军中素有威望。正因如此,在这次派出去打探消息的人中,蓝双玉被派去最远也最重要的静江,即今天的桂林。

蓝双玉跨前一步,双手一揖:"千户,部下静江一行,所获信息良多。经过多日梳理,总结出了最重要的三条信息:一是新王朝的兵威势不可当,元朝的大势已去;二是新王朝攻城略地之后,没有焚掠抢夺,而是以安抚、恢复地方秩序为主,一派新兴气象;三是新王朝对广西的地方势力,有个策略。"

莫保听到这，身子不由自主地直了起来。蓝双玉看到这举动，马上明白千户对这条信息的重视，清了清嗓子说道："新王朝对元朝存在于各地的旧势力，采取的策略，不是消灭，而是安抚和招安。"

莫保截住问："双玉，对此你还有具体信息吗？"

蓝双玉双手一揖，说道："千户，我还听说洪武皇帝要发布告于各地。"

说话间，蓝双玉从箭袋里取出一纸，递给座上的莫保，解释道："这是归附新王朝的名单。"莫保低头细看，太平府土官黄英衍、田州府土官岑伯颜已经遣使赍元印章拜谒明湖广行省平章政事杨璟，表示归附。

左右两江土官岑伯颜、岑汉忠、黄世铁、黄英衍、黄忽都、赵贴坚等人各自遣使向朝廷进贡马匹物品。朝廷诏改田州路、来安路、太平路、思明路为田州府、来安府、太平、思明府。以岑伯颜为田州府知府，岑汉忠为来安府知府，黄世铁为向武州知州，黄英衍为太平府知府，黄忽都为思明府知府，赵贴坚为龙州知州兼万户，皆许以世袭。

莫保看完，微微吐了一口气，身子往后靠在椅背上。蓝双玉又是双手一揖，往后退了一步，回归三人的行列。站在中间的韦天刚向前一步，双手一揖。

韦天刚，25岁，出身于武术世家，一身内外功夫好生了得，因某种机缘，被莫保聘来做武术教官。三人中，韦天刚排位老二。蓝双玉话音刚落，他立即双手一揖，上前说道："千户，部下到庆远府打探消息，打探的重点放在新成立的庆远府衙的官员对南丹溪峒安抚司的态度。他们的态度有两种，一种是借新王朝的大军兵威，挫挫南丹莫家的傲气；一种是要借新王朝的新气象，收服和安抚南丹莫家，使之成为新王朝在庆远府施政的新标杆。"

最后一个汇报的人叫杨秀，刚才就是他的马控制不住地飞蹿出去，让莫保出手制服了。杨秀本是河池人，10多岁时到南丹走亲戚时碰到南丹两个部落的人仇杀相斗，不幸遭受波及，腿上被射了一箭。适遇从八仙屯来南丹公干的莫保，莫保将杨秀救下，拔箭后但见伤口处血液赤黑。莫保大吃一惊，立刻意识到他中的是南丹毒箭。南丹蛮弩和毒箭，天下闻名。南丹蛮弩分别用五种上等材质做成，力道强大。毒箭上用的药是收集各种毒虫酝酿制成，毒性异常，可致人死亡。莫保常在南丹走动，知其解药，随身备有数颗。见杨秀性命垂危，莫保随身掏出一节甘蔗，让杨秀咀嚼以减缓毒性，随即抱着杨秀跃上战马，飞奔而去。到了僻静无人处，莫保抱下杨秀，将之捆于树干上，然后将解药喂服。不移时，杨秀果然毒发，欲纵身前跃，不能自制，幸亏莫保有先见之明，将其捆绑于树上，避免其碰撞滚落，又给其喂下解药，这才保住了一条性命。不知解法之人，只能眼睁睁地看着人在毒发后纵身跳起数丈坠地而亡。莫保救下杨秀，将其带回八仙屯，后送到岳老师处练武习文。杨秀学成回来，成了莫保亲兵。时间一长，杨秀视莫保如父，莫保视其如子。

这次杨秀的任务是到南丹，打探莫氏土官消息。当时南丹的土官是莫天护，莫天护的立场是纳款献土，归顺新王朝，但南丹莫氏宗族中却暗潮涌动，另有图谋。

听完汇报，莫保说："你们回去吃饭，下午休息休息。杨秀，你通知各位百户，晚上亥初到议事厅议事。"三人听后都是一愣，自有八仙屯来，从未有在晚上九时开过会。三人互相瞅瞅，领命各自散了。片刻，刚走出不远的三人听到千户的喊声，又一起站住。

莫保从座位上站起来，叮嘱道："现在是非常时期，你们三人从现在起，要保持高度警惕，睡觉都要睁着一只眼。"

接着将眼神转到韦天刚身上，说道："天刚，你的夜侦队从现在起，进入战时状态，一是做好八仙屯的保卫，二是准备随时出战。"三人精神一振，虽然不明白千户为什么会有这样如临大敌的布置，但还是听令进入战备状态。

走出官衙，蓝双玉双手拍在韦天刚和杨秀的肩上，神色庄重地说道："两位兄弟，千户已洞见到局势的危急，千户的安危关系到八仙屯数千人的安危，我们三人一定要保护好千户。杨秀通知各位百户开会，要注意保密，不要让别的人知道。通知完之后，你们就别回家了，马上回到千户身边，做好贴身保护。天刚安排好外围的警卫后，马上落实好对千户的保护，把人员安排好，把位置确定好，把路线规划好，一定做到毫无疏漏。"两兄弟同声应答道："是！"

夜 袭

四围山峦下的八仙屯，影影绰绰。山风呼啸掠过，声音凄厉得让人心惊。

八仙屯，1293年设置。元朝大事记记载，左右两江宣慰司都元帅府召募南丹民5000户屯田，度地为5屯，设屯长统领。并给予屯田户耕牛、种子、农具等。

具体事宜当是南丹溪峒军民安抚司长官负责。时任南丹溪峒军民安抚司长官是莫国麟。

忻城莫家族谱载，莫保的父亲莫亮曾置田于八仙屯，应是第一代屯兵。八仙屯是忻城莫家走上政治舞台的开始。八仙屯设立之初，有民户1000户，屯兵当超过千人。元朝兵制，百户掌120人，千户麾下自然不会少于1200人。

1341年，莫保执掌八仙屯千户之职。元王朝处于衰亡之期，社会动荡，各地起义频仍。为在乱世中保全自己，莫保励精图治，增加屯户，增加屯兵。为增强军事实力，请来武师，加强训练。村屯外围高墙深沟，明堡暗哨连缀。官衙设置于村屯中央，处于南北东西街道的中枢，外敌进攻，莫保可在此登高瞭望，控御指挥。如敌人攻入村屯，每条街道的房屋，都是战斗堡垒，弓箭和投枪，都会置敌于死地。

明朝时的山云总兵，来庆远地区平叛剿匪时，就是看中了八仙屯极强的防御功能，才驻扎于此。

乱世中的八仙屯，警惕异常。亥初，很多人家已睡下，不时有打更的梆子在空旷的街道中回响。数条人影疾步向千户官衙走来，衙署大堂灯火通明。

莫保手下的10位百户都来了。大家都不知道，千户大人怎么会选择深夜议事，但都明白，一定是有不同寻常的事，因而表情都很严肃。

莫保从边门进来，后边跟着杨秀。他走到长条桌的首端，把椅子往后拉了拉，让莫保坐下。待莫保坐定，杨秀随即站在莫保的右手边。

莫保双目示意两边的手下也坐下。众人坐定后，长条桌两边的11双眼睛，立即唰地看向他。

莫保清清嗓子，说道："深夜召集大家来议事，只因形势非常，5000人（八仙屯的屯兵和屯民总数）的归宿事属非常。如果选择处置得当，我们5000人将享有和平的生活；如果选择处置失当，我们5000人将会陷于生死劫难。"为让众人明白自己所说的形势，莫保让蓝双玉、韦天刚、杨秀把他们带回来的信息向众位百户重复了一遍。

听完天下大势后，这几位百户的神情反而轻快了。他们心想，天下大势既已如此明朗，向新王朝投诚不就完事了。

坐在韦天刚旁边的百户姓胡名大可，是个老成之人，跟着莫保的年头多了，对莫保的了解也就深了，他特别佩服莫保的决断能力。可眼下这事，明眼人一听就明白，这是改朝换代的大趋势，顺之者昌，逆之者亡，最简单的做法是直接归附。千户不这样做，反而战战兢兢，如临深渊，一定还有其他考量。

于是胡大可问道："千户，就我们看来，归附是大势所趋，归附也是我们5000多人安全的最好保障。难道千户除了归附一途还有其他道路可选？"

一直观察大家的莫保，看到了大家刚进来时的紧张，也看到了听完当前形势后的轻松。他听了百户胡大可的询问，心中明白，大家都有心归附。莫保悬着的心放下了一大半。有了这个基础，自己担心的另外的事也可以跟大家透透底了。

莫保摊摊手，一副深长思之的模样，说道："深夜找大家来议事，这是八仙屯设置以来头一次，大家心里惴惴不安。我原以为，听了广西的大形势，面临改朝换代的趋势，如何抉择，大家会更忧心。没想到大家却一脸的轻松，我已经看出了大家都想要选择归附，我也是这个想法。说到此，大家会问，既然要归附，那就派人与新王朝接洽就完事了，十分简单。可是我为什么不这样做呢？为的是避免其他的风险。"

听到这儿，大家的脸色又严肃起来，竖起了耳朵，瞪起了眼睛。八仙屯面临什么风险？面临什么难以预料的变数？

莫保解释道："庆远地区，左右江两岸，万山重叠，土霸豪酋众多。数十年来，八仙屯受元朝调派，剿杀过无数土匪豪酋，暗中不知有多少眼睛在盯着八仙屯。不怕贼偷，而怕贼惦记。八仙屯害怕的是不知惦记者是谁。如果此时举旗归附，就会给惦记者落下口实，使他们可以借机鼓动不愿归附新王朝的土霸豪酋攻击我们。"

胡大可边听边点头，赞同地说："是这样。"别的人也不由自主地连连点头，深觉千户深谋远虑。

莫保示意大家安静，把自己最后一个担心说了出来："除此之外，我还有其他的顾虑。八仙屯归属南丹安抚司管辖，安抚使莫天护有归附之心，但南丹莫族人口众多，其心不一。贸然举旗归附，会落下不服管辖的借口，招致别有用心之人的攻击。"听了莫保和盘托出的担忧，众人方才明白八仙屯此时面临着如履薄冰、如临深渊的局面。

呜，呜，呜。

刚说到此，八仙屯的南面突然响起了牛角的报警声。紧接着，西面、北面、东面也紧急地响起了牛角的报警声。

各位百户急忙从座位上站了起来，心想，刚说到危险，危险就随着千户的话音来了。

莫保依然静静地坐着，心里迅速地判断着眼前的情势。他排除了明王朝军队攻击的可能性，排除了死忠旧元力量攻击的可能性，排除了来自南丹安抚司方面攻击的可能性，并迅速想好了应对的办法。

莫保迅速站起身来，命令道："各位百户马上回去。命令部卒依凭坚墙防守，敌方不攻，我方不动，不点灯火。敌方进到弓箭射程，点灯火，射箭灭敌。敌方撤退，不可追击。"

莫保转眼看着蓝双玉说："双玉不回去了。"又对胡大可说："大可，你回去，通知双玉的副手，让他全权负责指挥。"众人走后，莫保对环绕身边的蓝双玉、韦天刚、杨秀说："我们上屋顶瞭望所。"

屋顶瞭望所用粗大的原木垒砌而成，方圆数丈，东、南、西、北四个方向都设了瞭望孔。四人从楼梯鱼贯而上后，莫保马上到南边瞭望孔观察。敌方灯火通明，灯火下，人影幢幢。别的方向也如此。反观我方，城墙上，则是暗影一片。偶有星辉划过，顿见道道寒芒。

突听南面鼓声响起，敌方开始攻城。当敌方进到弓箭射程，城墙上灯火亮起，通明如白昼。灯火中，但见前方一排部卒，举着艳丽无比的盾牌；后边一排部卒，则搭箭张弓，等待战机。

这边还没射箭，城墙下的敌人却奇怪地退却到了原地。然后是西边，然后是北边，然后是东边，依次上演了相同的一幕。嘿，如此打法，让久经战阵的莫保感到新鲜。

刚想着，一道人影倏然而来。近了，手一抖，镖影穿孔射入，当的一声，钉在原木上。

韦天刚开门飞出，手中厚背瑶刀截住来人，飞舞盘旋。来人也是高手，手中厚背砍刀一撩，身形后挫，手一扬，飞镖奔韦天刚胸门疾射。韦天刚晃动身形避让飞镖时，来人身形下伏，逃遁而去。韦天刚急追出去，不一会儿，两人双双消失在暗夜中。呜，呜，八仙屯响起一阵号角声。

四面八方的火光随即熄灭，攻击八仙屯的队伍突然如退潮的海水，无声无息地消失在夜幕中。

蓝双玉在瞭望塔上挂出严密防守的信号灯，然后和杨秀一前一后地护卫着莫保回到议事堂。刚坐下，韦天刚回来了。

韦天刚追踪来人，越城墙而过。来人口中发出一阵口哨声，攻击队伍马上就有号角声回应，攻击队伍瞬间后撤，消失在黑夜之中。

见敌退走，韦天刚不欲苦追，刚想回身，前边人影又扬手打出一物。韦天刚伸出两指夹住，触掌一握，方知是一团纸，当即回议事堂。

莫保接过纸团展开，右边写有几个字：芝麻官，五百年。左边有一首诗：

> 漏夜乘风八仙游，
> 萧萧壁垒故人修。
> 靖府王旗已变换，
> 远峰云黝不知秋。

莫保神色一震。蓝双玉、韦天刚、杨秀看了却一头雾水。

眼下的留言，晚上的攻击，发生的一切仿佛一团迷雾，在几个人眼前晃动。莫保轻轻念着："芝麻官，五百年。"念着念着，他的眼神逐渐迷离起来，眼前晃动着如符咒的家族秘密。

家族符咒

莫蓝山，在今广西壮族自治区河池市宜州区安马乡境内。它与广西很多地方的山不太一样。

广西很多地方，一座一座互相不挨着的山拔地而起。数亿年前，山形刚从陆地诞生时，仿佛棵棵青翠的竹笋。

莫蓝山山势高耸险绝，主峰矗立东洲河畔，背后却是山峰连绵。空中俯瞰，主峰如夭矫的龙头，背后的群峰就是蜿蜒飞舞的龙身。

接近山巅处，有一深邃石洞，不时有烟岚从中飘出，在洞口缭绕。莫蓝山是个充满神秘的地方。山下村庄里的小儿玩闹时，常唱这样的歌谣：

莫蓝山，龙的头，龙的脸。
莫蓝洞，莫家坟，蓝家守。
莫家人，芝麻官，五百年。

如今，莫蓝山下，生活着不少莫家人。

他们说，莫蓝山原来叫八仙岩，山上的石洞叫八仙洞，山下就有个莫家村。早年，莫保常来这儿钓鱼。

莫保先祖曾生活在安马乡木寨村一带。到父亲莫亮一代，移居不远处的端简里,并在附近的八仙屯购置了土地。南丹安抚使创设八仙屯军屯,莫亮一家也成了军户。莫亮去世时,莫保尚且年幼,做不了田耕事,也难持枪操练。早慧的莫保心想,既然长大了要吃当兵饭,何不趁现在习武学文,为以后讨个好前程做准备。

有了想法,他就想到在莫蓝山下的老家,有一位武艺精湛又满腹诗书的老师,遂回到老家,拜师学习,闲暇到东洲河垂钓。

老师本姓岳,江南人氏,祖上是书香之家。宋末,家国动荡,为护持家庭,后人开始习武。元侵宋时,先祖带着一家人辗转来到广西,到偏僻的莫蓝山,看到这山清水秀,就居住于此,开始了耕读传家的日子。

那时,庆远万山深处的万千溪峒,居住的大都是壮族、瑶族等少数民族,耕作方式还很粗放,也没读书的习惯。岳老师一家的到来,不仅带来了先进的耕作方式,还丰富了种植作物的种类。一年下来,同样的土地,他们的收获远远超过了别人。农闲,岳家人练武读书。不爱读书的当地人喜欢打架,来找岳家打架的人,无不鼻青脸肿。久而久之,找事打架的人变成了拜师习武之人。

莫保来拜师习武后,深获岳老师欢心。

别的孩子习武,心浮气躁。学不上两天,就找这个比试找那个比试。莫保习武,心如淳渊般沉静。老师教授的一招一式,他都用心揣摩。同时他还爱习文,四书五经,诗词歌赋,儒墨百家,阴阳风水,老师随口讲一句,他都要追问。

多年面对不爱习文的弟子,今天终于有这么一嗜文之人,书香之后的岳老师,仿佛久痒难挠之处突然被人挠了一把,感觉舒畅极了,欢悦极了。他立即给莫保制订了计划:上午习武,下午学文。

岳老师教导莫保学文,在自己主讲半个时辰后,就指定篇目,让莫保自己去读。这时,莫保就到东洲河边,找个喜欢的地方读书。

一日,莫保走到莫蓝山下,见一巨形长条石从岸边一直伸到河中间。岸边一株怀抱难围的巨柳歪向河中长着，浓荫覆河面，真是读书的好地方。

天然的书阁，清凉惬意。读书间隙，他看看河面，还有游鱼戏水。童心一动，莫保折枝柳条伸进水里，游鱼以为是食物，摇头摆尾地游了过来。

莫保回去跟岳老师一说，岳老师做了根钓竿给莫保，叮咛说："读书时，就把竿固定河面垂钓，有上钩的说明这天你有口福，没有上钩的说明这天你没这口福。一切随意，不急不躁。"老师的这番交代，是怕莫保为了钓鱼而误了读书。

没想到，小时的钓鱼过程，对莫保以后养成的做事方法和心态起到了重要作用。

莫保从小便知做事一定要分清主次，时时刻刻以主为先，抓住重点。同时，做事还要有良好的心态。老师说，钓鱼，你做好了九成功夫，但鱼也不来咬钩，这就是天命。老师还说，天命是你所不知的，只有等你做好了九成功夫，才能知道你有没有这个天命。功夫做好了，事业成功了，你有这个天命；功夫做好了，事业却不成功，你没有这个天命。可是，如果你什么都不做，你就什么天命都没有。

书越读越有韵味，武术越练越有境界，钓鱼则是可有可无。

意外之事突然降临。

过了几天，莫保又到莫蓝山下的东洲河边读书。读书前，需把钓竿固定住。下钩时他突发奇想：今天有人到老师家做客，需两条鱼，我下两个钩子，要一下钓上两条鱼来，今天就不再钓了。本是一个孩子气的想法，结果却让莫保惊讶了。钓竿固定不久，就传来浪花翻滚的声音。他提上钓竿，两条鱼一上一下地挂在鱼线上，像葡萄串。

莫保摘下鱼放进小水桶，收拾好钓竿，正准备好好读书时，水面却出现一幅从未见过的画面：两只翠鸟翅膀轻轻扇动，曼妙之姿，美丽至极。莫保如痴如醉地看着，眼神依依不舍地追踪着画面。不一会儿，翠鸟飞过水面，渐渐远去。

莫保抬头，碧空中，两只翠鸟还在飞翔，不多时便双双飞进莫蓝山的石窟中。以后，只要莫保来此读书钓鱼，翠鸟就会准时出现。

翠鸟的出现，无时无刻不在牵引着莫保的目光。翠鸟栖身的石窟，更是引发着莫保的无限遐想。

因翠鸟影响了读书，莫保不敢把这奇异之事告诉岳老师。一天，老师在讲阴阳风水时说，大善可以逆袭风水。他讲到范仲淹为先人选墓地时，听别人说，太平山是最不能葬人的地方，满山的石头是万箭穿胸之势。可范仲淹认为，我选用了天下最不好的墓地，别人就多了好墓地的可能，就把自己的先人葬在太平山。葬下去的当夜，风雨大作。第二天风水先生再看太平山时，惊异得张大了嘴巴。一夜风雨，太平山风水彻底改变了，万箭穿胸之势改变为万斛朝阳之形，成了绝佳的风水。

听老师一说，莫保联想到翠鸟栖身的石窟，随口问道："神异的地方就是好的坟地吗？"岳老师点点头，回答说："大抵如此。"

莫保一家安居宜山县安马乡龙角山已历经五代人了。第一代莫朝贵、第二代莫文相安葬在龙角村的马头山。第三代莫仕荣、莫仕宗和第四代莫亮安葬在中菜屯对面的蛇岭。

听了老师的话，莫保向老师请了一天的假，跑到蛇岭，将父亲的骸骨从坟茔中捡出，小心地收拾在干净的布袋中，回到莫蓝山，向山巅的洞口攀缘而上。石壁光滑陡峭，连立脚处都难以找到。他就手拽葛藤，脚借石壁纵身而上。遇有树干的地方，他就借力一跃数丈。一般人难以攀缘的石壁，他却能够轻松地爬上来。

要说呢，这也是天命。莫保要不来这拜师学艺，就不会到这地儿来读书。不来这儿读书，就发现不了翠鸟。即便发现了翠鸟，要是他不会攀缘纵跃的武功，也到不了石窟。

到了洞口，亮光处一片平滑的石板。再往前看，黝黑朦胧，不知其浅，不知其深。引他无限向往的翠鸟也无踪无影。

毕竟年幼，毕竟心虚。他作了几个揖，解下背上的布袋，将之放在石板上，然后原路返回。

如此过了几年，莫保的武功大成，四书五经、诗词歌赋、阴阳风水之学无一不精。人也到了入军营屯垦的年龄，按照元朝的规定，必须到军营服役了。

他感到未来一片迷茫。

莫保请老师指点，岳老师经过一番推演，给他写了个字条：

居于端，葬于山。

潜于板，逐马迁。

芝麻官，五百年。

莫保问意思。

岳老师露出一丝诡谲的笑容，说道："天命所在，我也不知。"并告诫莫保："这一支莫家，你是大好前途的开山之祖，只要你们祖祖辈辈走忠孝正道，莫家在庆远地区会大放光芒的。"

满心欢喜，满腔希望，莫保背负着家族的希望到八仙屯，开始了军旅生涯。牌子、百户、千户，一步步走来，他真是开启了莫家大好前途。莫保当上千户后，这段记忆逐渐后退到脑海深处，再深处。可江山易主、改朝换代的大趋势，让莫保忧虑顿生。夜袭人的字条，更让这段记忆从脑海深处浮现。

老师推演的家族命运，年轻时本是催人奋进的锣鼓，此时，却如符咒，压迫心弦。挣脱回忆，他又想到莫名其妙的夜袭。莫保拿起夜袭人的字条，注视良久，抬头对蓝双玉、韦天刚、杨秀道："明天跟我去靖远峰。"

蓝不离莫

清晨。霞光笼罩八仙屯，绮丽无比。莫保走到庭院，仰头看看满天的霞光，心情愉悦。他脱去外衣，里边一身劲装，练了一趟拳脚，舒舒筋骨。杨秀从里屋走出来，手里握着一根长棍，这是莫保的随身武器。长棍黝黑如铁，称为青钢棍。

广西庆远一带的山上，有一种树叫青钢栗。长势缓慢，百年都难得长到手臂粗，而且长相虬曲，坚硬无比。因青钢栗的枝干做柴火不好燃烧，又因细小、弯曲不能成为建筑材料，被当地人叫作废木。

莫保告别师门，进入军营。南拳北腿等武术招式与军营成建制的搏斗厮杀方式不同，他学习了许多新的招式。士兵的本分便是手持刀剑进行格杀，可是莫保不喜刀、剑杀伤的血腥。

莫保接过青钢棍，一个起手式后，棍式展开。青钢盖顶、横扫千军、青龙出水、虎尾飞剪、龙战于野、天地玄黄……棍起风生、沉雄顿挫，一派大家风范。

正练到兴起处，蓝双玉、韦天刚前后脚赶了过来。莫保一个收式站定，杨秀接过青钢棍。蓝双玉说道："千户，咱们走吧。早去早回，赶回来吃中午饭。"

莫保好似去老友家做客，一副自在模样，说："不急，中午有人请客。杨秀，你去找出南丹的贡酒，三江的名茶，还有我们腌渍的腊肉，带着当作拜山礼物。"三人相互瞅瞅，不知千户何来的气定神闲的底气，只有按吩咐行事。辔铃响起，四人四马哗啦啦一溜烟跑出了八仙屯。

奔出了六七里地后，靖远峰已经在望。道路两旁，树高枝密，山阴道清爽宜人。

按辔减速，莫保首先下马，牵马徐行。后边三人相继下马，跟上莫保。早已憋了一肚子疑问的杨秀按捺不住，问道："千户，我们到靖远峰，拜见谁呢？"

同样存此疑问的蓝双玉和韦天刚闻言，牵马撵了两步。只听莫保说："拜见夜袭人。"三人闻声同时怔住了。反应最快的蓝双玉问道："千户的意思，夜袭人是友非敌。"莫保道："正是。"

韦天刚圆睁双眼，似乎不信。也难怪，韦天刚追踪夜袭人，与之相搏时，对方攻击辛辣老到，没有半招相让。遂问莫保道："千户从哪儿看出来的？"

莫保抬头望着远方，其实是在回忆昨夜的场景，回答道："看他们的进攻方式就知道了，队伍刚前进到我方弓箭射程，便立马退回，这本就不合常理。看他们的意图，不是为攻击而来。我的判断，昨晚的夜袭，目的是试探，而非真的攻击。"

三人琢磨，的确如此。但三人同时想到另一个问题，互相看看脸色，突然异口同声地说："你问！"三人的怪异表现，让莫保莫名其妙，他扭头瞅瞅三人说："你们三个在打什么哑谜？"一般这种情况下，都是由最年长的蓝双玉先来回答。这次也一样。蓝双玉眼睛看着莫保说道："千户，刚才我们三个突然想到了一个相同的问题，正想问千户呢。"

莫保对此觉得不可思议，转头盯住韦天刚道："你说说，是个什么问题？"

韦天刚说道："千户带我们到靖远峰拜见这人，千户是如何判断夜袭人在靖远峰呢？"莫保瞅瞅蓝双玉后又盯住杨秀问："是这个问题吗？"

"正是。"剩下的两人齐声回答。

三人的回答让莫保的眼神促狭起来，他戏谑地说道："我刚才正想说你们三人聪明，现在我不得不改口了。"

三人猜不透千户抛出的这个脑筋急转弯，同声发问道："改什么口呢？"莫保一脸笑意地说："你们三人怎么这么笨呢？"

三人被莫保的玩笑话引得哈哈大笑。笑完，蓝双玉面向莫保说道："千户，夜袭人是不是在字条中已告诉我们他在哪儿了？"莫保拿出字条扬了扬，说道："不错。你们看，'靖府王旗已变换，远峰云黝不知秋'，上一句开头为'靖'，下一句开头为'远峰'，可不就是'靖远峰'吗？来人不但告诉我们他所在的地址，还很惦记我们的处境呢。"

头脑简单的杨秀不理解"惦记"从何而来，他的发问就有点让人发笑："一首诗，能怎样惦记我们呢？"

莫保把字条递给杨秀，说道："你看看下一句，'远峰云黝不知秋'。"杨秀还是不懂，他率直地问道："这句不就说靖远峰被黝黑的云遮蔽着、封锁着，让人不知道这里是秋天还是夏天吗？哪里关心我们了？"杨秀的回答让几人不禁哈哈大笑。

大家的笑声让杨秀不自信了，他用眼神挨个扫过几位同僚，最后落在莫保身上。

莫保看着杨秀的眼神透着亲切，说道："你解说的字面意思不错，不过诗歌就像包子，明面上都是白面做的，但内里却是各种各样的馅。会读诗的人要通过包裹的白面读出里面的馅。"

这位留诗的人，既称莫保为故人，这人当然也就是莫保的故人。故人惦记莫保，莫保也急切想见故人。几人上马向靖远峰奔去。

靖远峰高出云表，奇险秀丽。

临近山门，在马蹄的踟蹰声中，问讯声遥遥传来："来者是八仙屯千户大人吗？"蓝双玉答道："正是。"山上冲下几匹马迎了过来。快到时，几人滚鞍下马。

领头一人双手一揖,说道:"千户大人和几位军官,远峰山庄先生派我兄弟三人在此迎接。我是山庄管事覃二虎,这是先生的两个弟子,高个的叫黄阳,矮个的叫吴阴。"蓝双玉问道:"覃管事,你们先生姓甚名谁呢?"覃二虎不言,只道:"见面就知,见面就知。"

骑马走了一段,路陡无法再骑,大家下马牵行。上坡拐弯,行行复行行,来到一山洼处。山洼面东,西南北三面山势突出,挡住了三面的罡风。

一进正房向东而立,建在高处,南北两进房屋位置较低,长条石阶连接着上下房。带着门斗的门楼气宇轩昂,两边则是打制石料砌就的院墙。房屋建筑不是壮族的干栏式,而是中原的院落式风格。院落外,石板铺就的甬道别有一番古朴之气。

一位清瘦的中年人站在院落外的甬道上等待着客人。莫保一见这人,立马愣住了。他急走几步,双手揽住对方的手肘,眼睛一眨不眨地盯着对方的眼睛问道:"是蓝师弟吧?"对方也是激动地握住莫保的手肘,一个劲地上下摇着,说道:"师兄,师兄,20多年不见,一见之下恍如隔世。"

蓝师弟,全名蓝海峰,是莫保的小师弟。在莫保之后列于岳老师的门墙。虽是同师学艺,但蓝海峰的基础功夫常常是莫保代老师教的,师兄弟之间甚是相得,莫保走到哪儿蓝海峰常常跟到哪儿。莫保在莫蓝山下的东洲河上读书钓鱼,很多时候蓝海峰就在身边。

蓝海峰在学武之外,特别喜欢阴阳风水,岳老师这方面的学问令他所获甚多。莫保到军营后,听说蓝海峰和本地一女子恋爱结婚,后来妻子临盆难产,孩子活了下来,妻子却去世了。夫妻之间一向恩爱,蓝海峰受此打击,心灰意冷,一蹶不振。后来他将孩子送给亲戚抚养,自己则远走他方,自此毫无音信。

师兄弟手臂相攀,互相询问。互相发问几十次之后,两人发觉彼此都在抢问,却无人回答。两人互相望着,一阵哈哈大笑。笑完,莫保说:"师弟,先等等,我要告诉你一件惊天的大喜事。"莫保从身后一把将蓝双玉拽到前来,问道:"师弟,你看看这孩子是谁?"

蓝海峰心里约莫出是怎么回事了,但嘴里无声。莫保道:"这是你的儿子蓝双玉啊!"蓝海峰双眼凝视着蓝双玉,双眼温润,泪眼蒙眬。在外游历,儿子一直是他割舍不下的牵挂,当年伤心过度将其遗落给亲戚抚养,始终是他的一大憾事。蓝双玉却浑身僵硬,脑中一片空白。

当初,14岁的蓝双玉被莫保从山村带到军营,因不知蓝海峰的生死,抚养蓝双玉的亲属从不提其父亲的事,莫保也绝口不提。在蓝双玉心里,父亲早已不在人间。今天乍然见到,没有心理准备的蓝双玉,一时没法调整感情来应对。

莫保说道:"双玉,你母亲生你时,难产而死,你父亲接受不了这样的打击,离开你远走他乡。生死契阔,一切难以预期,这是我一直没向你提及父亲的原因。但是今天我的师弟、你的父亲他回来了,就好好站在这里。快来见过你的父亲吧!"

瞬间的惊诧后,天然的父子情怀让蓝双玉双眼濡湿,听了如父亲般的莫保说出的一番话,他上前一步,跪倒在父亲前。蓝海峰蹲下,与儿子搂抱一起,父子二人终于得以重认。周围,一片祝福的掌声响起。

良久,蓝海峰开口道:"双玉,为父曾偷着去看过你,见你文武全才,大慰老怀。"说到这儿,他心中想起别事,搂着儿子站起,来到莫保面前,双手一揖道:"师兄,请受师弟一拜,多年来,你在小儿身上用心良苦,悉心栽培,双玉才有今天的成就。大恩大德,无以为报。"

莫保回了一揖,笑道:"双玉文智武德,天生才慧,成了我们八仙屯的核心人物,为我分担了诸多烦心事务。我得感谢师弟生了个好儿子。"

蓝海峰则转头对蓝双玉说:"双玉,我们父子见面,有很多的话要说，但家庭亲情事小，我和你大师伯有重要事相谈。"说到此，他招呼覃二虎道："二虎，领着他们哥仨与门下弟子见见面，周围看看景观，吩咐厨房，做好饭菜，中午招待贵客。"

莫保接着话尾告诉蓝双玉三人："把咱们带来的礼物卸下来。你爹爱喝酒，中午就让他尝尝我们的酒。"

两人手臂相挽，登上台阶，走进正房。室内布置得十分雅致。左边一个长条桌，两边摆满了凳子。右边一个煮茶的小火炉，围着几把小凳，一张小桌放置在旁边。左边还有一扇被遮掩的门，推门进去，走不多远又是一扇门，门外但见一个宽敞的小院。两边是廊道，中间一片茶园。沿廊道走到尽头，出现一道圆形的拱门。拱门里，就是蓝海峰的居室和接待好友嘉宾的地方。

一张小几，两张厚垫靠椅，一只煮茶小火炉。蓝海峰将莫保让到上首坐了，自己坐在下位。先煮了一开茶，双手给师兄端上一碗，也给自己斟了一碗，举手相敬。

奉过茶，蓝海峰说道："师兄，多年重逢，本有多少话要叙，但现在形势复杂多变，我有一件大事要先问问师兄。"莫保眼神炯炯，道："师弟，我远道而来，又是师兄，于理于情，这第一问理应归我吧？"蓝海峰沉思少顷，道："好，理应师兄先说。"莫保道："夜袭的事是你做的吧？"蓝海峰回答道："是。"莫保道："目的是什么？"蓝海峰道："一是为了试探师兄的警惕性，二是为了引师兄上山一叙。"莫保继续问道："结果怎么样？"蓝海峰道："佩服。准备周到，防御的战术高超。当然，让我放心的是师兄紧绷的神经。"莫保笑问："师弟担心我什么呢？"蓝海峰说道："担心师兄亮牌亮早了，过早地成了有些人的敌对面。也担心师兄放松了警惕，给有些人以可乘之机。"

闻言，莫保眼神变得温和，脸色也由严峻变得和颜悦色了。莫保说道："师弟，你一来就紧张要问的问题，现在还问吗？"

蓝海峰最担心的是莫保把归附明朝的底牌过早地亮出来，看到改朝换代成了不可阻挡的天下大势，放松了警惕。谁想到师兄不仅早已料到如此，还看透了自己的心事，在问话时有意设下了套，让自己不由自主地交代了实情。

从小就佩服师兄聪明、智慧的蓝海峰，在经历了多年的磨炼后，自信自己的心性、智慧早已不是昔日的吴下阿蒙，可与师兄见面后的一席话还是让蓝海峰见识了师兄洞烛先机的厉害。

蓝海峰道："师兄，你是不是昨夜就看出了我的用意，并且猜到是我了？"

莫保道："昨夜我是看出袭击者的目的是试探，也猜到来人是友非敌，但并没敢确定是你。今天见是你，我心里透亮了。如此大费周章来试探我的人，就是最担心我的人。你担心我看透天下大势，急切地想要归顺新王朝，难免放松警惕，因而遭遇有心人的暗算。师弟，你要我坐在光明将到未到，黑暗要退未退的地方，等待合适的时机再出手。"

蓝海峰回道："正是正是，我最惦记的莫过于此，最想说的也莫过于此。"

莫保说道："师弟啊，你如此大费周章，怎不直接来找我呢？"

蓝海峰叹了口气，半晌才道："我有愧于师兄，无颜见师兄。"

…………

话说当年莫保拜别师门，走进军营，蓝海峰继续在师门学习。莫保葬父于莫蓝洞的事已在民间传开，随之传开的还有"芝麻官，五百年"的歌谣。

蓝海峰少年心性，心想这么好的墓地，你家能葬我家也能葬。遂也将父亲骸骨收殓，攀缘到莫蓝洞。到了洞口，见用布袋装着的莫保父亲的骸骨仍在洞中，便用力一推，让装有莫保父亲骸骨的布袋掉在石板前的坎下。他解下装有自己父亲骸骨的布袋，放置在莫保父亲骸骨的位置上。刚想离开,便听有喊喊喳喳的声响,借着洞口的一线光亮,见有如山的蚂蚁,正往莫保父亲骸骨的落地处搬土,不一会就形成了坟茔状的土丘。

这奇异的一幕,让蓝海峰百思不得其解。此后多日,他忧虑于怀,遂结成一梦。梦见父亲对他说,儿啊,八仙岩是天地形成之际昆仑山延伸的余脉。八仙洞是个灵穴。莫保父亲所在洞口石板不是正穴,你将其往里推,掉在坎下,那才是正穴。亿年灵穴,莫家得享,那是天意。蓝家得沾灵气之光,也是天意。八仙岩的八仙洞,葬有莫蓝两家人,以后将会叫成莫蓝山,莫蓝洞了。切记切记,蓝不离莫。梦醒,蓝海峰以为自己日有所思夜有所梦,便不以为意。

18岁告别师门之际,蓝海峰学莫保,请岳老师推演自己的未来。老师推演完,仍写一个字条给他:

莫家坟,蓝家守,
亿年灵气不白有。
学堪舆,走天下,
儿孙正道人人夸。
莫家店,蓝家帮,
蓝不离莫名显扬。

父亲梦中叮嘱蓝不离莫,命运推演蓝不离莫。蓝海峰虽心仪莫保为人风采,但年少心性,逆反心理犹重,说东偏要往西。

告别师门,他本可找莫保谋事,可是蓝海峰偏不。

妻子去世,他心结难解,本可找师兄化解,凭莫保的聪颖,一席话或可有醍醐灌顶的功效,可是蓝海峰偏不。

别子离乡,远徙天涯。

凭阴阳风水之学，周行中国。

中国之大，走不完的奇山异水，说不尽的脉象易理，结交难得的风水高人和阴阳名家，蓝海峰的堪舆之学日益精进。

声名鹊起，就有膜拜者，有了跟随的徒弟。

行高为师，众随为派。众徒弟看着其他成气候的堪舆学家，都有派名，遂问师父说："师父，我们叫什么派呢？"

蓝海峰合计，祖师姓岳，以山为名吧。他想起八仙山，可八仙派听着有点扎耳。正好家乡有座靖远峰，便依此叫个靖远派。

行，名头响亮。中原大地的堪舆界就有了个靖远派。

不几年，元王朝败象呈现，民怨四起，兵连祸结，大难即将临头。两年前，蓝海峰带着弟子回到家乡，直接走到靖远峰，经一番堪舆，选中今址建房。多年堪舆生涯，门派积蓄丰饶，不多久，一座具有中原风格的庄园建成。

蓝海峰一面分派弟子四处行脚堪舆，告诫他们莫蓝山一带、八仙屯一带不得去，要多往府城、县城行走。因为府城、县城乃政治经济中心，流官治下，开化日深，受汉文化影响，堪舆之学风行。溪峒之地，偏僻之域，乃瑶族、壮族等少数民族久居之地，自有根深蒂固之风俗，去之无益。

一方面派管家覃二虎到莫蓝山下打探自己儿子的去向。他交代外出一应人员，不许提名派，更不许提蓝海峰三字。覃二虎从莫蓝山回来，见到蓝海峰便连声说："先生，你儿子不得了，在这一带名头响亮，义薄云天，足智多谋。提起他，无人不知，无人不晓。"心头高兴的蓝海峰对覃二虎道："别给他戴高帽，具体说说他怎么做人做事的。"

覃二虎笑着说："好，先生。双玉救苦抚孤、义葬孤寡之人的事有不少，我们先不说这。单说他大仁大义之事。莫家村地薄土贫，旱涝无期。偶有小旱小涝，地里的收成难以果腹。双玉将八仙屯的排涝技术带回村里,有效预防了涝灾。他自己出钱,请人修造水车,安装在东洲河上,莫家村自此过上了丰衣足食的生活。附近村子目睹了莫家村的变化,派人找到双玉,求其帮助。双玉让村民筹资,他负责请人修造水车,自己还做指导,帮了很多村,造福了成千上万人。先生,你说这是大仁大义吧?"

蓝海峰摸摸下巴,颇为自得地点点头。覃二虎又说:"双玉不仅义薄云天,而且足智多谋。有一年,永定地区出现了一股土匪,抢劫来往商旅,但又来无影去无踪,把巢穴掩藏得死死的。为剿灭这股土匪,双玉带着几人,化装成商旅,别的人骑着马赶着满载货物的车在前头走,双玉掩在后盯梢。赶完了这圩赶那圩,赶完了北圩赶南圩。终在偏僻的路径上,土匪侦察四外无人,便开始行劫掠抢夺之事。土匪来了,骑马的士卒佯装败退作鸟兽散。土匪赶着货车东兜一圈西兜一圈,掩护自己的行踪,甩掉追踪的人。双玉隐身跟踪,终于发现土匪巢穴,回去带来队伍将土匪一锅端了。先生,你说这份作为可称得上大智大勇吧?"

蓝海峰听罢脸上笑意连连,洋溢着自得之意。

蓝双玉凭智勇才干,20多岁就当上了百户。蓝海峰深知,儿子的成长,是莫保精心栽培的结果。莫保的胸襟让蓝海峰自惭形秽。虽然曾偷偷地去探望过儿子,但他仍觉无颜拜见昔日的师兄。直到革故鼎新的大势来到,关切师兄的安危,才使出了"夜袭"一计,一则通过试探向师兄示警,二则借此引师兄上山,可谓一举两得。

师兄弟一顿畅聊,已是日近中天。

杨秀和覃二虎来喊门:"千户,吃饭啦。""先生,吃饭啦。"两人才止住话头,说道:"好好,一会儿就来。"

莫保挽着蓝海峰的手站了起来,道:"师弟,现在还为天命纠结吗?"蓝海峰道:"纠结,天命在那。不纠结,天命也在那。我不愿蓝不离莫而离开你,我儿子却又因蓝不离莫而归于你手下,才得以有好的发展。如此看来，天命确是不可违抗啊！"

"哈哈哈。"莫保一阵开心大笑。蓝海峰心结的解开令莫保心情大好。

正堂，长条桌上，菜肴丰富，有当地土菜，更有蓝海峰从中原各地偷艺学来的名菜。众人排序坐好。莫保对杨秀说道："把咱们的南丹贡酒拿上来，今天我要跟师弟好好喝一场。"

那时广西地区还没有蒸馏工艺，人们只能将酒糟过滤后喝，且酒也不易保存。后来摸索出低温保存法而将之放置山洞，这才延长了酒的保存时间。南丹酒有着不同于中原各种酒的独特口感，并且可以长时段地保存，成就了南丹酒在广西的口碑。

坐在主人位置的蓝海峰执盏在手，起身言道："今天是我人生中可遇而不可求的日子，一生难逢的际遇。我先敬师兄三盏酒。第一盏，敬在师门学艺时，师兄教我带我，这是师兄之情；第二盏，敬师兄替我培养儿子，使得儿子出身正道，功业有成，这是师兄之恩；第三盏，敬师兄远途来山，见我于山野，这是师兄之义。"说完，连喝三盏。

坐主客位的莫保起身举盏回敬，道："我与师弟在师门学艺，即天然亲切，感情甚笃，断绝数十年的兄弟再聚首，这是兄弟续缘酒，我敬第一盏；今天父子团圆，父亲堪舆之学，已开一门宗风，儿子大才堪用，可谓国之栋梁，这是恭喜酒，我敬第二盏；我和部下三人来到宝山，山下相接，庄园外恭迎，备下佳肴美酒盛情款待，这是感谢酒，我敬第三盏。"莫保也连喝三盏。

接下来，酒席热闹非常。美酒佳肴，特殊际遇，喜事多多。酒桌上众人你敬我，我敬你，推杯换盏，说情道义。

一个时辰后，莫保对蓝海峰说："好长时间不喝酒了，今天放开畅饮，十分欣慰。本想与师弟联床夜谈，可军营规矩，不可打破。今日就此别过，来日我在八仙屯恭候师弟。"

蓝海峰听闻，揣摩其意，知道难留师兄留宿。遂吩咐管事覃二虎准备礼物，然后依依不舍地送其归营。

路上，兄弟三人余兴未尽，叨咕着难得一见的菜肴。当然，最多的还是说着蓝双玉父子相认的喜事，以及对蓝海峰的良好印象。

蓝双玉想到一事，打马紧走两步，到了莫保侧后道："千户，席间我父亲问你南丹事，南丹那边有什么信息吗？"

莫保稍微犹豫了一下，说道："不是，你父亲问的是20多年前我和南丹之间的一件往事，我这一生成也是因为这件往事，尴尬也是因为这件往事。"这件往事压在莫保心中20多年，常常是欲说还休。

这件往事正是庆远府历史上有名的"莫八起义"事件，莫保在事件中的出现本是好事：官府得以体面收场，莫八也得以体面收场。可这样体现莫保智慧的事，后来却成了莫保最想说但又没法说的一件事。

智息干戈

　　1341年，庆远路烽烟连天，声势浩大的农民起义军在首领莫八的率领下，驰骋左右江，城镇纷纷陷落，元王朝各级官吏战栗不已。

　　莫八是何人？

　　莫八是南丹人，南丹是莫家的显赫之地。

　　南丹有个古蛮国，据历史学家推测，战国后期，楚国大将庄蹻带兵远征云南，因为离乱纷争，队伍中有一支莫敖的后裔从曲靖辗转到了南丹。南丹自此成了莫姓人的舞台。

　　秦时远征南越，河北的莫姓人又来到了南丹。

　　自宋时莫洪燕归附宋王朝，莫家开始了世袭的历史，自此南丹在中国正史中得到了标记。

　　元时，莫大秀奉表内附。

　　莫八的兄长莫忠赦，袭官庆远南丹溪峒等处军民安抚司安抚使。

　　这样的世家，为什么还起兵反叛，走向元王朝的对立面？话还得从莫八的哥哥莫忠赦说起。

　　莫忠赦统治南丹时，元王朝逐步蚕食南丹的自治权，一些官吏还趁机敲诈勒索。莫忠赦忍无可忍，于1335年愤而起兵，遭元平章探马赤残酷镇压，莫忠赦惨死刀下。

　　兄长惨死，受人拥戴的莫八接过兄长的旗帜，与兄弟莫忠勋、莫

七、莫十，还有侄子莫镇南共同反元。因莫八的威望和号召力，起义的民众如滚雪团般越滚越大。莫八清除了南丹境内的元王朝的力量，稳固了内部。然后越境打击元王朝的势力，攻城拔寨，势如破竹。

面对莫八势如飙风的攻击，元王朝增加兵力，固守重点。再组织精干队伍，野外寻机攻其弱点。重兵坚城和野外作战的结合，遏止了义军的势头。双方从1335年打到1341年，谁也灭不了谁，呈现胶着状态。

元军的监军达鲁花赤以视察军务的名义来到八仙屯。当时的莫保只是八仙屯代理千户。达鲁花赤要看什么，莫保就陪同看什么。

陪同中，达鲁花赤漫不经心地说："目前，元军和南丹莫家战势胶着，屯军要加强训练啊。"

莫保洞见达鲁花赤的目的，他此行是要调屯军增援元军，意图以此打破目前的僵局。莫保对此并不言语，只安排达鲁花赤看了一场斗牛。

只见斗牛场上两头势均力敌的水牛激烈交战，斗到后来，斗红了眼，谁都不服输，谁都不让谁。地上，八脚蹬地；头上，四角相抵；口中，白沫飞舞；鼻中，粗气喘息。

此时，莫保说话了："你看，两牛继续斗下去，结果是什么？"

达鲁花赤回道："只能是两败俱伤。"

半晌，达鲁花赤似有所悟，郑重地问道："有止斗的方法吗？"

莫保答："有。"

莫保让人拴着这两头牛的后腿，众人一起用劲往后拉，终将两头牛拉开了。

看完斗牛，两人回到议事堂。

达鲁花赤请教道："两头斗牛，可以用外力拉开。两支军队打架，也可用外力拉开吗？"莫保点头道："可以。找人劝架谈和。"

达鲁花赤又问道："你有能把两头牛拉开的绳子吗？"莫保回道："有。"

达鲁花赤走了。

不几天，莫八的人也来了。目的跟元政府的达鲁花赤一样，欲调莫保的屯军增援。莫保将对待达鲁花赤的一幕重新演了一遍。莫八的人也走了。

再后来，莫保成了双方都认可的调解人。怎样劝说元军，莫保自有妙法。他没有直言战事，只是对元朝大员伯颜讲了南丹的一个故事：宋徽宗大观元年，当时的广西经略安抚使王祖道为给自己创造政绩，就诬陷羁縻南丹州刺史莫公佞阻拦文州、兰州等地归附，擒杀了莫公佞。朝廷废了羁縻南丹州，没收了莫家的羁縻南丹州刺史印，剥夺了莫家的治理权，并将南丹州改名为观州，派刘惟忠为观州知州。

按王祖道的简单想法，重建一个政府来代替莫家管理有何不可。没想到，王祖道空投过来的观州知州刘惟忠，立马成了孤家寡人，政不出衙，令不达村。刘惟忠所在的官衙连年被南丹百姓围攻，刘惟忠也被射杀。从此，无人再敢到南丹任职。

到宋高宗时，高宗反思，南丹百姓，要的只是依旧俗治理。而生事之官，擅废羁縻，实为启衅邀功。于是撤观州，还官印，恢复羁縻南丹州和莫家的治理权。

伯颜听罢问："要点是什么"？莫保回道："很简单，莫家不反朝廷，他们要的是依旧俗的治理权。"伯颜沉思半刻，点点头，表示明白了其中的意思。

莫保将这个故事也讲给莫八听。听完，莫八也问："要点是什么？"莫保："皇帝聪明，知道南丹莫家不反朝廷。否则，举广西一半的兵力，南丹绝对无法经得起这惊天一击。"燃烧数年的战火，被莫保借故事一瓢水浇灭。

1341年，伯颜下达朝廷的诏谕，给莫八的归附铺垫了一个台阶。莫八借机下台，并要求伯颜恢复旧制，获得准许。一场杀戮就这样被莫保用智慧画上了休止符。

莫忠勋、莫八、莫七、莫十，还有侄子莫镇南，悉数被朝廷调往别的地方任官，官族子弟莫天护袭职羁縻南丹州。

1342年，莫保因功升职为千户。

一段往事，因错综复杂的内幕，就此深埋。

因旁人不明就里，南丹莫家传出莫保勾结朝廷算计自家人的谣言，沸沸扬扬，乱人耳目。

这笔旧账，成了莫保的心病。在天下纷乱之际，南丹莫家有归附明朝的族群，也有死忠旧元的族群，此时若他亮出归附明朝的旗帜，恐怕会成为南丹死忠旧元的族群暗中攻击报复的对象。莫保最大的担忧在此。

英雄远去

从靖远峰回来,来自各处的信息不断。

1368年十一月,朱元璋安抚百姓的文告张贴在左右两江,民心稍安。大大小小的官吏纷纷归附。

新王朝在政权建制上,将庆远路改为庆远府。元朝设置的庆远南丹溪峒等处军民安抚司废置。

莫保坐在议事堂,接收着来自各地信息,分析信息的内涵,同时也在盼望着南丹的信息。

收到这条信息,莫保觉得明朝广西省府在给南丹莫家布局了。

南丹是整个庆远地区的行政中心,作为庆远南丹溪峒等处军民安抚司安抚使的莫家人管理着五个县、十七个羁縻州,权限很大。

新王朝将庆元路改为庆远府,将行政中心迁至宜州,对五个县、十七个羁縻州的行政管辖权当然随之移到宜州。

别的羁縻州,仍沿袭了旧有的治理权,新政府怎么单单就压缩了南丹莫家的治理权呢?

在思索中,莫保对这行动背后隐藏的意图逐渐清晰了。这是新王朝给南丹莫家施加压力来了,而施压原因是南丹莫家仍未纳款献图,归附新王朝。行政建制的改变,为的是逼南丹莫家表态。

莫保开始为南丹安抚使莫天护忧虑了。莫天护是莫八归附元王朝后，从莫家官族子弟中擢拔起来承袭安抚使一职的族人。当时的情势十分复杂，因为莫八一支根基深厚，人口众多，虽然领头的莫八等几人调别地做官了，但根基仍在。根弱枝强的情势令莫天护顾忌颇多，归附新王朝乃大势所趋，莫天护也深知于此，却迟迟不敢表态。莫保期盼莫天护表态，又担心莫天护表态后引发族中动乱。

期盼莫天护表态，当然是因为莫保可随着一起归附新王朝，自己的职位，家族的前途无须挂怀了；担心莫天护表态，是怕莫天护底下的各种势力，公开撕破脸皮，干出殃及池鱼的事情。莫保希望莫天护能走出一条新路。

但是该来的终归要来。莫天护表态了，决定向新王朝纳款献图。

不几天，新政府马上给了莫天护一个"大礼包"：庆远府又改为庆远南丹军民安抚司，恢复了莫家在元朝时期的管辖权和治理权。

很多人都认为，这下好了，莫家的这一锤把庆远地区的安稳大势给敲定了。

可是莫保的心仍在揪着，不断派人四处打探消息。蓝双玉劝他道："千户，天下大势傻子都看得出来，谁还能逆天行事？"莫保说道："莫八手下的人有不少都不满意莫天护，想方设法要滋事，如今有了这机会，他们岂能放过？双玉，不信你等着瞧。"

结果真的让莫保料中了，莫明从南丹捎信来了。

莫明是莫保的儿子，年近30岁了，被莫保派往莫天护手下当差，手勤眼快，很得莫天护喜欢。莫明带来的信息，是一个重磅炸弹：莫家族人把新王朝派到河池县的县丞盖让杀了。

此时，应是1369年下半年。八仙屯的稻谷、苞谷等农作物已收割收藏完毕，军事操练正紧张进行。

蓝双玉和韦天刚负责军事操练诸事，胡大可等人在忙冬藏冬储诸事。

日头偏西，站在议事堂的莫保面色严峻地对杨秀说道："去叫蓝双玉和胡大可。"不多时，杨秀携着两人匆忙赶来。

莫保对胡大可吩咐道："抓紧冬储冬藏的事，一定要把军粮归仓的事做完做好，这是我们替朝廷做的。元朝时怎样做，现在也要怎样做。你算一算全年的收成，各家各户的口粮按人口数在往年的基础上一人多分五升。"

接着又吩咐蓝双玉："你叫上韦天刚，火速赶去靖远峰，请你父亲下山一趟，就说我有要事相商，晚上你和天刚在我这儿陪你父亲吃饭。"两人走后，莫保吩咐杨秀："去厨房安排饭菜。"

申时，蓝海峰到了，随行还有管事覃二虎，徒弟黄阳。莫保直接将蓝海峰一群人领到了小客房。

客房前，是由霸王鞭长成的篱笆。霸王鞭是庆远地区的藤本植物，在小院边打上木桩，木桩上横搭竹竿，沿木桩种植霸王鞭，霸王鞭攀缘着木桩和竹竿不断生长，绿色的小院就此长成。

客房中餐桌的桌面是用黄杨木做成的，餐桌的腿有着美丽的虎纹斑。蓝海峰眼一扫，椅凳、茶几都有同样美丽的虎纹斑，小小天地间景致和谐，蓝海峰口里发出啧啧的赞叹声。

原来蓝海峰慧眼看出了其中的门道，这些家具是由庆远地区难得一见的虎斑树制成的。虎斑树的纹理恰如虎纹，天然的花纹吸人眼球，但这种树只生长在河池，不是一般人家能拥有的，更遑论做成家具了。

餐桌的上铺着的桌布更让蓝海峰赞叹。桌布绘成五彩，加以土漆，华美可观。不要以为这是布，这是牛皮，学名叫鞯皮。鞯皮制作流程很是麻烦，先将生牛皮在水塘中浸泡后，进行硝制、鞣制、绘彩、上漆等工序，再制作成桌簟椅簟。餐桌上放着的手巾，产自东兰，吸水且触感柔软。

餐桌上的菜肴很丰富，常见的蔬菜瓜果、鸡鸭鱼肉自然少不了。鱼是当地少见的船钉鱼，出自忻城清水河，味道鲜美；地蚕出自人迹罕至的深山僻远处，滋味奇特；重达十多斤的清水鸡，产自思农，因而又称思农鸡；重有八九斤的鸭，产自东兰，称为东兰木鸭。一盆金黄的闻香饭放在桌子头，这是用一种生长在山里的香饭花染色做成的，味道甘美。

蓝海峰坐在主客位置，然后是覃二虎、黄阳。莫保坐在主人位置，手边依次是蓝双玉、韦天刚、杨秀。

斟酒待客的几位少女，一身美丽的壮族服饰，赤裸着秀美的足踝。

莫保面向蓝海峰说道："师弟，自去年靖远峰一别，虽然音问常通，但见面时日却无，今天我请师弟下山，实有要事相商，相商之事饭后再说，咱兄弟俩先喝酒。上一次喝南丹的酒，这一次换一种。八仙屯种有一种稻谷叫黑糯米，黑色的，十月方熟。用黑糯米酿制的酒，温润香甜。有一年，庆远的赤鲁来到八仙屯，我就请他喝的黑糯米酒，喝好了，临走时他还和我要了一坛子带走。"

蓝海峰笑着说："客随主便，我听师兄的。本来师兄到靖远峰后，我应该前来回拜师兄，原来想等到秋收冬藏的农事忙完便来回拜，不想师兄先来请我。今天便权当我回拜师兄吧，小弟特意从山上带点山货下来，聊表心意。"

师兄弟说话之间，待客的少女已将酒斟满。双方按照当地的宴饮之道，你来我往，边说边喝。小一辈也是以主敬客，先由蓝双玉哥仨敬覃二虎、黄阳哥俩。然后是晚辈敬长辈，众人敬酒给莫保、蓝海峰两位师兄弟。酒足饭饱，莫保拽着师弟走进内屋去了。第二天一早，蓝海峰才从内屋走出，直接回靖远峰了。不几天，善于耕种、建房的胡大可也去了靖远峰。

莫保在机密地处置一应事务时，外界的形势也在急转直下。自河池县县丞盖让被莫族人杀害之后，庆远南丹军民安抚司迅速被改回庆远府。莫家的管辖权和治理权又回到1368年的时节。莫天护又和历代犯了错误的承袭人一样，走上了外调做官的道路。朝廷一纸行文抵达八仙屯：莫保千户被解职，所有军屯户被就地解散。

八仙屯一派沉寂，气氛压抑。众百户一起来到议事堂。莫保挨个看看他们，一个个耷拉着脸，垂头丧气。40多岁的牧伯劳，是莫保手下的百户，满腹怨气，首先发言道："千户，我们一心一意要归顺新王朝，怎么还是这个下场？"

莫保眼光扫扫众人，问道："你们大家是不是都觉得委屈？"众百户点点头。莫保："在我看来，这是个不错的结局了。对于我们八仙屯军屯在新王朝的命运，我的设想中，有三种结局，你们想知道吗？"众人齐声道："想。"

莫保说道："第一种，南丹安抚使莫天护顺利归附明王朝，我们跟着一起归附，我还是千户，你们还是百户，这是最好的一种。最不好的一种，是我们遭遇死忠旧元势力的攻击，或遭人陷害，受到明军的打击，再或是被我们打击剿杀过的土霸豪酋的报复，我们5000人不知有多少能平安地生存下来，这是我日夜担心的。最好的结局我们没有得到，却也得以避免了最不好的结局。现在的结局是第三种，我认为这是很不错的结局了。为什么？你们就是少了个官职而已，但家人尽数平安，房屋财产也没受什么损失，脚下的土地依然是你们可以赖以生存的资源。与你们相比，我是最倒霉的了。为什么这样说？你们只是丢了个官职，还可以一家人在这儿住着原来的房屋，种着原来的土地。我丢了官职不说，还不让我住在这里，要我迁移到其他地方。房屋没房屋，土地没土地，与你们相比，我应该更憋屈了。"

众人听听，确实如此。原本愁云密布的脸上慢慢漾开了笑容。

莫保看着大家的笑脸，自己也笑了："这就对了，有什么委屈的？委屈与天命同在。"说到这里，莫保一拍脑袋，自嘲道："说着说着，我还把一件事忘了。"莫保从衣兜里掏出一把胸坠，往桌上一放道："这是我做青钢棍剩下的小料，不舍得扔。用它做了几个胸坠，上面就刻了'委屈与天命同在'几个字,送给大家做个纪念吧。"

当晚深夜,蓝双玉被杨秀叫醒,来到议事堂。韦天刚已先到,随身一个包袱,腰挎瑶刀,手拿牛皮斗笠,一副出门打扮。杨秀也如此。莫保站在两人中间。蓝双玉诧异道:"千户要出门?"

莫保道:"白天和大家见了一面,就算是告辞,趁夜悄悄走了,省得与众人告别徒增伤感。我带天刚和杨秀先走,你过几天再来。"

蓝双玉问道:"我留下,难道还有什么事要我去办?"莫保:"你有三件事。第一件,把大家后续安顿的事做好;第二件,有人来找我,或者是别人问我,你就说我出门了,过几天回来,别说去了什么地方;第三件,诸事完毕,你护送夫人和我的两个孙子到靖远峰,你父亲会告诉你怎么办。如有无家无室,愿意跟我走的兄弟你就带上他们。"一番交代后,莫保又摸出一块令牌递到蓝双玉手中。

莫保、韦天刚、杨秀三人悄悄走出八仙屯,骑上杨秀早已藏在屯外的快马,消失在黑夜中。

第二天,人们纷纷询问莫保的去向。蓝双玉按莫保的交代,一一作答。大家看千户的夫人还在,孙子还在,便都相信了。

门卫来报蓝双玉,有人求见。蓝双玉赶紧迎出去,边走边琢磨,千户说过会有人来找我,那就是此人了。来人头裹黑巾,悬垂过颌,一张脸被遮得隐隐忽忽的,一副神秘样。

双方互致问候毕,蓝双玉将其引入议事堂,吩咐上茶。

蓝双玉问:"贵客怎么称呼?"客人回说:"你只记住我是上思州土官后人就行了。我想见你们千户。"蓝双玉双手奉茶,按照莫保的嘱咐回道:"千户出门了,让我帮着看几天门。"

上思客问道:"什么时候回来?"蓝双玉回道:"千户没说,估计千户因心情不好,出去散散心,怎么着也得十天半月的。"

上思客又追问道:"千户去什么地方?"蓝双玉不动声色,回答道:

"千户没说。"

上思客说道:"千户被罢官,我们上思土官十分同情,让我来看看。如果千户想散散心,上思欢迎千户来走走。"蓝双玉起身,施了一礼说道:"感谢上思土官,千户回来,我会把你们的好意转告。"

来客走了,蓝双玉想起发生在上思州的两件事。

一件是十月间,上思州豪酋黄龙关在土官黄英衍授意下,聚众万余攻打郁林州,围攻半月不下,退守上思州。朝廷命潭州卫指挥同知丘广为总兵官,宝庆卫指挥佥事胡海、广西卫指挥佥事左君弼为副总兵官,率兵前往征讨,杀了黄龙关;另一件事是上思州土官黄英衍占据太平府,把持府事,朝廷治其罪,将黄英衍迁移泰州。以流官知府、知州治理太平府、上思州。

蓝双玉从这两件事中分析出,不甘失败的上思土官集团,还有新的图谋。千户着急出走,其中的一个原因,应是躲避这种势力的拉拢。双玉心里笑道,以你们这些人的智能,千户能与你们同流合污才怪呢!

蓝双玉分析得对,但是莫保不想见这些人,还有一个原因:这些人来了,不见不行。可是见了,万一有人汇报给新朝廷,新朝廷不怀疑自己才怪。这种怀疑,跳进黄河也无法洗清。

没有莫保的政治智慧,他的后代无法登上世袭土官的宝座。此时的莫保,正在找一块什么样的地方去种植家族的天命呢?

处低谷仍守本分

忻城，有个地方叫板县。"板县"，源自壮语。壮语中，"板"是村子的意思，"县"在这里有县衙、县城的含义。"板县"是县府所在的村子。莫保罢官后，来到忻城，落脚之处就是板县。板县，是莫保的天命之地吗？真有天命吗？有人说，有。

居于端，葬于仙。
潜于板，逐马迁。
芝麻官，五百年。

父亲莫亮居住端简里，是居于端；莫保葬父亲于莫蓝山石洞，是葬于山；莫保罢官后潜居在板县，是潜于板了。"板"字在壮语里是"村"，村落千千万万，居住在别的村，仍可说居于"板"。

1369年冬季，莫保请蓝海峰来八仙屯议事，两人在小客厅的内室待了一夜直到天亮。罢官后居于何处，一定是他们商议的首要问题。商议完了，蓝海峰带着靖远峰诸人和胡大可来到板县做前期准备。那个时候，莫保没做县官，也没有县衙，由此可知，此地的名字肯定是后来叫出来的。

板县位于忻城县最西边，所在位置是个三岔路口，往北通庆远府，往西通南宁，往南直达忻城。板县村旁小山下的涧水潭边，曾建有一间官栈，供桂林来的考官或路过此地的各种官吏居住。

广西有一条古驿道，这条古驿道是广西地理的中分线。大致以今河池（宜州）、忻城、上林和南宁一线划为东、西两个部分；在明代，驿道的一边是流官治理的地方，另一边是土官治理的地方。既是一条地理分界线，也是一条文化分界线。其中，邕州（南宁）到宜州（庆远）驿路中有两个重要节点，即宾州、忻城。忻城成为西南重镇的枢纽和节点，它不言而喻的地位在此被凸显。板县四通八达的交通要冲地位才是忻城成为重镇的关键。

交通要冲对于信息传送具有无可比拟的优势。对于影响力的形成也具有其他方式难以企及的能量。板县，是交通要道，来往信息便捷。莫保说是潜居，但他需要外面的信息，也需要传播自己信息的渠道。莫保选择此地，考虑的不是天命，而是出于其千锤百炼而成就的战略眼光。

1370年春季的那个深夜，莫保带着韦天刚和杨秀悄悄离开八仙屯，奔板县而来。一直在此的胡大可安排几人住下，简陋的房屋无法与八仙屯的官衙相比，但莫保却很适意。

不久，蓝双玉按照莫保的安排护送着莫保的夫人和两个孙子也来了，同来的还有30多个屯丁。

安顿好之后，莫保做的第一件事是给两个孙子改名。大孙子改为莫记本，小孙子改为莫记分。明说是要孙子记住要本本分分做人，本本分分做事。实则是说给新王朝听的：我莫保虽是罢官了，但我会在这偏僻的村子本本分分地生活，不会生出不该有的事端。

莫保做的第二件事，是带着家人和30多屯丁开荒种地。曾经贵为千户的莫保戴着斗笠，扛着锄头和众人一起干活，一副田舍翁模样。十多岁的孙子也被他吆喝着下地干活，做惯了少爷的两个孙子难免心中抱怨，口发牢骚。蓝双玉、韦天刚、杨秀等人也不时有牢骚声。思忖良久，莫保写了一篇如何看待庄稼活的文章，文章真是具有前所未有的高度。这篇短短的小文，充分体现了莫保的智慧和家国情怀。

莫保著《力田箴》曰："追维帝降，嘉种为重。复思厚生，稼穑为先。昔我江左巨族，今作粤西细民，汝其收甲兵之锋……将征战之力，瘁厥锄犁。是货不弃地，食为所天。勿荒于嬉，山头岭角皆金珠。勿舍乃业，耕耘收获是根本。矧粢盛果馐之祖考，以此为孝。菽粟布帛贻之，来世以此为慈。物畜然后有礼，耒耜之利普矣。子若孙其勿忘乃训。"

在莫保的理解中，古往今来的帝王，在治理天下时都把农业生产放在第一位来重视。铸剑为犁，是古往今来社会贤达的政治理想。现在，天下太平，刀枪入库，穿上农衣从事耕种是为天下人生存的根本工作，是人的本分之务。况且，有了收获，就有丰富的食物来祭祀祖先，以尽人子之孝。有了丰收的粮食和布帛，社会有需要，我们就可贡献给社会。因生产而仓廪富足了，才能讲究仁、义、礼、智、信，社会道德体系才能建立。正是因为莫保有过人的智慧，有心怀天下的襟抱，才能将劝人务农的文章写得这样通透而有哲理。

莫保给两个孙儿改名和其写作《力田箴》之事也通过南北交通传送到新王朝的各级衙门，不仅抹去了各方的猜忌，也使追随而来的众人知晓了其用心之良苦。

稳定了思想，完成了身份由江左巨族到粤西细民的转化，莫保在板县的生活渐渐过出了滋味。

开荒种地，发展生产这一块由胡大可负责。莫保不忘军事，农闲仍像在军屯时训练，这一块由韦天刚负责。对外交流，打探信息这一块由杨秀负责。蓝双玉则成了总管。

莫保总揽全局，有时间就亲自教孙子读书。

屯军种地，工具先进，耕作和种植方法多样，种植的农作物种类较当地人多，不出几年，莫保俨然成了忻城的富豪。

蓝双玉、韦天刚、杨秀在莫保的关怀下，成了家，有了自己的住房。随他而来的八仙屯的军丁也相继成家立业了。

莫保天性善良，凡有逃荒或有难处的人到了板县，他都热心帮助；凡有投奔他来的亲朋旧友，都热心收留。他居住的地方，仅仅数年，就发展成一个村落。莫保因从官场摔落民间，更深知人间冷暖，与人交往，无论出身尽皆以诚相待。

莫保任职八仙屯千户时，兼管忻城。落难忻城时，忻城虽为流官治理，但流官不懂壮语瑶话，实施不了有效的管理，平时都居住在庆远府，一年只是春秋两季各来一次。忻城仍是壮乡瑶寨散处，各按其俗生活。各个壮乡瑶寨依照着旧俗，由壮民、瑶民推举的头面人物管理。

初时，忻城各壮乡瑶寨的头面人物，看到莫保被摔落板县，都是冷眼观之。不几年，莫保又发展为一方富豪，而且仁义待人，各头面人物无不信服。

莫保在板县做到了"老者安之，朋友信之，少者怀之"。摔落板县的莫保，又在板县建立了显赫的声名，有了高度的话语权。莫保所住的地方，被誉为"德门"，他的善行善为，当沿南北交通而传响。

一救忻城

洪武九年（1376年）闰九月，忻城地区形势骤然吃紧，八寨和迁江、武宣爆发大规模的民变。

武宣距忻城数百里，而八寨和迁江近在咫尺。八寨原系迁江八所土官所辖，与板县隔红水河相望，是广西长期动乱的渊薮。明廷诏令柳州、南宁、桂林等卫官兵进剿，两地与忻城近在咫尺，乱民要窜袭忻城，朝发午至。

民变力量威胁着忻城的安危，忻城内部又有力量与之暗通款曲，如内外勾结成功，忻城将陷于动乱和杀戮之中。明廷制定的用兵方略，急需一股力量阻断八寨和迁江民变势力向忻城流窜。同时，也需要这股力量威慑忻城的异己力量，让其不敢妄动。

这股力量必须由忻城自己组织和武装，当然只有忻城知县能够担任组织者。

可是查遍相关典籍，并没有这一时期的忻城知县的记载。

唯一合理的解释就是：原来管辖这个地方的是元代千户莫保，到1370年莫保被罢官后才卸下管辖权。王朝初生，治理人才相对紧张。洪武期间，忻城的治理权就托给了宜山知县王仕忠。

王知县忠于职守，很有政绩，关于王知县的政绩的记载被《庆远府志》收录在"宦绩"中。王知县深知处理好新王朝诞生之初的民变和安定民生的重要。他决定从忻城中推举深孚众望的人来组织和领导这支武装。这个人必须具有如下条件：必须忠于明王朝，必须带过兵，必须具有经济实力和影响力。

王知县扳着手指头把忻城的知名人物算了算，从"必须带过兵；必须具有经济实力和影响力"来说，非莫保不可。从"必须忠于明王朝"这一条来说，王知县却有点犹豫，莫保毕竟当过前朝的千户啊。

县丞张叔廉久在县府，熟悉当地的知名人士，提醒说："莫保这人不像当地其他土著，很有儒家情怀。"王知县哦了一声，问："怎么见得？"

县丞道："莫保罢官之后，不像有的土官满腹怨气，或是小动作不断。他将孙儿改名莫记本、莫记分，不就是表明他要本本分分生活的意思吗？到忻城开荒种地，他的孙儿和亲随发牢骚，他还写篇文章劝慰。这篇文章叫《力田箴》，文章很短，但写得很好，一腔儒家情怀。当时看了还觉得有点可笑，教育孙儿和亲随还用特意写篇文章吗？今天看，他是要用这种方式向我们传达他的心意啊。"

王知县笑笑，说道："想起来了，这文我也看过，莫保写此文是有用意的。哎，这人智慧呀！可他当初怎么不来归附呢？"

张叔廉说："我听说，莫保早想归附，但他是属于南丹莫家土官系的，南丹土官不表态，莫保就不能表态。南丹土官莫天护因部民杀害河池县丞盖让一事受到牵连，南丹土官系的莫保跟着吃了挂落儿，被裁撤罢官。还听说，莫保的儿子莫明在南丹就是反元派，因此，庆远府后来才起用他的。"

王知县赞同地说："听人说，莫保在平息莫八的变乱中，立过大功，有勇有谋。好，我们就用他。"县丞说："用他，需给他职位呢，有其位才能谋其事。"

王知县说道："向知府报备，给莫保协理忻城县事的职位，组织和武装五百土兵，堵断八寨、迁江民变窜越忻城的道路，弹压忻城民变。"

接到任命，58岁的莫保脸色无忧无喜，淡然坐在小客房里喝茶。

蓝双玉、韦天刚、杨秀、胡大可，还有两个孙子莫记本和莫记分围在他旁边陪着喝茶。

胡大可一口喝干杯中茶水，一脸不解地问道："老爷（罢官后都改称呼莫保为老爷了），协理知县是个什么官？"

莫保："副知县吧。"

杨秀到底年轻，把手中刀啪地往桌上一放，愤愤不平道："老爷，新朝廷不用你了，五品官说罢就罢了。罢了就罢了，还不让老爷在八仙屯待着。现在要用你了，也不给个大点的，副知县，从七品；可你原来是正五品呢。"

莫保嘿嘿地笑着，用手指着杨秀说："都结婚生子了，说话还是鸡同鸭讲的水平。元朝的正五品再尊荣也不比今天的从七品，人要懂得审时度势。双玉、天刚，你们俩还有什么说的？"

韦天刚回道："我没什么可说的，听老爷的。"蓝双玉附和道："这是件好事，老爷被重新起用，我们又可为国家效力了。"

莫保高兴地站了起来道："双玉这话说得好。没有这道任命，我们见到土匪打进来，为自保能不打土匪吗？看到土匪祸害忻城，能不管吗？要打要管，可名不正言不顺啊。有了这任命，我们保境安民，才名正言顺。"

莫保停顿一下，似是吸了一口气，又接着说道："现在难的是组织500人的队伍。大可，你现在马上赶去八仙屯，跟老兄弟们商量，组织400人的队伍，拿着我们过去的瑶刀和斗笠盾牌赶回来。双玉和天刚将我们种地的兄弟和租种我们土地的兄弟们组织起来，也有100来人，把原来从八仙屯运过来的瑶刀和斗笠盾牌发下去，武装起来，10人为一小队编组。战时，你们两人一人领一半。平时，全由天刚负责训练。双玉，你带几个弟兄，前去做道路侦察，务必找到八寨匪人和迁江匪人到忻城的必经之路，好布置队伍阻断流匪。"

两个孙子问："爷爷，我们干啥呢？"此时莫记本已是十六七岁，莫记分稍小一些。

杨秀也问："我不能干闲着吧？"

莫保望着孙子呵呵地笑："孙子都可以上战场了，我莫家后继有人。这样吧，你们两人协助杨秀筹算500人队伍的装备费用、生活费用、每天的报酬，给宜山县王知县写个条陈。我也写个速派监军的条陈，这两个条陈不用驿站传送，由杨秀直接送达。"

韦天刚一脸疑惑地问："老爷，宜山知县没说监军的事，您还说它干啥？"

莫保道："天刚，我是前朝旧臣，元朝时，都给队伍派监军，行军打仗才能令朝廷放心。既然新朝起用我，我也得按规矩办。"

莫保的用意十分清楚，新朝起用他平乱，却没说派监军。于是便主动提出监军之事，为的正是消除新朝的疑虑。

八仙屯的400屯丁在4个百户的带领下尽快地赶了过来，4个百户是牧伯劳、罗壮、岑七山、胡大可。原来的百户领原来的兵。

靖远峰的蓝海峰也派了十来个功夫较好的弟子在覃二虎率领下赶来了。

明军的战服送来了，相关的物资和款项当然也随之而来。

500人穿上明军战服，戴上五彩艳丽的盾牌斗笠，腰挎瑶刀，部伍整齐，军容严整。

战阵变化，由蓝双玉教练；击刺格斗，由韦天刚教练。

靖远峰来的十多人，加上莫记本兄弟俩，又选拔十多个有武功的兄弟，组成狼兵战队，由杨秀率领并教练。

胡大可撤下来专门负责后勤，他的百户职责由原来的副手负责。胡大可从忻城征召擅长烹调的60人，分成6组，5组负责5个百户队的伙食。还有一个组负责狼兵战队的伙食。

接下来，作战计划的制订，各队之间的联络、互相支援，堵截地点的确定，暗哨的埋伏等事宜都在紧锣密鼓地进行着。一切陆续布置完毕，莫保让蓝双玉坐镇家里，自己身着戎装，携带青钢棍，带上狼兵战队到忻城各地巡查。一路走来，青春朝气的狼兵战队，一身戎装，夺人眼球。

来到加仁，到一座宽敞的房屋前站住，莫保对杨秀道："前去通报这家主人，说莫保来访。"

精壮的主人听闻杨秀的通报，疾步前来迎接。

莫保问道："覃村老，今年粮食收成如何？如有不足，需要帮助可找我。"

覃村老，真名覃壮。村老是对一个地方有威望的人的尊称。去年天灾，粮食歉收。覃壮找莫保借粮，莫保借了数十石给他。

莫保来找覃壮，是因为有消息说此人与八寨匪人有联系。莫保前来，为的是敲山震虎。

覃壮满脸堆笑道："莫老爷，今天是什么风把您给吹到我这小门小户来了？"

莫保说："粮食收得差不多了，地里的活也没了。县老爷看我闲来无事，请我组织一支队伍，堵截八寨和迁江的匪人，防止他们流窜到忻城来。走了一阵，口也渴了，覃村老不请我们进去喝点水？"

覃壮有些心虚，可也确实感谢莫保曾经的借粮之举，于是马上摆出一副欢迎的样子，口中说道："想请都请不到。莫老爷和各位兄弟，请进屋喝水。"狼兵战队有十余人留在门口，一部分站岗，一部分在四周巡查。其余人在杨秀带领下跟随莫保进屋。

壮族人的房屋大部分都是干栏式建筑，覃壮的房屋则将汉族的四合院建筑和壮族的干栏式建筑结合起来。走进大门，是一个规整的四合院。一进止房,则又是干栏式建筑。只不过,木柱下没有圈牲口,而是收拾得干干净净,一圈人正围桌子喝茶。

一圈喝茶的人的眼睛都盯着桌子前边手抓小公鸡的人,这人被称为鸡匠,是个算命先生。

鸡匠抓着小公鸡的两腿,烧香祷告一番后,将小公鸡杀了。取出鸡的股骨洗净,用线把两根骨头绑紧,再将竹棍插进去,使其骨相背。然后双手恭敬地捧着鸡骨,口中念着祝赞的话语。再拿寸许长的小竹签朝有空隙处插。这是壮族流传久远的算命方式之一。他们将左边的鸡骨当作被算命者,右边的鸡骨当作要算的事。竹签直而正,与鸡骨相贴为吉;竹签曲而斜,远离鸡骨为凶。鸡匠算完,竹签曲里歪斜不说,还偏离鸡骨很远。

这群人都是覃壮的手下,覃壮和这群手下与八寨和迁江的匪人联系,相约共同起事。覃壮正在举棋不定,不知是福是祸。于是把手下人找来,请鸡匠算命,结果却显示凶兆。

一群人心里怏怏不乐。

覃壮将一群手下从座位上撵起来,请莫保坐下。莫保打眼一瞅,看出这伙人正谋什么大事,犹豫不决才找人算命。便乘机出言敲打道:"覃村老,有什么难决的大事呀,找人算命?可惜这算命的结果却不好,有凶无吉。我看啊,你是流年不利,今年不能做出格的事,否则要有血光之灾。"

一群人商量事情,算命得出的结果不好,心里正闷闷不乐,莫保一行人前来打搅,已是令他们心里有气。此时又受到莫保的奚落,更是气愤难平。一个蛮壮汉子眼睛一翻骂道:"我们正喝茶,哪儿放出来的屁,这么臭。"

话音未落,只听咣当一声,蛮壮汉子被飞来的一块火镰石打落了两颗门牙。气极之下,蛮壮汉子骂道:"哪个塔种干的?"

原来是因为门牙被打落，说话漏风，把"杂"字说成"塔"字了。

杨秀站在莫保身后，蛮壮汉子骂莫保时，杨秀摸出随身携带的火镰石当暗器打了过去。蛮壮汉子的牙齿正是被杨秀抛出的火镰石打掉的。

听到蛮壮汉子的谩骂，杨秀骂了回去："骂人的塔种，真是不知好赖的杂种。"前一个"塔种"，是奚落蛮壮汉子牙齿漏风咬不清字，后一个"杂种"才是骂人。

骂完，杨秀还不解气，豪气道："我们老爷是前朝的千户，正五品的官，不说身经百战也有数十战吧。手中的青钢棍，被鲜血浸透，由黑变红了。从战阵中杀出来的老爷，岂是你能骂的？再说，老爷读过的书，胸中的学问，是这个大院都装不了的，摇卦算命，阴阳风水，老爷没有不懂的。就你们那个鸡骨算命，老爷一看就知道你们命相不好，这才好意劝你们，不要逆命而行，否则凶多吉少。好话不听，竟然出言辱骂。果然凶事来了，两颗牙齿从此寿终正寝。"

覃壮看算命不吉，心里有了阴影，原来只听闻莫保如何英雄了得，如何仁义道德。心想，今天何不趁此机会，再探探底细。随即笑了两声，站起来说道："各位兄弟，你们不知，这位就是文才武略的莫老爷，前朝在八仙屯当千户，威风八面。新朝又任副知县，组织500人的武装保卫忻城。今天莫老爷能光临我这破门小户，荣幸不已。刚才这位兄弟用火镰石打落了我手下的牙齿，出手不凡，佩服佩服。莫老爷年纪大了，不好意思劳驾，还请这位小兄弟给我们露上两手，让我们见识见识。"

覃壮手下的人正气不过杨秀打落蛮壮汉子牙齿一事，听老大一讲，纷纷怒火冲天地喊道："是汉子的就出来明打明地干干，猫偷鼠窃的算什么人物。"

莫保心里笑笑，在杨秀面前，这些粗野蛮汉的那点本事只能属于偷鸡摸狗的层次。可他面上则很严肃，说道："我才刚说怕你们有血光之灾，有人就掉了两颗门牙，要再比试比试，很让我担心你们的小命呢！"这些话是莫保有意说给死要面子的人听的，为的就是挑起事端好给这些不自量力之徒一个下马威。覃壮接茬道："莫老爷这么说，我们别舞刀弄剑的，用木棍点到为止地切磋切磋就是了。走，到宽敞的院里去。"到院里，被打掉牙的蛮壮汉子先握根棍子站出来。其他几个也纷纷从棍架上拿起了棍子。

莫保对杨秀说："用我的棍子吧，切磋而已。"杨秀听出了莫保话里的意思，点到为止，压压他们的气势就行了。杨秀点点头，表示明白，下场站在上边位置。

比武有规矩，上边位为尊，下边位为卑。几个人见杨秀那个不谦虚劲，心里那个气呀，拿着棍子便围了上来。覃壮看几人不顾比武规矩了，连忙吆喝道："哎，哎，哎，打群架啊？一个一个来。"杨秀道："不用，让他们全上，看看什么是功夫。"

十来个人在覃壮的吆喝下，本来不好意思，正想退下。杨秀一番话，令他们更加怒火中烧。当下也顾不得什么规矩脸面了，心中想着，你这小子是自找的，这可怪不得我们，真就提棍上来。覃壮瞅瞅莫保的脸色，可莫保气定神闲，丝毫不见担忧之色。

杨秀却在场上教训起对方："你们打起精神，好好跟我打。"十几人嗷嗷叫着，挥舞棍子兜头砸过来。杨秀一个错步滑到左边一丈开外。众人嗷嗷叫着又攻来，杨秀一个错步又滑出一丈开外。

几个来回，众人连杨秀衣袖边都没碰到。被打掉牙的蛮壮汉子喊道："只顾躲，这叫打架吗？"杨秀停止滑步，大声喊道："打架的来了。"青钢棍呼啦啦地使开来，脚下恍如溜冰，在十数人中穿梭，只闻哎哟哎哟的叫声传出，那伙蛮徒棍子不知不觉脱离他们的掌控，接二连三地飞到棍架上。十数人每人手上挨一棍，腿上挨一棍，正端着手叫唤连连地蹲在地上。

杨秀呵呵地笑着说:"我叫你们打起精神,好好打,谁叫你们不听话呢?"

蛮壮汉子傻乎乎地说道:"你脚太快,手也太快,还没看清,你就把我们的棍挑飞了。棍也太重,手上挨一下,腿上挨一下,疼得像是被打断了似的。"杨秀抚摸着青钢棍教训道:"青钢棍是我们老爷的武器,40斤重,我用得不顺手,要我们老爷使出来,你们几个便不是手痛脚痛,而是脑袋开花的事了。"杨秀喊道:"老爷接棍。"

棍如直线射向莫保,莫保接棍的同时顺势使出了一招后肘棍,咚地击在后面板壁的立柱木方上,一尺多厚的木方霎时间被贯通。

覃壮一瞅,嘴张开就合不拢了。他手下的十多个人,眼鼓着,口张着,蹲在地上作声不得。莫保抬腿离去,并吩咐杨秀道:"把咱们带着的一罐好酒送给覃村老,给他压压惊。"

走回板县的路上,莫保高兴地问杨秀:"他们还有造反的胆吗?"杨秀笑着回答:"借他们十个都不敢了。"杨秀想了想又道:"可他们那个蛮劲又让人不放心。一个人蛮横了就会变蠢。"莫保隐秘地一笑,说道:"你给他们的酒,会让他们十天半月浑身乏力。"杨秀愣了一下,复又嘿嘿一笑,老爷智深似海,早已在酒里做了手脚,看来覃壮等人是不用在意了。

自己挂怀的内忧终被消除,莫保转而专心致志地去堵截流匪了。

迁江和八寨的匪人数次窜越忻城,都被莫保屯军的箭雨射了回去,不少人被射伤。覃壮自那天见识了莫保、杨秀的功夫后,心里彻底凉了。他知道自己手下只有蛮力的这些人要和莫保的人在战阵上相见,那就是人家砧板上的鱼肉,不是凶多吉少,纯粹是血光之灾。什么起兵暴动发大财,还是先保住自己吃饭的脑袋要紧吧。

覃壮断了与八寨和迁江的联系,八寨和迁江的匪人本来计划三地暴动如三足鼎立,相互支援守望能够有较高的稳定度,其中一足失陷,另两足自然也立不住，在明军的围剿下投降。莫保韬光养晦六七年，抓住机会亮开身手一战，给了莫家在忻城一个隆重的奠基礼。

莫家，第一次在忻城上演了挽狂澜于既倒的好戏。借此战的声威，莫保头上副知县的帽子戴得稳稳当当的。接下来，他开始施展拳脚建设板县。

他首先建了官栈，为南来北往的官吏准备一个可以住、可以吃饭、可以休息的地方；同时又设一个市场，让忻城有一个可以以物易物的地方，这样外地的小商小贩才会被吸引过来。

从八仙屯借来的400人，加3个百户，愿回去的，发一笔饷回去。不愿回去的，可留板县继续屯种，并把家眷接过来。这样既充实了人力，又增加了管理人才。

莫保推广佃租土地，将屯军开发的土地租种给别人，吸引人口。人口多了，小手工业者也来这开拓市场了。围绕莫保的县衙门，周围的房屋越来越多，逐渐形成了县城的规模。壮人逐渐把这里叫作"板县"，意思是有县衙的村。后来，县政府搬走了，壮族人又把这叫作"古尚"，意思是古代的县城。

1377年，莫保的孙子莫记本的妻子生了第一个儿子莫贤，以后又有了老二莫原、老三莫响的降生。

莫保的妻子年老去世，因为年代久远，老人的姓氏已经湮没，后人只记得葬在龙头村果采屯的后山上。因老人葬在这，以后这山就被称为"莫奶岭"了。墓碑上的铭文这样写道：

　　头戴金刚帽，前面九龙来治水；
　　脚踏万年河，后头龙尾到天峨。

对联虽是不太工整，却很有气势。

年老的莫保，曾将写有自己老师推演出来家族命运的字条交给了莫记本，然后带着重孙莫贤慢慢走到大道边一棵大树下，回头望着在自己手中发展起来的板县，喃喃自语道："眼下是重启了一片天，可'芝麻官，五百年'。500年，不世袭怎么能做500年呢？"

莫家的天命，会隐含无尽的委屈吗？莫保默默地看着远处的虚空，这于他是个无解之题。天命本就无解。

第二章 乱世砥柱

一个县同时存在一个流官知县，一个土官知县。这是中国行政治理史上独一无二的特殊现象。

拿朝廷俸禄的流官，怀揣大印居住在府城宜州，无所事事。

不拿朝廷俸禄的土官，长年居住忻城，管着除赋税而外的所有事。

忻城遭遇动乱困境，土官坚定站在朝廷一边，屡次毫不犹豫地承担起救危治乱的责任，屡次毫不犹豫地保存着百姓对安定和治平的希望。为百姓负责的莫家人，被百姓推举为县官，创下了中国官场的独特案例。

百姓推举莫家人为县官的理由：忻城面临暴乱的危机，现任知县要人没人，要兵没兵。放眼忻城，谁能扶大厦于将倾？谁能组织武装力量保卫忻城？只有莫家人。莫家要粮有粮，要人有人。莫家人既能组织起武装力量，又能有效指挥武装力量作战。莫家人有社会情怀，敢于担当，勇于担当。

蛮刀蛮腰蛮音柔

忻城至永定的山道上，一匹白马在奔驰。白马上一袭青衣的俊朗少年意气风发，肩背斗笠，一条黝黑的悍棒斜放在马鞍旁侧。青衣少年，白马飞驰，成为道上的风景，飞奔而过时，总引得路人注目。

石叠隘，位于忻城县北40里，与永定头盔堡接界，道险路陡，不便驰骋。少年轻挽马缰，飞身下马，牵马奔岭而来。到隘口，山风习习，爽人心怀。

少年牵马到背风处，用布巾擦拭白马身上的汗渍。少年是个爱惜宝马的人，深知一身汗渍的马匹，被风一吹，易受凉生病。擦拭间，忽听风声中传来一声娇嗔："小毛贼，敢抢我的马。"少年将马拴于树上，抢步过了隘口，见两个壮汉正和一个少女斗在一起。

壮汉头包黑巾，穿黑布对襟衣，圆领阔袖，裤子也是黑布做成，裤口宽大，一看便是壮人。两人手握壮刀，正从上而下地攻来，占尽地利之便。少女上身是大襟蓝干衣，下身穿的是长至脚踝的长折裙，脚穿亮底起白花石榴红的绣鞋。身上的银饰可不少，有银梳、银簪、耳环、项圈、胸排、银镯、脚环，观其装束，料定这少女也是壮族人。只见她手使一柄小蛮刀，虽然位置不利，但丝毫不惧，刀法辛辣，着着抢攻。

少年见此，执棒喝道："两个毛贼，竟敢拦道抢劫。"说着便踊身上前，悍棒使开，风声霍霍。两个壮汉闻言一惊，一个回头抵御突如其来的襄助者，一个仍往前向少女咄咄攻去。

寻常盗贼，哪是少年的对手，棒梢撩过壮汉的手腕，大刀当啷落地，悍棒一横，将之挑落岩下。剩下的人心惊胆战，踊身跳下山崖，少女的小蛮刀嗖地甩出，直奔壮汉后心。谁知少年却飞出悍棒，将蛮刀击落。

少年顿步刚想问话，少女猿身一错，抢到少年上风，挥拳就打。一条山道，少女从上而下，从容裕如。少年则仰身应对，吃力得多。少年边接招边说："我刚才是帮你，你怎么还打我呢？"

少女气哼哼道："谁让你狗拿耗子，多管闲事。"说完，拳脚并用，手上双峰贯耳，脚下灵犬扑门，奔胸而去。手腕上的手镯，脚腕上的脚环，叮当叮当地响了起来。少年往下一蹲，避开少女双手的攻击，右手一招铁锁寒江，辖制住少女的攻势。嘴上也不闲着："打架就打架，整这些声音多烦人。"

少女身体悬空，突然横身砸向少年而来。嘴上也不让人："手脚并用，钟鼓齐鸣。"少年使开摔碑手，将少女摔向路边岩下。手刚掼劲，脑袋灵光一转。马上劲道回旋，将少女头上脚下地拉了回来。少年右手拉着少女的左手，少女俏生生地站在岩石上，右手的银簪直指少年的咽喉。少女操着一口糯糯的桂柳话："我赢了吧。"

少年一脸的不可理喻，无奈地说："就为赢一把，命都不要了。"少女一副未卜先知的得意劲，笑着说："我知道，你不会把我摔下去的。"

少年生气道："我要反应慢点，你就不是钟鼓齐鸣，而是鸦雀无声了。"少女放下银簪，哼了一声："这点能耐都没有，还想当救美英雄，当狗熊还差不多。"

少女说着话，向里走了两步，道："往里靠靠，站在边上，头都晕了。你下去找你的木棍，顺便把我的刀也找上来。"少年已知晓这女孩性情有点蛮横，便也不说什么，施展腾挪功夫，三纵两纵不见踪影。转瞬间一个旋身跃了上来，将小蛮刀递给少女。

一缕阳光穿过林梢缝隙，打在少女脸上，仔细看去，但见她腮颊粉红，脸色白嫩，鼻梁挺直，少年不由得有些看住了。忽觉亮光一闪，少女的小蛮刀指在眼前，一声骄蛮的轻叱："再看，把你的眼睛挖出来。"

少年的脸色红了起来，讪讪地问道："你去哪儿？"少女收了蛮刀，柳眉竖起，说道："你先说，你去哪儿？"少年回答道："我去靖远峰。"少女一脸的诧异，问道："去靖远峰干啥？"

少年如实说道："看看蓝双玉爷爷，还有一个老祖蓝海峰。"少女眼睛骨碌碌地转着，一脸古怪地审视着面前的少年，片刻之后，指着自己的鼻子问："你说，我要去哪？"

少年奇怪地问："你这是自己问自己。你回答，你要去哪？"少女回答道："我去忻城板县。"这回轮到少年诧异地等大了双眼。

两人瞪着古怪的眼神，你看着我，我看着你。瞬间，两人指着对方喊道：

"你是莫贤。""你是蓝妮。"

少年是莫保的曾孙子莫贤，父亲莫记本。1376年，莫保奉命平叛乱民，莫贤是乱民平息后的第二年出生的。莫保迁居忻城的第一战，奠定了忻城20多年的和平。

蓝双玉、韦天刚、杨秀相继结婚生子，莫保的孙子莫记本、莫记分也在这之后结婚，几人的孩子都在前前后后陆续诞生。

局势好转，为一个长远的布局，莫保和蓝海峰商量后，让蓝双玉带着孩子回靖远峰，在蓝海峰之后经营和发展靖远峰。此时，蓝双玉有了两儿一女。韦天刚老家没人了，没有了牵挂，就留在忻城，也有了一儿一女，继续承担训练屯丁和庄丁的工作。他们都清楚，现在最主要的事还是训练下一代。

天下太平，莫保欲让杨秀回去孝敬双亲，杨秀说家里还有两位兄长，可替自己孝敬父母。平常寄点银两补贴家用，逢年过节回去看看，尽一分孝心。自己要跟随老爷，孝敬给了自己第二次生命的父亲，就这样留了下来。

乱世中，如何保全自己及亲眷下属，莫保在做通盘的考虑。

有了板县，有了靖远峰，可以积蓄物力、人力，但还不是万全之策。莫保又让莫记分到马平购置土地，并将莫原带去。在粤西一带，有粮万石，那就是富翁。

为培养武装人才，莫保将莫贤和莫响送到河池，让儿子莫明将其送进行伍，历练他们的能力与胆魄。1391年春，莫保为这个家族做完了最后的安排后撒手人寰。第二年，莫贤踏上了老祖为他安排的道路，前往河池。

1396年春，老祖去世五周年，莫贤从河池返家，参加家族的祭奠活动。到家见了父亲，父亲派他速速赶往靖远峰，去接蓝双玉爷爷的小女儿蓝妮。

莫保的祭奠活动，本来蓝双玉要带儿子亲自过来，可父亲蓝海峰突然患病，而且病情危险。年老之人，有此状况，蓝双玉哪还敢离开父亲，两个儿子也不敢动弹了。

蓝双玉写信向莫记本说明情况，说让女儿蓝妮代表走一趟，希望板县派人来接。莫贤一回来，被父亲安排去接蓝妮。

这年，蓝妮才刚17岁。自小跟随父兄习文弄武，祖师爷的岳家拳也学了个六七成。父亲看她成天缠着自己要把瑶刀，就请人照瑶刀的样缩小尺寸，加工成一把小蛮刀给她。蛮刀以褐皮为鞘，金银丝饰把，朱皮为带，装饰得十分漂亮。

有一身功夫，还得了一把小蛮刀，本就人小鬼大的蓝妮玩心极重，不等莫贤来接，自己就骑马先跑来了。

谁想刚来到永定与忻城的交界地，竟遇到了两个山贼。蓝妮却暗暗高兴，心想，自己学的这一身本事，还有父亲专门请人打制的小蛮刀这下可派上用场了。可刚斗没多久，莫贤来了，三下五除二就把两人打下山岩。

好事被打断，蓝妮当然生气了，把莫贤当作出气筒，两人打了起来。为赢莫贤一招，她使了个诡计，亏得莫贤反应奇快，她才没有被丢下山去。于是，蓝妮心里头就有点佩服莫贤。

过后想想，虽然这小子坏了我多玩一会儿的好事，但毕竟为的是帮我，心里也就有点喜欢的意思。莫贤初见蓝妮，觉得这直率中还带有些许蛮横的小丫头挺有意思，仔细一看，发现小丫头明艳可人，心头也难免一动。

不打不相识，莫贤不用再去靖远峰了，直接和蓝妮回板县莫家。两人牵着各自的马走下山岭。道路平坦，树木的浓荫覆盖着道路，莫贤的神骏白马打着鼻响，又昂首嘶鸣。那是催促莫贤上马奔驰了。雪白又神骏非凡的白马，让蓝妮喜爱不已。

她牵着自己的马与莫贤走个并头，问道："哎，这马叫什么名啊？"莫贤不吱声。蓝妮嘴角一勾，叫道："哎，叫你呢！牵白马那人。"莫贤憋着笑，有样学样地怼了回去："嘿，牵着黑马那人，你那马叫什么名？"

蓝妮抿嘴笑着："我不叫嘿，我是你小姑。"莫贤很严肃地叫道："你小姑。"蓝妮纠错道："蓝小姑。"莫贤一本正经地说道："蓝小姑，从靖远峰远道而来，辛苦了。"蓝妮一脸别扭地说："长辈真不好当，听你叫小姑我很是别扭。"

从莫保和蓝海峰论起，两人是师兄弟，算是同辈人吧。莫保的儿子莫明和蓝海峰的儿子蓝双玉也是同辈人，莫明的儿子莫记本和蓝双玉的女儿蓝妮当然也是同辈人了。论起来，蓝妮还真高莫贤一辈。可情窦初开的蓝妮听到自己喜欢的小哥叫自己"小姑"，岂有不别扭的。

看她怎地掰开这个结。

蓝妮嘴角勾出一条弧线："我也不当你长辈了，省得你说我占你便宜。为让我心里平衡点，咱俩把马换了，虽然我的马比你的马品质还好一大截，但我喜欢你的马雪白的颜色。吃点亏就吃点亏吧，我爷爷常说，吃亏是福。"

莫贤听出了蓝妮话里话外的"坑"，他心眼一动，一本正经地："小姑，我帮你把你说的事捋一捋。"蓝妮眉头一皱，娇嗔道："讨厌。"莫贤问道："我不叫你小姑叫什么？"蓝妮说："叫蓝妮。"莫贤又问道："那你叫我什么？"蓝妮说："我叫你莫贤。这么叫也不得劲。"莫贤笑了笑，说："那就叫哥哥吧。"

蓝妮一下有点晕："叫哥哥？"片刻间又反应了过来，怒道："你浑蛋，占我便宜。"小伎俩得逞的莫贤继续施展着小诡计："我那神骏非凡的白马，若没有个美若天仙的女孩骑驭，白瞎了白马的神骏非凡。"

一声"哥哥"换个"美若天仙"，再傻的女孩都觉得捡了个大便宜，何况蓝妮不但不傻，还十分聪明，于是当即表示成交。

蓝妮从莫贤手中换过神骏非凡的白马。少男少女飞身上马，一对璧人，相傍相飞。

背后，是蓝妮糯糯的歌声在摇曳尾随：

小雨在山的那边，
絮云在山的这边，
雨大了，云浓了，
云中裹着雨，雨中缠着云，
山不见了，
世界只剩云雨的缠绵。

狼兵战队

1428年的八仙屯，突然间军容严整，壁垒森严。议事堂的长条桌旁坐满了人，可坐在莫保位置的却不是莫保，而是一个叫山云的人。明代广西出过两个名人，一个叫韩观，一个是山云。山云出身军人世家，他生活的年代，广西战乱频仍，百姓命如飘絮。

韩观坐镇广西时，能征惯战，各地土霸蛮豪还有所忌惮。韩观去世，怀有野心的土霸蛮豪趁势暴乱，左右江、庆远府地区，烽火连天。特别是宣德二年（1427年），广西柳州、宜山一带，以韦万皇为首的庆远民变军联合马平韦朝烈率领的民变军，在临桂、阳朔、修仁、古田等县活动，乱军势如破竹，不但横行柳庆，还远征临桂地区。

宣德三年（1428年）正月，宣宗命山云佩征蛮将军印，充任总兵官，前往镇守广西。山云抵达后，讨伐韦朝烈，韦朝烈溃败，退至庆远宜山龟缩山顶。山很险峻，民变军用藤条把木头吊起来，并在上面垒起石头，官军一到，他们便砍断藤条，推下木头石块，没有人敢靠近。山云一路尾追，来到八仙屯，遂将大本营安置于此。

这天，山云正和众将在议事堂商讨破贼事宜。有夜不收（明军里负责侦察事宜的兵种）禀报得知，忻城覃团发动暴乱，乱贼有千余人之多。

攻击韦朝烈的大战在即，山云不可能抽兵他顾。山云从夜不收口中获悉：忻城莫家力量可资利用。莫家先祖曾是八仙屯千户，现在八仙屯村民大都是当时的屯丁后裔。

询问中山云了解到：第一代莫家人，做过副知县，曾帮助明军平定暴乱，因怜贫救苦，被百姓号为"德门"。第二代人没在忻城，第三代莫家人莫记本，心怀朝廷，明军来忻城剿匪缺粮，莫家一下捐了数十石，还说服千家万户，纳粮完税，知县全生题其门额为"仁里"。第四代莫家人莫贤，军伍出身，有谋略，手下有一支由屯丁家丁组成的狼兵战队，战力非凡。在1421年到1428年之间，忻城虽不断有暴乱发生，但没有哪一支乱军敢去攻打莫家。

山云心下主意已定，当即修书一封给莫贤，委任其为忻城协理，稳定局势，抚化一方，并派副将立刻将信送达。

山云总兵的信送达莫贤之手时，莫贤正和妻子训练狼兵战队。

莫贤的妻子是谁，想必大家都知道了，那就是蛮横聪慧而又可爱的蓝妮。当年两人不打不相识后，一起回到忻城莫家。莫贤父亲莫记本夫妻一见这姑娘就喜欢，又见两个孩子郎有情妾有意的模样，更是有意撮合。虽然有辈分相隔的障碍，但仔细想一想，两人又不是直系亲属，一切随缘吧。

祭奠莫保的事情一了，蓝妮就要回靖远峰了，莫贤也要回河池。原来商定，莫贤先送蓝妮回去，然后再回忻城，从忻城再去河池。蓝妮不同意，说自己一个人能回去，自己一身功夫，也不怕路上有毛贼。其实还是玩心重，巴望着路遇毛贼的事重演，自己再好好施展一番拳脚。有莫贤跟着，打毛贼的事恐怕轮不上自己了。有了如此的小算盘，她坚持一定要自己回靖远峰。莫贤一家人无法，只好答应。

临走，莫贤牵出自己的白马来，轻轻拍着马脖子："奔云，你可要听蓝妮的话，好好把她送回家。以后我会去看你。"蓝妮满脸高兴，也拍拍乌驹追风："好好跟着莫贤哥哥，不长时间我就来看你。"说完，接过莫贤手里的缰绳，翻身上马，绝尘而去。

莫贤母亲对丈夫莫记本说:"这孩子怎么像没心没肺的,对咱们莫贤一点没有留恋的样子。"亲和而善良的莫记本回答:"孩子还小,离别的体会不深。再者,她与莫贤相处时间才几天,情分也浅。"莫贤一直看着蓝妮飞奔而去的方向,心里怅怅的。不到一个时辰,一阵马蹄声响起,雪里奔云驮着蓝妮又回来了。

蓝妮滚鞍下马,委屈地嘤嘤哭着,直奔屋里搂着莫贤的母亲不放。大家都拥了过来,纷纷询问:"怎么了?谁欺负你了?"

蓝妮泪眼婆娑地转过头,望着莫贤怨怒不已地说:"就是莫贤,你欺负我了。"莫贤莫名其妙:"我都没和你在一起,怎么欺负你了?"蓝妮抬头望着莫贤的母亲,说道:"姆妈,我本来心情很好地上马回家。走了不到20里,回头一看,不见莫贤,只有自己空落落的一人,突然觉得这辈子再也见不到他了。心里不可自已地悲哀起来,可不是莫贤欺负了我吗?"

莫贤母亲知道了,17岁的女孩子,春心刚动,情窦初开,一场特殊的际遇,和莫贤相识,几天下来,本已情根深种,但小女孩儿尚懵懂无知,突然之间的离别,促使情根从土壤中冒出来,漫溢四肢八骸,牵肠挂肚,心心念念,难离难了。

莫贤母亲安抚道:"妮子,别哭了,回来就好,听姆妈的,以后一辈子跟着莫贤,你就不会委屈难过了。"蓝妮脸上泪花绽开,破涕为笑:"姆妈,我听你的。"自此,蓝妮、莫贤结伴行走历练。

在河池,投身河池千户军伍,修城池,练阵法,习击刺,等等。

以河池为中心,两人游历了东兰、那地、南丹等地,丰富了阅历,开阔了眼界,了解了瑶、壮、苗等民族的风俗和所用之武器。莫贤见到有的土司训练的狼兵,有阵法有战法,获益匪浅,想着有朝一日,重新训练忻城莫家的狼兵战队,使之成为战场大杀器。

1404年四月,忻城陈公宣暴乱,两人心里惦记家人的安危,于是回板县来了。看到父母安好,知道陈公宣顾忌莫家的影响力和战力,没有与莫家兵戎相见,莫贤也就放心了。未几,明成祖朱棣命广西都指挥使朱辉前来招抚,陈公宣率众归附,凡1035户。

1401年,两人的儿子莫敬诚出生。初为人母的蓝妮,变得温婉、贤良。有了儿子的莫贤,看父母年龄大了,便不想再出去了。一番游历,莫贤洞察到,虽然天下大势已定,但官府对少数民族的治理缺乏一贯性,一会儿抚化,一会儿镇压,不少将领急功近利,王道难化。少数民族上层普遍没有文化,缺乏对社会大势的认识,没有家国情怀,常以机诈之心处理眼前情势,暴乱难息。为家族的周全,莫贤也必须留下来。

1418年,儿子17岁时,父亲莫记本去世。处理完父亲的丧事后,莫贤将所有屯丁和家丁集中组织成为狼兵战队,用自己多年酝酿形成的战法和阵法来训练。这时,有阅历、有眼光还有实战经验的蓝妮成了好军师。哪儿有漏洞,哪儿需改进,一说一个准。两人拳术刀法,娴熟了得,训练时常常亲身示范,让人佩服。

话说到了1421年,忻城的形势已经到了一片混乱的境地。

1421年至1428年,忻城土著覃喜、覃首、蓝公广、覃朝喜、覃团先后起兵暴乱,忻城情势动荡,一日三惊。一日,莫贤和妻子带着部分狼兵进山打猎,马匹相连,奔木落隘而去。

木落隘是忻城与理苗的交界处,隘有两重,中为山巢,两个隘口中间隔着山巢相距三里许。

快到隘口,但见不同颜色的旗子胡乱插在隘口上。刚刚临近,就听有人呵斥:"不要命了,往军营乱闯。"没容别人接茬,蓝妮轻蔑道:"什么军营,几杆破旗子,还五颜六色的,往强说,不过就是几个土匪。""嘿,"一个敞着怀、几根肋巴骨支棱着的瘦子遛了过来喝道,"我们大王在此,你个女人别胡说八道。"话没说完,蓝妮早飞身下马,一脚把瘦子踢飞老远。为人母之后她的性子变了许多,要不早一刀要了瘦子的小命。

正坐在树下的壮实汉子站了起来,眼神怪怪地问道:"你们是哪儿的,要是忻城的,我也不跟你们计较,哪儿来的回哪儿去。要是外地的,我倒要说道说道。"

蓝妮正要接茬,莫贤制止道:"这人说话有气度,我们先听听。"有人过来小声说,这人就是覃喜,忻城的暴乱头子,还自称覃大王。

莫贤跳下马,向前走了几步,拱拱手:"覃大王,我是板县莫贤,这是我妻子,后边是几个随从,今天来这儿打猎。"覃喜也拱拱手,回道:"莫老爷,久仰久仰。莫家在忻城怜贫救苦,舍粥施粮,我们是很佩服的。我是个小老百姓,因生活所迫,不得不造反。虽不得不如此,我们对你家还是心存敬意,没敢去骚扰你家。"

莫贤再次拱拱手:"谢谢覃大王如此看顾莫家。不知覃大王在此何干?"覃喜毫不隐瞒:"莫老爷也不是官家人,不妨告诉你,我们在此是为堵截外地的官军,防止他们窜犯忻城。"莫贤想劝劝覃喜,但深知交浅不能言深的道理,遂把话绕着说:"覃大王,听说你父亲是覃壮。覃壮和我老祖莫保还有一段交情。"覃喜也很干脆:"我父亲说过这事,还说,有莫保在,我们覃家造反,连忻城都走不出去。"莫贤逮着这个茬就把话接在茬口上:"其实,我老祖当时劝你父亲取消造反的念头,是要告诉你父亲,造反不是正道,是个提着脑袋混日子的活,随时都可能玩完。"覃喜咬咬牙:"可惜,莫保老爷不在了。"

莫贤掂掂手中的青钢棍:"我老祖的武器还在。"覃喜把手中的悍棍立在地上:"我的悍棍也是我父亲的,咱们比试比试。"莫贤丝毫不让:"定个规矩,输的咋办?"覃喜:"我输了,今天的事就算了,你们安然回去。"莫贤:"我侥幸赢了,我希望你们回头。"覃喜拒绝:"这事没商量。"莫贤:"好,我输了,送你们十石粮。"覃喜:"就这样。来,我俩单挑。"莫贤:"不,换个样,你出一队人,我出一队人,互战分胜负。"覃喜:"行。"

覃喜手向后一挥。出来了一队人，10人。

莫贤手向后一扬。出来了一队人，7人。

覃喜不解地问道："我方10人，你方7人？"莫贤解释道："我这是7人阵法，你不用在意。"

两队人马站好，覃喜的10人队，成3排阵形，每排3人，最后一人压阵。武器配备是5根悍棍，5把壮刀。

莫贤的狼兵战队，尖刀式队形，体壮力大者手执钩镰枪立于阵尖处。钩镰枪用丈长的坚竹做杆，前端钩镰既可击刺，又可钩之割之。稍后两人，一手执斗笠盾牌，一手执瑶刀，主击杀和保护执钩镰枪之队员。再稍后两人，一手执斗笠盾牌，一手执弩弓，口衔利刃，此组人员主保护两翼和远攻。阵中一人，手执宽厚柄斧，专事斩首。最后一人，一手执钩镰枪，一手执斗笠盾牌。正常对阵，此人负责指挥和保护后翼。如敌从后攻来，阵形反转，此人则成了主攻手。

双方阵形布好，莫贤走到狼兵战队，悄悄说了几句话。

搏杀开始了。忽听狼兵战队大喊："杀！"没经过此战阵的敌手，一时间怔住了。狼兵战队的钩镰枪手已将一名敌手钩了过来。

这以后，凡是钩镰枪刺出，喊声则震天动地地响起。随着喊声，一个又一个的敌手被钩了过来，宽厚的板斧上下翻飞。整个阵形，进退灵活，如身手合一。反观对方，既无法组织有效防御，又无法组织有效进攻。覃喜的脸色越来越黑。

一顿饭工夫，十个敌手一个不剩地被解决了。

覃喜的眼光直刺莫贤。莫贤将青钢棍擎起，猛地将青钢棍打向一棵碗口粗的树，树唰地断了。断面不是被打折般地留有茬口，而是如被利刃削断，断面光滑如镜。莫贤眼神寒意如锋，说道："覃大王如有兴趣，咱俩比试比试？"

覃喜长长呼了一口气，说道："我说话算话，你们走吧。"莫贤："覃大王……"覃喜截住莫贤的话："别的话不用再说。"莫贤心里对覃喜有好感，本想再劝劝，可话被覃喜堵住，也知道覃喜不会回头了。

莫贤施了一礼，说道："好，我们走，覃兄保重。"覃喜听了"覃兄"的称呼，心里一沉，禁不住回应："莫兄保重。"走远了的莫贤声音遥遥传来："把你的兄弟领走，他们没死。"

覃喜走近，十个人身上都没有斧伤，其中一个人正悠悠醒来，嘴里喃喃自语，"这个王八蛋，把我砸晕了。"说话间，剩下的九个人也逐渐醒转过来。

其实，莫贤刚才跟狼兵战队的悄悄话，就是嘱咐他们，不要把人杀了。

覃喜问这十人："刚才双方搏杀，假如你们抓到莫家的兵，怎么办？"其中一人回答："还不把他杀了。"覃喜叹息道："这是莫家的仁义。以后你们碰到莫家人，不许骚扰。"

覃喜心里默默说着：忻城如果是你莫家当政，我也不会造反了。

覃喜之后，又相继发生了覃首、蓝公广、覃朝喜为首的数起暴乱，但莫家狼兵的战力，还有莫家的仁义之声形成了巨大的威慑力，令暴乱者都默契地和莫家保持了井水不犯河水的关系。

二救忻城

接到山云总兵的信，莫贤就在想，忻城暴乱的头目覃团，是覃喜的兄弟。

覃喜在1422年和明军对阵中被杀，同时被杀的还有640多人。死时覃团还小，事隔6年，覃团大了，为兄复仇又组织暴乱，如此循环往复，何时是个头。

思虑再三，莫贤决定先给覃团写封信。信中讲了莫家和覃家数代人的交往之情。特别写了对覃喜的印象，认为覃喜之才如果用于国家，一定可以建功立业，为家族增添光彩。至此，笔锋一转，写到自己受山云总兵的任命抚化忻城，为百姓计，也为覃团计，特奉上此札。并说，山云总兵已攻破韦朝烈巢穴，其战法智慧无比。

得胜官军，正准备移师忻城。莫贤在信中问覃团："遇此用兵如神的总兵，你有几成胜算？有大勇的山云总兵，心有大善，不忍忻城生灵涂炭，因而委我之责，覃团有面谈之心否？"

信送达，覃团读后，看庆远地区，乱军正一股一股地被消灭，大势已去，只剩下自己一支，深感孤军难支。还有一虑，由莫贤抚化忻城，不会难为自己，自己和手下的人日子会好过些。

再三思虑后，覃团答应和莫贤见面商谈。覃团少了背后设计的底牌，商谈进行得十分顺利。覃团答应投诚，等山云总兵来时，再举行仪式。一场暴乱的风波，就此消弭。莫家人第二次挽救了忻城。

山云来此主持投诚仪式后，暴乱的民众解散，变成了自耕农。山云总兵经数次与莫贤的接触，十分赞赏莫贤的胸怀和办事能力，并劝其出山帮助自己。莫贤指指一大家人，笑笑拒绝了，但把儿子莫敬诚推荐给山云总兵。山云总兵离开忻城时，莫贤派儿子莫敬诚带狼兵战队一路护送。

山云走后，莫贤带着亲兵，走乡串寨，了解各地百姓战乱后的生活，帮助解决了缺粮问题，无主田地的分配问题，第二年无种子耕种的问题。忻城在他的经营下，逐渐稳定。几年下来，各种秩序得以恢复，生活好转。莫贤抚化的成就被从京城回乡丁忧的韦广听闻。

韦广是庆远府人，科举中试，在朝廷做官，任职监察御史。因老人去世，回乡丁忧。有责任感的韦广，对家乡不时爆发动乱纷扰的状况十分忧心，心里不时地思忖如何一劳永逸地解决暴乱。莫贤的做法，让韦广看到了方向。

1441年，回到京城的韦广，给皇帝上书，提出了在庆远地区要起用像莫贤这样有智识、有胸怀、有实力的人出来抚化地方的思路。皇帝对其提出的思路"嘉纳之"。

韦广的这篇向皇帝进言书见《明英宗实录》卷76："正统六年（1441年）二月庚寅（二十三日），监察御史韦广丁忧，服阕至京建言：'臣，广西庆远人也。窃见广西自永乐二十年来，宜山、思恩、忻城县瑶壮黄公檀、韦万广等，伪称王侯、都督，入寇我境，大肆焚掠，时镇远侯顾兴祖率兵往征，贼皆奔入巢穴，俟官军既退，仍复入寇不已。后都督山云兴师进剿，斩获无算。忻城残贼则委土人莫贤抚化，至今听服。惟宜山县之莫往、清潭、南乡、述昆……犹复不悛……难以德化，可以威服。乞敕总兵官安远侯柳溥，会同布、按二司及巡按御史大集官军攻其巢穴，戮其渠魁置长官司以抚，安其余众，选土人之有智识兵力如莫贤者,俾为长官,从府管辖,则瑶壮畏服,地方宁谧,实为军民永远之利,不然则贼患日深,将有不可测者也。'"

皇帝认为韦广之言有理,遂采纳。莫贤也因此成为忻城莫氏土司中第一个做到上达天听的人。

对歌三月三

此时出场的莫敬诚，正是春风年少时。生于1401年的莫敬诚，刚好27岁，他带着的狼兵战队，队员也都是20来岁，正是一群初生的牛犊，充满了朝气、勇气和战气。

山云总兵有自己的卫队，莫敬诚将自己带来的战队分布在卫队的前后，前边三队，后边三队。自己则走在最前边。山云总兵默默地看着莫敬诚，心里甚是满意。

53岁的山云，戎马一生，过着刀头舔血的日子，洞察人性的善恶，目光锐利。莫敬诚的一番布置，山云看出，全部出于职责的考虑。自己走在全队的最前边，则是担当最重的职责。休息时，莫敬诚依然把自己的战队安排在外围，除了安排人送来两竹筒水，其余的人虽然坐着，但全处于戒备状态。

山云让亲兵去叫莫敬诚。莫敬诚跟旁边的人交代了几句话，才跑了过来，山云指指旁边的石头，让莫敬诚坐下。

久经战阵的山云，深知战场态势的把控对胜负的重要性，行军布阵是战场态势的基本内容，一个善打胜仗的将领无不是把自己能做的事做到极致的人，他想看看这个莫家后人做得怎么样。他问莫敬诚："你过来时跟你部下的人说什么呢？"

莫敬诚答道："大人，我告诉他们，如有情况，不用等我，立即进入战斗队形。"山云说道："哦。这条道，我来时很平安，你也别太紧张了。"

莫敬诚说："大人一身关系广西安危，我哪敢掉以轻心。再说，广西连年战乱，匪患多发，都不知道土匪会从哪儿跑出来袭击。有一次我和妻子参加一个歌会，本来为玩而去，也就十多里的路，就遭遇土匪了。"山云听有故事，来兴趣了："讲讲，讲讲这段遭遇。"莫敬诚心想，山云大人挺有意思，便讲了起来。

那一年的三月三，忻城最有名的歌圩有一场盛大歌会，七乡八寨的优秀歌手都要轮场表演，还有远近闻名的宜山歌手也要来此献艺。

莫敬诚和韦小蛮跑去看热闹。韦小蛮是莫敬诚的妻子。

俩人双骑跑到歌圩，咳，虽是天下不太平，但来人仍很多。一簇簇的少女都打扮得光鲜亮丽，举手投足间，银饰叮叮当当，悦耳动人。一群群的少男斜挎腰刀，眼睛闪烁，在少女中梭巡。先是各村寨的优秀歌手献艺，然后是宜山歌手一展歌喉。接下来，一群少男问歌，一簇少女答歌。

问歌答歌之间，慢慢演变成一男一女的问答。漫山遍野，只闻歌声流转；田间地头，但见青春闪烁。日头稍斜，忽听马蹄声从四面响起，一群土匪在光影中卷地而来。观看的人群四面惊散，土匪也不追，只朝歌圩的中间围拢过来。

莫敬诚早吩咐一人骑马回家报信，他和韦小蛮则静静地在一边观察。土匪将优秀歌手和数十少男少女团团围住。

土匪头骑在马上，站在高处很文雅地演说："写文章讲开宗明义，做事也讲开宗明义。我们土匪的行业，开宗明义就是打、杀、抢。但今天，本土匪头子带着一众土匪到此不为打、杀、抢，干什么来了？开宗明义，前来对歌，与有缘的美女结人间连理。"

韦小蛮撇撇嘴，冲说话的土匪说："土匪来对歌娶亲，天下难见的奇闻奇事。你呢,说不定还能唱两句,别的人,哼,一脸的烟灰色,脖子比麻秆还细,有那个嗓子吗?"土匪头子:"哟,还是个美人啊。你说得对,土匪能有唱歌的嗓子吗?我们的嗓子是刀,我们用刀来对歌,对赢一个,就带走一个美女。"韦小蛮:"你的刀也不会唱歌,怎么对呢?"

土匪头子:"真亏你问话,我的意思才能讲明白。对于土匪来说,刀砍刀的声音,那就是唱歌。我们出个人,你们出个人,刀对刀,刀砍刀,刀比刀,这样的唱歌不也同样有意思?"

韦小蛮满脸不屑地说:"说了半天,不就抢人吗?我还以为马吃炒香猪,能放出香屁来。来来来,我和你用刀对歌。不过,你要对输了,怎么办呢?"土匪头子:"今天刚算了个命,大吉大利,通吃八方。不过我这土匪跟别的土匪不同,叫盗亦有道,我们几个土匪私下里定了个原则,今天只和男的比,胜一个赢一个美女,我们只有二三十个兄弟,赢够二三十个美女就行了。"韦小蛮说道:"我也是美女,你赢了我不就赢了美女吗?"

土匪头子挠挠头,说道:"说得也对。"转头问别的土匪道:"兄弟们,虽说是好男不和女斗,但这话有毛病,女人有丑女有美女呀,今天为了美女把咱们的原则变一变,行不行?"众土匪嘻嘻哈哈笑道:"行。"土匪头子回头坏笑道:"我兄弟同意了,我就和你比一比。"

说到这,土匪唰地跳下马,看准一块平地,纵步而去。站定,从肩上拿下大刀,向韦小蛮这边一张眼,说道:"请。"

听到这儿,山云总兵开言问莫敬诚:"你妻子是不是武艺高强?"

莫敬诚问道:"大人何以见得?"山云笑答:"你妻子武艺不高强,你早就出声或是出手了。"

莫敬诚笑道:"大人洞察力太厉害了。我妻子的武功是他爷爷教的,自然厉害。哦,大人,我妻子的爷爷叫韦天刚,那可是我太老祖手下第一高手。我太老祖就是莫保,原来就在大人的大本营,八仙堡当千户,不过那时叫八仙屯。"

　　韦天刚是个被人遗弃的孤儿，是莫保出门在路边捡回来的。在成长的过程中，莫保在教他练武时，发现小小的韦天刚对武功的领悟力奇高，根骨也奇佳。莫保送到师父处，请师父教练。当时师父说，这孩子我就当徒孙教他吧。韦天刚真是习武奇才，跟随岳老师习武，小小年纪，就能举一反三。岳老师高兴无比，倾囊相授。15岁时，岳老师又为这孩子找了另一个老师，这后一个老师具体是干什么的，住哪儿，姓什么，都没告诉莫保。练到20岁时，韦天刚的内外功夫俱臻上乘境界，才回到莫保身边，成了莫保训练屯丁的主要教官，跟随莫保剿匪平叛，所向披靡，数十年来，鲜逢对手。

　　莫保虽然不知韦天刚的这后一个师父是谁，但过年过节给岳老师送礼物时，都要多带一份，让师父转交。莫保迁至忻城板县，韦天刚帮着重建武装、训练、管理。狼兵战队就是他一手训练出来的。韦天刚在莫保的安排下，在忻城板县娶妻生子。生了一儿一女，儿子叫韦道，女儿叫韦遥。女儿韦遥嫁与蓝双玉的儿子蓝太极，儿子又娶了岳老师的重孙女岳青为妻。

　　韦小蛮就是韦天刚的孙女，性格、天赋都像极了爷爷韦天刚。韦天刚自是十分喜爱这个孙女，把自己的一身武学都教给了韦小蛮。18岁时，韦小蛮嫁给了莫敬诚，小两口在一起切磋武艺时，韦小蛮常常给莫敬诚下绊子。

　　"呵呵呵，"山云听到此笑了起来，"丈夫打不过妻子，真是有趣。"山云兴趣不减，又追问道："现在说说，你妻子是怎么制服那帮土匪的？"

　　莫敬诚又接着往下讲。韦小蛮见那土匪一副胜算在握的样子，就晃晃悠悠，一步三摇地走过去。韦小蛮说道："我跟你就三招定胜负。我虽然恨土匪可恶，但又想当土匪常常是有上顿没下顿的，也很可怜。用刀对歌，我就让你三分。头三刀，你攻我；后三刀，我砍你。"

土匪头子低头一番计较后，抬头道："怎么我的三刀，是我攻你？你的三刀，是你砍我。我就不会砍你吗？"

韦小蛮掣刀在手，这是一把和蓝妮一模一样的小蛮刀。原来韦小蛮小时，看见当时还不是婆婆的蓝妮有这么一把可爱的刀，就缠着要。蓝妮没办法，自己这把没法给，只好叫哥哥蓝太极想办法重给韦小蛮打了一把。

韦小蛮语气蛮横地说："你有这想法，就怕没那刀法。开始吧。"土匪当头一刀。韦小蛮一招举刀撩月，对方的刀锋贴着自己的刀面滑下。右手一掌击在对方的胸部。土匪倒退两步站住。土匪头子不可思议地看看韦小蛮，喊一声"再来"，刀直刺而来。韦小蛮右脚微一用力，人即向左滑出一丈开外。土匪跟上，一刀横截脚踝。韦小蛮蛮腰轻扭，凌空三尺，立在土匪的刀面上。一记快刀击在土匪的手腕，土匪手缩刀落。韦小蛮随即踏刀直击，小蛮刀就抵在了土匪的咽喉。

韦小蛮用刀对歌大获全胜的当口，莫敬诚身形瞬间冲向土匪，展开摔碑手，20多个土匪不多时便尽数被从马上摔摁地下。众土匪正被头领被蛮刀刺中喉咙时发出的惨叫吓住，霎时又因被摔摁马下而发出同样凄厉的惨叫。

韦小蛮看着丈夫如风的身影，简直帅极了，忍不住高喊："敬诚哥，你这是摔王八遍地找牙。"莫敬诚回赞道："媳妇，你那漂萍一刀，妩媚极了。"

全场一片哑然，过一会儿，少男少女们突然响起掌声。不少少女的荷包纷纷抛向莫敬诚。

韦小蛮豪爽一笑，宣示主权道："扔多少荷包都没用，帅哥有主了。"

山云又一笑："你是不是又挨妻子揍了。"莫敬诚笑言："没揍我，她被土匪的一句话逗笑了。"土匪头子说："你有丈夫了，没资格对歌，对赢了也不算。"山云："后来那伙土匪怎么处理？"莫敬诚："我家的狼兵战队过来将这伙人全部绑回去了。后经审问，让人哭笑不得。土匪头子原是个落第秀才，家庭变故，身逢乱世，父母惨死，生活无着，纠集了一伙穷苦汉子，提出'当土匪，找媳妇'的口号，占山为王。这不，媳妇还没找上，就被我媳妇打趴下了。我爹看他们也不是穷凶极恶之辈，就收留他们开荒种地。落第秀才做回了本分，教孩子读书。每次见到我媳妇，总要恭敬地喊：'老师好！'我有一次问落第秀才：'我媳妇怎么变成你老师啦？'落第秀才回答道：'学高为师，我打不过她，当然是老师啦。'"

总兵大人听完喃喃自语："有意思的人，才会碰上有意思的事。"

追随山云摧阵破寨

　　山云也是个有意思的人。广西镇将初到时，按惯例，土官都要来馈赠和贡献财物。将领如果收下了，就会被他们挟持。山云为人廉正贤德，一到广西，便宴请当地德高望重之士，询问边事，于是有人就将当地的贤人郑牢介绍给他。山云将郑牢请了来，说："常言说，对于将军，不管他是否贪利，只看他能不能打仗，况且广西的风气一向是看重财贿。我是否也可以贪呢？"郑牢说："大人刚到此地，就像一件洁白的新袍子，染上了一点墨，总是洗不掉的！"山云又说："人们说，土著人送的东西，如果不接受，他们必然怀疑而且怨恨我，那该怎么办呢？"郑牢回答说："为官之人贪财，朝廷有非常严厉的处罚，你不惧怕朝廷了，怎么反而害怕土著人呢？"山云笑着说："说得好。"于是把所有馈赠全部辞掉，从严治理。

　　山云曾对莫敬诚说过："我看过你家太祖莫保写的《力田箴》，心地如云一样，干干净净；做人如松树一样，磊磊落落。生于边僻之地，有此见识，是个了不得的人物。后代受此影响，方成忻城一方人物。"

　　从另一个角度说，莫贤、莫敬诚、莫凤一家三代得与山云认识、交往、交集，山云的肃然之风、为国情怀、社会智慧和为民之仁无不影响着莫氏的家风。以后莫氏一门400多年没有叛乱，没有与庆远各土司为利益而产生冲突。文化积累之丰厚，庆远各土司无人可比。

忻城莫家的历史中，莫保是莫家的一块砧板，山云是个铁锤，在不断的锻打中，方有了莫家人的精神和情怀。

宣德四年（1429年）四月，柳州寥得宁、浔州蓝再陆率众起事，山云率兵往剿，莫敬诚跟随而去。山云有个既定的方针，每天所走之路，都是头晚由夜不收侦讯而定。

夜不收既是侦察人员，也是尖兵，部伍的行军安全因此得到保证。几天行军后，夜不收前来报告匪巢所在地，位置和距离。部伍停下，各路指挥前来听取命令。

山云总兵命令完毕，莫敬诚上前请示说道："大人，一众匪人见到众多官军，一定抱头鼠窜，难以聚歼。我有个建议，我带着狼兵战队在前，对方看到我们人少不会很在意，我趁势攻击对方，对方一定会来围歼我们，大人这时率领人马将敌包围，里应外合可聚歼匪人。"

山云赞道："好主意，有勇有谋。你先走，我跟你保持一定的距离。"莫敬诚带着狼兵战队头前走了。山路盘旋，越走越高。转了一个弯，眼前一块开阔之地。再前，大栅栏似的门，不少人正来来往往。莫敬诚喊声"冲"，但见艳丽的盾牌恍如旗帜飘进匪巢。匪巢一片慌乱，狼兵手起刀落，近身的匪贼纷纷倒下。"撤"，莫敬诚一声喊。狼兵转身飞奔而去。匪贼一看，没几个人了，醒过神来后扯成线地追奔而来。

到了开阔地，狼兵战队布阵成扇子队形。六个战队头外尾里，既有纵深保护又有强盛战力。

匪贼将战队团团围住，发起攻击。

狼兵一声猛吼，一名匪贼就被钩镰枪将魂钩去。

六个战队，吼声连连，杀声阵阵。

一个一个的匪贼，变成一具一具的尸身。

莫敬诚立于阵中，耳听八方，眼观六路。哪个战队战情紧急，他的青钢棍便如猛龙过江，一阵势不可挡的"龙战于野"，对手丢下一片尸身退了回去。

数波冲击后，狼兵战队无所损失，敌方已丢下数十具尸身。

被狼兵战队的战力吓傻了的匪首廖得宁，慢慢醒悟后，欲让攻击队伍后撤，改换弓箭攻击。队形刚撤，狼兵尖刀战阵就紧咬上去。匪徒们见撤退不得，只好又回头攻击。此时，山云总兵指挥部伍赶过来了，部伍马上按照山云的命令远远包抄过去，一直将整个匪巢围住，才开始攻击。见大局已定，山云在卫队的护卫下来到高地观战。

狼兵战队艳丽的盾牌晃动着迷人的光芒。光芒中，透出冲天的呐喊声。掩护、攻击、杀敌，动作连贯成严整的工序。山云大开眼界。

战斗结束，山云来到狼兵战队。狼兵的中间，一堆尸身，数数有50多具。山云惊讶。有句老话，杀敌一万，自损八千。狼兵战队，43人，杀敌50多，而除一人负点轻伤，别人毫发无损。打了一辈子仗的山云，目睹了忻城莫家狼兵战队的战术，深为震撼。戚继光在福建沿海抗倭，受广西狼兵战队的启发，组建鸳鸯战队，杀敌数百，自己无一损伤。

1437年，山云在思考怎样保证浔州和大藤峡地区的长治久安的大政方略时，又想到了忻城莫家的狼兵战队，因而向朝廷建议，任用广西本地的狼兵，在浔州和大藤峡附近山区屯田，起到边耕边守、防御叛军的作用，这建议获朝廷采纳。其后，东南地区一有急警，常调用狼兵，对于平叛起到很大作用，此举即从山云开始。

狼兵战队成了山云的骄傲。自此，莫敬诚率领狼兵战队跟随山云总兵，剿灭浔州蓝再陆匪众和宜山匪众。狼兵战队摧阵破寨，无往而不胜。《莫氏谱书》中记载，莫敬诚追随山云，摧阵破寨，屡立功绩。

1433年，部伍在八仙堡备战，山云将莫敬诚找了去，说道："敬诚，这几年跟着我出生入死，战功不少。几年历练，成熟很多，这是你父亲的希望，但你现在必须回去了。受庆远地区的影响，忻城的情势不稳，有些人看你父亲年纪大了，想趁机闹事。知县和忻城的头面人物写信给我，盼望你回去稳定忻城的阵脚。你回去吧，忻城稳定了，成为庆远一个稳定的后方，对整个局势会有很大的帮助。忻城的稳定离不开莫家，你的前途，我会帮你的。"

山云一席话，让莫敬诚的心顿时提了起来。忻城怎么了？

忻城，危矣

宣德九年（1434年），忻城，战乱的浓云密布。

消息一个接一个传来。壮族寨老韦公泰一脸愁云。

庆远府地区起事首领韦万皇更名韦公侬，和黄公帐等率师由桂北返回庆远，遭明军攻击，回窜万山深处龟隐藏匿，看明军远离，又出山掠村夺寨。

韦公侬利用山深林密的地理优势，和明军打起了游击战。这一来，明军陷入被动。万山溪峒顿时成了韦公侬的根据地。

和忻城一水之隔的八寨，位于上林、忻城两县之间，山高林密，地势险要，以壮族为主的少数民族多靠山而居，结寨称雄，方圆500里散落着大小村落百余个，历来有八寨或十寨之称。

八寨者，曰思吉，曰周安，曰古卯，曰古蓬，曰古钵，曰都者，曰罗墨，曰剥丁，后又益以龙哈、咘咳为十寨。其地东达柳州三都、皂岭、北四诸峒，西连东兰等州及夷江诸峒，南连思恩及宾州、上林、铜盘、渌毛诸峒，北连庆远、忻城、东欧、八仙诸峒。周环五百里，故迁江八屯及上林三里民地，贼据日久，寨各千余人扼险要，且骛悍难制。

明洪武九年（1376年），古凭农民起事，拉开了八寨起事的序幕。此后起事此起彼伏，200余年从未间断，参加人数由几百、几千甚至发展到数万，嘉靖、万历年间发展到高潮，多次震惊明王朝统治者，并调集大军镇压。是明代影响最大的以壮族为主的少数民族农民起事。

这一次，韦公依与八寨匪贼内外勾连、沆瀣一气，对忻城的安定造成巨大压力。受此影响，忻城也纷纷传出暴乱的消息。韦公泰看形势危急，请来各村寨的头目商量对策。韦公泰，40来岁，因处事公平、办事公道，在壮民中颇有威望。韦公泰忧愁地望着众人缓缓说道："10年前，韦公依起事，忻城大地惨遭血雨腥风。"

10年前，即明永乐十九年（1421年），宜山人韦公依和韦钱望率宜山农民起事，忻城及柳庆诸县纷纷响应。忻城覃宣随即发动起事。明成祖命镇远侯顾兴祖统领湖南、贵州、广西官兵三路出兵。起事军分兵把截，覃宣率部扼守忻城，阻击左路官军；覃万雨、韦公笑率部驻防思恩，拦截右路官军；韦万贤、廖用、韦公响率部迎击中路官军。几经血战，乱军寡不敌众，守地相继失守，乱军头目先后被杀。韦公依不得已率余部退入深山密林。

1422年，忻城乱兵头目覃宣被诛杀，同被诛杀的乱军640人。之后一直到1428年，忻城土著覃首、蓝公广、覃朝喜、覃团先后暴乱，忻城陷于水深火热之中。面对忻城一派乱局，韦公泰问大家："怎么办？"有人说：找知县。韦公泰无奈地说："知县就是摆设，哪一次忻城危机是知县解决的？"

1376年的危机，1421年的危机，这一次的危机，原因都是一样的，外地有暴乱，忻城有响应。

1376年的危机为什么没爆发？是莫保组织的武装，对外堵截住乱军窜越忻城，对内威慑住想要起事的人。1421年的起事，如果朝廷能任命莫家人沿用莫保的做法，危机自然会消弭于无形。发展到1428年，这场危机的后果仍由莫家后人莫贤来消化。今天的这场危机，非莫家人不能化解。

有人问："寨老，莫家人是靠什么来解决危机的？"韦公泰答道："莫家拥有可以养活数千人的粮食，莫家拥有解决问题的人才，莫家拥有武装和指挥武装作战的能力。"

韦公泰看到了问题的实质。

现在，莫贤老了，有的人想趁势闹事。忻城的百姓看到了莫贤的下一代——莫敬诚。

于是，忻城出现了平民推举县官的一幕：众百姓推举，韦广泰画押具保。

百姓推举的理由是，忻城面临起事的危机，现任知县要人没人，要兵没兵。放眼忻城，谁能挽狂澜于既倒？谁能组织武装力量保卫忻城？只有莫家人了，只有莫家后代莫敬诚。莫家要粮有粮，要人有人。经历战阵的莫敬诚，既能组织起武装力量，又能有效指挥武装力量作战。莫家人有社会情怀，敢于担当，勇于担当。

众人找到当时的忻城知县苏宽。苏宽面临危局一筹莫展，看众百姓的推举，虽然自己脸上有点挂不住，但这总是解决问题的一个方法，遂顺承往上面报告。

洪武二十六年（1393年）诏令：土官报袭要上交宗支图本，族目民人的结状，三司会奏。这是土官承袭的三大要件。

宗支图本是世袭土司者开列本人的父祖姓名，说明是嫡生还是庶出，母为谁，与原任土官的关系。正因有了这条要求，忻城莫家才开始重视家族世系。莫敬诚开列的第一份宗支图本，以莫保为发端。

族目民人的结状是当地壮寨的首领出面申报并结状，证明宗支图本的真实性。

三司即承宣布政使司、按察使司、都指挥使司。三司要对申报世袭者保荐，保荐就必须调查核实，三司会奏是调查核实的结果。

正在庆远地面指挥作战的山云，属于都指挥使司系列的。都指挥使司山云的保荐想必起到了证明的积极作用。

上报给皇帝，皇帝不会马上批下来，而是要挂上一段时间。这一段时间少则数年，多则十数年。皇帝为什么不立即批示呢？说白了，会让人觉得特别可笑。挂着你，目的是让想世袭的人努力表现自己。要卖力地听朝廷的话，替朝廷征战，多立军功。

我手里有拿捏你的砝码，这个砝码就要最大限度地利用好。这段时间，申报的人没有官职，无法干活。朝廷的办法多，正式的任命书不给你，口头任命你代理。谁代理谁都要奔转正的那天，这就给朝廷拿捏你的机会了。莫敬诚自此成了忻城县的代理世袭土司，即干县官活的土官。

还有另一个县官，苏宽，是流官，通过科举考试后被朝廷任命的忻城知县。一个县城有了两个县官。

莫敬诚负责武装防范外地匪贼流窜忻城，同时打击本地暴乱者。按现在的说法，莫敬诚是军事主官，苏宽是监军。莫家本有数百人的狼兵战队，朝廷又给了莫家队伍可扩充到千人的名额。莫家的狼兵战队立马战力大增。即便如此，莫敬诚深知，1000人的队伍是无法应对两线作战的。

三救忻城

莫敬诚想到老祖莫保的那一招：稳定忻城县境，示强于敌。示强于敌，莫敬诚将狼兵战队的训练拉到红水河岸。

训练分单兵和战队。单兵的武器有瑶刀、弓弩、宽刃板斧、改装过的钩镰枪、斗笠盾牌。教官分武器教练。

战队训练时，主要是战术动作的协调配合。两个战队捉对厮杀时，喊杀声震山谷。艳丽的斗笠盾牌，在阳光中熠熠生辉。进退之际，动作浑然，勇武有力。

土匪为偷招常派人来侦察。

土匪也有训练，举石锤、奔跑、耍刀舞枪，但像这种专业的多武器训练见都没见过，何况60多年前莫保在红水河边大战土匪的往事，还在八寨流传。被派来侦察的土匪回去报告狼兵战队的训练、军容、军威时，土匪就泄气了。

如何稳定忻城县境？莫保60多年前的那招也不能用了。60多年前，有一个虽然有叛心但没叛乱之实的土匪头子，现在到处听闻乱哄哄的叛乱之声但不见人物露头，直接上门震慑的那招没有用武之地。

虽然韦公泰建议由莫敬诚带着一部分狼兵战队以安全为由，四处巡查，以此震慑那些有叛乱之心的人，但莫敬诚认为，这个做法要放在平时是个好招，但现在未必有用。

两人进一步琢磨出一个好招。以招聘人才做名目，在人多地乱、鱼龙混杂的加仁摆个擂台：一是发现武功好的人招聘到军营；二是借此机会观察哪些人有叛乱之心；三是借打擂之名，行威慑之实。

忻城百姓，好武斗勇，世世代代都有习武之风，如此一来，为会武功的人开辟一条谋生渠道。有本事的人有了用武之地，人心也就顺了，忻城也就容易安定和睦了。

经由进一步讨论，打擂的详细规划出来了。莫敬诚听完之后，在人事上进行一番安排：红水河边的训练由韦云坐镇指挥，杨启为副手。加仁打擂一事，韦公泰坐镇指挥，擂主则为韦小蛮，蓝强、胡天副之。随身两队狼兵战队。安排10多人打扮成一般百姓，混在看热闹的人群中，侦察谁是暗中煽动、蛊惑人心的人。莫敬诚则坐镇板县，统揽全局。

加仁开擂这天，新搭的擂台上，正中坐着韦公泰和韦小蛮。蓝强和胡天则坐在桌子的两端。擂台前，挤满了人。

韦公泰宣布打擂的目的和奖励的条件。打擂的人不管用什么兵器，凡能在副擂主蓝强手下走上20招的，即可统领3组狼兵战队，为什长，并拨付4吊秧的田亩给其家耕种；如果能走上40招，即可统领9组狼兵战队，为百长，并拨付12吊秧的田亩给其家耕种。如果以后子孙能继其位，田可世世代代耕种。如果能升迁，按其职位增加田亩；如果降职，按所降职位，减少田亩。

那个时代，田地是一家一户的根本。4吊秧的田，可收获2000多斤稻子，12吊秧，可收获6000多斤稻子，这对于靠田地养家糊口的人来说，那就是希望。人群一阵欢呼。

蓝强走上前来，一身短打扮，手上的宽厚瑶刀青光闪闪。

瑶刀的刀法，本是瑶人祖祖辈辈创制积累而来。被莫保引进为军中兵器后，根据军伍之实战，其刀法有了改进和创新。到了蓝家手里，经过蓝双玉、蓝太极的精心琢磨，至蓝强这一代，已形成了全新的瑶刀刀法。有陆上十八式、水中十八式、马上十八式，攻防兼备，杀伤力极强。

蓝强一刀当道，谁来领教。来了，一个不到20岁的小伙嗖地跳上擂台。没等别人看清长什么模样，手中的两把锉刀就上下翻飞地杀了过来。

蓝强错步避开，那人又挥舞着锉刀攻了过来。蓝强为看出这小子的武功家数，采取守势，东一步，西一步，引动这小子东一头西一头地攻来。

看了一阵，蓝强已瞧出这小子没有路数，不像拜师学过，可能就是自己瞎练的。但他身上有股天不怕地不怕的劲，当兵打仗就需要这股劲。将一个可造之才留下来，对后来者也是个鼓励。

蓝强心里有了计较，当这小子刚走到21招时，蓝强唰的一刀劈空斩，这小子双刀一错欲架其刀，蓝强早以刀背敲击在其踝骨上，这小子一跤摔倒。

韦公泰嗓音洪亮宣布："过了20招，狼兵战队的什长，并拨付4吊秧的田亩给其家耕种。嘿，小子，叫什么名呢？"撞了大运的这小子憨声憨气回答："我叫蒙豹。"蓝强招招手："蒙豹，你过来。"蒙豹揉揉踝骨，慢慢站了起来。虎头虎脑，一副憨厚样。蒙豹走到蓝强面前，脸色崇敬："你太厉害了，我攻你这么多招，你一点事没有。你攻了我一招，我就败了。"

蓝强心里说，傻小子，我要是攻你，你半招都挡不住，早就滚下台去，还能捡这么大个便宜，但这话嘴上不能说。可又奇怪这小子怎么练的乱七八糟的锉刀法，就想问问。问答间，才知道蒙豹自小就喜欢武术，可没钱请不起人教，琢磨来琢磨去，将自家的两把锉刀装个把，磨快了当刀使用，乱七八糟的招数也是自己瞎琢磨的。

蓝强说道："你有武学天赋，以后好好跟人学学，会练成一身好功夫的。"

蒙豹当即说道："那我跟你学。"

蓝强大笑着应允："好，好，好。"

韦公泰说道："蒙豹，跟胡大哥领种你家的田亩去。"

蒙豹异常喜悦地说："我有4吊秧的田了，走啊。"

这一下，台下可热闹了。有人嚷嚷道："有本事的快上啊。"

人接二连三地上了擂台，可鲜有人能在蓝强手中走过5招。

乱嚷嚷的人群中，有一簇人团拢着看台上的热闹。为首一人，身强体壮，一脸煞气。有人谄媚地问："峒主，你不上去显显身手？"这人脸色倨傲道："我去干什么？打输了丢脸。打赢了我还能给他们当兵应差去？不过，我不上，我可以找个人来上。"旁边有人说："这人是谁啊？连赢田地的事都看不上。"

有人接茬："还能有谁？狼溪峒的峒主，苟老虎呗。"

晚上，线人将这信息告诉了蓝强。蓝强又告诉了莫敬诚。莫敬诚吩咐蓝强："我把杨启撤下来，让杨启挑选几个机灵精明的人，外加你手下的线人组织一个盯梢队，日夜监视苟老虎。"

打擂延续了10多天，发现了五六个武功不错的人，都被招揽到了狼兵战队，交给了韦云训练。

又过了几天，杨启向莫敬诚汇报："苟老虎从外地请了一个人来，说是武林高手，要来打擂。此人还擅长暗器，在擂台上打擂不赢时，利用暗器取胜。"

莫敬诚沉吟道："庆远地区使暗器的人不多，你派人查一查，把这信息给靖远峰传过去。查查苟老虎与八寨土匪有勾结没有。"

杨启安排好莫敬诚交代的两件事后又汇报苟老虎的行踪："昨晚上发现一个形迹可疑的人到了苟老虎家，当时我们没惊动这人。这人出来时，我们的人在僻静处将其抓获。经审问，这人说自己是八寨的人，到狼溪峒就是要勾结苟老虎叛乱，并且筹划了一个全盘计划。"

什么计划呢？第一步，趁打擂时，伤了擂主，造成忻城的混乱；第二步，苟老虎的叛乱分子，趁夜黑向板县推进，在距县城不远的地方埋伏下来，四更天时，即亮起火把发起攻击；第三步，当苟老虎的叛乱分子发起攻击后，莫家狼兵战队前去堵截时，八寨土匪趁机强渡红墨渡，上岸即点亮火把，与苟老虎前后夹击，消灭狼兵战队。

莫敬诚抓住其中的一个细节追问："他们计划伤了擂主，怎么不说直接杀了擂主呢？"杨启回答道："原来有这一说，可是苟老虎不同意。为什么不同意。苟老虎说，擂主是知县妻子，我们把她杀了，会马上招致知县的报复。在狼兵战队面前，我们是凶多吉少。后来才改成用暗器打伤擂主。"

莫敬诚问道："杨启啊，你知道官军有一种部队专门搞侦察的。名叫'夜不收'吗？"杨启回答道："听说过。"莫敬诚开玩笑道："你给我立了这么大的功，不去当'夜不收'的百户，太屈才了。"杨启哈哈大笑说道："知县突然发问，我还不知什么原因呢，原来在这儿等着我呢！"

三天后，一大早，莫敬诚若无其事地对妻子说："今天你和韦公泰在家坐镇吧，我替你去当当擂主。"韦小蛮一副怀疑的表情，说道："不对吧，你肯定还有小算盘。"

莫敬诚笑言："有个聪明妻子，活得就是累，想瞒点事都不行。"韦小蛮啐了一口："赶快交代，有什么事？"莫敬诚说："蓝强说了，他哥哥蓝龙要来看看我们摆的擂台，我想，蓝龙远道来了，我不在现场不太好。"韦小蛮："既然这样，你去吧。"

加仁擂台，观众看擂台上的人换了。韦公泰不见了，知县妻子也不见了，换来了个知县当擂主。

蓝强发话解释道："知县大人想了解了解擂台这边的情况，就替夫人来当擂主了。这几天我们通过打擂，发现并招揽了好几个武功好手，收获很大。今天就是摆擂的最后一天，有本事还想过好日子的人别放过了这个机会。"

上去了几个人，都接不了蓝强的两招三招。蓝强不耐烦了："今天要是没有好手，我们就早一点撤擂了吧。"

"别急别急。"一人边说边跳上擂台。上台者40来岁，生就一张马脸。上身长，下身短。长相奇异，往往是练武的奇才。这人就是苟老虎请来的。

胡天喊道："上台者报名。"马脸人一脸不屑地说："我上台来，不为赢几亩田，也不想在什么狼兵战队里当个什么破官。我上台来只为赢得莫家一招半式，好在江湖上吹吹，莫家功夫也不怎么样。"

胡天笑道："前来打擂的，都抱着想赢的心。至于能不能赢，要靠功夫。擂台需要报名的规矩，是为有个留存。你无名无姓，我们写留存时，难不成还要写成，什么东西在哪天打擂输给谁了。"马脸人尴尬了一瞬，嘴硬道："一个只配在擂台上写写画画的东西，逞起嘴皮功夫了。你爱记就记'老子'。"

胡天正想反唇相讥，莫敬诚发话了："既然这位朋友不想留名就不留吧，莫家的棍下多一个无名鬼不多，少一个无名鬼不少。蓝强，你先陪陪这位朋友走两招。"马脸人气焰滔天地说道："我今天就是奔你这擂主来的，别的人就靠边吧。"莫敬诚不卑不亢反问道："既然是有备而来，就定个筹码吧。你赢了，需要什么做奖品。我赢了，你拿出什么来做奖品？"马脸人说："我赢个一招半式的，就以莫家的青钢棍做个纪念。听说青钢棍是从莫家先祖莫保手上流传下来的，传了几代人了，我拿来看个谷场，撵撵鸡、赶赶狗什么的正合适。"莫敬诚知道这家伙是想激怒自己，遂不动声色地说："莫家的青钢棍确是打狗的，不知有多少恶狗死于棍下。阁下有求死之心，青钢棍也不会有怜死之意。"

蓝强在台上说道："青钢棍打死过无数的恶狗、疯狗、癞皮狗、哈巴狗，今天要添上新的品种了。"胡天搭腔道："新的品种，叫什么狗呢？强哥这么有学问，一定能为这种狗取个恰如其分的名来。"蓝强神秘一笑，说道："胡天兄弟有所不知，我们先祖发明了两句闻名天下的名言，牛不知角弯，马不知脸长。"胡天讥笑道："不愧天下闻名，太形象了。大家看看，真是马不知脸长。"

台下的忻城百姓，本就恨这人污蔑本县的知县大人，听了这话马上起哄般地大笑起来。

莫敬诚知道蓝强和胡天用语言激怒这人的用意。遂静静地坐着，并观察台下的动静。莫敬诚见到蓝龙带着10多人来了，在线人悄悄指引下，正向苟老虎等人包抄过去。

台上蓝强还在继续："胡天兄弟，你这么聪明，现在明白新品种的狗应叫什么名了吧？"胡天说道："当然知道，叫马脸狗。"

台下又是一阵哄堂大笑。兄弟俩一唱一和，像说相声。

马脸人气得满脸通红，呼呼喘气，左手持铁镐朝站在台上的蓝强冲了过去，边刨边出声大骂："想找死，老子成全你。"马脸人亮出了兵器，大家才看清，这是农村常用的农具铁镐改造的。整体上改得小巧了，用的是千锤百炼的好钢，尖的一头突出了尖利，有刃的一头则突出了锋利，而在镐的前端则安装了一柄三刃刀。经此改造，普通铁镐变成了一件复式兵器：前可刺杀，左可砍啄，右可击打。莫敬诚看到此兵器，马上想起了这人的来历。

莫敬诚开言道："蓝强兄弟，和你过招的是庆远地区赫赫有名的四大土霸中坐第一把交椅的马长山。马长山的功夫不怎么样，但他使用的兵器却在江湖上有号。这件兵器叫镐枪，前端的三刃刀可以当暗器发射出去，不少英雄好汉就死在他的暗器下。"

庆远地区诸溪峒中，有四大土霸：一马二猴三猪四虎。

一马指的是一个长着一张马脸的人，使用的兵器是一把镐枪；二猴指的是长相如猴的人，擅使两把农村镰刀改造的弯刀，轻功尤其了得；三猪则是一个肚子如怀孕的人，叫朱无肚，这人将农村舂碓用的碓嘴拆下来重新打磨，成了自己的兵器；四虎是长着一张虎脸的人，正是之前提到的苟老虎，擅使一杆虎头枪。

莫敬诚对蓝强的这番话，自是提醒蓝强注意马长山的暗器。联想到台下的苟老虎，莫敬诚担心四大土霸中的另外两人也来了，但躲在了暗处。台下的苟老虎，看到马长山这么冲动的一幕，无意间摇了摇头。摇头的意思，是说这人沉不住气，上别人的当了。

马长山虽说在被激怒的状况下发起疯狂攻击，但心里其实有个明晰的目的，就是趁敌不备，先将眼前之敌用暗器射杀。可莫敬诚的一席话将其来历揭破，心里遂犹豫起来。犹豫之际，气势迟缓下来。蓝强借此反击，展开陆上十八式，迅如飙风，捷如猿鹞，一刀紧似一刀，招招不离其要害。

失却主动权的马长山，攻一步退一步，步伐不乱。颀长的上半身在刀锋中左右前后趋避，灵活异常。双方在紧张的搏杀中，突听莫敬诚高喊："暗器。"

蓝强身随声起，攻击仍不停止，展开俯击十八式。脚底咝的一声，马长山的三刃刀钉在身后的板壁上。随即又听咝的一声，马长山打向莫敬诚的另一枚暗器在莫敬诚青钢棍的击打中飞向马长山。马长山哎哟一声，右臂耷拉下来。随即又是一声哎哟，左下臂被蓝强斩断，连握着的镐枪一起掉落于地。马长山左手扣动扳机发暗器要杀害蓝强时，右手也打出暗器欲伤害莫敬诚。马长山的心狠手辣激起蓝强无比的愤恨，一招长鹰搏兔，斩断了马长山的左手。

台下的苟老虎想趁混乱之际，上台与莫敬诚搏杀，已被身后的蓝龙一拳打晕在地，连着其他喽啰一起绑了。莫敬诚从座位上站起，告诉胡天："看住马长山。"然后与蓝强走下台来与蓝龙见面。莫敬诚拱手一揖："蓝龙兄弟，为我的事，麻烦兄弟跑这么远的路来，感谢感谢！"蓝强也上前见面，道："兄长旅途劳累了。"

蓝龙仔仔细细打量了蓝强一阵才说："刚才听知县提醒后，知道马长山的暗器竟然是镖枪前端的三刃刀，我真替你担心，这么近的距离，如何避得开？"

蓝强说道："真亏知县提醒在前，我有了防范之心。后又听知县喊'暗器'，我连反应都没有，直接一个梯云纵，躲过了暗器。"莫敬诚说道："今天情势危急，亏得蓝强功力深厚，反应敏捷。"说到此，莫敬诚心里突然想到一个事，纵上台去。莫敬诚一脸轻蔑地看着马长山，说道："马长山，你也是江湖有号的人物，隐姓埋名，藏头露尾，前来打擂，还使用下三烂的手段害人，你也不怕江湖人笑话。你没想到会有这样的下场吗？你把二猴三猪喊出来比试比试，如果他们有本事赢了，我放你回去。"马长山嘴硬道："莫敬诚，今天你赢了，我无话可说。要是老二老三来了，今天鹿死谁手还说不定呢。"

二猴三猪来没来，是莫敬诚刚才心里突然想到的事，如果来了，他们自然也准备了后手，这是莫敬诚最担心的事。知道没来，莫敬诚才放下心来。吩咐人收拾收拾，带上被抓的人，返回板县。回到板县，莫敬诚吩咐人找个医生为马长山包扎，又将醒转过来的苟老虎提来审讯，所获信息与杨启抓的线人的口供一致。

中午吃过饭，休息一会儿。下午即召集一干人前来开会。议事堂里，韦公泰、蓝龙、蓝强、韦云、韦小蛮、杨启、胡天坐下后，莫敬诚将这几天发生的情况简单做了介绍，着重布置了即将面临的一战："上午，我和蓝龙、蓝强、胡天在擂台一举擒获了八寨叛匪内应的马长山、苟老虎及其喽啰，清除了内忧。八寨土匪和马长山、苟老虎里应外合在忻城叛乱的图谋被挫败了一半。下一半，我们就得专力迎击八寨土匪的偷袭，杀他们一个大败而归，不敢再起横渡红水河之心，忻城方得安宁。"

然后布置道："四更天，在板县附近点亮火把，呐喊呼应的事请公泰兄负责，动员二三百的村民，把声势造大点，给红水河那边的土匪鼓励加油。这是第一组。第二组，胡天负责，你率领刚组建的20组狼兵战队，10组埋伏在红水河渡口的岸边，放过一部分土匪上岸，让其进入我们设在岸边的口袋，然后用滚石下砸正在上岸渡河的土匪。另外10组战队，攻击上岸土匪。第三组，由蓝龙和蓝强负责，各率领30组狼兵战队，与胡天一起埋伏。胡天点亮火把后，你即率队截断土匪的后退之路，并组成半圆形攻击圈向里攻击。与胡天10组的狼兵战队，形成前后夹击之势。杨启负责第四组，率领10组狼兵，沿红水河渡口上游、下游各10里放出哨探，发现有土匪即点火把报警。第五组，韦小蛮负责，率领10组战队，负责守卫县城。第六组，我和亲兵还有余下的30组战队，作为预备队，我的位置在县城与红水河边的中间地带，负责对各个方向的支援。还要补充说明的一点：蓝龙兄弟俩歼灭上岸之敌后，即集结在岸边，防备八寨土匪继续渡河。胡天的战队也如此。各队吃完晚饭半个时辰，带上干粮即刻出发。"

散会了，韦小蛮一脸坏笑地看着莫敬诚，一副你有把柄在我手里捏得死死的样子。莫敬诚心虚，嗫嚅道："你这笑，有点吓人。"韦小蛮脸上的笑渐渐变得诡异起来，嚣张地表白，你说吓人，我就吓死你。声线也变得低沉了："听说蓝强与马脸人这一战很凶险，其实原来马脸人的图谋的对象不是蓝强，而是擂主，你是不是怕我遇到危险，才把我换下来的？"莫敬诚明白这话的意思，自己装傻充愣："刚好碰上，刚好碰上。"韦小蛮马上回归本色，笑骂："碰上你个鬼，你就是存心的。"韦小蛮知道丈夫关心自己，心疼自己，心中高兴，脸上一副得意之色。

四更天，忻城的百姓还在睡梦中。一片火把在板县附近点亮，照亮了半边天。火光中一片喊杀声此起彼伏。此时，红水河那边的八寨，呼应的火把马上照亮了半边天。数十只船载着土匪纷纷强渡红水河，从陡峭的山崖爬上来。河岸没出现火把，土匪们似乎放心地认为不会遭遇莫家的狼兵战队了，更凶猛地越过岸崖向夜暗处拥来。拥过去四五百人，一列列火把突然亮起在岸崖边。接着，陡峭的岸坡上突然滚石如雷，不少土匪被砸成肉酱，更多的土匪被石头裹带着翻滚而下。

涌进暗夜的土匪没明白发生了什么事，前边黑暗处，又有火把亮起，火光照亮处，狼兵战队从前后包围而来。火光中的斗笠盾牌，在暗夜中显得狰狞怕人，训练有素的狼兵，喊声震响夜空，充满了恐怖。60组战队狼兵，如战力强大的机械，从四外碾压而来。蓝龙看着被砍杀的土匪，悲悯心起。大声喊道："投降免杀。"蓝强跟着也高喊："投降免杀！"随即，400多狼兵齐声高喊："投降免杀！"喊声震撼夜空。剩下的土匪纷纷抛下武器，跪下投降。

蓝龙看岸上的战事已结束，对弟弟蓝强说："我在此料理后事，你前去帮助胡天。"

蓝强带着战队到了岸边，夜黑看不清远处，只听石头的轰隆声和人的呼号声。不到一个时辰，战事结束。清理完战场，留下岗哨，众人押着俘虏返回板县。此时，旭日东升，霞光满天。站在霞光中的莫敬诚看到远处的狼兵和俘虏，喜悦挂上了脸庞。

不几年，明王朝又批准莫敬诚为世袭土知县。这一来厉害了，莫敬诚是土知县，儿子可以承袭土知县，子子孙孙都享有承袭的权利。明王朝批莫敬诚为世袭土知县的原因：剿抚有功，抚化地方有功。谁知道莫敬诚这些功劳呢，当然是山云总兵。

虽然没有见到有关的证据，对于一个心系社稷的人来说，希望忻城稳定，并知道有能力稳定忻城的只有莫家，定非山云总兵莫属。

山云总兵的推举，于忻城莫家是知遇之恩，于朝廷则是职责所在。

第三章 性命服从『皇命』

奔跑20多里后,马蹄渐渐迟缓下来,狼兵忽见莫凤从马上摔落。

大家赶上前,但见莫凤脸白如纸,血染战衣。

韦云见此,心痛不已,拔箭裹创,担架而行。

行至柳州,当时叫龙城,莫凤心知生命走到了尽头,想到父母已老,自己无法尽孝;儿子经历尚浅,难以放心;半路撒手,妻子余生艰难,不禁唏嘘。将舅舅、蓝强、亲兵等叫到床前,声音微弱,嘱托后事:"我多年征战,为的是替父报国,不负皇恩。现在匪寇没有消除,不得不回师,这是要夺走我的报国之志,为之奈何,无可奈何。"

莫家一代奇才,为国战殇。

八年世袭路

1441年初的一天，时近中午，暖阳如春，忻城板县张灯结彩，鞭炮震天。

街上的流水宴，绵延不绝。穿着节日盛装的壮家女儿们，蛮腰轻扭，身姿袅娜地穿梭在流水宴上，为客人们添菜添饭，也把一道美丽的景致留存在热闹喜庆的宴席上。

一阵马的嘶鸣声从远处传来，近了，原来是两人两骑飞奔而至。马上两人青灰布衣，皆是阳光俊朗的少年。两人是兄弟俩，姓刘，兄长刘隐山，弟弟刘隐水，广西全州人氏，自幼跟随家乡贤人读书习武，胸有抱负，不甘于在全州过着土里刨食的生活，遂出来闯荡世界。听闻庆远地区地偏人稀，虽然动荡不已，但两人认为，危中才有机，因而沿桂柳道而来。进入忻城县境，来到板县，正饥肠辘辘，见一街的流水席，便勒缰下马。

拴马于树，走向宴席。甫近，两位壮族少女迎了上来，皓腕如雪，面如桃花，言笑晏晏道："欢迎两位远方客人，请入席。"哥哥刘隐山眉峰上扬道："不知贵地今日是什么节庆，大摆流水宴。"瓜子脸壮族少女，脸上似笑非笑："不是节庆，是我们莫老爷家有大喜事，摆下的大喜宴。"

弟弟刘隐水黑眼珠骨碌碌地转着："大喜宴，什么人都可以免费吃吗?"

鹅蛋脸壮族少女,一脸的精灵顽皮:"不管是县城的人,还是路过的客人,都可以白吃白喝。"弟弟刘隐水说:"摆得起流水宴的人家,图的是热闹和喜庆。若只有本地人赶宴,图的真是白吃白喝,有我们兄弟俩从数百里外赶上,才是主家的意外之喜。"

正说着话,一个40多岁的男人走了过来。两个少女一见赶忙招呼:"韦老爷,这儿有两个外地客。"韦老爷走了过来,热情地拱拱手:"两位请坐请坐,今天是我们土官莫老爷家的大喜事,两位远客光临,为莫土官增光添喜,我替莫土官陪陪两位。"弟弟刘隐水眼瞅着俩少女:"看看,还是韦老爷会说话。"

俩少女冲刘隐水做个鬼脸,前去斟酒上菜了。

三人互相拱拱手坐下,酒敬了几巡,菜吃了几筷。哥哥刘隐山拱拱手,说道:"谢谢韦老爷的盛情相陪,我有事想请问韦老爷,今天莫家有什么大喜事呢?"弟弟刘隐水也随哥哥一起拱手抱拳,问道:"我也正想问呢。"韦老爷说:"看两位少年英俊,是读书人出身。人生有四大喜:久旱逢甘霖,他乡遇故知。""洞房花烛夜,金榜题名时。"刘隐水抢着接了下来。正上菜的鹅蛋脸少女唇角勾了勾,奚落道:"嘴上无毛,心里浮躁,老爷说话,显摆接茬。"

韦老爷看看刘隐水,呵呵笑了几声:"我们精灵古怪的阿灵姑娘可不是好惹的,她语言如刀,顷刻间便能杀你个片甲不留。"刘隐山看着韦老爷,呵呵笑道:"我这个弟弟,聪明顽皮,就爱笑闹。弟弟,先听听主家有什么大喜,我们也好恭喜恭喜。"瓜子脸少女接茬道:"进门问俗,还是哥哥懂事。是不是呀?韦老爷。"韦老爷对着刘隐山说道:"我们阿娴姑娘最会看人了,她这样评价你,你准错不了。"刘隐山对瓜子脸少女拱拱手:"谢谢姑娘!"鹅蛋脸少女指着刘隐山,调皮道:"叫阿娴,叫姑娘多生疏哇!"刘隐山重对瓜子脸少女拱拱手,叫了声:"阿娴姑娘!"阿娴脸上飞起一片红晕。

韦老爷也赶上来凑热闹："阿灵,你既然让哥哥改了对阿娴的称呼,弟弟也改了对你的称呼吧。"鹅蛋脸少女轻哼一声："阿娴姐是夸奖哥哥,那是你有情我有意,当然得改。我是骂他们,一骂如墙,二骂如山,越隔越远。"

韦老爷说道："阿灵,说错了,有打有骂,恩爱常在,要改,弟弟,改口。"

弟弟刘隐水对鹅蛋脸少女拱拱手说道："谢谢阿灵姑娘今天招呼我们。"阿灵眼神轻飞,不由得轻笑出声。韦老爷说道："你们兄弟俩也得报个名啊。"大家才知道这兄弟俩,哥哥叫刘隐山,弟弟叫刘隐水。韦老爷笑着说："都认识了,都熟悉了,阿娴、阿灵,别的桌也吃得差不多了,你们姊妹也到吃饭时间了,就坐下来一起吃吧。谁靠山边,谁挨水边,自己选吧。"阿灵一下跳到刘隐水一边坐下："我挨水坐着,看看这水是清水还是浊水。"阿娴挨着哥哥刘隐山坐下。韦老爷问阿娴："阿娴,你挨着的山是什么山呢?"阿娴大方地回道："女人的靠山。"

桌上一阵畅快的笑声。互相敬了一阵酒,刘隐山还是忍不住问韦老爷："莫老爷家有什么大喜事呀?"韦老爷接着上回说道："刚才说道人生有四大喜,久旱逢甘霖,他乡遇故知。洞房花烛夜,金榜题名时。但还有一大喜,叫天大之喜。今天莫老爷家的喜事就叫天大之喜。"

韦老爷卖弄一番,四个年轻人明白了什么叫天大之喜。皇帝又叫天了,天子封的喜,叫天大之喜。皇帝是九五之尊,天地间,皇帝之尊是无与伦比的。

性急的弟弟问："皇帝给莫老爷家封了什么喜?"哥哥揣测道："封了个官吧,看这排场,不会是忻城的知县吧?"哥哥猜了个八九不离十,皇帝给忻城莫家封的是世袭土官知县。

明代的官有两种,一种是流官,一种是土官。各地读书人科考考中

102

者受到皇帝的钦点后，放到各地去做官，这叫流官。流官像流动的水。在这做了几年官又流到别地去做。做得好的升，做不好的降，有的做得更不好的又流回去当百姓去了。在一些儒家文化化育得不是特别深入的地方，流官去了因语言不通、习俗不懂而难以管理，就选择当地有威望的土著头人，经由皇帝认可，成为管理者，被称为土官。土官的特别之处是世袭，父亲去世了儿子接班，儿子去世了孙子接班，世世代代，相袭相承。考上的官顶多就是一世之喜，被皇帝封上的官则是世世代代之喜。明代的土官主要有三种：第一是录用元朝归附的土官，这也是明代土官的主要来源。第二是新增的土官，主要多为土巡检。三是保举，是原有土官嗣绝，经保举担任的新土官。

忻城莫家本是元朝的土官，因种种原因没被明朝录用，后来被保举的，算是第三种。保举的程序非常复杂，先有举保人签字画押，然后必须有总兵、三司保荐，再经过皇帝御批。莫家就是经过这程序获御批的。

莫家被保举大概是宣德九年（1434年）。那时，整个王朝对流官治政、土官治乱的作用还没有清晰的认识。英宗坐上大位，才逐渐认识到流官治政、土官治乱的特殊功能。英宗曾对总兵官柳溥说："设土官是'以蛮攻蛮，古有成说'。其益在'省我边费'。"英宗正统六年（1441年），御史韦广上书皇帝，在分析庆远地区长年动乱、杀戮太多的原因时指出，流官治政带来边远少数民族地区的动荡不安，韦广的奏章里特别举例当时的莫老爷莫贤，因有智识、有兵力、有军事才能，被总兵官山云选用为忻城县协理县事，抚化一地，才让忻城安定下来。英宗皇帝看了韦广的奏章，联想到被忻城乡绅保举，被山云总兵、三司保荐的莫贤的儿子莫敬诚，才把这一道被压了八年的保荐奏章给批了。

边听边思索的刘隐山觉得这事太不容易了，乡绅保举，不仅要把事做了，而且还要让大家佩服，不但要有办事的本事，还要处事公道，肯为大家担当的人才行。总兵、三司保荐，不但要为朝廷屡立功劳，还要充分的忠诚,这些朝廷大臣才愿保荐。他越想越觉得莫家人了不起,自己要跟着这样的人干,一定有前途。又听韦老爷讲了莫家四五代人的奋斗史,心里就有了主意。随即灵机一动问道:"韦老爷,听您娓娓道来,您老人家应该亲身参与了许多事?"韦老爷:"好小子,有见识。"

阿娴顺口接话:"好小子,不知道了吧。韦老爷就是当年保举莫土官的人,是咱们壮寨的头人,现在是莫土官的副手。"

哥哥指着阿娴,嘿嘿闷笑:"你占我便宜,不过今天还是要谢谢你和阿灵。不是遇见你们俩,就不会见到韦老爷。不见到韦老爷,就不会听到这些人生故事。"然后转向韦老爷,郑重地弯腰一揖,说道:"韦老爷的话里,带出的是了不得的人物和家族。韦老爷,我兄弟俩有个不情之请。"韦老爷爽快道:"好。你说。"哥哥诚恳地说道:"我们兄弟俩出来闯荡世界,有个意愿:德者拜之,贤者敬之,才者识之。韦老爷刚才叙述的人物,德才兼备,贤达过人,欲请韦老爷引我兄弟俩前去拜见拜见。""哈哈哈,"韦老爷兴奋地笑着说,"好好,这桥梁我愿意做。你们姊妹俩也一起去。"

莫家的根基

四个年轻人随着韦老爷穿过长街，转进立着梁斗的大门，穿过前院就是县衙。沿县衙的边廊走过，来到后院，又见一个院落。正房中间是大厅，两边是卧室。

左右是整齐的厢房。院落里摆着两桌酒席，忻城县各堡目、各峒老在此吃席。正房大厅，一张特大号圆桌上，坐着莫氏一家和一些核心人物。

正中一位，须发皆白，满脸慈祥。偶然间，虎眼一瞪，仍是威风凛凛。此人正是因智计、因军事才干上达天听的64岁莫贤。旁边是他的结发妻子蓝妮，曾经的美丽容颜因岁月凋落了，但举手投足之间，仍可见出当年杀伐决断的性格。

挨着蓝妮坐着的是个15岁的小孩，正是他们的孙儿莫凤。莫凤13岁时率兵出战，首战就成功救出被起事军掳掠的100多名人员。一战成名，被称赞为髫年名将。

挨着莫凤的是莫凤的母亲韦小蛮，30余岁，正是一个女人最好的时光，她言笑晏晏，笑靥如花。莫凤坐在母亲和奶奶之间，那是被宠爱之人专有的位置。

莫贤的右边，是独子莫敬诚。刚好40岁的莫敬诚，左眼角处一道箭痕，显得性格刚烈。莫敬诚自小跟随父亲招抚覃团，稍大即奉檄南征北战，特别在跟随总兵山云作战的日子中，他率领的狼兵战队敢战善战，功绩最多，给山云总兵留下了非常深刻的印象。后来通过山云总兵和三司的保荐，莫敬诚成为莫家第一个世袭土官，真正为莫家开辟了一片新天地。莫敬诚右边坐的是韦公泰。韦公泰的右边，是蓝妮的侄子蓝强。再往下是韦小蛮的哥哥韦云，杨秀的后人杨启，胡大可的后人胡天。韦公泰向莫敬诚一拱手道："有两位青年才俊前来拜谒知县。"并将刘隐山兄弟的来历简单做了介绍。又将座席上的人一一介绍给兄弟俩。

兄弟俩挨个作揖见面后，又面向莫贤、莫敬诚拱手说道："我们兄弟俩是全州人，跟着老师读了点书，习了点武，不甘于在家刨土吃食的生活，因而出来闯荡天下，希望结识天下德才之人，与之为伍，修炼自己，也为自己谋个好前程。走到贵地，有缘听闻韦老爷介绍莫家的奋斗史，方知莫家人德才兼备，贤达过人，是真英雄。因而求韦老爷引我们兄弟俩前来拜谒，并恭喜莫家被皇上御批世袭大喜。我们兄弟流落在外，没有备下恭喜礼物，今将我们兄弟的先师历尽千辛万苦绘制的粤西地图奉献给莫家，权作恭喜之礼。"

说完，哥哥解下身上的一个皮囊双手递给莫敬诚。莫敬诚打开皮囊，取出里边的皮纸，展开一看，一幅标记着山脉、河流、道路的粤西地图，清晰地呈现在眼前。莫敬诚脸上一副惊喜之情，将地图递送到父亲莫贤的眼前。莫贤接过来，从左到右、从上到下地浏览了一遍，脸上流露无限喜悦，嘴里轻声说："真是宝贝呀。"父子俩多年征战，常见朝廷的大将随身带着地图，不时取出来查看，对地图在作战中的重要性自然深植于心。

莫敬诚走出座席来到刘隐山兄弟的面前说道："兄弟俩送的地图，对于常年征战的人，价值难以估量。如果是别的宝物，我们莫家一定推辞，但这幅地图，正是我们所需所想的，我们无法推辞。这样吧，先请二位兄弟入席，我单敬你们三杯，表示感谢之情。"转头又对阿娴、阿灵说:"你们也在这吃饭吧,替我陪陪刘家兄弟。"这时,这俩女孩,一个依偎在蓝妮的身旁,一个依偎在韦小蛮的身边。

原来,阿灵是蓝妮的侄孙女,蓝强的女儿。阿娴是韦小蛮的侄女,韦云的女儿。俩女孩按照莫敬诚的盼咐,挨着兄弟俩坐下。

莫敬诚端起第一杯酒,对刘隐山兄弟俩说道:"你们兄弟俩与我莫家从未相识,可在我家这个特殊的日子里,竟能彼此相识,坐在一桌吃饭,这就是缘分。为缘分,我敬两位兄弟。"莫敬诚紧接着端起第二杯酒,说道:"有的人,活一辈子,都长不成大丈夫,兄弟俩,年龄不大,但与我见面做下的第一件事,就是大丈夫所为。为大丈夫所行,我再敬两位兄弟。"莫敬诚端起第三杯酒再道:"中国有句话,比邻如新,倾盖如旧。我与兄弟俩在人生旅途中的偶一见面,便有倾盖如旧的感觉。为倾盖如旧,我三敬两位兄弟。"莫敬诚的三杯酒,敬得兄弟俩心里温暖如春。

其他人也为这兄弟俩献图的举动感染,纷纷举杯敬酒。

如此人生际遇,令刘隐山激动不已。他端起酒杯,面向莫敬诚道:"知县大人,请给我个机会,让我敬杯酒说句话。"莫敬诚点头道:"好,有什么话就尽情说吧。"刘隐山沉稳地端着酒杯,向众人施礼,说道:"我兄弟俩今天是来拜谒莫家大老爷、知县老爷、少爷和各位长辈的。理应先向各位敬杯酒。请给我兄弟俩这个机会。"莫敬诚端起酒杯说道:"两位兄弟如此讲究礼节,那就恭敬不如从命。"

刘隐山又说:"知县大人,我还有个请求。我兄弟二人不擅长喝酒,也怕喝多了失礼,只能敬三杯酒,请知县大人允许。"

莫敬诚没想到年纪轻轻的刘隐山做事一板一拍,沉稳有谋,心里喜欢,看了父亲莫贤一眼,莫贤也喜欢这哥俩做人做事的风格,也回了一个会心一笑的眼神。

莫敬诚笑道:"在我这儿喝酒的,通常情况下,我怎样敬别人,别人也是怎样回敬的。但我喜欢二位兄弟说话办事有礼有节的风度，今天就破个例，按你们的想法敬。"

刘家哥俩深施一礼，领命而去。看着刘家哥俩在人群中穿行，莫敬诚的思路回到了莫家的根基上。

自1433年韦公泰保举莫敬诚为世袭土官知县协理忻城县事开始，皇帝御批虽没下来，但寻常事务已开展起来，建立1000人的队伍亟须着手，急需各方面的人才。

借着这个平台，莫敬诚想把靖远峰的一干人物都调过来，通过与蓝妮的大侄儿蓝龙的一番交谈，莫敬诚听取了蓝龙的意见。蓝龙认为，经过多年的耕耘，靖远峰已成为庆远地区一面风水旗帜，结交三教九流，与官府的来往已成常情。作为各种信息的管道和汇聚地，靖远峰不宜轻撤，如需要人手，可随时调遣。

莫敬诚心里盘算着，最紧急的事莫过于对全县土地的清理，这事必须韦公泰负责，让胡天带几人听其调遣。基层组织也是最紧急的事，这事牵头的也必须是韦公泰，具体负责的人安排给蓝龙的弟弟蓝强最好。组建1000人的狼兵战队，自己拿主意，具体负责的事交给韦云和杨启。盘算一番，还缺个总管，缺一个具有眼光和有长远规划的人物。

莫家，蓝家，韦家，杨家，胡家，这是莫家历史的根基，莫家要发展，根基也得发展。莫敬诚从思路中走出，眼光盯住了新来的兄弟俩。兄弟俩第一杯酒敬了莫家人，这是恭喜酒，但留下莫凤没敬，另有打算；第二杯酒敬蓝、韦、杨、胡四位长辈，这是认识酒；第三杯酒敬韦老爷、阿娴和阿灵，还把莫凤掺和在这里面。辈分不一样，对象不一样，刘家兄弟自有说辞："敬阿娴、阿灵和韦老爷，这是感谢酒，能拜谒莫家人，必须感谢三位。把小少爷请到一起敬，有个私心，想听听髫年名将的故事。"

15岁的莫凤，英气逼人，闻言笑道："想听我的故事，好办，再喝一杯酒。"

阿娴附和道："我要听。"阿灵也附和说："我也要听。"莫凤道："你俩也再喝一杯酒。""一定喝。"两人答道。莫凤："韦叔，我们几个小辈先敬您。您喝完了先入座。"五个少男少女一起敬了韦老爷。韦老爷入座。刘隐水抓起酒罐，依次给莫凤、刘隐山、阿娴、阿灵和自己的杯斟满，五个人一碰杯，手撂杯干。

莫凤说道："莫家征战的事多了去了。莫家自老祖莫保开始，手头就有武装，瑶刀和斗笠盾牌成了我莫家武装的招牌。到了爷爷手中，将之组建为狼兵战队，那简直就是战争中的大杀器。我父亲带着狼兵战队跟随山云总兵冲锋陷阵，所向披靡。山云总兵赞叹不止。山云总兵说，自古打仗，杀敌一千，自损八百，可莫家的狼兵战队，杀敌一百，自伤几人。奇迹，奇迹。你们哥俩要听我的故事，那得先听听爷爷的、父亲的、狼兵战队的。你们哥俩就别闯荡天下了，就留在我家吧，跟我去打仗，自己创造自己的故事。"莫凤一席话，说得兄弟俩热血沸腾。刘家兄弟手一拱，齐声说道："要是少爷看得起我们，我们哥俩一定跟你去冲锋陷阵。"

心里一直想挽留刘家兄弟的莫敬诚看到这一幕，对父亲笑笑，说道："你孙子聪明吧，能识人，能用人了。"莫贤感慨道："当年，你爷爷为锻炼我，将我送到河池去。我为锻炼你，将你交给山云总兵。你为了锻炼莫凤，莫凤13岁时，就带他征战。培养莫家后人是一代一代的责任。但仅此还不够。"

莫敬诚轻叹道："父亲，这是我们莫家的家风。"说了一句，就见莫贤准备说话。莫敬诚拦住："后边的话您别说了，我替您说。"莫贤自嘲道："年纪大了，要听儿子的。"正在旁边听闲话的蓝妮，轻笑道："该听就得听，别不服气嘛。"

韦小蛮冲蓝妮笑笑："做母亲的，天生就向着儿子。"蓝妮笑着抬起头来，点了点儿媳的鼻尖，宠爱地说："你不也最宠莫凤。"韦小蛮这下向着公公莫贤说话了："父亲，您评评理，是我宠莫凤呢，还是母亲宠莫凤？"莫贤平静道："瞎子都看得出来，就你妈最宠莫凤。"说完，父亲、母亲、儿子、儿媳一起笑了。

要说话没说上的莫敬诚接茬了："父亲、母亲要没意见，我代表莫家说几句话。"蓝妮头都没抬，说道："说几句？说几百句我都不管，爱说就说。"其他三人又都偷偷笑了。

莫敬诚满脸喜悦，他要说的就是代表莫家和在座的几个家族邀请刘家兄弟加入莫家的基本盘来。莫家在乱世的拼搏中，多年来，自然地形成了蓝家、韦家、杨家、胡家的人才队伍。发现新的人才，招揽新的人才，把人才队伍做大做强了，才有拼搏的资本，才有幸福的未来。

对于莫敬诚的正式邀请，刘家兄弟自然格外高兴，站起身来郑重其事地接受邀请并表达谢意。这一来少不了又是一番正式的欢迎酒。一圈轮完，莫凤跑到刘家兄弟俩身边，专门敬了一杯。刘家兄弟被满满的诚意感动，心头热乎乎的。

心中有满满的情感晃漾的阿娴和阿灵在所有的人都敬完后悄悄来敬酒。刘隐山悄悄将阿娴杯中的酒倒了大半在自己杯中。阿娴飘红的脸色偷乐着。弟弟刘隐水有样学样，干脆将阿灵杯中酒都倒自己杯了。阿灵嗔道："傻呀，我杯中没酒，别人敬酒还不得倒吗？"刘隐水又将杯中酒倒回了少量一点。阿灵一脸的自得，点头赞许道："这么做，就聪明了。"莫凤要归座了，刘隐水悄悄拉住他道："记住给我们讲你13岁如何从土匪巢穴救人的事。"

日头西斜，酒宴结束。阿娴和阿灵给刘家兄弟安排了住处，自此，刘隐山、刘隐水成了忻城莫氏家族的成员。

异禀少年

15世纪30年代，忻城莫家在历史舞台上惊艳亮相：一名13岁的男孩一战成名，被誉为"少年名将"。如同秦时早慧的甘罗一般，莫家出了两个早慧名人。一个是唐时的莫宣卿，17岁即考中状元，一个就是忻城莫家13岁的"少年名将"莫凤。莫凤生于1426年，父亲莫敬诚，母亲韦小蛮。莫敬诚为朝廷屡立战功，并因功成为忻城莫家第一代世袭土司。莫敬诚在中国的官史上，还创下了一个奇迹：他是被民众推举而承袭的县官。

莫凤的母亲韦小蛮聪明绝顶，家传武功在她手上发扬光大，大放异彩。韦小蛮的武功虽然没有更多施展的舞台，却体现在她13岁的儿子身上。

和忻城一水之隔的八寨，位于上林、忻城两县之间，山高林密，地势险要，以壮族为主的少数民族多靠山而居，结寨称雄，周环500里，故迁江八屯及上林三里民地，贼据日久，寨各千余人扼险要，且鸷悍难制。

《粤西丛载》卷二十六载：永乐十九年（1421年），韦公依率众叛乱，先后打败了前来镇压的御史诸璞和镇远侯顾兴祖，完全控制八寨、柳州府、庆远府等地。但在山云自宣德三年（1428年）正月主持广西军事后，在其打击下，韦公依等只能藏于深山密林。

纵观明代的边疆政策，几乎都是依赖军事强人方能维持地方的安定和平。人去政歇，也是边疆难以安宁的重要缘由。1438年，山云总兵因疾去世于任上，逃逸溪峒的土匪遂又蹿出山林，滋事于四方。

莫凤13岁时，八寨一伙土匪经巷贤、大明山进入武鸣，劫持100多村民为人质，勒索赎金。救出被劫持的村民，成了上宪下达给忻城莫家的任务。从明军的军事层面来说，这是一次完整的对八寨土匪打击的军事行动，救出人质才能使明军放开手脚实施军事打击。完成人质解救计划，是军事行动的关键。莫敬诚受领任务后，面临山一样的压力。八寨地域广袤，山深林密，要寻找关押100多村民的地点，犹如大海捞针。找到关押村民的地点，经由什么路线前往、经由什么路线撤退都得周密安排，至于和明军配合的时间点更是必须精准把握。

正当莫敬诚在屋里踱步时，夫人韦小蛮带儿子练武回来了。知夫莫若妻，韦小蛮看莫敬诚皱着眉头，遂问道："又有什么难事啦？"莫敬诚愁道："八寨匪人从武鸣掳掠一批村民，如何找到关押地点，我正犯难呢！"正在咕噜咕噜喝水的莫凤放下水瓢接话道："这还不简单？土匪有众多巢穴，哪个巢穴离武鸣近就去哪儿找呗。"一句话提醒了莫敬诚。

儿子早慧，打小就聪明。夫人常和莫敬诚叨咕这事，莫敬诚也发觉这十来岁的孩子常说大人话，但也没太在意，一转身就忘了。现在见儿子的话如此有见地，莫敬诚就有意要考校考校了。莫敬诚摸着儿子的头，问道："儿子，你既然说要往距离武鸣近的土匪巢穴去寻找被掳村民，这样的判断有什么根据？"

莫凤抬眼看着父亲，说道："土匪掳掠村民既然为勒索赎金，安全要考虑，还要考虑信息传递的近便、交接赎金的近便、交接人质的近便，有这些要考虑的因素，在方圆几百里的区域内，土匪当然要选择一个近便的地方。这个近便的地方当然是离武鸣距离近的巢穴。"

13岁的孩子有这样逻辑清晰的分析，莫敬诚半信半疑。心想，儿子会不会听过别人的分析呢？莫敬诚拿出八寨位置图，仔细查看后，心里又生一计，对儿子说："你来看看这张八寨的位置图，按你刚才的判断，土匪藏匿村民的地方应是哪儿？"莫凤将地图往地上一放，弯下腰仔细看了一会儿，指着一个地方说："应是这儿。"莫敬诚一看，心里一惊。莫凤指的地方叫龙哈寨，正是莫敬诚刚才判断的地方。

龙哈寨位于上林与迁江之间，是八寨与外界交通的门户，地形险要，土地肥沃，荒地大，山林多，适宜屯兵耕作，具体地点是今天乔贤龙头村蓝干庄的童女山。明朝200多年间，不断有人在此啸聚山林，在仙女洞组织兵士训练，开荒种植，自耕自养，劳武结合，建筑寨房，因此屡遭剿杀。莫家也曾两次奉命来此剿匪。

莫敬诚不动声色地问道："说说你的理由。"莫凤答道："龙哈寨往下是巷贤，巷贤面向大明山，大明山是上林与武鸣的界山。土匪从此经大明山入武鸣掳掠村民后，回来藏匿龙哈寨，既方便与外界传递信息，也方便交接赎金和人质。"

韦小蛮见丈夫眼中满满的惊讶，眼角眉梢都是笑，说道："你一天就忙你的公事，也不关心我们娘儿俩。你不知道吧，咱们这个儿子，学武功，领悟能力超群，韦家的功夫已学六七成了。我爷爷留下的地理和天文书籍，儿子也十分感兴趣，忻城周围的山川、关隘，红水河两岸也被他踏遍了。他还常和一个小朋友的父亲出去打猎，有一次出去两天才回来，差点被你打了一顿。我还见他对气味也十分敏感，去年也是这个季节，韦云掏了一窝野蜂蜜回来吃，你吃得津津有味，还夸韦云有善于发现山货、野味的天赋。其实，这窝蜂是咱们儿子发现的。嘿，你猜儿子是怎么发现的？"莫敬诚抚摸着儿子的头问："是怎么发现的？"莫凤平淡道："有一天跟乔远父亲出去打猎，上山不远，一阵风吹过，我闻到风里有股甜味，甜味里有股清香，没有下沉感，我觉得这是蜂蜜，有蜂蜜自然有蜂窝，回来我告诉了舅舅，舅舅就去掏回来了。"

韦小蛮自豪道："韦云跟我讲，当时听莫凤说在哪儿哪儿有窝蜂，韦云问莫凤什么时候见到的，莫凤说是闻到的，韦云不相信。莫凤对舅舅说，你要不相信，我还跟你打个赌，这山有南北两条路，我跟乔远在山下玩，你掏到蜂之后，不管你走哪条路回来，我都能猜到。"

莫敬诚越听越来兴趣，眼睛一会儿瞅瞅儿子，一会儿瞅瞅韦小蛮，继续问道："结果呢？"韦小蛮两只手捧着儿子的脸庞揉了揉，宠爱地说："我这个儿子能耐十足，韦云提着蜂窝回来时，他会走哪条路也猜对了。"莫凤风轻云淡，谦虚道："爹爹，其实也没什么难的。舅舅不管从哪条路回来，风都会把蜂蜜的味道刮过来，我闻到蜂蜜的味道，自然辨别出方向了。"莫敬诚心里无限喜悦，有这么个儿子，是老天爷对莫家的眷顾。沉思有顷，莫敬诚问儿子："你能分辨蜂蜜的甜味和甘蔗糖的甜味有什么不同吗？"莫凤说："能啊。甘蔗糖有甜腻味，还有下沉感。"莫敬诚追问："儿子，你对地理的敏感有什么诀窍吗？"

莫凤想了想，点点头："在方位上，我走过的地方，都会在脑袋里定位。以后再走，闭着眼睛都能摸到那个地方。"莫敬诚喜悦地看着儿子，可这喜悦的表情慢慢变成一脸的忧思。韦小蛮不知丈夫表情何以这般变化，询问道："怎么了？"莫敬诚脸色忧虑地说："儿子这叫身具异禀，异常才能。有句古话，匹夫无罪，怀璧其罪。我忧虑儿子有了特殊才能，如果让天下人都知道了，会叫那些有野心的人惦记。"韦小蛮也害怕起来，急忙问道："那怎么办呢？"莫敬诚郑重道："你们娘俩，过去在外人面前很少说起这事，以后就更不能说了。"娘俩郑重地点点头。危机解除，一家三口言笑晏晏。莫敬诚笑对韦小蛮道："咱们有这么个宝贝儿子，能替我俩破解许许多多的难题。"

忽然间，他想到一事，问莫凤道："你失踪那两天，跟猎人跑了哪些地方？"

莫凤指着地图上的龙哈寨说："我们沿红水河边的深山老林中人迹罕

至的小道,边走边打猎,后来过了红水河,到了龙哈寨一带。走一道打一路,后来又沿老路回来,那次打了不少野物,我记得还给家里带回来几只野鸡呢。"

儿子此说,解除了莫敬诚久困于胸的难题。他大笑数声。长途奔袭解救人质的方案形成于胸。

非凡亮相

深山密林处，一支队伍急速前行。最前边带路的，当然是13岁的莫凤。一身狼兵战队的戎装，英气勃勃。紧跟着莫凤的，是母亲韦小蛮。很少在战场上露面的韦小蛮，这次是执意要来。

莫敬诚要带13岁的莫凤完成解救人质的任务，首先是莫贤、蓝妮的反对。让13岁的孙子冒着风险参战，没有哪家的爷爷、奶奶会同意的。听了莫敬诚的解释后，爷爷、奶奶明白了，此战非莫凤不行，只好不吱声了，但要莫敬诚安排好保护。

韦小蛮知道儿子在此战中的意义，坚持要随儿子一起出征。莫敬诚的想法要复杂得多。他固然知道，儿子是此战胜败的关键，儿子非来不可。即使不是这样，莫敬诚也有带儿子来锻炼的想法。

一方土司，为国出征是应有之事，培养能战善战的下一代也是土司的责任。莫敬诚要做的是培养好、保护好继承人莫凤，两者不能偏废。出于这个原因，莫敬诚才同意夫人随军护卫莫凤，同时让韦云一起负责保护。

长途奔袭，战队不宜多带。

莫敬诚带了50个战队，距离龙哈寨40里路的地方，安排10个战队埋伏接应。距离龙哈寨20里路的地方，又留下10个战队埋伏接应。剩下的30个战队，蓝强带20个战队跟随莫敬诚，杨启带10个战队跟随莫凤。

按照莫敬诚的计划，莫凤查找到关押人质的地方，将其救出后，即由10个战队保护先行。莫敬诚则带着20个战队断后护卫。一路行来，第二天傍晚，即已抵达迁江与上林的交界地，距离龙哈寨不远了。

莫敬诚与驻守迁江的明军取得联系，双方协商出共同行动的方案。当晚，明军的夜不收将解决掉龙哈寨布置在红水河桥的岗哨，保证莫敬诚顺利进入龙哈寨并隐蔽起来。三四更之交，即实施解救人质计划。人质救出，交由迁江明军。辰巳之交，攻击匪巢。

莫敬诚根据明军提出的新方案，随即调整了原来的计划。派人通知沿途的20个战队，迅即赶来会合，统一行动。深夜三更，明军夜不收控制了红水河桥，莫家战队迅捷过桥。莫凤跟着行了一段，前边一座黑黝黝的山峰出现在众人眼前。莫凤告诉父亲，那就是童女山。莫敬诚带着队伍进入路边的林子里，让大家找地方隐蔽休息。他把蓝强、杨启找过来，与韦小蛮、韦云、莫凤一起围成一圈坐下。

莫敬诚对大家交代道："一会儿夫人、韦云、莫凤前去侦察关押人质的具体地方。杨启带着10个战队尾随其后，为防止目标过大被土匪发现，走到一定的地方，留下6个战队隐蔽埋伏。4个战队继续前行，走到易于隐蔽的地方，再留下3个战队埋伏于此。杨启带着一个战队继续跟着夫人，见到匪巢时埋伏下来。你们的任务是掩护、支援夫人侦察和营救人质。夫人找到关押人质处，再来联系你，带着战队掩护人质出来。我和蓝强带着大队隐蔽在此，接应你们。蓝强派人到桥边，接应后续赶来的战队。"说完，莫敬诚拍着莫凤的肩说："儿子，爹爹把希望寄托在你身上。"

莫凤的眼睛在黑暗中清澈明亮，自信地点头道："爹爹放心。"说完，莫凤带着一行人隐没在暗夜中。抵近匪巢，杨启带着的战队隐蔽起来。莫凤带着母亲和舅舅继续前行。三人潜行在大大小小的匪巢，每看见一个大屋时，韦小蛮就想过去查看，都被莫凤制止了。

走完了整个匪巢，莫凤把母亲和舅舅带到远离匪巢的地方隐蔽起来。莫凤说："走过的地方没有人质。"韦小蛮疑道："你都没让我进去查，怎么就知道没有。"莫凤解释道："这些房屋里飘出来的味道，不是酒味就是肉味，土匪还给人质喝美酒吃美味，等母亲当了土匪后才会发这样的善心。"韦小蛮嘿嘿笑道："我当了土匪，就抓你这个小兔崽子来做人质。"韦云问道："匪巢里没有，还去哪儿查呢？"莫凤宽慰道："舅舅，别急。100多人质，没有这么大的屋子可以关押。唯一的可能是关押在山洞。听说龙哈寨附近有个仙女洞，是他们训练士兵的地方。应该很宽敞，关押100多人质没问题。"

正说着，一阵风从西北刮过来。莫凤高兴说："人被关押在西北边。"韦小蛮问儿子："闻到什么味了？"莫凤答道："有一股混浊、厚沉的呼吸味。人多才会有这味。"莫凤领头，朝西北边摸了过去。

不一会儿，一座不太高的山峰黑影出现在面前。莫凤小声提醒道："慢点，慢点，呼吸味越来越浓重了，快到了。"再走几步，莫凤示意母亲、舅舅蹲下来。几人都是练功之人，因此眼力也特别好。

不远处，一个黑黢黢的洞口，有微弱的光一闪一闪的。还有人影一晃一晃的。仔细看看，有两个土匪在洞口踱步，有两个靠在洞口打盹。三人使用轻功，一溜烟地逼了过去。韦小蛮和韦云将四个土匪打晕，然后拖进洞去。洞里，石壁上有数盏灯，灯光微弱。微弱的光影中，众多的人或靠石壁，或互相抱着、枕着。韦小蛮和韦云向深处走了不几步，眼前一晃围上了几个人，并听到身后急促的脚步声。韦小蛮和韦云互相瞅了一眼，已被人围住了。韦小蛮左右瞅瞅，不见儿子。

韦小蛮大惊，与韦云互递一个眼色，刚想动手，就听身后响起噼噼啪啪的拳击声，围住自己的人已委顿倒地。没有了后顾之忧，两人以手为刀，攻向身前数人，没有几回合，将几人打倒在地。

偷空回头,儿子已站在身后。韦小蛮松了一口气:"刚才去哪了,把我急死了。"

莫凤轻松道:"你和舅舅将几个土匪拖进洞时,我听到石壁旁有轻微呼吸声,没法提醒你和舅舅,我只好隐伏在外,然后看到几个土匪正包围了你们。我从后偷袭,一招蹑空打穴手,将后边几人收拾了。"

洞中的被劫持的村民都站了起来,纷纷走向前来。韦小蛮问道:"你们都是武鸣的村民吧?""是。"站在前边的村民答道。韦小蛮又问道:"刚才来包围我们的这几个人是怎么回事?"有村民说:"他们是混在我们之间的土匪,目的就是对付来解救我们的人。"韦小蛮:"你们中还有这些人吗?"

没人吱声。莫凤忽地展开蹑空术,迅捷穿行在人丛中。将四人击晕倒地。

韦小蛮诧异道:"你怎么辨别出他们是土匪?"莫凤道:"这几个人身上有肉味,还有酒味。人质哪有这待遇。"

母子俩说话的当头,韦云走到洞口观察。发现洞口正面向匪巢,出去的人只要惊动了土匪,点起火把,人质便全都暴露了。韦小蛮提议要莫凤去找父亲莫敬诚,提前发动对土匪的攻击,掩护人质安全撤退。莫凤不同意母亲的提议,坚持按照事先的计划来。自己悄悄溜出去找杨启,把战队带过来,保护人质的安全。

韦云看着莫凤远去的方向,对妹妹赞许说:"你这个儿子,人小本事大。要不是他,我们找不到关押人质的地方。""那当然了。"韦小蛮的笑声低低的,"我有时也纳闷呢,他小小年纪怎么心智比大人还健全。他想的事有时比我还周到。不说了,我们还得把被打晕的土匪绑上,堵上嘴。人质中,女的胆小,让几个男的在前边,然后一个男的一个女的排列好。如果有绳最好,黑夜中,一个挨一个地拉着绳,不会走丢。"在韦小蛮的指挥下,村民把土匪绑他们的绳子收起来,一根一根地接起来,在洞里自动按一男一女的顺序排了起来。在暗弱的灯光中，村民静静地等待着。一阵轻微的啜泣声传来。不一会儿，另一边也有轻微的啜泣声响起。啜泣声像会传染似的，在暗中此起彼伏。被压抑的悲愤、被压抑的屈辱在啜泣声中扩散着。

几个男人低声咒骂："打死这些狗日的。"几人拾起盆大的石头，将躺在地上的土匪砸得瓢开血溅。看着这一幕，韦小蛮隐约猜到发生了什么事。

一位年龄稍长的大嫂凑到韦小蛮的耳边说："这些畜生当着众人的面将这几个年轻女人糟践了，让她们以后怎么活呀。"韦小蛮猜测问："砸死土匪的几个男人是她们丈夫吗？"大嫂说："怎不是呢。这些天杀的土匪，酒足饭饱就来祸害几个年轻漂亮的女人。被你们救出去，本是好事，但对这几个人来说，不仅女的没法活，男的也没脸面见人了。"韦小蛮心里骂道："该杀的土匪，我刚才不忍心杀你们，早知这样，你们早就死在我的刀下了。"心里边骂边计较了一番。走去找到几个啜泣的女人，又把她们的男人找到一起，说了一顿悄悄话。几个人听得连连点头。站起身后，韦小蛮将他们安排在最后边。

这时，莫凤已回来了，和杨启见过韦云和韦小蛮。莫凤对母亲说："10个狼兵战队全都带过来了，保护村民的事也布置妥当。我在前带路，后边跟好。"出发了，母亲没跟莫凤走在前边，对莫凤说："你和舅舅走在前边，中间有杨启，我断后吧。"狼兵护卫着村民出发了。

出了洞口，迅速移向里边。近了一看，原来是一道长长的岗梁，挨着岗梁走，匪巢即使有火把，也无法照到岗梁下。一路行来，顺利畅通。安全地把人质带到了莫敬诚隐蔽处，迁江来的官军把人质接走了。人质走尽，未见到母亲，莫凤正着急，韦小蛮出现了，后边还跟着10个人。没等莫凤问话，韦小蛮发话了："儿子，这几个人与我们沾亲带故的，一会儿跟我们回忻城。"

莫敬诚正想问话，却被韦小蛮拉到一边，一顿嘀嘀咕咕。只听莫敬诚说："是我家沾亲的带故的亲戚，好好，一起回忻城，也有个互相照应。"

莫敬诚说完转眼看着莫凤："儿子，听你妈说，关押人质的地方是你发现的，你还救了你妈和舅舅。真是好样的，为莫家立了一大功。"莫凤的眼珠在暗夜中骨碌碌转了一圈，笑道："爹爹，自古以来，上阵杀敌，就该立功受奖？"

莫敬诚："是啊，自古以来，征战沙场，讲究的就是个赏罚分明。"莫凤问道："那给儿子奖励什么呢？"莫敬诚答道："我按规定上报朝廷，朝廷按规定给你记功。这是从国家的层面上来讲。从私、从家庭的角度讲，你想要什么，爹爹也会给你的。"莫凤笑得有点狡诈，说道："爹爹可要说话算数。"莫敬诚对韦小蛮笑笑："咱们这个儿子会诡道了，说话知道转角敲钉。"韦小蛮怂恿儿子，笑着说："好好敲你爹一竹杠，让你爹心疼心疼。"莫凤冲母亲眨眨眼睛，意思说那是自然的。莫凤走近莫敬诚，抱着莫敬诚的肩，撒娇道："爹爹，我就要老祖传下来的青钢棍。"莫敬诚和韦小蛮同时轻声笑笑。韦小蛮偷偷给儿子竖起大拇指，赞道："真会要，青钢棍是咱莫家金不换的宝贝。"莫敬诚手轻轻地摩挲着青钢棍，说道："这是你太老祖打天下的传家宝，你不说也要传给你的。现在棍比你高，你用起来也不顺手。"莫敬诚沉吟有顷，说道："这样吧，爹爹以三年为限，三年后正式将青钢棍交给你。你也要答应爹爹一个条件。"莫凤问道："什么条件？"

莫敬诚以期望的口气说道："你自小跟随母亲习武。内外兼修，打下很好的基础。自此以后三年，你要习练莫家的长拳和棍法。莫家的长拳和棍法，是你太老祖从中原流落庆远的一位老师处学来的。长拳本叫太祖长拳，棍法本叫太祖棍法。宋朝的开国皇帝靠着这拳法和棍法打下来一座锦绣江山。你太老祖和蓝强的老祖一道习练，杨启的先辈也是此门出身，你舅舅韦氏一门的武学根底也是出自此门。我们几家人靠着这拳法和棍法打下了如今的这片天下。"莫凤不解地问道："爹爹，咱家的拳法和棍法出自宋朝开国皇帝，这事我怎么从未听过？"莫敬诚仰起头，似在回忆，半晌才说："在你太老祖时，还是元朝，元朝是从宋朝手中夺的江山，学宋朝开国皇帝的拳法、棍法是件避讳的事，你太老祖等人当然是不会说的。时间一长，大家习以为常，不再说起。"

莫凤点头道："原来如此。爹爹的条件，具体又怎讲呢？"莫敬诚说道："莫家长拳和青钢棍法，虽然源于宋朝开国皇帝，但莫家在数代人的征战中，不断改进，不断增益，形成了莫家风格。包括你舅舅韦家、你奶奶蓝家、你杨启叔叔家都是如此。你要在这三年间，习成莫家拳法和棍法。那时，你个儿也高了，爹爹再将青钢棍交付于你。""好。"莫凤语气坚定，"爹爹，我听你的。好好努力，三年时间，把咱们莫家的拳法、棍法学好。舅舅家的内外拳独树一帜，到时我试着和我们的拳法、棍法融会一体，要能融会贯通，增益不少。奶奶家的蓝家刀法，独步武林，到时我也会向蓝强叔叔讨教。杨启叔叔的风弩快箭，我也要习练习练。"被点到名的蓝强站出来，笑着说道："知县大人，少爷是习武奇才，只要少爷愿学，我随时奉陪。"杨启紧接着说："今天我算是长见识了，13岁的小少爷临事不惧、临事有招、天资聪慧，长大必成莫家大器。我杨家风弩快箭的末技，只要少爷愿学，当倾囊而授。"

狼兵战队的人众，听说一个13岁的男孩，竟然能在不见五指的夜晚找到土匪关押人质的地方，洞察先机，救母亲和舅舅于危难中，把百多名人质安然带出匪窟，无不佩服。莫家的明日之星，非凡亮相在漆黑之夜。

熹微初现东方，明军抵达。睡梦中的土匪被打得猝不及防，不少的土匪，头被砍了尚不知是如何死的。韦小蛮本想参加围剿土匪，可莫敬诚没让她去。不明所以的韦小蛮娇蛮道："不让去也要去。"莫敬诚来到她近前，附耳说道："你想看不穿裤子的土匪呀！"

韦小蛮不明所以，怔怔地看着莫敬诚。莫敬诚悄悄说："这么早打进去，土匪大都没起床，被掀开，都赤裸着，美女看着这一幕，多尴尬呀。"韦小蛮嚷道："早干什么了？不说，让我在这丢人。"莫敬诚笑笑带着战队走了。

韦小蛮没去，莫敬诚也不想让儿子看血腥场面，把儿子留下，陪着母亲，还有留下来的10个人质。

进剿非常顺利。不到一顿饭时间，整个战事已结束，剩下的就是清点现场。

清晨的霞光消除了一切的遮蔽，童女山出现在韦小蛮的眼前。缺少树荫遮蔽的山上本就令人一览无余，此时更是人群熙攘，到处可见前来剿匪的明军。莫家战队的斗笠盾牌，在霞光映照下，一片绚烂。30岁出头的韦小蛮，虽经一夜的辛劳，仍精神焕发。莫凤依偎母亲身旁，数日的劳累，此时双目微闭，伴随轻微的鼾声。

韦小蛮怜爱地看着儿子，抬手想摩挲儿子的脸，又恐惊醒儿子，手又缩了回来。手刚缩回，就听儿子说："母亲，有土匪来了。"酣睡之中，莫凤反应仍是敏捷。须臾，十来个漏网土匪急急如丧家之犬奔进他们隐身的树林。见有人在，吃了一惊。待到看清是一对母子，外加10个村民，土匪镇静下来。

一个头目似的人开口说："我们不为难你们，你们也别为难我们，各走各的路吧。"

土匪不说还好，一说就让韦小蛮想到身后几个被蹂躏的年轻女人，气不打一处来，喝道："一群畜生不如的人，干的都是丧尽天良的事，还想逃狗命去，做春秋大梦吧。"

土匪头目还想再说，韦小蛮早已掣刀在手，骂一声就杀了过去。莫凤抡开拳头，随母亲冲了出去。功夫得自家传的韦小蛮，武功本就了得，一般的江湖好手尚不在话下，遑论几个土匪。

蛮刀使开，如行云流水，招招不离敌之要害，狠辣异常。不一会儿，就有三五个土匪伤于刀下。韦小蛮留下来的几个村民，一见土匪，恨意满胸，跟随韦小蛮冲了过去，虽不善拳脚，却善石头投掷，一顿石头远掷近砸，不是断手就是断腿。剩下两人，正被莫凤缠着，脱身不得。

莫凤使开母亲传授的太祖长拳，一招破阵立威，将近身的土匪打得倒退三步；第二招，阴山御敌，本要击打敌之胸部，因个小身矮，击在一个土匪腰身，拳锋厉害，劲道不足，土匪只被打得跌了一跤，一屁股坐在地上。韦小蛮见余敌已被制服，遂为儿子观阵。太祖长拳八八六十四路，每一招都是奇正相合，大开大合，威力无比。莫凤力道不足，难展长拳神威。韦小蛮看出关键，开始现场指导，喝道："儿子，将蹑空打穴手配合长拳使用。"经母亲提醒，莫凤不再一招一式地对敌，而是施展轻功，在敌之间倏往忽来，使出打穴手，专往对方的穴位招呼。莫凤将两土匪当成了陪练，在土匪身上一招一式地领会着认穴、打穴的要领。

土匪既蹿不出莫凤的蹑空阵，也躲不开莫凤的打穴手。全身穴位被连环不绝地敲打，有时疼、有时痒、有时麻，嘴里呼喝不断，脚下蹦跳不停。

童女山战事结束，莫敬诚带着队伍正回来，两个土匪的模样，引来一阵哄笑声。莫敬诚问韦小蛮："儿子在干什么呢？怎么像耍猴呢？"韦小蛮扬扬得意地说道："我正教儿子练打穴功夫。这种练法，你没见过吧？"莫敬诚嘿嘿笑笑，说道："没见过，没见过。"莫凤反复将打穴手练了数遍，感觉此种练习，效果奇好无比，心中畅快无比。两掌嘭嘭击在大椎穴上，两个土匪委顿在地。

莫家战队得胜回师。回到忻城，朝廷的记功和各种奖励陆续到来。莫凤一战成名，获得了"少年名将"的称誉。

少年的忧思

练功回来，莫凤从父亲处拿来地图，前往刘隐山处，欲将到童女山解救人质的路径标注出来。到了刘隐山的住处，只听屋里传出抑扬顿挫的吟咏：

　　西山登眺任低昂，飞阁凌云接大荒。
　　栖栋霞光生邃谷，映栏曙色出扶桑。
　　千年翠竹遮崎径，百树岩梅压短墙。
　　满目峰峦看不尽，依依回首白云乡。

听着吟咏，莫凤似觉自己站在群峰之巅，眼前是云山苍茫的辽阔，身旁的亭阁襟怀天际，英雄情怀，气象万千。

刘隐山推门出来，见莫凤一副沉思样，遂问："少爷，想啥呢？"莫凤自小即跟父亲习文，但涉及诗歌甚少，今天听人吟咏，产生心雄天下的感慨，这是从未有过的感触。莫凤抬头看看刘隐山，佩服道："隐山哥，你这诗写得好！"刘隐山笑笑，道："不是我写的，是一个宋朝人登临忻城的西山写的。"

莫凤听说忻城还有这样的人文典章，就催促刘隐山给讲讲。

忻城县有座名山，因位于忻城县西边，遂称为西山。西山有众多景观，西山岩是其一。西山岩位于西山东麓。岩高5米，深30米，宽3到5米不等。分南北两洞，相互贯通，石形万状，中露石脉一道，仿佛龙脊，故又名龙隐岩、龙隐洞。昔筑有亭阁、僧寺，洞内立佛像。

西山岩岩壁摩崖镌刻有被称为忻城第一诗的《游西山诗并序》（拓文今藏北京首都图书馆）。年代在宋绍圣年间（1094—1097年），诗是谁写的呢？是林毅。林毅在宋绍圣年间任忻城知县，游览了西山后，留下了《游西山诗并序》，为忻城的人文景观留下了极其珍贵的一笔。

莫凤心痒难耐，顾不上标注地图一事，逼着刘隐山一道游览西山。西山离板县并不远，乘马而去，一顿饭的工夫即到。拴马仰观，西山三峰鼎立，山势逶迤。登临西山岩，迎晖楼旧址尚在，残砖断瓦遗地，数面摩崖石刻隐在青苔后面。拂去青苔，找到了林毅的诗文碑刻，莫凤慢慢读着，背着。

背熟之后，站在迎晖楼旧址，极目远望，绿野平畴，重峦叠嶂，烟水苍茫，横无际涯。他嘴里低吟"西山登眺任低昂，飞阁凌云接大荒"，止不住心驰神往。半晌，方转过头来对刘隐山说："有这样胸襟的人，如果活在现在，我一定要去拜见结识。"深有同感的刘隐山说："当年林毅写这诗时，可能怀有'把吴钩看了，栏杆拍遍，无人会、登临意'的感慨，如果林知县地下有知，今天有个少年为他击节称赏，他当有遇知音之感。"莫凤道："'把吴钩看了，栏杆拍遍，无人会、登临意'，这几句是词吧？你把全词吟咏一遍，熏陶熏陶我吧！"

刘隐山道："这首词是南宋的辛弃疾登临建康赏心亭留下来的，全名叫《水龙吟·登建康赏心亭》。"说罢吟诵起来：

楚天千里清秋，水随天去秋无际。遥岑远目，献愁供恨，玉簪螺髻。落日楼头，断鸿声里，江南游子。把吴钩看了，栏杆拍遍，无人会、登临意。

休说鲈鱼堪脍，尽西风，季鹰归未？求田问舍，怕应羞见，刘郎才气。可惜流年，忧愁风雨，树犹如此。倩何人唤取，红巾翠袖，揾英雄泪！

莫凤满怀崇敬之情："我听了之后，既有满怀的家国之忧，又有一腔英雄意气。这人是什么人呢？"刘隐山详细介绍了辛弃疾身世遭际，家国情怀。莫凤沉思有顷："你说的辛弃疾的家国情怀，与我心意相通。你们背后会说我，一个十五六岁的人，显得少年老成。其实，看看我的家世，你就会明白的。数代人为国征战，我是长子，也是独子，肩上担的也是这担子。"

刘隐山一时无语。原来他们眼中幸福无忧的少爷，内心却有如此沉重的负担。

难怪，刘隐山、刘隐水兄弟自留在板县后，和阿娴、阿灵一样，都喜欢追着莫凤听故事。每每这时，莫凤都说忙，没时间。明白了家族重任需莫凤全面提升自己的刘隐山，才知道莫凤真的忙。刘隐山默思良久道："少爷，你身上背负着家族的重任，如果需要我，我当尽力而为。"莫凤诚挚言道："我正有许多需要倚重你的地方。当前最主要的一件事是帮我标注忻城到童女山的路径。"

莫凤习练太祖棍法两年了，太祖棍法七七四十九招，既大起大落、大开大合又气象森严、法度绵密。棍法已练得纯熟，但母亲每每却说，还缺乏神韵。神韵二字，好说不好解。莫凤让母亲详解，母亲解不了，只能让莫敬诚亲身示范。

莫敬诚展开青钢棍，第一式，战阵斩将；第二式，夜战八方；第三式，河朔立威；第四式，龙吟虎啸；第五式，龙战于野；第六式，风雨如磐；第七式，与国同在。一式七招，一招一招使出，快时迅捷如飙风，慢时如力挽千钧，抑扬顿挫。人随棍走，棍与意合。

使到最后一招，但觉云气漫漫，悲愤莫名，双手握棍，击向天灵盖。看得莫凤惊呼："爹爹。"韦小蛮搂住儿子，眼帘含泪。棍离脑门一线，莫敬诚双手一擎，青钢棍倏地悬空停住。莫凤跑去拿下棍子："爹爹，你吓死我了。这是什么招？"莫敬诚肃然道："这一招叫'与国同在'。"莫凤："我看这叫'自杀之招'。"韦小蛮脸上满布秋霜："这一招，本就是用于自尽的。"莫凤："爹爹，宋太祖怎么会创制这一招呢？"莫敬诚道："不是宋太祖所创，是你太老祖莫保创的。"

莫敬诚眼望青天，悠悠说道："你太老祖智慧过人，仁义天下。原来太祖棍法只有六七四十二招。你太老祖在长期的征战中不断总结，将每一式七招的精华淬炼为一招，太祖棍法从六式增加到了七式，并为第七式取名为'与国同在'。"莫敬诚说到这顿了一下，语重心长道："儿子，你要记住，'与国同在'的含义：为国征战，当抱必死之心。"莫凤庄重地点点头，又转头对母亲说："刚才看爹爹的棍法，使到最后一招时，我在旁边看了都有种悲愤莫名的感觉，这是不是就是母亲说的神韵？"

韦小蛮喜悦无比，赞道："正是正是。儿子，你这是举一反三。"

莫凤的棍法由此大进。他更希望自己能尽快成长起来，接掌家族重担。

少年领军袭杀500里

1439年。京城。

即将到广西任总兵官的柳溥进皇宫觐见皇帝。柳溥知道,自己任官广西,就是要替朝廷剿灭大藤峡瑶民变乱,临走之际来见皇上,当然是要聆听皇帝的指示。英宗皇帝接见柳溥,一点没谈广西大藤峡瑶变的事,反而与柳溥谈及了广西官府上书为忻城莫家奏请世袭一事。

大藤峡位于广西武宣县黔江至桂平县浔江一带。《明史》述:"大藤峡,最险恶,地亦最高。……桂平大宣乡崇姜里为前庭,象州东乡、武宣北乡为后户。藤县五屯障其左,贵县龙山据其右,若两臂然。"大藤峡,上连八寨,下通仙台、花相诸峒蛮,盘亘300余里。大藤峡在有明一代,成了为匪渊薮。

明朝洪武开国,大藤峡瑶民起义爆发。洪武八年(1375年)被柳州卫官军镇压;十四年(1381年),宾(州)、象(州)、浔(州)瑶民复起,又被广西指挥徐元领兵镇压;十九年(1386年),瑶民再次起义,杀死参议杨敬恭,"自浔至武宣,道不通者数十年"。

柳溥的前任——山云总兵也是在大藤峡征剿瑶变时负伤而去世的。

柳溥刚上任,大藤峡瑶变给了他当头一棒。1441年四月,大藤峡瑶变军派出一支10多人的侦察队,在浔州府城外活动。浔州知府如临大敌,立命浔州守备都指挥金事史雄、马文等领军出击。官军出得城来,瑶变军侦察队早已完成任务悄悄离去，结果官军扑了个空。

柳溥得此警讯，敏锐意识到，大藤峡随之将有大规模的瑶变。阻止大规模的瑶变，柳溥想到的唯一途径，就是斩杀其头领。柳溥将搜集大藤峡一干瑶变首领行踪的指令迅速而秘密地下发。

反馈的信息让柳溥眼前一亮。

一位地方官员的信息说：瑶变首领蓝受贰与一些地方官员有过交往，其中便有千户满智。于是一个方案由此形成：让千户满智出面，与瑶变首领周旋。同时，派精兵长途奔袭，斩杀瑶变首领。

柳溥在权衡中想起皇帝说过的忻城莫家，知道忻城莫家有支能征善战的狼兵。于是，一道长途奔袭大藤峡刺杀匪首的指令下达到了忻城。一队人马缺少照应，柳溥把相同的指令又下达给了南丹莫祯。

明初，南丹莫天护归附，被授为庆远南丹军民安抚司同知。因族人袭杀河池县丞盖让，本为南丹莫家设置的庆远南丹军民安抚司被罢撤，莫天护被召赴京。已而，莫金为土知州。后叛明，明军追剿，斩莫金，杀其子莫万和。南丹州被废，设置南丹卫。洪武末，南丹少数民族叛乱，重设州，以莫金的儿子莫禄为知州。莫祯就是莫禄儿子，曾追随总兵官山云征战，以军功袭任同知，管理南丹州事。他对庆远地区的动荡不安有自己的见解，并有解决之道。

莫祯上奏朝廷，对庆远地区土官治理的地方安定、流官治理的地方动乱分析说："流官能抚治所居城池周围的百姓，却难以抚治溪峒诸蛮。原因是，溪峒诸蛮据险要之地为恶。每调军征讨，则有与诸蛮泄露信息，闻征讨则潜遁。大军退则复出劫掠，兵连祸结无移时。"

如何解决连绵不绝的变乱？莫祯提出了自己的看法。具体为五法：户籍管理法，掌握蛮民的人口信息，做到心中有数。将居住险要地方的蛮民迁移平地，使其无险可恃。择有名望者，善加抚治，富裕其民。各村寨置社学，风化其民，弃其变乱之心。三五十里设一堡，使土兵守备，镇压其心。英宗皇帝览后对柳溥说："莫祯所奏，意甚可嘉。"有此过往，莫祯自然给柳溥留下记忆，用人之际，自然想起他来。

1442年二月，莫敬诚接到柳溥总兵的指令，焦虑惶恐，难以言说。他多年征战，餐风饮露，身体受到极大损伤，1441年腊月已卧病在床。直到1442年二月仍没好转。韦小蛮望着丈夫，心生不安。

仍健在的莫贤、蓝妮来到莫敬诚的床前。韦公泰、蓝强、韦云、杨启、胡天、刘隐山、刘隐水兄弟都一起来了。

讨论来讨论去，得出三种办法。一是由莫敬诚写信回复柳溥总兵，言明身体状况，告诉不能奉檄的理由。这一条遭莫敬诚否定。莫敬诚反对说："完成皇命是忻城莫家的担当，也是责任，此条不可。"二是莫敬诚带兵出征，预备担架。这一条莫敬诚提出，被大家否定。三是推举一人代替莫敬诚领兵出征。这是韦公泰的提议，意在从蓝强或韦云中选出一人，代替莫敬诚。此条也遭莫敬诚否定。

正当大家议而难决时，莫凤从门外闯进来，边走边说："我替父亲领兵出征吧！"莫凤的闯入，打断了所有人的思绪。其实，让莫凤代替父亲出征，是所有人心中的想法，但所有人都没有说出口。

莫敬诚只有莫凤一个儿子，莫凤是莫家理所当然的承袭者。倘若承袭者遭遇意外，莫家承袭之路就断了。到此的人都明白，莫凤是莫家的根，也是其他几姓人的旗帜，正是基于此点，所有人才心中都有，口中却无。爷爷莫贤和奶奶蓝妮首先反对，说道："孙子，你的小命不是你自个儿的，是在座这几家人的，是忻城的，你是忻城的根本。"父亲、母亲，韦、蓝、胡、杨几位都七嘴八舌地反对。等大家的声音都消停了，莫凤清清嗓子，问韦公泰道："韦伯伯，你们当初为什么要向朝廷推举我父亲？"

韦公泰回忆说："那时忻城危急，非你父亲挽救不了忻城的危机。"莫凤又问："韦伯伯，你推举我父亲是哪一年？"韦公泰答道："应是宣德八年。""我问韦伯伯这些问题为的是说明这样一个事实。"莫凤道，"韦伯伯的推举，后来又经过山云总兵和三司的保荐，才能上达天听。那皇上御批大概是正统五年吧，听说御批之前还和柳溥总兵商谈过此事。嘿，前任总兵山云，现任总兵柳溥都是我莫家的恩人。"

莫凤又转头看着床上的父亲问道："父亲，柳溥总兵应是带着御批莫家世袭的圣旨来广西就任总兵的吧？"莫敬诚道："柳总兵到了广西后，我们才接到圣旨，应是柳总兵带来的。"莫凤坚定说道："柳总兵既对莫家有恩，在他心目中，莫家应是他在广西的可用之人。执行他的命令，莫家半分的折扣都不能打。"莫敬诚对儿子说："你说得对，半分折扣都不能打。"莫凤目光炯炯："完成皇命是莫家的使命，也是担当，我们莫家责无旁贷。"莫凤又面向众人问道："爷爷奶奶，父亲母亲，你们说对吗？"两代人能说不对吗？他们自身的经历就是如此走过来的。只能颔首说是。"既然朝命必须执行，既然朝命必须由莫家执行，"莫凤接下来的话就无可争辩了，"儿子代替父亲领兵征战，本就是应有之义。有事，儿子服其劳，是孝；事涉皇命，儿子服其劳，是忠。"莫凤用忠孝成说堵住任何规劝之语，毅然披挂替父出征。

按照总兵指令，莫凤带队在规定的日子出发。行前，莫敬诚将儿子叫到床前，郑重叮咛："儿子，过去出征，有条件时，每人都要带一节甘蔗，为的是防治毒弩药箭之毒，现在不是时节，没有甘蔗，你带上这个。"

说着，莫敬诚从身旁的柜里摸出个用皮缝制的药囊，里面装着几段骨头，递给莫凤，叮嘱莫凤："有人中了毒箭，研磨此骨少许，敷创处，毒立解。"这是莫家秘药。壮家所居溪峒之处，多有水獭、山獭。山林深处，偶见有獭抱树枯死。用此獭骨解毒有奇效。如果被人捉住杀死的獭，药效大减。獭为什么会抱树枯死呢？壮家先民说，獭性淫毒，山中有雄獭，母獭逃避一空。雄獭寻不到配偶，常常抱树枯死。这类獭骨，价格昂贵，一小段可值一两黄金。莫敬诚还把祖上传下来的青钢棍也传授给莫凤。算是兑现了童女山解救人质时许下的诺言。同时，还将一枚青钢木胸坠也给莫凤佩挂在胸前。

太老祖莫保留给后代的有三件宝物，一件是青钢棍，一件是青钢木胸坠，一件是锦囊宝册。今天，父亲将两件传家宝交给儿子，是对儿子替父领兵远征的祝福和期盼。母亲韦小蛮本要与儿子同去，被莫凤千方百计地劝阻了。莫凤只带了舅舅韦云、懂地理的刘隐山，还有50名精挑出来的狼兵战士悄悄起程。

莫凤自小除了母亲外，就数跟舅舅在一起的时间最多，感情也最深，每每出征，也最爱让舅舅一起同行。

一路行来，他们把斗笠盾牌的艳丽色彩给遮住，将盾牌瑶刀也包裹起来，行头是一色的壮民装束，一切都要掩人耳目。刘隐山几天来，面对地图，认真参详，一改经柳州、象州的传统路线，选择羊肠小道奔合山、蒙村、武宣而去。

莫凤把路径的选择交给了刘隐山，他则和舅舅韦云研究剿杀瑶变首领的几种预案，以及如何安全撤退的战法。

饿了吃自带的干粮，渴了喝自带的水，一路说不尽的风餐露宿之苦。一点没有少爷习气的莫凤，与大家同甘共苦。大家休息时，莫凤不是和刘隐山围着地图在研究，就是和舅舅韦云查看放出去的岗哨。

小道是捷径，一次成功的选择，带来的是缩百里为咫尺的效果。

来到蒙村，刘隐山将地图摊在莫凤的脚下道："少爷，此去武宣，两条道。一条沿黔江绕向北走，再折向东南，绕了半个圆圈，路程为200来里。一条是沿小路直插东南方向，路程为百十里。"莫凤看向韦云问道："舅舅，你看呢？"韦云思索道："小道是捷径，但也是凶险。我们这些人，凶险倒不怕，怕的是小路从山顶下到谷底，又从谷底上到山顶，这样的小道，赶不出时间来。"

刘隐山又认真参详了一会儿，语气肯定道："图上显示的是峡谷断裂阻断了道路，攀缘了峡谷断裂带，再往下虽然人迹罕至，但也有放牧人的足迹。"

莫凤决断道："我们这些人马，都是攀缘好手，还怕什么凶险。就走这道。"

50多人转进小道。莫凤和刘隐山在前开道，韦云殿后。

蜿蜒在山林间的小道没有一点人工修整的痕迹，全是双脚踏踩后形成的小道，忽高忽低，忽隐忽现。

林莽任意，山峰随势。路径常在松针草丛中中断，就好像沙地上的水流一样，常会突然隐伏地下，过了一段，又忽然冒了出来。这时，就显出刘隐山的能耐来了。不管路径在草莽中中断多长，不管多远处，总能将断路接上。

莫凤对地理有天生的爱好，走过的路可在脑中记住，再走，不管白天黑夜，不会找错方向。刘隐山在无路中找路的本事让他很惊讶，因而常询问刘隐山。

刘隐山解释道："必须先有一个大方向，我们现在的目标是东南方向。要确定这个东南方向，先确定南向。在家种点花草，靠南侧的一面长得快，就是因为得到阳光照耀的时间多。山上的树木也一样，南面的枝叶较茂盛；靠北侧的枝叶较稀疏，树皮较粗糙。"

莫凤看看身旁的树木，确实如此。

刘隐山又道："确定了南，反面就是北，东和西也就好确定了。有了东南的大方向，我们在地图上找到的小道也是东南方向的。沿这这条小道走，有的路段看起来没路了，其实是因长时间没人走过，路被地上长出来的草丛覆盖，或被树上的落叶覆盖，你只要相信，路总是往好走的地方延伸，照此走去，路就会在前边等着你。"

刘隐山一番经验之谈，莫凤深以为然，受教良多。一个时辰后，路开始往山下延伸。一群精挑细选的功夫好手此时已是满身湿汗。刘隐山刚想问问是否休息休息，莫凤没等他开口，就对大家说："前边不远的地方有水了，到有水的地方再休息吧。"

天近午时，大家正口干舌渴。闻听有水，顿时来了精神，跟着莫凤，赶路向前。逶迤向下，行到谷底，景色殊异。修竹茂密，桃林成片，谷间气温高于别地，此时已是桃花烂漫，如云蒸霞蔚。

刚从荒无人烟的山林走出，大家神色一片诧异，潺潺水声已从不远处传来。正高兴间，韦云派人从后边赶到莫凤跟前报告："下到山谷后，发现有两人一直尾随，不知何意？"如此地方，还能遇见人？莫凤十分惊诧。换句话说，在荒无人烟的地方遇见的人，实在是十分诡异。莫凤示意大家停下。不一会儿，有两个穿着壮家服饰的年轻人走了过来。莫凤谦和地用桂柳地区的壮家话问："两位兄弟从哪儿来？"两个陌生人同样用桂柳话答道："回家。"莫凤接着问："家在哪儿？"两个陌生人往前指了指："前边不远处。"眼前本是与世隔绝的地方，忽听说有人家住在这，难免怀疑胜过惊讶。

怀疑归怀疑，当莫凤把注意力集中于鼻腔时，确实闻到了混合着炊烟、牲畜、衣服晾晒的味道。两个陌生人盛情邀请道："到寨里歇歇脚。"有村寨歇歇脚，正是莫凤心里希望的，遂愉快答应。韦云偷偷地捏捏莫凤的胳膊，意在提醒他小心。莫凤偷偷向舅舅点点头。等那两人头前带路走过去了，莫凤悄声对韦云说："舅舅，到了寨里，你出面和他们接洽。"韦云轻轻点点头。

前边有了休憩之地，大家的脚步不经意间加快。穿过一道由两座石崖形成的山门，里边豁然开阔。

本是壁立于河谷的山崖突然向后腾挪出一大片宽敞的台地。台地上林木掩映，桃李争艳，沟渠中碧水如镜。

十数间茅屋掩映在林荫中，茅屋前，两株硕大的榕树，树冠蔽地数亩。榕树垂下的气根仿佛一扇扇的门帘，轻风拂过，千丝万条婉转摇曳。

榕树前，田畴平野，阡陌纵横，一派充满了壮家文化风情的桃花源。远征的狼兵望着这迷人的景致，也有了迷醉之感。莫凤一行被带到寨老的屋前。一位带路人走进了寨老的屋里，另一位对莫凤等人说："寨老一会儿出来。"

寨老其实不老，30岁不到，风神清朗，眼神扫过莫凤等人，微笑道："贵客光临，那牧寨蓬荜生辉。"

这个地方叫"那牧寨"。"那"的意思是"田"，壮族先民，种植稻谷已有悠久的历史，并形成了悠久的"那文化"传统，以"那"命名的地方到处都是。

韦云上前拱手道："我们一行多人，奉命勘察地理。刚刚经历了荒无人烟的地方，忽然踏足贵宝地，见遍地景色花团锦簇，美不胜收，堪比陶渊明笔下的桃花源，得此地休憩片刻，幸何如之。"

所谓的勘察地理，是韦云路上和莫凤商量后的说辞。至于韦云那一套文雅言辞，有大半也是临时恶补的。

说话间，村民纷纷从各自的茅屋里拿来桌子和凳子，排列在榕树下。寨老边热情地招呼大家落座，边说道："一会儿大家先喝点水，稍晚一会儿就有饭菜上桌了。"刚落座，村民提着几桶凉水过来，每只桶上放只用葫芦瓢。

从家出来，至此已三天了。每天晓行夜宿，吃干粮，喝自带的水，这下可好，忽然间像回到家一样。

一个狼兵性急，舀起一大瓢水咕噜噜一口喝干。刚放下瓢，忽觉肚内肠子如绞，痛不可当。立时，头上汗出如豆，疼得呼号不止。50多狼兵唰地站起，眼睛怒视寨老。

面对意外，莫凤心急如焚，可外表沉静如常，静静地看着寨老。寨老的眼皮微微动了几下，随即恢复如常。沉稳地对身旁的女人说："阿花，你回去把你家腌酸的水萝卜连汤带水捞一盆端过来。"阿花小步急攒地走了。寨老又对一个四十来岁的女人说："阿婶，把你家的马槟榔端些过来。"

安排完，寨老转头对韦云说："春天之水，是四周山峰涌流而来。蛇毒、春瘴之毒随之而下，不习惯的人饮之，易患绞肠痧，阿花取的腌过的水萝卜，治疗绞肠痧很有效。阿婶取的马槟榔是驱瘴用的。"

莫凤听后，知道寨老说的是对症治疗的办法，遂放下心来。阿婶走了不一会儿，阿花端着水萝卜来了。取两块给患绞肠痧的狼兵吃下，须臾，身体平复。

阿婶端着马槟榔也来了。寨老将水萝卜和马槟榔分别倒进水桶，再用水瓢搅拌搅拌，自己先舀一瓢喝了。莫凤知道大家都看着他，也依样舀一瓢喝了，然后韦云、刘隐山也依样舀了一瓢喝下。

咕噜噜，咕噜噜，惬意的喝水声一阵接着一阵。喝水的瓢从这只手递到那只手。

莫凤、韦云和刘隐山三人围坐一桌。寨老和他们一桌坐下。韦云和刘隐山横对着坐下，好方便和寨老说话，莫凤的位置则正对着寨老。

交谈中，众人得知寨老姓牧。全村人不过十来户，有姓牧的，有姓邓的，有姓岑的。村子与外界的交通十分艰难，妨碍了与外界的沟通，有数十年没见过外人了。

莫凤在他们的对话中，十分注意观察牧寨老的举动。发现牧寨老对自己的青钢棍十分在意，眼神数次瞄过。

莫凤身担重任，诸事不敢疏忽，可今天碰到的事都透着诡异。

尾随战队的两人本已让人生疑；荒无人烟的地方突然出现村寨，更是透着怪异；队员喝水后突然患病，虽被治疗，仍让人疑窦丛生；寨老对青钢棍的兴趣，事费猜想。

一番思量，莫凤觉得有如诸般疑虑，不如冒险一试。莫凤用眼神与舅舅交流后，舅舅点了点头。

莫凤将青钢棍在手中掂了掂，然后递与寨老道："我看寨老对它有兴趣，不如直接看看。"

寨老脸上没有尴尬之色，而是满脸高兴："好好，我看看，这根棍有点眼熟。哦，哦，不是眼熟，是听人说起过。""听人说起过"，听了这话，莫凤和韦云对视了一眼。心想，谁向寨老说的呢？

寨老眼睛放光，摩挲着青钢棍，上下端详，左右打量，好像看一件久违的宝物，端详一阵才双手端着青钢棍送还莫凤的手上，并恭敬地对莫凤说："小哥，我也有件家传的物件，想请小哥鉴赏鉴赏。"

莫凤起身随寨老进屋。寨老打开柜子，从里拿出用艳丽的壮锦包裹着的物件，一层层展开，最后呈现于眼前的是一把瑶刀。抽刀出鞘，长刀寒光闪闪，短刀秀丽奇幻。莫凤泪光盈盈。他知道，这是太老祖莫保的旧部留下来的。

寨老又拿出一件包裹，一层一层打开，最后呈现的是一件艳丽的斗笠盾牌。莫凤一手执盾牌，一手执瑶刀，大步走出。

来到空地，使出刀法，但见寒光裹身，风声霍霍，劈、刺、挑、抹，一一施展。狼兵战队中的众多狼兵，平时只听闻莫凤身手了得，但无缘一见，今天有此机会，岂能放过，纷纷围拢观看。村民平时常随寨老习武，但从未见过外人施展功夫，更是不容错过。

莫凤将奶奶蓝妮教给自己的蓝家刀法的陆上十八式、水中十八式、马上十八式一一施展，刀风嗖嗖，凌厉异常。兼以盾牌的攻防配合，摄人神魂，夺人心魄。

当莫凤以一招"云横秦岭"收式结束时，寨老跑上前激动地问："你是……"

莫凤岔开寨老的话题："寨老，好刀好刀！"又腾出手来，用劲地握了握寨老的手，眼睛还眨了几眨。

现场腾起的欢呼声盖住了莫凤的动作。莫凤的刀术掀起的氛围，一下拉近了与村民的关系。村民欢快地端来饭菜，狼兵毫不见外，狼吞虎咽。吃完小憩，灌满了水袋，韦云给寨老留下银两，又对村民说些感谢的话，战队又出发了。寨老拉着莫凤的手，欲言还休。莫凤从脖子上解下青钢木胸坠递与寨老，用力握了握寨老的手，转身追队走了。

追上韦云，韦云正担忧前边是断头路。莫凤却底气十足："不怕，一会儿有人来带路。"韦云疑惑地说："你说的是寨老？"莫凤肯定道："不管是谁，肯定有人来。"韦云轻蔑说："吹吧！"莫凤风轻云淡道："我和舅舅打个赌。"韦云笑问道："怎么赌？"莫凤轻笑道："舅舅赢了，我打只黄羊给舅舅，舅舅最爱吃烤黄羊腿。"韦云同意道："好。你要赢了，你看中谁家姑娘，舅舅给你当媒人。"

两人在玩笑中，就听马蹄声从远处传来。过了一会儿，就见一骑飞驰而至，果真是寨老。在村里时，寨老见到青钢棍，又见莫凤施展的瑶刀刀法，实已猜出莫凤的身份。莫凤临走时把青钢木胸坠留与他手，更坐实了自己的猜想。

莫凤见到寨老家藏的瑶刀和斗笠盾牌，又知寨老姓牧，已知其身份。可莫凤身担天大的干系，不想在众人面前暴露这一切，只好暗中示意寨老。寨老知其意，遂收拾一番，骑马追来。

再见面，寨老将青钢木胸坠交还莫凤，并取下自己的青钢木胸坠给莫凤看。韦云也从脖子上取下胸坠，三串一模一样的胸坠，在三人的手中辗转流连。莫凤感慨道："我太老祖手下的众百户，星流风散。如今，我们手中三串胸坠相聚，也是太老祖在天护佑之意。牧家阿叔，我今天担着王命，不能再耽搁了，希望以后你到忻城一聚。"

寨老对莫凤躬身行礼道："少爷，招待简慢，抱歉。"莫凤回礼："牧家阿叔，行程中打搅突然，过意不去。"寨老接着对韦云也深施一礼，说道："不知如何称呼？"

莫凤代为回答："牧家阿叔，这位是我舅舅，尊讳韦云，是我太老祖莫保手下武功第一人韦天刚的后人，你称他为兄吧。"莫凤对韦云道：

"舅舅，你还不知寨老是何许人吧？他是我太老祖手下的百户牧伯劳的孙子，尊名我却不知。"寨老忙拱拱手道："我叫牧野。韦仁兄先辈韦天刚的大名常听爷爷说起，真是如雷贯耳。"

牧野随即道："自从少爷走进这条从未有外人踏足的小路，我就揣测少爷身负非凡使命。什么使命我也不问，但来自八仙屯的青钢木胸坠在此相聚，就注定我要和你们走一遭。何况，河谷尽头处通向武宣的道路我走过，正好给你们带带路。"

莫凤心头一直忧虑着到河谷尽头处如何出去的事，有牧野引路，今后的行程将会有很多的方便。遂一边谢过，一边答应了。

路上，牧野讲了爷爷、父亲的经历，讲了父亲如何在打猎中误入此地，如何被这地方吸引，如何带着几家人历经坎坷来到这处世外桃源安家，充满了惊险和新奇。韦云也介绍了莫家在忻城的发展以及蓝、韦、杨、胡几家的状况。讲到自己经历过的几场血战，讲了莫凤13岁时带队深入匪巢解救人质的过程，听得牧野心潮澎湃，眼望莫凤，欣赏不已。

莫凤又开起了韦云的玩笑："牧家阿叔，我舅舅嘴为什么这么甜呢？这是老吃我从大山上采来的野蜂蜜吃的。"

说说笑笑，解了远途的寂寞和劳累。一个时辰后，走到了河谷的尽头。

石壁高耸，路断于此。牧野带着大家在石壁下找到一条裂隙，将马背上的东西取下，一拍马背，说声回去吧。马儿沿着旧路小跑着走了。

牧野将瑶刀、斗笠盾牌等东西捆好，背在身上，将绳子拴在一根石柱上，然后将绳子顺石头裂隙抛了下去。

裂隙其实是一条水道。牧野有一次到这儿找通往山下的道路，四处寻找都不见有任何路径。做事认真的牧野当时想，这是一条河谷，每年雨季，周围山上的雨水都汹涌地汇聚到河谷里，如果没有泄洪道，河谷地都变成湖泽了。如今河谷没有变成湖泽，那一定有泄洪道，后来终于被他发现。整个泄洪道分五段，每段都很宽敞。牧野先下，大家跟着。

大家依次而下，到了第一段的落脚处，出乎意料地宽敞。50多人只占了一个角落。喜欢研究地质的刘隐山四处瞅瞅，无限感慨地说："亿万斯年以前，这儿恐怕就是一条小石缝，汹涌而下的洪水仿佛带着钢牙，一口一口啃出了这么大个地方。"

牧野抽回绳子，拴好又继续往下。下到第五段，只觉轻风拂面。走出洞口，天色微蒙，依稀可见，脚下竟然是宽阔的石板。从迷宫般的世界到踩着坚实的土地，大家舒了一口气。

莫凤拿出地图，刘隐山点着火折子。地图中的武宣已近在咫尺。大家都看着牧野，牧野道："这是一条约10里的峡谷，走出峡谷，就到武宣了。"莫凤也很兴奋地说："走了这条近道，缩百里为咫尺。碰上牧家阿叔，带路走了捷径，真是太老祖冥冥中的保佑。我们也趁此时间，好好休息，养足精神，完成任务。阿叔，这地方有方便休息而且还隐蔽的地方吗？"

牧野道："有，我带你们去。"牧野带着众人走了不到一顿饭的时间，往左一拐，低头弯腰走进一个洞口，点着火折子继续前行。

尽头处，牧野解下背囊，从一个石头台面上摸出松明子，就着火折子点着。

松明子燃烧后，牧野将其分成两把，插在左右两个石臼里，洞里顿时明亮起来。

莫凤绕着洞壁走了一圈，洞里宽敞干净，还有不少的石凳石桌。赞道："还真是个好地方。"牧野挑了个大的石桌，从背囊里拿出一大包东西放石桌上，从里往外捡。一会儿大桌就摆满了。

大家一看，红薯，米饭团，熟鸡，猪肉，牛肉，各种干菜，掏到最后，还拿出了两只皮口袋，皮口袋里装着的竟然是米酒。

数十人看牧野一件一件像变戏法一样拿出各种美食，最后竟然还有酒，禁不住都低声欢呼起来。

莫凤对牧野的思虑周全深感钦佩。他说："有了牧家阿叔，我们能吃上一顿好饭了。吃完后，大家可以好好睡一觉，明天，大家愿睡到什么时辰就睡到什么时辰。"

一行人吃饱喝足，几天劳累带来的疲倦袭上身来，纷纷倒头就睡。

韦云要去布置洞口的警戒，被莫凤拦下了。莫凤说道："舅舅，你休息吧，这事交给我了。"

莫凤叫上牧野，到了洞口，先找石头把洞口堵了大半。末了对牧野说："阿叔，今晚你跟我受苦了，我们俩在这边警戒边唠嗑儿，到下半夜时再叫舅舅和隐山哥替换我俩。"

一宿无事。

天放亮，莫凤带上牧野前往大藤峡在武宣的入口处侦察联络，让舅舅韦云带着战队原地休息。天色向晚，莫凤两人才匆匆赶回来。狼兵经一天一夜的休息，早已养足了精神，各项准备已经就绪，正等莫凤回来布置任务。莫凤精神抖擞，神采奕奕地说道："我们四天长途奔袭500里，为的是什么？是为完成一项干系重大的任务。"

这是牧野和50名狼兵最关切的问题。他们知道，长途奔袭一定是大事。

离此不远处，就是天下有名的广西大藤峡的入口处。大藤峡本是广西、广东一条重要的盐运水道，却被蓝受贰、侯大苟为首的土匪设卡，堵截来往盐运商船，敲诈勒索。影响正常航运不说，还将周围数百里的地方折腾得鸡飞狗跳。土匪头领为满足一己之私，今年初，图谋发动暴乱，攻州破县，将千万户家庭拖入血泊之中。为把暴乱消灭在萌芽，广西指挥使司命令忻城莫家和南丹莫家率军前来剿杀图谋暴动的瑶变首领。

早上莫凤和牧野出去，在红石村已和传递情报的千户满智联络上，并与南丹的莫祯见了面，摸清了瑶变首领聚会的地方，以及潜行的小道。

二月三十日，没有月亮的日子。二十多个瑶变首领选择在这天晚上聚会，就是借暗夜掩护给潜行带来了便利。莫凤带领的狼兵战队的行动就是潜伏在瑶变首领聚会处的后门处，南丹莫家潜伏在前面。瑶变首领聚齐后，南丹莫祯发一个烟火信号，前后攻击。当莫祯从前发起攻击时，瑶变首领一定选择后门逃跑。莫凤带队堵住后门，离后门保持十来步的距离，逃出的瑶变首领以为没人，心里放松下来。后面的瑶变首领以为没事，才会紧跟着逃出。有了出逃之路，瑶变首领便没有斗志，这可以减少狼兵的损失。

近战截杀，莫凤思虑周详。他和舅舅在第一圈，放弃过长的青钢棍，使用母亲的小蛮刀，便于放开身手截杀，有伤的漏网的，第二圈负责。第二圈由第一、第二、第三战队组成。第四战队为第三圈，负责外围警戒，防止意外发生。牧家阿叔就在第三圈。

余下三个战队的任务，一是接应，二是掩护。长途奔袭，人生地不熟，这是万全之策。到时，三个战队埋伏在险要的地方，保护退路，做好接应和掩护。

所有的人都有安排了，刘隐山用手捅捅莫凤道："还有我呢，我干什么？"

莫凤说道："上阵杀敌不是你能干的，你和掩护的战队在一起，一路做好观察，回去后你还有绘制地图的任务呢。还有，今晚天黑，地方逼窄，适宜使用我母亲的蛮刀，青钢棍交给你，替我保管好。"

韦云和狼兵战队跟莫凤熟了，都知道莫凤思虑周全。第一次跟莫凤接触的牧野，万没想到，16岁的少年竟有如此周密的心思，心里大为震撼，冲莫凤不断竖大拇指。布置完毕，莫凤背起行囊和刘隐山头前走了，让牧野和舅舅殿后。

农历每月的最后一天，称为晦日，晦的意思是昏暗不明。想想也对，月色全无，当然是昏暗不明。

一条绳子，从莫凤开始，一直到韦云，每人用左手挽着。走出洞口不到一顿饭的时间，眼睛逐渐适应了昏暗不明的环境，脚程逐渐加快。一炷香后，浪涛声隐约传来。莫凤轻声道："这是黔江了，前边快到大藤峡的入口处了。"

大藤峡入口处，两山夹峙，江面陡然收窄，江水激越，惊涛拍岸。莫凤领着战队沿右岸山岭走去，从一块岩石后面进山。

绕过红石村后，山路向高处延伸，攀缘到一道垭口处，路又蜿蜒而下。莫凤在此留下第五、第六、第七三个战队和刘隐山，交代说："从红石村上来，这是制高点，一会儿我们从碧滩上来，这也是制高点。这是我们的生路，你们要牢牢守住。三个战队，各有各的伍长，打起来时，由蒙生伍长负责指挥。现在我授权蒙生伍长，打起来，有不坚守之人，不服从命令之人，蒙生可先斩后奏。刘隐山，你在这不是闲着的，我授予你监督之责，如果蒙生伍长有逃跑或叛变之举动，你可命令另外两个伍长将其斩杀。"然后将青钢棍交给刘隐山。说完又对三个伍长说："我不是不信任你们，但战场用命就是如此。"三个伍长点点头，低声道："绝不抗命。"莫凤交代完毕，带队走了。

路蜿蜒到山脚，瑶寨隐约在望。莫凤轻声道："前面就是碧滩，瑶变首领就在此开会。大家小心，注意隐蔽前行。"

到了一座比寻常村屋稍大的房子后，莫凤一指，带头掩行过去。韦云紧跟着过去。然后是第一、第二、第三、第四狼兵战队。一切都按战前的布置完成。

所有人都隐蔽埋伏好，韦云开始打量周边环境。发现不远处是一片森林，一条小道从后门口直通森林。周围的民房都距此不远。心想，匪首蓝受贰和侯大苟，真不是无能之辈。

二更天与三更天相交时，所有村民都沉入梦乡，被包围的屋子传来开门声和关门声，前后不到一炷香时，声音寂静下来。突然，一道火焰射向空中，撞门声响起，紧接着屋内传来搏杀声。咣的一声，后门被打开，人影接连不断地从屋内蹿出。

莫凤和舅舅韦云从左右纵身而出，瑶刀、蛮刀寒光闪闪。两人在外时间长，眼睛已习惯了黑夜，看人真真切切。从屋内逃窜出来的瑶变首领们则是满眼漆黑，利刃入身才知被杀。韦云拔出瑶刀，刀刀见骨。不多时，脚下已横着五六具尸体。

心思转得飞快的莫凤则施展蹑空打穴手，击中一人则向后摔出，交给第二圈的狼兵收拾，场上听不见他的打穴声，倒是他身后扑哧、扑哧的利刃击刺声频密地响起。

韦云看莫凤的战法能既不让尸体牵绊自己，又让第二圈的狼兵有事可做，遂将眼前之敌击杀一刀后随即一脚踢飞至身后，韦云的身后随之响起扑哧、扑哧的利刃击刺声。

半顿饭的时间，再没人蹿出。只听有声音从屋内传出："屋内之敌被尽数歼灭。"莫凤在外回了一句："后门逃出之敌被尽数歼灭。"但听脚步出门声，瞬间杳然。

莫凤轻声命令道："撤。"带头向来路走去，走过牧野处时，招呼牧野跟在自己后边。韦云仍然殿后，一队人马转瞬消失在山林间。

到了山路高处，与三个战队会合，莫凤从刘隐山手中取回青钢棍，并对大家说道："从现在起，收回我授权蒙生伍长指挥三个战队的任命，同时也收回蒙生的先斩后奏之权。同时收回刘隐山的监督之责和对两个伍长的命令之权。"

战队在轻松气氛中回到山洞，沿着山洞攀缘到河谷，找到有水的地方，洗去血迹，回到桃花源般的那牧寨，修整两天后，回转忻城。临行时，与牧野约定忻城聚会的日子。

牧野依依不舍地把他们送到另一条便捷的路，直到身影消失了才慢慢转身回去。

回到忻城，自然又是一番热闹。莫凤和韦云一起向父亲母亲，爷爷奶奶，还有韦公泰、蓝强、杨启、胡天、刘隐水叙述了一路的行程和与牧野的奇遇，以及袭杀瑶变首领的过程。

韦云则详细讲说了莫凤处理事务的水平和指挥的决断力。

莫敬诚虽说身体恢复得差不多了，却留下了痼疾。他听了儿子的表现，知道儿子已能挑起莫家的重担，心里无限欣慰。

全家人和莫家的基本盘都是如此的心思。莫凤因此战功受到朝廷赐冠带的奖励。赐冠带，即明政府赏赐与土司品级相当的朝服。

正统十二年（1447年）二月十六日，广西总兵官安远侯柳溥奏准，革忻城县来苏镇巡检司（来苏镇巡检司，宋置，地居县西，具体失考）。从关联角度说，也是柳溥对莫凤此战功的变相奖励。

且说大藤峡20多名被袭杀瑶变首领中有一人漏网。这人叫侯大苟。

侯大苟16岁加入瑶变队伍，心狠手辣，1442年时已是大首领了，之后成为大藤峡瑶变队伍大首领，是朝廷的心腹之患。

能成为大首领的侯大苟并非一般人，他心思敏捷，反应奇快，还有一身的功夫。当晚瑶变首领开会时，他选了个挂着灯的地方坐着。莫祯带队攻进前门时，侯大苟一掌击落油灯，屋内顿时一片漆黑。趁着瑶变首领从后门逃走时，侯大苟一纵跃上横梁隐藏起来。袭杀结束，两支莫家战队匆匆撤走，侯大苟得以逃过一劫。后来侯大苟坐上了瑶变队伍第一把交椅，曾四处打听是谁袭杀了20多个瑶变首领，一直查无结果。再后来，许多研究大藤峡瑶变历史的人，也不知道是一个16岁的少年带队长途袭杀500里。这个少年的军事智慧可见非同一般。

战 殇

莫凤来柳州绝不是一次两次，那段岁月中，有不少次战事发生在柳州及周边，但让忻城莫家难以忘怀的是莫凤的生命落幕于柳州。

1442年秋季，那牧寨的牧野带女儿前来忻城探望莫家，莫凤与牧野的女儿牧香成婚，第二年生下儿子莫鲁。接下来的几年，爷爷、奶奶相继去世。父亲莫敬诚虽仍是掌舵人，但劳心劳力之事皆委于莫凤。

岁月流转于1463年时，莫敬诚日渐衰老，就想放下肩上的担子，一方面向上司奏报莫凤承袭一事，一方面向忻城流官知县和乡贤宣布自己的打算。没等莫凤完成承袭仪式，大藤峡瑶变战事又起，莫凤奉命征剿大藤峡。

这场战事又与莫凤长途奔袭大藤峡的斩首行动中漏网的瑶变首领侯大苟有关。侯大苟漏网逃过一劫后，成为大藤峡的瑶变队伍大首领。

侯大苟也确实是个人物，正统十年（1445年），他首次带领瑶变队伍攻打两广门户梧州城，震动了明王朝。其后又与各地瑶变队伍互相配合，纵横两广之间。不几年间，他的队伍已发展至数万人，分步兵、骑兵、水兵三军，控制柳州、浔州、梧州3府10余县。

明天顺七年（1463年）十一月十三日晚，侯大苟率700名瑶变军夜袭梧州府，一夜间攻下由三千重兵把守、防范严密的梧州府城。城中将领正在召开军事会议。瑶变军进城后，杀死训导任璩和布政使宋钦，总兵陈泾龟缩在总兵府，拥兵自保，不敢出击。瑶变军从容不迫地取走库银和武器装备而撤退。

在此背景下,莫凤被总兵征调前往大藤峡平乱。是年,莫凤37岁。此次出征,不是秘密使命,莫凤带着数百人的狼兵战队经柳州而行。到武宣、桂平一带,莫凤发觉官军缺乏统一的战略,常处于被动挨打之地。

统率千军万马的将军,既要有两军相逢勇者胜的气概,又要有算无遗策的谋略。此时的总兵陈泾,无敢战之勇,又无料敌机先之谋。此时之敌人,正处于发展巅峰,而其首领正是经历30年战阵之侯大苟,经验和智慧都不是陈泾所能匹敌的,于是剿匪的官军败多胜少。

在一次掩护官军侧翼的战斗中,官军溃败逃走,莫凤率领的狼兵战队陷于瑶变军重围。莫凤挥舞青钢棍,身先士卒杀出一个缺口,狼兵战队得以脱逸包围圈而去。莫凤和舅舅韦云突前,蓝强殿后。指挥包围战队的正是侯大苟,见陷入包围圈的战队竟能突围而去,恼羞成怒,端起弓弩,使出连珠绝技,莫凤用青钢棍弹飞连珠前箭,没注意侯大苟的连珠后箭,被射中后背,透腹而出。此际,莫凤深忧别人知道他受伤前来救援,迟滞突围的脚步,再陷重围。事关数百人的生死,莫凤紧咬钢牙,觑准旁边的战马,飞身而上,伏鞍挥鞭,绝尘而去。

战队见主帅突围前奔,抖擞精神,追随奔逸,不多时,甩敌远矣。奔跑20多里后,马蹄渐渐迟缓下来,狼兵忽见莫凤从马上摔落。大家赶上前,但见莫凤脸白如纸,血染战衣。

韦云见此,心痛不已,拔箭裹创,担架而行。行至柳州,莫凤心知生命走到尽头,想到父母已老,自己无法尽孝;儿子经历尚浅,难以放心;半路撒手,妻子余生艰难,不禁唏嘘。将舅舅、蓝强、亲兵等叫到床前,声音微弱,嘱托后事道:"我多年征战,为的是替父报国,不负皇恩。现在匪寇没有消除,不得不回师,这是要夺走我的报国之志,为之奈何,为之奈何。"

莫家一代奇才,为国战殇。

第四章 点亮人文光芒

庆远府的多家土司，在与明王朝的关系中，大多存有利益关系，有利则存，无利则叛。因而，时叛时归成了土司的家常便饭。忻城土司从没有背叛过朝廷。自元至清，在忠君思想下，弥漫着的是儒家的家国情怀。

庆远府的多家土司，大多发生过互相残杀的事。目的是为强占别家土司的田土人财等资源。忻城土司除遵从王命剿杀叛逆者外，从没有为眼红别人的资源发动过掠夺之战。

庆远府的多家土司，至今留有不少的武功遗迹，展现了如"只识弯弓射大雕"的风俗画，却鲜见历史文化的记载。忻城土司，在文化荒凉之地掘井，为忻城的山川浇灌出一派诗文风情。

千年之后回望忻城，被烽烟塑造的土官，仿佛一尊尊文化古贤。

独掌忻城县事

朱元璋建立明朝始，忻城一直面临外有"八寨强敌"压境、内有暴乱不断发生的危机。经过莫保、莫贤、莫敬诚、莫凤几代人70多年的经营，内外呼应的危机才得以消弭。

莫家基本盘形成后，韦广泰负责重建社会秩序的工作，消除了上下否隔的局面；胡家负责田地清查工作，理清了战乱后的土地归属问题；韦云负责狼兵战队的组织训练以及兵田的调配事宜，狼兵及其家庭解除了生存之忧；杨家专管信息情报事务，忻城的信息沟通便利快捷；刘隐山、刘隐水（此时的刘隐山和刘隐水已分别和阿娴、阿灵成婚）发挥专长，勘察忻城的地质地理并绘制成图，同时踏查历史文化资源，以备顾问；蓝强则专管各方面的协调，犹如总管。各方面工作如期开展，顺利推进，战乱后的忻城社会秩序得以重建并良好运行，忻城获得了百年以来难得的和平。

百姓正欣欣然地生活在和平之中，新的危机已悄然袭来。

1463年，莫凤远征大藤峡战伤而去世，1466年，莫凤的父亲莫敬诚年老去世。莫凤长子莫鲁袭职，等到皇上御批的号纸下来时已是1477年了。告别了征战，人们迎来和平时代的降临，但莫家的身份由此而尴尬起来。

为朝廷征战时，胜败都由莫家一肩担之。和平时，忻城的治理就不是莫家能说了算的。不要忘了，忻城还有一个流官知县。《庆远府志·道光八年辑》中，从明朝建立到弘治年间，只载有两任知县，一任是苏宽，一任是丁学隆。60多年间，不能只有两任知县，别的知县只是失载了。

1477年，丁学隆任上。给忻城当知县的流官，其实也是很尴尬的。忻城没有县官的官衙，当然也就没有县官的居住之所。县官只能抱着大印住在离忻城百里之遥的庆远府所在地——宜山。一年间春天去一次忻城，秋天去一次忻城。主要工作就是收几石粮食的赋税。一旦忻城发生什么事了，流官知县一点作用都起不了。正因这样，历届总兵官只能在流官身旁另起炉灶，任命土官来完成抚化忻城、稳定忻城、镇压暴乱等工作。

于是，忻城就诞生了官场奇景：一个县有两个县官。战争年月无可替代的土官，到了和平时代，重要性就被看轻了。同是知县，但土官没有大印，官无印等于无信。要办事需要使用大印，还要跑到府城求流官开封盖印。"一邑二令"的局面也让人尴尬，裁撤其中的一个是必然的结果。莫家被裁撤的危机就发生在1479年，庆远府监生徐友坦是年上书，要求"革忻城土官"。

"奏革土官"当然有很好的理由：忻城自宋以来，有很长时间的流官治理的历史，从历史发展的趋势来说，流官治理是按照国家的法律法令来构建社会秩序，土官治理则是按少数民族旧有的习俗来管理，流官治理当然比土官治理先进，改土归流才是历史大势。

徐友坦上书，自然认为"改流为土"是开历史的倒车，忻城要恢复到流官治理的正常轨道。莫鲁知道这个信息后，忧心如焚，但又无可奈何。

好在提督两广军务的朱英认为，莫氏土官抚治瑶壮"归服已久，实难更动"，明宪宗同意朱英的观点。

朱英是个务实的地方大员，他讲究治理成本。莫家在忻城的治理带来的是地方和平、百姓安宁，流官治理带来的是暴乱不息、流血不止。朱英自然要选择低成本的治理方式，他才不管什么倒车正车的。

在当时的历史环境中，广西瑶壮民族数千年形成的文化习俗，难与明朝廷所实施的治理文化相融洽。莫家以"故俗治之"，把历史的倒车开到了一个合理的局面。

时也运也，运也命也，犹如夏季，温度再高，也难催蜡梅花开。

一波方平，一波又起。督臣郑廷宝也上书"奏革土官"。郑廷宝此人无从稽考。但督臣应是位高权重者，他的奏章自是非同小可。

监生徐友坦的上书，有提督两广军务朱英的对冲，忻城莫家的危机轻易化解。督臣郑廷宝的奏章，也有对冲之人，这人也是提督两广军务的地方大员——邓廷瓒。

邓廷瓒用什么方法对冲，自然也是奏章，题奏内容：裁撤广西忻城流官知县，留土官独任县事。而且理由十分充分：流官抱印徒居府城，靡费钱粮。

邓廷瓒说出忻城"一邑二令"的事实，在点明流官无事可做的同时，从正面肯定了为忻城做事的莫家土官。

事关地方土司的奏章，经过朝廷的吏部送达内阁，内阁议事后票拟意见再报送皇帝。吏部在送之前，当然也得有自己的意见。意见从何而出，有个太监出了个主意，看看御史韦广写的奏章，看看忻城壮老对忻城莫家的推举具结和三司的保荐。吏部根据这两份旧档写出意见再报送内阁。内阁拥有做决定之前的议事权。此时的内阁首辅是徐溥，内阁还有几人，其中一个是李东阳。

内阁议事也得有根据啊。太监又给出了那个主意，还是看看御史韦广写的奏章，看看忻城壮老对忻城莫家的推举具结和三司的保荐。内阁据此拟出意见，报送皇帝。

1496年十月，邓廷瓒的题奏被回复：裁革忻城县流官知县，只留土官知县掌印管事。

这一次对冲的力道非常厉害，从地方大员，到朝廷吏部，到内阁，到皇帝，意见一边倒，郑廷宝"奏革土官"的意见在排山倒海的力道面前，被拍得粉碎。

广西地方大员邓廷瓒的题奏一是基于忻城的实际，二是也不排除忻城莫家做了工作。

邓廷瓒的题奏按程序进了朝廷中枢后，出现了一个提供子弹的人。这就耐人寻味了。太监名韦涓，广西庆远府人。

靖远峰的蓝家在看风水时与韦涓的家人结识，忻城莫家才得以到京城与韦涓搭上线，为家乡人办点事，在情在理。莫家因而解除了一次危机，并因此得以独掌县事。到此，莫家在忻城才算完全执政，莫家才算是真正重启了一片天。

《官箴》，以忠立心

1496年十月，忻城正是天蓝水绿，清秋月明。

朝廷有关裁流复土的正式文件没有到，但消息已通过各种渠道传到了忻城。此时忻城莫家的掌门人是莫鲁。生于1443年的莫鲁，此时已是53岁。

裁流复土，莫家在忻城完全执政，要说莫家不盼望这一天是假的。从莫保1370年踏上忻城的那一天开始，祖祖辈辈都在期盼着这一天。这一天真正到来了，莫鲁却没有兴奋不已，心里反而沉甸甸的。

1370年到1496年，126年了。这个结果可以说是莫家人用126年的征战和流血牺牲换来的。6代人100多年的血战，才换来现在完全执政的局面，这是一个家族的荣光。还有呢？蓝家、韦家、杨家、胡家、刘家、那牧寨的牧家，还有狼兵战队呢。这也是1000人追随莫家前赴后继，艰苦奋斗，100多年血战才换来的荣光。

126年，6代人及一干追随者的荣光还能通过自己再传承多少年、保持多少年、发扬多少年呢？莫鲁感受到了如山的责任。

如何总结出先辈的政治智慧，使之成为后代的宝贵财富？莫鲁回望家族百年历史，从研读先祖莫保的《力田箴》入手，寻绎理纷，抽丝剥茧，深为先祖将耕田力作之事写得充满了文化韵味所感，将祖先的政治智慧总结为《官箴》一文，成为莫家的座右铭。

《官箴》内容如下：

初训曰：追溯我祖，出自军门。千户授职，八仙为屯。盛朝定鼎，降移荒村。蠢兹瑶壮，骚动至尊。田间檄调，再效驰奔。鞍马无歇，皮骨仅存。连年声鼓，势撼昆仑。维帝报绩，大功是论。芝州赞助，传子及孙。子蒙世袭，恐负君恩。戴星出入，不暇饔飧。他日无事，只念春温。仁民爱物，为官根本。

再训曰：勿贪富贵，须知艰难。蒙养为正，长人勿残。锦可学制，琴也须弹。鼓置楼上，花满地攒。枭鸣急化，虎逐莫看。有劳当尽，得情勿欢。猛不堪命，宽易藏奸。无作侥幸，暮夜自安。寸心能尽，始免素餐。后来袭职，亟书之。祖父劳苦，汗尚未干。

从中可读出忻城莫氏家族的智慧。

忻城莫氏家族政治智慧包含的，一是历史的耐心。新旧王朝转换之际，是历史大动荡、大变局之时，莫保静观时变，保持了历史的耐心。不反复，不二念，有历史的耐心，何愁没有抓住机会的日子。

二是发展的定力。莫保罢官来到忻城耕田种地，过去的为官之心转化为建设好家庭、过好日子的心愿。培养了"修身、齐家"的定力，当然就明了"治国、平天下"的治理真谛。

三是善念化善行。很多人都有善念，但不是所有人都有善行。知易行难。莫家成为忻城富家后，施舍救济，周行善事，莫保一代被称为"德门"，莫记本一代，被称为"仁里"。积善之家，必有余庆，有了今日之善，才有了彼日乡老的举荐。

以忠立心，勠力王事，为国效命。忻城莫家人具有这样的家国情怀，才能数次救忻城于水火。

以忠立心，后边的十条则是具体做法。

处乱世于慎独的智慧，是莫家500年旗帜不倒的重要原因。在莫鲁眼中，先祖莫保深谙中国文化中"达则兼济天下，穷则独善其身"的政治智慧，正五品的官被罢了，莫保心平气静到忻城种地，还能把耕田力作之事写成充满文化韵味的《力田箴》。之后，忻城周边的土司，屡有反叛朝廷的，忻城莫家土司500年没一人反过，叛过，莫家500年得以善始善终，在土司历史上，是翘楚之家。

享受有度的制度设计

莫鲁站在14世纪到16世纪的门槛上，回首百年，回望莫家到忻城后的历史，总结出了家训般的座右铭《官箴》。前瞻新的世纪，莫鲁穿越到百代之后，他会想到什么景象？随着人口的发展，官族也在不断地增多。官田被不断地分配给官族，官田有限，官族无穷。官田分配完之后，官族利用手中权力，最终走上掠夺百姓田地的道路。百姓失去了赖以生存的田地，最终被逼起义，在起义的熊熊怒火中，莫家将被焚毁一空。如果是这样，莫家人120多年"鞍马无歇，皮骨仅存"的奋斗就失去了意义。

独掌忻城县事的莫鲁，没有了意气风发的自得，而是忧心忡忡地低头徘徊在彩江边。

忻城土官，虽为朝廷任命，朝廷其实并无俸禄给予。县衙官署的运行和整个治理机构的运行靠的是皇帝赐予的田地。田地等于等价交换的货币，土兵打仗，没钱给，就给一定的田亩，这是"兵田"；为县衙官署养马的，给一定的田亩，这是"养马田"；打更的给"打更田"；做木匠的给"木匠田"；扫街的给"扫街田"；等等。田地就是钱，有了田地就等于有了钱。谁都想多多地占有田地。替皇帝管理这些田地的土官，最有条件将这些田地收入自己名下，可莫鲁不想这样做。莫家100多年的奋斗历史告诉他，只有百姓活好了，自己才能活得好，莫家的承袭才能更加稳固。可怎样才能让忻城的百姓过得好呢？只有保证百姓手中的土地永远不被剥夺才行。"嘿嘿。"莫鲁不觉自嘲地笑了笑，他想到几日前堂兄弟几个在一起时，有的堂兄弟已张开饕餮大嘴将好田地当肥肉一样地盯着准备下口呢。他要在根本上设计一个制度来限制土官及官族的贪婪。

彩江晃悠悠的水给了莫鲁的设计灵感，不几天，他就完成了忻城有史以来第一份土官限制扩张田地的制度设计，写出了《分田例议》。

《分田例议》内容如下：

> 尝读书至阋墙之怨，角弓之反，莫不掩卷流连久之。同气之亲，手足之爱，曷忍至是耶？余兹受皇朝厚恩，命宰斯土，岂一人独享全邑之租，而骨肉反无半升之养，其情何能安？爰割村庄田亩，分给诸伯叔昆弟，庶得共沾雨露之泽，而无贫富相形之态矣。特念后来支庶蕃昌，而土止此数，倘不预为限制，则世世而分之，将有掣肘莫给之势。自兹以后，嫡长承袭者统其地以理之。凡为官弟，不论嫡庶，均酌予以田，食至三世，仍将原给田归官。如此俱知亲近之日，不得长享斯业，则必勤俭余积，早自创建，以为后来子孙计。而为官情长，亦不至此分彼裂，竟有家人交谪之叹。以此为例，后人其恪守之。

《官箴》是官族大法，是后代袭官和官族行为处事的规矩。而《分田例议》则是制度设计，是历代土官和官族必须实行的制度。主要内容有两项：袭官将皇家划拨给自己的官田拿出一部分分给兄弟，兄弟跟着袭官共享皇家的雨露之泽；但这份皇家之恩，袭官的兄弟享受三代人之后必须交回。为什么这样做，莫鲁絮絮叨叨地讲：田地有限，官族子弟发展无限，如不早做制度限制，到时官族子弟则无田地可分，断了生计。

莫鲁还不厌其烦地告诫官族子弟：要想生计绵延，趁早谋求发展之路，勤俭持家。

莫鲁的规劝引导，是在为子孙后代谋一条长久的生存之道，用心苦矣。莫鲁如此，不少有远见的土官也如此。第一代祖莫保再三告诫子孙要重稼穑、务根本；莫镇威念叨："宁朴勿华，宁俭勿奢"；莫元相也以"要耕田，'陇亩犁锄之中，服劳奉养在焉'"相规劝。所有的用意都是避免对百姓的重利盘剥，霸道欺凌。数百年来，忻城百姓每亩田地交公粮仅为5斤，百姓垦荒种粮，新垦的田地，3年内免收租税。对百姓轻徭薄赋，对家族要求勤俭持家。养成朴素、勤劳、善良、孝敬的家风。多位知县夫人亲自纺织以供家用。莫宗诏母亲韦印娘一人织布供整个家庭老小穿着，就连用人所穿衣服都是用她所织之布做成。韦印娘主持家庭三餐，不是逢年过节或宾祭之日，从不宰羊杀猪。

莫元相的夫人，用今天的眼光来看，就是温良贤淑、德才兼备的典型。她留在忻城莫氏家谱中的形象，是在针绣灯下，与几个侍女或织锦或弹琴或击鼓，谈文韬、讲武略、谈仁民、议爱物的才女形象；也是每天早晨，早早就起来督促婢女等用人打扫卫生，有幼小不能做的，就代替孩子把事做了的善良女性。有人曾见她在做粗衣布裳，出于好奇便问她："做给谁呢？"她针线不停地回答说："某个人没有衣，某个人没有裳，我做了给他们穿。"又见她在灶上做饭，便问她："做给谁吃？"她回答说："某某没吃饱，我做点粥给这人吃。"

不骄矜，葆有勤俭的习惯和对孩子、对下人关怀备至、善良仁德的家风，以及清醒的享受有度的制度设计，这是莫家能在忻城屹立500年的秘诀。

诗教肇始

16世纪初,一位来自宜州的官员,来到古尧,满眼的云淡风轻。在松岭的山径上,有犬卧于花下,一副慵懒之态。行于彩江,两岸水车排列,悠然地转着,在咕噜声中,水流入田畴。田畴中的农人,扶着犁耙,跟在牛后,不紧不忙。

晚饭后,一些农人驾舟于彩江,或下网,或吹风,月华流照,江水无尘,月下轻舟,橹声荡漾。遂有挽歌送来:"我公名鲁,为官劳苦,声闻于上,命宰斯土。唯此仁人,其利甚普。岂第乐逢,如云如雨。不竞不求,是育是抚。我念遗爱,方之上古。我公逝矣,于民何怙。望厥后承,谁克嗣主。"

这是莫鲁去世后,百姓念其遗爱,为之唱诵的挽歌。莫家土司撰写家谱时,忌讳词俚,没有收入。这位官员听之,自是感慨忻城的古朴之风。这位官员,就是庆远知府车份。

车份到忻城的时间是弘治十六年(1503年),忻城土知县莫鲁59岁,还在任上。儿子莫继清33岁,陪着知府大人视察忻城各地。

车份盛赞忻城在战事纷乱中能一枝独秀,治理成世外桃源,并留诗志感:

松岭不惊月下犬,彩江常放夜中舟。

篱园菊小农家酒，茅屋拙朴王孙留。

莫继清谦虚地回应：

牧童闲吹笛，青女曼采莲。
不须案牍累，江畔看渔船。

彩江狄花丛畔，逝水悠悠。念先人之酬唱，常慨祖先代代竞风流。

聪明的莫鲁，是很少几个既会讲汉语又会讲壮语的人。从他的《官箴》和《分田例议》中可以看出，他对儒家仁民爱物的文化有深刻的理解，深知马上得天下不能马上治之的道理。在寻常用壮语与周边的壮民拉家常中，他了解到百姓盼望平静安宁的心愿，遂顺民意而治。

1506年，莫鲁去世，儿子莫继清袭职，父规子随，发扬父亲的为政之风，用无为之心做有为之事。莫继清的接班人莫廷臣更是以朴素之风影响着忻城。他自己的衣着皆土布，家居和器皿不究修饰，一日三餐粗茶淡饭。朴素生活成了境界，竞逐之风就淡了。下一代莫应朝也继承了先祖的治理之风，最终造就了忻城百年平静安宁的局面。

庆远府知府车份有感于忻城一派宁静而慵懒的山水，情动于中，喷发为诗。感情的释放，自然而然。陪伴的莫继清，缺乏车份那份诗歌的熏陶，被动而为，其诗也显得羞羞答答。自莫保以来，从来不见吟咏之风吹过的莫家，第一首诗羞羞答答问世，开启了诗教之风。100多年的动荡战乱，无暇关注忻城山水的莫家人，第一次把感情投注于忻城的山水，在人和山水之间建立了一条感情的纽带。疏离的山水在莫家人的心中也投射了妩媚之美、雄奇之美、浩荡之美，莫家人在山水之间找到了一种寄托。莫继清的第一诗因低头而伴生了羞羞答答模样。莫镇威上场，"三战夺瑶魂，一车唤雨调。"武功卓著，文不可偏废。可落到提笔作诗,"山色上楼多,秋容未易摩。雁行书个个,禽语唤哥哥",笔触仍显嫩稚和青涩。之后再落笔,大开大合,胸襟浩荡,多姿多彩。独正山在莫宗诏眼中绮丽若仙山,"飘飘霖雨落银河,皎皎明星环系臂"。斗二隘变成了莫元相笔下的雄关天险,"回环百里势凌空,重叠千山多窒碍"。诗教之风在土官的亲力亲为中吹拂开来,继而成为官族的追捧风气,后来化为平民日常生活中最为出彩的文事。

　　诗风弥漫中,历代土官在治理忻城中多了一些仁德手段,看历代土官留给后代的官训中,常见感人的温情流泻在字里行间。诗教流风所及,忻城的山水、忻城百姓生活都在被重新塑造。

文化之灯

过去的宁江圩,如今叫范团。圩,即集市,赶集的地方。宁江圩,就是一个热闹非凡集市。再早,宁江也不是集市,而是清流密布、水草丰茂的地方。离此不太远处,就是古尧。

土司衙署的马,被马夫放出去后,就会自己跑到宁江来吃草。马夫一次来此找马,二次来此找马。长此以往,马来此成了习惯,马夫来此也成了习惯。莫继清偶然听见这事,当时也不在意。过后寻思,想到父亲莫鲁临去世交给自己的锦囊中的天命诗:

> 居于端,葬于山。
> 潜于板,逐马迁。
> 芝麻官,五百年。

父亲莫鲁告诫莫继清说:"莫家100多年的历史,莫不历历在目地验证这神秘的天命。不管你见和不见,它都在顽强地告诉你:天命就在你身边。"部分已经验证。居于端:居住在端简里。葬于山:莫亮葬在八仙岩。潜于板:莫保潜居忻城板县,到莫鲁已经六代人了。

没有被印证的"逐马迁"这一句话,难道是说马跑到宁江吃草这件事?

想事周到做事也周到的莫继清骑马奔宁江来了。马也神奇，没有在原来吃草的地方驻脚，而是驮着莫继清沿山坡上了山岗。眼前景观让莫继清大开眼界。

岗阜平坦，树荫遮道。彩江波平如镜，风光潋滟。特别奇特的是彩江南北两岸，各有树围十丈的一株硕大榕树，树冠相交于彩江之上，宛似《孔雀东南飞》所言："枝枝相覆盖，叶叶相交通。"在岗阜放牧的乡老见莫继清痴望着河边的两棵榕树，前来搭讪道："你只见两棵树的树冠在江面相交，还不知两树的根在水底相连吧。外乡人路过这，赞叹不已，说这树是忻城的'文树'。"

乡老所言，更让莫继清震撼不已。县衙因此从古尧迁移到了宁江。

那时的县衙，其实很简陋。前脸的门楼，以茅草苫盖。办公的衙门也就一间正屋。居住的住房建在衙门的左右两边和后面。莫家的基本盘也成了衙门的基本机构随之迁来，在县衙的周围建房居住。

衙门安顿好，莫继清在彩江边的岗阜上修建了一座彩江楼，政余闲暇来此登楼远眺，浏览两岸风光。近看对岸的甘塘村，炊烟夕照，也算是践行其父莫鲁"蒙养为正"之教了。

彩江楼的修建，成了忻城一时之盛。来此登楼远眺的游人，对歌的青年男女，络绎不绝。年轻时的莫廷臣，也最爱来此。

每登斯楼，但见天高云低，平畴田野，阡陌纵横。山的那边，天的那边，云封烟锁，海天愁思，茫无际涯。每遇此时，曹操的"忧从中来，不可断绝"的诗句就会浮上莫廷臣心头。他瞅瞅身旁的男女，依然歌声唱和，欣然不知所以。

直到有一天，莫廷臣才在彩江楼有了心灵契合的感受。那天，一个外地人在彩江楼踏歌：

四处龙门绕屋幽，

唯见甘塘不见楼。

启目中原惆怅望，

干戈扰扰不能休。

满怀忧思，其实是家国情怀。身边的壮家儿女，有的是儿女私情的哀怨，但没有家国情怀的忧思，这是为什么？有了文化情怀，才会有家国天下的眼光，才会有"但为君故，沉吟至今"的忧思。有此感悟，莫廷臣开启了忻城的文化教育之路。他在县衙里辟出地方做私塾，从宜山请来名师讲课，让子侄读书。

忻城之地，宋元两朝有没有开办过学校。莫廷臣此举，不亚于在忻城点亮了文化的灯塔，照亮了明清两朝忻城人的读书之路。

《庆远府志》记载，忻城僻远，民贫而陋。"贫"，自然是指生活贫困；"陋"，则指没文化，见识短浅。

明朝御史韦广评价莫贤为"有智识和兵力"，自然说的是有学识和见识，有军事才干。明朝为在忻城培养人才，自1370年就在忻城开办县学。县学设教谕一员，训导二员，生员20人。

生员就是学生。那时的学生享有很好的待遇。朝廷对学生采取供给制，每月的伙食由朝廷免费发给，自身还享有免除劳役的特权。除此而外，他们的家庭也跟着借光，一般家庭都有的差徭和派丁的义务都被免除了。

待遇优厚，前来就学的人却不多。壮族、瑶族百姓所见所闻，皆是有力走遍天下的环境。重武轻文成了生存的重要选择。生员不多，基础薄弱，本来是为忻城开文化之蒙的教育却是一波三折，最后朝廷不得不停办。

第一个问题，满足不了朝廷每年需生员充贡的要求。1383年，朝廷榜谕天下：要设校的各地每年选送生员一人，到京师考试，中试者入国子监，不中试者削官罚禄，生员罚为差役。在忻城县任儒学教谕的骆基深感忻城生员难以充贡，并具以上奏。朱元璋允其免贡。

第二个问题，没有生员可教。1404年，忻城县学训导（老师）到任一年多，没有学生前来读书。这位训导是个十分认真的人，无人可教，竟长途跋涉到北京向礼部尚书李志刚报告。

礼部尚书李志刚等人认为这是擅离职守，要求处分这位训导。明成祖不同意礼部的处理意见，并纠正说："委其职事而去之，可罪以离职，无事可治而赴阙自陈，盖非苟禄偷安者。"

第三个问题，因动乱无人冒险读书。

永乐十九年（1421年），宜山韦公依、韦钱望率宜山农民起义，忻城及柳庆诸县纷纷响应。明成祖命镇远侯顾兴祖统领湖南、贵州、广西官兵三路"进剿"。起义军分兵把截，覃宣率部扼守忻城，阻击左路官军。忻城兵荒马乱，农家更无人冒险入学读书。宣德元年（1426年）九月廿日，巡按广西监察御史申春奏准，罢忻城县儒学。县学由兴至废，凡57年。

到弘治九年（1496年）降为土县后，忻城更是"例不建学"。

忻城教育机构的裁撤，让这片僻远之地成了人文荒园，文宣废所。

莫廷臣自1522年首办私人学馆，自此，读书之声，渐出蛮乡。

如果不是莫廷臣的所作所为，土官循例"例不建学"，忻城的教育仍将抛荒。

莫廷臣，点亮了忻城的文化之灯。

莫廷臣还将先辈的业绩雕刻于版，成为莫家保存史绩第一人。

第五章 战将莫镇威

莫家在忻城的发展，从莫保到莫应朝，明显地分为两个阶段。

第一阶段：始于莫保，中间经过莫记本、莫贤、莫敬诚和莫凤，这是莫家在忻城"武略"天下的时代。

第二阶段：始于莫鲁，经过莫继清、莫廷臣和莫应朝四任土官，这是莫家"文治"忻城的时代。

"武略"天下的几代人，出生入死，征战创业，自有英风赫赫。

"文治"忻城的几代人，名不卓著，功不显赫，回头看去，他们的流风余韵，又仿佛文化古贤，让人肃然。

有人要问，有了"武略""文治"的家风孕育的下一代，又会为莫家开启怎样一个时代。

正是这个时期，一个人的出现，将莫家的"武略""文治"推到了巅峰。

木万壮行

万历八年（1580年）四月底，范团附近的木万操场，鼓声动天，杀声震地。经过远征广东罗旁、犁巢，捣穴八寨得胜而归的狼兵战队，气势如虹。

把总韦东令旗高举，百人瑶刀战队上场。百把瑶刀在阳光下熠熠生辉。刀法展开，陆战十八式、水战十八式、马战十八式，一一亮相。风声霍霍，刀光闪烁。

唰的一声收式，四周观看的百姓爆发山呼海啸的掌声。

百人短兵战队上场。百人口衔短刀，手持弓弩。这是莫家为适应山地作战创新的战法。弓弩可远攻，短刀可近战。方便山野丛林作战。这个战队的精彩处在于运动中歼敌。这一战队的好看处在于步伐。追击要快捷，远射要稳健，格杀要突然。

狼兵表演了前进、左向、右向、后转的追击，突然以一个坳步短促格杀结束，并伴随着一声惊天动地的"杀"声。整齐划一的精彩引来更加激动的掌声。

百人潜伏战队上场。一手蛮刀，一手盾牌。蛮刀之鞘、把、带全为黑皮。

盾牌的制作之法与斗笠盾牌一般无二，只是器型小，方形，黑色，便于携带，便于潜伏之用。潜伏战队用于森林中潜伏击杀，所使用之装备必须便于隐蔽。

潜伏战队放在今天，可与特战队相比。潜伏战队表演没等结束，观众的掌声便迫不及待地响了起来。

狼兵战队的阅操，精彩不断，花样迭出。可最有气势、最让人激动的还是传统的狼兵战队的表演。这是莫家狼兵战队的传统阵法，创制于莫贤。

狼兵战队，尖刀式队形，立于阵尖处之人，手执钩镰枪。钩镰枪用丈长的坚竹做杆，前端钩镰既可击刺，又可钩之割之。稍后两人，一手执斗笠盾牌，一手执瑶刀，主击杀和保护执钩镰枪之队员。再稍后两人，一手执斗笠盾牌，一手执弩弓，此组人员主保护两翼和远攻。阵中一人，手执宽厚柄斧，专事斩首。最后一人，依然手执钩镰枪。正常对阵，此人负责指挥和保护后翼。如敌从后攻来，阵形反转，此人则成了主攻击手。

上场100个战队，700人。气场了得。再者，此战队的斗笠盾牌，依然保留了百年前的特色，色彩艳丽无比，吸人眼球。700人的战队覆盖全场，静默无声。周围的人群也是一派肃静。

忽听场内"杀"声响起。钩镰枪手弓步前刺，身后六人全是弓步，艳丽的斗笠盾牌挺举阵前。然后依例两步一喊，盾牌挺举。一个动作，从700人的脚下甩出。一个声音，从700张口中喊出。步履铿锵，喊声贯云。气势地动山摇。

莫家百年征战中，传统的狼兵战队，动作最简单，杀伤力最强大，赢得了最暴烈的掌声。阅操完毕，千人狼兵战队肃然列队于木万操场。

知县莫镇威从台上走下来，骑上战马，绕着战队缓行一周。回到阵前，默默地看着自己率领的战队，突然双手环拱，行礼于阵前。

千人狼兵战队突然高喊："知县领赏皇城，战队阅兵壮行！"在反复的高呼声中，脸形方正、鼻直口阔的莫镇威，眼角湿润。

静默有顷，莫镇威轻磕战马，一骑绝尘而去。半月前，收到上司塘报，要他进京，接受皇帝的奖赏。

一个知县，能得到皇上的当面奖赏，那是莫大的荣耀。按莫镇威的想法，带上几个人，直接去京城。夫人却不同意，说这事对莫家来说，是个天大的事，对莫镇威来说，一生中恐怕也是绝无仅有的，一定要安排一个绝无仅有的仪式，用一生中绝无仅有的光彩，为他做绝无仅有的壮行。

所有的安排，都是夫人一手操持。这样的结果，给了莫镇威绝大的震撼。前边，一株榕树下，夫人罗柔和几人正等着莫镇威。

31岁的年纪，正是女人最美丽的时节。夫人罗柔肤色白里透红，眼波温柔沉潜，秀外慧中。忻城土司夫人中，有不少出众之人，但要论才干，罗柔稳拔头筹，可称得上巾帼英雄。莫镇威征战四方，成就一世英名，与夫人罗柔经营家庭，为莫镇威提供一个稳定的后方息息相关。

罗柔安排完了今天的阅操，就带着总管蓝凤和护卫长杨武来路边等莫镇威。蓝凤是蓝海峰的后人，杨武是杨秀的后人

莫镇威按辔下马。杨武接过缰绳，夫人罗柔一脸笑容地迎上来道："老爷，今天的阅操壮行可好？"莫镇威连连点头道："夫人，让我震撼，心情激动。"

罗柔含笑说："老爷此行意义非同小可，说小点，是我们一家的荣耀；说大点，是忻城一县的荣耀；再大点，是庆远府的荣耀。老爷不是带着一个人的心情去领受皇帝的赏赐，而是带着一县、一府的百姓的心情去领受皇帝的赏赐。"

莫镇威眼神温和地看着夫人："还真如你所说的一样。我原来想，越简单越好，我一个人上京城领完赏就回来了。现在真不一样，心里像装着千万人一样去京城领赏。"

罗柔秋水长眸笑意不减："我们土司中，不少人心中所想，是为自己

做官。为朝廷做官，心中所想是朝廷事，为自己做官，心中所想是自己事。一个格局大，一个格局小。格局大的，事越做越好，官也越做越好。格局小的，事越做越小，官也会越做越小。老爷有大格局，是我们莫家的福气。"

莫镇威笑道："今生能娶夫人为妻，这才是我的福气。"罗柔嫣然一笑："话题扯远了。蓝凤和杨武与你同去，有他们护卫你，替你操持，我很放心。另一匹马上驮着一些土特产，到京城打点打点关系户。我还做了你最爱吃的狗屁馍，一起带着，路上好吃。"

狗屁馍，是忻城的特色食品。忻城山上有一种野生的藤，其味臭如狗屁，遂被称为狗屁藤。每年的五月初一，忻城百姓都用狗屁藤的叶子拌糯米磨成粉，做成馍，蒸熟之后有种特殊的香味，莫镇威特别喜欢吃。虽然还没到五月初一，罗柔还是提前做好，好让夫君带着路上享用。

莫镇威感其夫人的深情，用双手拢着夫人的手，嘴里轻声道谢。罗柔道："上马赶路吧，早去早回。"莫镇威三人翻身上马，蹄声嗒嗒中，莫镇威回头看去，罗柔还在挥手。妻子的模样，在莫镇威的记忆中联翩而过。

罗家有女初长成

罗柔的故地是那地州。在地图上，那地州像条抬头吃着叶子的蚕虫，横卧于今广西南丹县的南部和天峨县的北部。

那地的土司制历史很漫长。宋熙宁初，罗柔的先祖罗世念输诚纳款，得授世职，知地州。洪武元年，罗黄貌归附，诏并那州入地州，为那地州，授罗黄貌世袭土知州，以流官吏目佐之。那地州，界蛮瑶之中，山川盘纡，有险可恃。

忻城和那地州，天隔地远，相距数百里。但都属庆远府管辖，土官自然少不了来往。来往的结果，成就了婚姻。罗柔的大姑因此远嫁忻城，成了莫应朝的夫人。

莫鲁独掌忻城县事后，忻城儒学已在宣德年间被皇帝批准裁撤，成为"例不建学"之地。莫廷臣任知县，深感无教育则无化育的抚治之难，以为官之家无文化为愧，遂大行教育之道。设私塾，请名师，开教育之先河。夫人覃氏深明大义，告诫子侄辈，读书是人间正道，勿可自误。莫廷臣37岁英年早逝后，她更是自觉担起夫君推行教育的担子，告诫12岁的莫应朝不要"以弓矢为乐而不念忠孝之教"。莫应朝读书稍不尽心，则以绝食之偏激手段督之促之。

莫应朝生于嘉靖三年（1524年）二月初十日戌时，嘉靖十九年（1540年）袭职，那时莫应朝17岁。之后娶那地土官罗廷凤的女儿罗氏为妻，罗氏大莫应朝4岁。婚后于1547年生下莫镇威，以后又相继有镇武、镇降出世。那时，祖母覃氏对孙辈课责甚严，弟兄三人受到严格的教育。虽如此，但祖母之爱、母亲之爱给了三兄弟无限的温暖。莫应朝也享受到家庭带来的浓浓温情。

可天不如人愿，嘉靖三十四年（1555年）十一月二十一日酉时，莫应朝的夫人罗氏去世，享年36岁。莫镇威不到9岁。

莫应朝12岁失去父亲，32岁妻子又去世，少年丧父，中年丧妻，令人悲哀的人生际遇让莫应朝心中无限悲凉。

办完了妻子的丧事，到第二年秋季，莫应朝准备到那地一趟，这么重大的事必须当面向岳父岳母禀报。心中无时不在思念母亲的莫镇威听说父亲要去外公外婆家，也就吵着要去。

莫应朝本不想带莫镇威去的，可母亲覃夫人对他说："孩子想娘呢，你让他去吧。"就这样，莫镇威来到了那地。那时，那地的州官是罗廷凤，莫镇威的外公。

罗廷凤的父亲罗世爵是七世州官，长子罗廷楚袭职为八世。罗廷楚去世无子，按照兄终弟及的规矩，罗廷楚的弟弟罗廷凤袭职为九世。罗廷凤的大女儿嫁忻城莫应朝，罗廷凤的儿子即莫镇威的舅舅罗忠辅是长子，理所当然地成了荫官。此时的罗忠辅已生有大女儿罗柔、大儿子罗谦瑞等子女。

莫镇威和父亲莫应朝的到来，让罗氏一家人沉浸在忧喜交集之中。忧的是女儿年纪轻轻就不在人世，喜的是女儿的儿子器宇轩昂，仪表非凡。外公罗廷凤一把将莫镇威揽在怀中，老泪纵横道："哎，长得真像你妈。你妈是那地的一枝花，远近闻名的大美人。小柔，谦瑞，过来。你们大姑的儿子镇威是你们的小哥哥，可怜，这么小就没母亲了。你们要好好陪他玩，看看我们那地的好山好水，尝尝我们那地好吃的特产食物。"

173

罗廷凤又转头对儿子罗忠辅两口子说:"忠辅,你小时大姐对你最好,到哪玩都带着你,你有一次摔了一跤,是你大姐从老远的地方把你背回来的。大姐远嫁忻城时,你哭得像个孩子似的。娘亲舅大,你这个舅舅是镇威最近的亲人。儿媳妇,你这个舅妈要像妈对儿子一样地待镇威,没娘的孩子你们不疼没人疼了。"

一席话使儿媳妇哭得如泪人一般,她将莫镇威拉过来,揽在自己怀中:"镇威,以后舅妈会像疼小柔和谦瑞一样疼你。"八岁的小罗柔也过来抚摸着莫镇威的小脑袋说:"镇威哥,你就在我们家吧,我会像大姑待爹爹一样地待你。"

小罗柔的一句话把大家都说笑了,悲凉的气氛换成了喜悦的调门。罗柔的父亲罗忠辅笑对罗柔说:"柔儿,你大姑是爹爹的姐姐,比爹爹懂事,比爹爹有能耐,才能带爹爹。你比镇威哥小,你怎么带他呀?"

罗柔老成地说:"镇威哥初到我们家,不知道大姑原来住哪儿吧?我可以带他去看。不知道大姑去哪儿看过、玩过?我可以带他去。出去口渴了,我可以带镇威哥去找水喝呀。还有,我跟先生学过不少诗,有的诗写的虽然是别处的山水,但和我们那地的有些山水对比起来,也很贴切,我可以带镇威哥去看这些那地的山水,还能给他讲这些诗是怎么写的。"

莫镇威在私塾里跟先生学了不少诗,也记了不少诗。听了罗柔的话,忍不住插嘴道:"古代那些诗与那地的山水有可比性吗?"罗柔自信地说道:"我们那地有条河,叫龙泉沟,一年四季都不干涸。河的两旁有不少灌溉的筒车,一年四季不停地转啊转,筒车转动的声音咕嘎咕嘎的,河水清清亮亮的,我常去河边听声观景,每到夕阳西下时,书上说那是薄暮时分,一半是残阳,一半是碧蓝的水,我觉得这河就是白居易写过的那条河。只是不知白居易写过的那条河叫什么名。"

莫镇威扬起笑脸问道："你说的可是白居易的《暮江吟》：

一道残阳铺水中，半江瑟瑟半江红。
可怜九月初三夜，露似真珠月似弓。"

罗柔眼神有点惊讶："你也知道这首诗？"莫镇威据实答道："我跟私塾先生学过，不过我不曾拿来和家乡的山水对比。听你这么对比，我觉得忻城我家背后的彩江和这首诗写的景观也很相似。"罗柔眼神期盼道："彩江漂亮吗？"

莫镇威："可漂亮啦。还有一个非常了不得的景观。"罗柔急切问道："什么景观？"

莫镇威道："在同一个方位的河两边，各长了一棵榕树。有榕树不是了不得的事，了不得的是两棵榕树茂密的枝叶相交在河面上，榕树的根也在河底相互交连"。

罗柔托着腮很神往地说："我想去看看。"莫镇威："以后你到我家时，我带你去看。你还拿什么诗来比对那地的山水呢？"

罗柔答："杜甫的《望岳》诗：

岱宗夫如何，齐鲁青未了。
造化钟神秀，阴阳割昏晓。
荡胸生层云，决眦入归鸟。
会当凌绝顶，一览众山小。

只要去看那地的翠屏山都会有这样的感受。站在那地，不管哪个地方，很远就能看见翠屏山。站在翠屏山上，都会有'一览众山小'的感受。"

莫镇威一副悠然神往的神态:"我很想看看翠屏山,一定很美。"罗柔缓缓道:"那是当然啦。翠屏山危岩高耸,峭壁森森,树木葱茏,高出青云外。我改天带你去玩。"莫镇威说:"忻城也有个翠屏山,也很美。"罗柔惊讶道:"是吗?好哇好哇,那地有条龙泉沟,忻城有条彩江河,那地有座翠屏山,忻城也有座翠屏山。爷爷,是不是那地有什么,忻城就比着长什么?"罗廷凤笑道:"柔儿,你说得对,山水都是比着长的。那地有什么山,忻城就长什么山。那地有什么水,忻城也就有什么水。"罗柔拍着手笑起来:"山水比着长,人也是比着长,那地有个大姑,忻城长个大姑父。那地有个柔儿,忻城就长个莫镇威。"孩子气的一句话,引得长辈一阵欢笑。笑后彼此扫了一眼,同时浮起一个想法:难道这是缘分?

一直没说话的莫应朝这时对罗廷凤说:"岳父,柔儿说的是孩子气的话,但这孩子气的话里都是人生自然的大道理。俗话说,三岁看老,柔儿这孩子长大了了不得。"

莫镇威没有长辈的思绪,他还停留在杜甫的诗思中。他对罗柔说:"教我的先生跟我说,关于泰山的诗,中原有个姓莫的人也写过一首。"罗柔一听,来兴趣了,开口问道:"这个莫家人是干什么的?这首诗是怎么写的?"

莫镇威道:"听先生说,这人叫莫如忠,字子良,号中江,南直隶松江府华亭人。做官做到浙江布政使。他作诗作得好,写书法写得好,他儿子莫是龙的书法也写得好,被大家比为王羲之父子般的人物。"

罗柔问道:"这人是什么朝代的人物?"莫镇威说:"是本朝的,现在还活着。他的诗这样写的:

丽谯飞构倚嶙峋,面面虚无迥绝尘。

忽向望中低岱岳，始知行处逼星辰。

传闻驰道犹余汉，指点岩松不辨秦。

齐鲁到今青未了，题诗谁继杜陵人。"

周围的长辈听着两个孩子的谈话，觉得新鲜有趣，饶有兴味。

明王朝时，广西少数民族不建学校、不读书是习惯，对汉文化很隔膜。

忻城莫家好一些，通过几辈人的努力，学习汉文化已成了家庭习惯。那地罗家，虽也聘了私塾先生，但对老师教什么，孩子学什么并不太关心。今天乍听罗柔和莫镇威的汉文化对话，反倒让大人们觉得新鲜。

外公罗廷凤鼓励道："镇威，你和柔儿好好讲讲，让我们听听。"

罗廷凤对莫应朝和罗忠辅说道："我们土司也不能永远关起门来躲在大山里过日子，守着几千年那点传统不放，从宋元以来的历史看，融合是大趋势，未来要靠镇威和柔儿他们了。"

莫镇威把脑袋从舅妈怀里探出来说道："舅妈，我要出去找个地方坐着，和外公说几句话。"像小大人一样的话把大家都逗笑了。罗廷凤指了指身旁的座位道："你和柔儿都过来坐，外公人老了，听力不好，离远了说我听不清。"

两个孩子坐定，罗廷凤摸摸莫镇威的头："孙儿啊，有什么话要跟外公说呢？"

莫镇威用小大人的口气表扬罗廷凤："外公刚才说的融合是个大趋势，大有眼光。"

哈哈哈，罗廷凤听了这话一阵大笑，大慰老怀。开心说道："孙儿，接着说，外公老了，也爱听拍马屁的话。"

莫镇威越发老气横秋道："是外公说得对。我们忻城，有的人在背后骂汉人。说汉人这也不是，那也不是。可看看忻城，宋代以来只留下几首诗，我记得一首是写彩江楼的，一首是写西山的，都是汉人写的。我听爹爹说，我家有张很详细的地理图，是我老祖莫凤时一个汉人做的。现在有时看到汉人的火器，比我们的刀啊，箭啊，威力大多了。这些好东西我们为什么不学，不学的人才是傻子。"

罗廷凤看看周围一家人，开怀道："你们听听，我孙儿说了，有好东西不学，那是傻子。"莫应朝看岳父这么喜欢儿子，就对罗廷凤说："岳父，你这外孙可爱学习了，私塾先生教的儒家的《论语》《孟子》《大学》等书，学得可认真了，还会背不少篇。"

罗廷凤认真道："自秦以来，天下车同轨，书同文。融合是天下大势，我们土官要认清这个大势，随势而行，随势而为，方可化同天下。不过话又说回来，我们土官毕竟靠武功起家，不可忘了根本。应朝，你家的青钢棍法驰名庆远，镇威学得怎样？"

莫应朝答道："祖上传下来的青钢棍法，需力大身高才方便学。我们还有一套蛮刀刀法，是历代女老祖传下来的，我正教镇威习练蛮刀刀法。"

说话的间隙，莫镇威已将自己的小蛮刀取来，双手递给外公。蛮刀以褐皮为鞘，金银丝饰把，朱皮为带，装饰漂亮。

罗廷凤抽出一看，那是瑶刀的缩小版。虽如此，给个10岁的孩子用，仍嫌大点。他把刀还给莫镇威并道："你给外公使一路看看。"莫镇威："我不练了，外公也别看了。"罗廷凤问道："怎么不让我看呢？"

莫镇威说道："外公坐这大半天，都累了。先歇一歇。等哪天外公有空了，我再练。我听说，外公的武功了得，罗家刀法，神武刚勇，数十人近身不得，我还要跟外公好好学学。"

罗廷凤一脸笑意，说道："我的孙儿，这么会说话，这么乖巧，外公好喜欢啊。好，听你的，今天外公不看你的刀法了。忠辅，带你姐夫他们休息休息,晚上让厨师做几个拿手好菜,咱们一家人好好团聚团聚。明天下午,带你姐夫到衙门,我们三人喝点茶,谈谈说说。后天,你和你姐夫单独聚聚,听听你姐夫治理的经验。儿媳妇,我这个外孙就交给你了,在我们家的日子,就不要让镇威和他父亲一起了,你就当带自己的儿子一样带着他。没事了,让柔儿带他到衙门来看我。"

桂溪万人斩

在那地的时日，是莫镇威自母亲去世后最愉快的日子。外公、舅舅、舅妈宠着他。小他两岁的罗柔带他看那地的风光，私塾有课带他一起上课。连私塾先生都十分喜爱这个聪颖异常的孩子。

因莫应朝有县务在身，莫镇威要回忻城，可罗廷凤一家人舍不得他走。罗柔不断地求爷爷，要把莫镇威留下来。罗廷凤和莫应朝商量道："我没有别的传给镇威，就想把我家的刀法传给他。你把他留在我这儿一段时间，学完刀法让忠辅送他回去。"

莫应朝心里原不想留镇威在那地麻烦岳父一家。听岳父说要把罗家刀法传授给他，这是多重的人情，知道岳父一家发自内心地喜爱镇威，他代镇威郑重其事地给岳父行了个大礼。

外公罗廷凤身材高大，他使用的大刀出人意料地长，总长五尺，刀身长三尺八寸，刀柄一尺二寸。罗廷凤这把特殊大刀，是在峒刀基础上改制的，它集中了刀、枪两种兵器的特点，既能当枪使，又能当刀用，既可单手握把，又可双手执柄，杀伤力极大。

这刀还有一个气势如山的名：桂溪万人斩。莫镇威问："外公，刀名不用'桂溪'两个字，就叫万人斩，多大气。"罗廷凤问道："孙儿，你可听说过，大文人黄庭坚被贬到宜州的事？"莫镇威想了想答道："听私塾先生说过。"

罗廷凤接着问道:"你听说黄庭坚有把刀吗?"

莫镇威道:"不知道。"罗廷凤说:"黄庭坚有把刀,名叫'桂溪刀'。黄庭坚有诗说:'我有桂溪刀,聊凭东风去。'"莫镇威说:"桂溪,指代我们庆远。'桂溪刀'换成'桂溪万人斩',可以说这刀出自桂溪,又有怀念黄庭坚的意思。"

罗廷凤道:"孙儿说得对,聪明。"莫镇威不理解道:"外公,可我这么小,习练这么长的大刀,不匹配。大刀的威力也发挥不出来。"罗廷凤叹道:"你这小脑袋,可够活泛的了。你既然知道你个小,习练这么长的大刀不匹配,外公怎么还要教你呢?"

莫镇威歪着脑袋想了一会儿道:"外公现在教我,其实是为我长大后所用。"

罗廷凤道:"猜得对,外公正是此意。"莫镇威无意问道:"外公,您看看,我大了,能长多大的个儿?"罗廷凤回说:"你是南人北相。看你的骨骼,一定长个大个儿,比我还高,五尺以上。"莫镇威沉浸在对未来的想象中:"五尺多的大个儿,使着一把五尺长的大刀,万人斩的威力一定会发挥到极致。"回到现实中来,莫镇威又歪着头问罗廷凤:"外公,您现在教我,不会就用这把刀吧?"

罗廷凤喜爱这外孙,不单是因为莫镇威的聪明,更是因为聪明而不浮躁的性格,这样的人,才堪大用。莫镇威的问话,是心有疑虑:五尺长的大刀,10岁孩子当然拿不动。既然拿不动,那又怎么教呢。罗廷凤心想,何不再借机试探试探这孩子的心智?

罗廷凤道:"孙儿,外公当然不会让你用这么重的刀来习练。你再猜猜,外公会让你用什么刀来习练?"

莫镇威没有犹豫,爽快答道:"外公一定用缩小版的长刀来让我习练。不过嘛,缩小版的长刀分两种,一种是按一定比例锻铸的真刀,一种是用木材削制的木刀。我猜到了,我猜到了,外公用一把木刀来让我习练。"罗廷凤心下颤道："孙儿,你为什么肯定,外公是用木刀给你习练,而不是缩小版的真刀?"

莫镇威答道："外公,您传我刀法的念头是我到您家以后才生成的,短短的几天中,外公要锻铸一把真刀,时间上不允许。唯一能做的就是用木材来削制一把木刀了。"

罗廷凤深为莫镇威的聪慧高兴："这点聪明劲真像你妈。在我们家,我说什么,想什么,就你妈最知道。"说完,罗廷凤从身后摸出一把木刀递给莫镇威。刀身修长,长三尺,刀身长二尺二,刀柄长八寸。莫镇威持刀在手后,罗廷凤开始讲解。

万人斩刀法包括持刀要领、持刀把位、搏击运用、劈砍要点,以及基本刀法。基本刀法有劈、扎、撩、绞、格、拦、推、架等。

招式则相对简单,只有六招。第一招:云横秦岭,九式。第二招:朔边巡夜,九式。第三招:霹雳惊空,九式。第四招:大漠孤烟,九式。第五招:风卷残云,九式。第六招:万山朝宗,九式。

罗廷凤先讲持刀要领、持刀把位、搏击运用、劈砍要点,边讲边示范。莫镇威边听边习练。

刀法劈、扎、撩、绞、格、拦、推、架,一如既往。习练招式时,先由罗廷凤讲解和示范,然后莫镇威习练。此外,罗廷凤还常让罗柔与莫镇威对练。

聪颖异常的罗柔,不只是陪练,还兼指导。一招练完,就会告诉莫镇威哪一式对,哪一式有偏差。

舅舅罗忠辅,其实自己心里一直很感激大姐,知道父亲宠爱莫镇威,也很愿意为莫镇威做点事,也就不时地指点指点,当当陪练。

莫镇威心里知道外公一家对自己的好,更是用心尽力地练。聪颖加勤快,进步当然就神速。

原来罗廷凤希望莫镇威经历三个月的习练后,能熟练地掌握万人斩的全套刀法。谁料仅一个半月，莫镇威就已熟练掌握，在罗忠辅和罗柔的陪练下，实战经验也大有长进。

得这样的练武奇才而教之，罗廷凤的心情大为畅快。突然间，他的心里冒出另一个念头来。

在指点莫镇威习练万人斩的休息时间，罗廷凤问莫镇威道："万人斩在和敌方对阵时，优势是什么？"第二天，莫镇威答道："万人斩集枪和刀于一身，有枪扎一条线、刀砍一大片的优势，与敌对阵，大开大合，气势磅礴，威力无比。"

罗廷凤追问道："你可想到，任何事物，优势突出，不足也明显。万人斩与敌对阵会有什么不足呢？"莫镇威不假思索地回答说："我和罗柔妹妹对练时，觉得有一往无前之势。和舅舅对练时，我会担心，舅舅要是施展功夫贴身搏击，那可糟了。"罗廷凤哈哈大笑："孺子可教。有敌贴身搏击，万人斩会变得缚手缚脚。"莫镇威询问道："外公，可有破解之法？"

罗廷凤从怀里掏出一本书来，封面上写着"中国各氏族之刀法"。他翻到"藏刀刀法"一页，对莫镇威道："孙儿，看看这一页。"说完走了。

莫镇威凝神细看：藏刀，又称"西番刀"，短刀的一种。是藏族人随身携带且须臾不离的防身器械。藏刀刀身短，刀尖锐利。刀鞘及刀把上多装饰精美。技法上常利用宽大藏袍做掩护，或突击闯刺，转腕变锋，或逼身擒举，使人防不胜防。常用招式有"牦牛闯阵""雄鹰啄蹄""骗马盖顶"和"举羊势"等，演练时，刀风嗖嗖，喊号瘆人。

后面则是各种招式的图片。藏刀刀法的优势正是贴身搏击，可弥补万人斩之不足。莫镇威找了把短刀，按照图片上招式习练起来。沉潜其中，自己揣摩，自己钻研，莫镇威自得其乐。

罗廷凤偶尔过来看看，只见莫镇威一会儿持刀在院里习练，一会儿回屋翻书，仔细阅读。罗廷凤脸上露点笑容，随后便走了。

差不多两月后，莫镇威来找罗廷凤，请外公看看自己习练的"藏刀刀法"如何。短刀施展开，怀袖突袭，襟底来风，一招一式绵绵不绝。因招式源于藏民利用宽大藏袍做掩护的实际，常见有撩袍掩袖和撅臀屈腿的动作，此时看莫镇威，仿若藏族少年。罗廷凤在关键地方给以指点后，莫镇威又练开了。

　　罗廷凤回屋坐下，满面春风。正从私塾回来的罗柔，见到爷爷笑容满面，好奇地问："爷爷，您从衙门回来捡到金元宝了？"罗忠辅奇怪问道："爹爹，什么事这么高兴？"罗廷凤喃喃自语道："得天下英才而教之，不亦乐乎。"

　　罗忠辅笑言："爹爹，你这个感慨有所指吧？"罗廷凤畅快说道："我今天才明白，'得天下英才而教之，不亦乐乎'的道理。教有的人读书，你纵使了千般劲，但他就不往你的道走。可有的人呢，你领进门后，就会沿着你希望的道走。一般人和英才，区别就在于此。"

　　罗忠辅面带揶揄地盯着罗廷凤道："爹爹的话还没说完呢。爹爹捡到如宝贝的英才啦。"罗柔噌地一下贴过来，黏在爷爷身边道："爷爷捡到的英才是镇威哥哥吧？"

　　罗忠辅用手指点点罗柔的脑门："你也是罗家的英才。但区别英才和一般读书人的道理确实是我从镇威身上悟出来的。原来留镇威在我们家习武是想让镇威学点功夫。教了万人斩刀法后，我发觉镇威是个练武奇才。就借与万人斩相配套的藏刀刀法试一试镇威，我将藏刀刀法的刀谱留给镇威，这小子竟然照着刀谱练成了，我刚才看了这小子施展的全套刀法，心里高兴啊。因此联想到老师遇到好学生为什么高兴了。"

　　罗廷凤心里还有想法没说出来，他在想，以后若是稍加引导，莫镇威可能会将家藏的《中国各氏族之刀法》都练成，好让在泉下的女儿放心，说不定以后也会对那地罗家有帮助。

　　全面培养莫镇威的想法也逐渐形成并实施。习武兼顾读书，外功兼具内功。

万人斩之后习练了藏刀刀法，罗廷凤又引导莫镇威习练广西本地的少数民族的峒刀刀法、瑶刀刀法、蛮刀刀法，然后是大理刀刀法、阿昌刀刀法、苗刀刀法、傣刀刀法、景颇尖刀刀法、傈僳族弯刀刀法和黎刀刀法。

转眼间三年过去了，今时的莫镇威已不是三年前的莫镇威了，虽说功力尚浅，但其眼界非一般武林人物可比。

外公罗廷凤在这期间，于1559年奉调征新宁（今苍梧县）贼人，对武术一道有了新的领会，眼界更高了。他给莫镇威设置了一个更高级的问题。他让莫镇威在10多个刀谱中找出最具杀伤力的招式，并整理出来。再从中找出克制的招式，并整理出来。然后两人对练。

这个融会贯通的过程，成了非常独到的习练方式。这个过程完成了，又是三年。此时的莫镇威，对刀法的见识，对刀法的眼界，对刀法的领悟，俨然一代大家。

16岁，身高五尺，略显青涩，正是英俊少年的风采。

在外公家一待就是6年，学已有成，莫镇威归心似箭。

外公明白莫镇威的心思，吩咐儿子罗忠辅安排莫镇威的归家事宜。

要走了，莫镇威心里陡生无限的牵挂。外公的教育之恩，舅舅、舅妈的照顾之殷，罗柔6年的相伴瞬间涌上心头，万千情愫，百转千回。

第二天一早，吃完早饭，即将起程。

罗廷凤坐在厅里，先递给莫镇威几封信，殷殷嘱咐道："你一路回家，要经过南丹、河池、宜州，我已给各地的长官写了信，你要沿途拜见他们，致以问候之礼。你把这信单独装好。还有一封信，是给你父亲的，我告诉你父亲，到家一段时间后，要让你到各地游历一番，增长见识。懂世态，知人情，是你承袭之后必须做的功课。送沿途长官的礼物我已备下，回家的礼物我也备下，都驮在马上了。我给你也备了两件礼物，一件是本朝名将戚继光撰写的一部兵书，我找人誊抄的。我们土司，为朝廷打仗是本分，你有了一身武功，但不能逞匹夫之勇，还要知兵法，回去后要好好研读。"

莫镇威恭敬接过。罗廷凤接着说："我给你备的第二件礼物你应猜得到。"

说着从桌边抄起用牛皮袋包裹着的一个长物件。

莫镇威看那物件和自己个头一般高，还有长长的柄把露出来，一下子喊出声来："万人斩。"甩脱刀袋，刀身寒光莹莹。

莫镇威握住刀柄，欣喜异常："外公，您什么时候给我准备的，我怎么一点不知道呢？"罗廷凤佯怒道："傻小子，锻造万人斩，铁质很难找，锻造的人很难找，外公费了不少劲才得以成功。就想给你个惊喜，还能告诉你？"莫镇威嘿嘿一笑，说道："外公，我这几天想一个事，帮别人做点好事容易，报答帮过自己的人也容易。可不管我怎么想，都想不出来怎么报答外公。"罗廷凤眼光一瞥道："那外公来告诉你，外公为你做的所有事，都是不需要你报答的。"

莫镇威稍一沉思："外公，我明白了。外公是替我母亲教育我，培养我。外公的恩情如父母的恩情，恩重如山。"罗廷凤欣慰道："孙儿，明白就好。"

门外，罗廷凤、舅舅、舅妈、罗谦瑞、先生，还有朝夕相处的下人都来送莫镇威。

谦瑞已12岁了，成天像跟屁虫一样地跟着莫镇威习武。他拉着莫镇威的手问："镇威哥，什么时候回来看我啊？"莫镇威抚摸着罗谦瑞的头道："哥哥有空就回来看你，再教你藏刀刀法。"

莫镇威等了一会儿，仍不见罗柔，就问舅妈："怎不见罗柔呢？"舅妈瞥瞥莫镇威，心有不满："你是等着罗柔来送，还是要带罗柔一起走？"不见罗柔，莫镇威突然觉得心底空落，万般意趣顿然失去。舅妈一句直问，让莫镇威霎时醒悟过来，罗柔是自己此生中生不能别死亦难离的人。

莫镇威突然跪倒："外公、舅舅、舅妈，我有一件大事求你们。"罗廷凤看看孙儿道："什么事？"

莫镇威泪目道："我自来到那地，外公、舅舅、舅妈对我百般照顾，千般呵护。罗柔亦与我青梅竹马，形影不离，今天归家，突然不见了罗柔，心中哀感万般。我与罗柔难离难弃。请求外公、舅舅、舅妈将罗柔许配给我。"

只见罗廷凤与罗忠辅夫妻互相点点头。

罗廷凤万般感慨地说："孙儿，柔儿是外公的宝贝，也是你舅舅、舅妈的宝贝。你今天在临走之时提出这事求我们，足见你的诚心，我们答应了。你要好好待柔儿，柔儿跟你幸福了，你就是最好地报答外公一家了。你起来吧。"

罗柔早已准备好和莫镇威一起走，但这一走就必须带着莫镇威未婚妻的名分，而名分自然必须莫镇威开口才能求来。亏得舅妈一句逼问，才让这小子脑袋开窍来求婚。莫镇威求婚刚起身，罗柔已从院里牵着马出来，一副走远途的打扮。莫镇威上前拉住罗柔的手，罗柔眼眶红红地望着莫镇威。

罗廷凤道："孙儿，我们答应将柔儿许配给你，还让柔儿陪你回家，以后的游历，你们要互相照顾。到你18岁、柔儿16岁时，你要将柔儿送回来，再从那地风风光光地将柔儿娶回去。"

再见罗柔，还能与罗柔同归家，同游历，莫镇威喜悦无限。莫镇威再次跪下，大声说道："镇威遵照外公的安排行事。"两人起身上马，对亲人一揖，奔驰而去。双骑并双飞。

俩人沿途拜会了南丹土司、河池知县、庆远府知府，快到忻城，途经一段山阴道时，莫镇威跳下马来说："柔儿，下来走走，活动活动。"

罗柔下马后，莫镇威接过马缰，两人并肩走着。

莫镇威将马缰握在一只手中，腾出另一只手挽着罗柔。

人间四月天，浓情好时节。罗柔颜色明艳，莫镇威英姿勃发。罗柔媚眼如丝道："镇威哥，你知道吗？你走的那天，我在院里等了一个时辰。"莫镇威仰头微笑道："柔儿，你知道我不见你时的心情吗？"

莫镇威讲了当时将走未走时，不见罗柔时的感受。罗柔听得泪眼婆娑。

莫镇威轻语道："6年了，我已习惯和你天天在一起的日子。即使归家，心里想的也是我和你一起回去的。"罗柔眼神异常清澈道："那天，爹爹妈妈帮我收拾好，准备和你一起回忻城，让我等在院子里，等你一句向我求婚的话。"

莫镇威自责道："在我意识里，你天生就应和我在一起，到哪都是俩人一起走，反而没有求婚的意识。等到要走时，听舅妈的话，我才醒悟到，我欠你，欠你们家一件大事，求婚的事。"

罗柔泪眼婆娑："我在院里等你这句话，等得度时如年。好不容易等你想起来说时，我的眼泪扑簌簌掉个不停。"莫镇威手紧扣着罗柔的手："柔儿，对不起。能想着跟你过一辈子的事，却想不起来求婚，我是不是很傻？"罗柔挣脱莫镇威的手，翻身上马，说道："你才不傻，只是没人提个醒罢了。"

莫镇威和罗柔回到忻城，又是一番热闹。

他们按照外公的安排，到各地游历一番。莫镇威18岁、罗柔16岁时，莫镇威遵守诺言，他们回到那地，莫镇威郑重其事、风风光光地将罗柔娶回家。第二年，大儿子莫志明降生。

万历三年（1575年），时年29岁的莫镇威袭职。

初战，名扬簪花顶

莫镇威袭职后，内里诸事有罗柔打理，外边诸事有旧规可随，诸事顺遂。但千里之遥的罗旁，暗流涌动，危机四伏。罗旁，今之广东永宁。

相传，过去郁南段的西江边曾有一座巨石，它矗立于西江之中，有一半露出水面，据说该石表面上有诸多花纹，中间有一个圆点，贯穿圆点有一条线，分出正南、正北，就和地理师使用的罗盘一样，于是人们就将该石称为"罗盘石"。而在罗盘石旁边的山区，就被人们称为"罗旁山"了。

罗旁东接新兴，南接阳春，西抵郁林（今广西玉林）、岑溪（广西境），北尽长江（西江以北包括岭北湖南各地），万山联络，延袤700里，与广西大藤峡遥相呼应。明朝以来，广西大藤峡瑶变与此颇有往来。特别是侯大苟成为大藤峡瑶变首领后，当明军"围剿"大藤峡时，则转移到罗旁地区，与当地的瑶民呼应，攻州破县。

瑶谚曰："官有万兵，我有万山，兵来我去，兵去我来。"瑶人与官兵周旋，战线愈来愈长，战况愈来愈激烈，民族矛盾已难弥合，终于爆发了明代南中国最大的一次瑶汉冲突。

《明史》中记载，这次冲突的猛烈程度达到了"震骇朝省""广东十府被残破者六""两广守臣皆待罪"的地步。

面临国家秩序在广东被颠覆的危机，明王朝在嘉靖末，将两广总督府从广西梧州迁移至广东肇庆。万历二年（1574年），兵部尚书兼右副都御史、两广总督殷正茂制订了大征罗旁的计划。万历三年（1575年），殷正茂内调南京户部尚书，后任者凌云翼调征两广军队20万，有土兵、有客兵（淅兵），而以狼兵居多，军队分为十哨，实行铁壁合围。

十哨分别为：

罗旁哨，都司朱钰率领，监军刘经纬；

泷水哨，都司刘天庆、游击章延瓛先后率领，监军徐汝阳；

岑溪哨，参将王瑞率领，监军先后有秦舜翰、王原相；

新兴哨，游击陈典率领，监军周浩；

茂名哨，参将侯熙率领，监军周浩；

德庆哨，参将倪中化率领，监军沈子阙；

伏峒哨，都司黄允中率领，监军李一迪；

南乡哨，参将徐天麟率领，监军刘志伊；

信宜哨，参将陈璘率领，监军刘志伊；

阳春哨，游击杨暄率领，监军何子明。

十哨中，新兴哨和茂名哨的监军同为一人，这两哨应为同支部队析开。南乡哨和信宜哨的监军也同为一人，原因也当相同。德庆哨则是莫镇威所在部，倪中化是广西柳庆参将。广西将领率广西军，理所当然。德庆哨另在德庆沿江一线设防，防止瑶人北渡，又在广西屯重兵，防止瑶人西奔。

机动部队为寻梧参将王德懋率领。此人也是广西总兵麾下将领。

战事从万历四年（1576年）十一月开始。

此前，战役总指挥凌云翼，前线总指挥广东总兵张元勋、广西总兵李锡，预计从广西调兵近10万，从忻城调兵1000。

调兵命令自然是从总兵官李锡所在都指挥使司发出。

集结命令到罗旁的时间应在万历四年十月。

如此一来，命令从都指挥使司发出的时间至少应在万历四年五月。这里考虑了装备的准备时间、训练时间、途中的行程所需的时间等等。

不知是有意还是无意，总兵官李锡也调了那地的狼兵参加。此时，莫镇威的岳父罗忠辅已袭职。在这之前，罗忠辅曾命土目罗纪琼率那地狼兵跟随大将军李锡征昭平叛贼。贼平，因表现优异，罗忠辅受到黄金嘉奖。有这良好印象，李锡受命率军围剿罗旁叛乱，自然要带上罗忠辅了。同时调派莫镇威，不无"打虎亲兄弟，上阵父子兵"之意。

莫镇威在木万操场点兵。第一队：杨豹带队的潜伏战队，杨豹是杨秀的后人。第二队：蓝虎带队的瑶刀战队，蓝虎是蓝双玉的后人。第三队：刘雄带队的短刀战队，刘雄是刘隐水的后人。第四队：牧英率领的600人的狼兵战队，牧英是牧伯劳的后人。第五队：韦东率100人的狼兵战队殿后，韦东是韦天刚的后人。

战队走了，莫镇威也带着弟弟莫镇武、护卫长杨武和从潜伏战队抽调的20名护卫上路。留下总管蓝凤协助罗柔管理县务。送行的罗柔嘱咐莫镇威要小心谨慎，早去早回。

到了罗旁，所有军队被组成十个大哨，从四面八方合围罗旁山。莫镇威战队与其他战队组成的德庆哨，由柳庆参军倪中化指挥，负责德庆地区的围剿。罗忠辅也在这一个大哨里。

到了罗旁，莫镇威和岳父罗忠辅到参军倪中化处受领任务：两人领受的是同一任务，负责围剿龙旺这股瑶变军。

参军倪中化介绍道："龙旺这个首领很不一般。"首先，龙旺的武艺很不一般。他是本地人，打小就喜欢舞刀弄枪，特别是瑶刀，练得出神入化，被称为"刀王"。其次，龙旺的头脑也很不一般，他造反造出了理论。

罗旁和广西大藤峡相距不远，两地都是瑶民。早期，侯大苟常带瑶变军从大藤峡流窜罗旁，蛊惑罗旁瑶民参与暴乱，以后形成了两地互相呼应的局面，长达百年。受此影响的龙旺，自小就参加攻州破县、杀人打劫的勾当。

习惯了造反勾当后，龙旺悟到：天下所有行业中，要论获得财富的快捷、致富的迅速，还是要造反。枪论生死，刀决兴亡，别人的生命尽由自己所决。

能把造反行当上升为理论，可见龙旺非同小可。而且，龙旺的巢穴也很不一般。

罗旁众多的瑶变军都是瑶民，其家也就是造反的巢穴，瑶寨也就是巢穴。龙旺的瑶变军巢穴却不是这样的。龙旺造反造出了兴趣，造出了理论。往深处再悟，龙旺又悟出新想法：瑶变军必须有自己的世界。

德庆有座风景美丽的山，叫簪花顶。面临西江，背后是连绵的群山。山顶平阔，方圆数亩地面，山上长有许多奇花异草，每到春季，繁花似锦，像在山头上戴了一顶花帽，故名"簪花顶"。

簪花顶属于丹霞地貌，四面绝壁陡立，险要异常。临江的一面石壁高耸，只有一条小径可通山顶。一夫当关，万夫莫开。

这么个美景，却被龙旺看中做了匪巢，龙旺带领一众瑶变军从瑶寨迁出，把瑶变军的世界建在了簪花顶。

平时上下山的路则在南面。四面的绝壁在此，闪开了一个豁口。龙旺在豁口处用原木修建大栅门，门两边，则是两座碉楼，碉楼之间，一道天桥，天桥前面，用厚木板搭成掩蔽，组合成坚强的防御工事。

在面江的小道隘口，修筑了掩体、堑壕，堆满了石头、滚木，有土匪日夜坚守。

繁花似锦的簪花顶，经龙旺一番改造，成了一道天险。

东南面有一条由裂隙、断崖勾连而成的艰险异常的小道，龙旺暗地派人钎打凿錾，修成一条秘密通道，事急时，沿此密道潜行下山，经过一个隘口后进入后山，那又是群峰连绵的世界。

倪中化说道:"首领是非同寻常的首领,巢穴是非同寻常的巢穴。因此,在整个罗旁瑶变军中,都将簪花顶视为攻不破的天险。攻破簪花顶,将在瑶变中产生震撼性的影响,造成瑶变军心理上的绝望。"

倪中化的眼神轮流扫过莫镇威和罗忠辅,他问道:"为什么选中你们翁婿来完成罗旁大战第一仗?这一仗需要协同作战的双方精诚团结,心无旁骛。在数十支队伍中最后选择了你们翁婿两支队伍。俗话说,打虎亲兄弟,上阵父子兵,只有你们翁婿协作,才能做到合作无间。这是攻破簪花顶需要的第一个条件。攻破簪花顶需要的第二个条件是丰富的经验和高超的武艺。罗知州常跟从李总兵东征西剿,作战经验丰富。素闻莫知县的武功为名扬庆远的罗知州的父亲传授,融会贯通数十种刀法,身藏克敌制胜之秘技,莫知县对付被称为'刀王'的龙旺,正是得其所哉。"

参军一席话,让30岁的莫镇威听得血脉偾张,心情激荡。罗忠辅则一脸郑重地说:"请参军大人放心,我们翁婿俩绝不辱王命。"莫镇威眼神坚定道:"不辱王命,必定凯旋。"

出得门来,莫镇威对罗忠辅说:"爹爹,本来要到您的大营拜见,但看军情如火,我要先去将簪花顶周围环境侦察个遍,再去拜见爹爹,商量破敌大计。"

罗忠辅说道:"儿啊,你做得对,万事以军国大事为重。其实,我也正要去侦察,咱翁婿分头行事,然后再见面商量。"莫镇威给罗忠辅行了个大礼,翁婿分头行动了。

过得几天,莫镇威到那地狼兵大营拜见岳父。甫一见面,莫镇威就跪在地上给岳父行起了磕头大礼。罗忠辅马上上前要扶莫镇威起来。罗忠辅道:"儿啊,这是军营,不用拘礼。"莫镇威诚恳道:"爹爹,您让我磕完三个头。这头是磕给爹爹的,也是磕给外公、磕给舅妈的。"

罗忠辅深知这个女婿重情重义,特别感念自己父亲对他的教养之恩，也就不说什么。回到座位，安心地受下了莫镇威的磕头之礼。磕完头，莫镇威站起来道："爹爹，远道而来，不方便带东西，柔儿只给爹爹简单地准备了几件小礼物。"

说到这，有亲兵托着礼物上前来。

莫镇威先拿过装衣物的壮锦兜笑道："爹爹，这是柔儿自己纺织成布后做的衣服。柔儿说，爹爹穿着睡觉，柔软舒服。柔儿做了三套，一套给爹爹，一套给舅妈，一套给弟弟。"

说完，有亲兵抱着两只桶上前。莫镇威手指着说道："我知道爹爹爱喝酒，这是用忻城特产的黏苞谷酿制的特糯酒，味道很独特，一桶50斤，爹爹品尝品尝。"说完，又有亲兵抬着一只腌制的獐子过来。莫镇威兴奋道："这是我打猎时猎到的獐子，知道爹爹爱吃，柔儿用各种香料将其腌制，这次一并带来，给爹爹一饱口福。"

罗忠辅看到莫镇威情义可嘉，开怀大笑道："外公喜欢你，就是因你聪明，又重情重义。这么远的路，还想得这么周到。好好好，我代表你舅妈和弟弟收下了。"

莫镇威笑呵呵上前一步，亲热地说道："还有一件小礼物，是给弟弟谦瑞的。当年我跟外公练藏刀，谦瑞有时也跟我练，他特别喜欢那把藏刀，那是外公给我的，我没法送他，后来我淘到了和外公给我那把一模一样的藏刀，就想着送谦瑞，爹爹一并收下吧。"

罗忠辅温和笑道："我收下，代谦瑞收下。难怪谦瑞总叨咕你，是你心里总惦记他呢。"转身吩咐亲兵道："我一会儿和镇威去商量征剿瑶变军事宜，你招呼好他的一应手下，吩咐伙房准备好饭菜，我要好好宴请他们。"莫镇威跟着岳父走进了另一个房间。

罗忠辅落座后，莫镇威方才坐下。罗忠辅开门见山道："镇威，这是咱们父子联手第一次作战。俗话说，打虎亲兄弟，上阵父子兵，亲兄弟和父子之间没有私心，没有钩心斗角的事，这是我们联合的最大优势。

你先说说你的想法，然后我们拿出一个方案。"

罗忠辅让莫镇威先说，内心也有考察的意思。其实这些天，罗忠辅已带人将龙旺等人盘踞的地形做了详细侦察，这一仗怎么打，心里已有谱了。

莫镇威直接道："爹爹，到罗旁平叛是我生平第一仗，爹爹则是久历战阵。我和爹爹一起打仗，自然是向您学习，听您指挥。到罗旁几日来，我带人对匪巢周围的地理环境进行了数次侦察，我把侦察到的情况跟爹爹汇报汇报。"

罗忠辅也把自己侦察到的情况跟莫镇威讲了。罗忠辅和莫镇威翁婿俩一番密谋，制订了攻破簪花顶的方案。

1576年十一月下旬的一天，深夜子丑之交，簪花顶万籁俱寂，一条条黑影在夜幕掩护下，奔向距离大栅门50多米远的森林外缘，几人将包裹着火药的箭杆搭上弩弓，一阵嗖嗖声，箭头直钉栅门。

射完箭的几人退后，跟进几个手持火铳的狼兵，随着火捻子被点燃，几声轰隆声随即响起。绑在箭杆上的火药被引爆，更响亮的轰隆声随即震响了夜空。接着，就是一片乱哄哄的哭喊声。

守卫在大栅门的喽啰被炸伤不少，更多的则是被惊骇到了，发出的惊喊声盖过了被炸伤喽啰的哭喊声。巢穴中的数百瑶变军被爆炸声惊醒，在夜幕中乱窜。

簪花顶一片混乱。

首领龙旺在一时的震骇后，马上镇静下来。

他立刻穿好衣服，手持瑶刀走出屋，自己吹响牛角号，然后高声喊道："马上到门口集合。"龙旺的出现让刚才慌乱一片的喽啰有了主心骨，不一会儿都出了门，各自按编队集合起来。龙旺即带一队人马前往大栅门支援，又令另一队人马到南面的绝壁隘口巡查，余下的喽啰就地待命。

众匪到了栅门，栅门上烟火还在熊熊燃烧，喽啰们还没从惊骇中回过神来，乱糟糟一片。龙旺骂了小头领一顿，命其扑灭栅门上的火，其他的人各就各位，并让带去的人救治受伤的喽啰。

待平静后，龙旺询问小头领是怎么回事。小头领口中颠三倒四，只说是梦中被爆炸声惊醒，其他线索一点不知道。龙旺上到天桥，用力踩了几下，脚下用原木搭成的天桥依然坚固。看看栅门，一大片地方被烧得凹陷进去。看看外面，夜幕沉沉。

龙旺已得知，明军20万大军已将罗旁地区围得水泄不通。但分析大军聚集，粮草供应难以为继，坚持半年，就是胜利。簪花顶的粮草，储备足够一年吃用，可保无虞。内无粮草之忧，外有易守难攻的簪花顶天险，半年之后，簪花顶又可过快意人生的日子。至于今夜被袭，龙旺判断其为明军试探性的骚扰，目的是为了震慑众匪，令他们陷入精神和肉体的双重疲劳。针对此，龙旺命令小头领将两根丈长的被树脂浸透的松明子木桩埋在栅门外两边，将其点燃。火光熊熊，照亮了两丈开外。同时，加强巡视力量。龙旺下死令道："巡守人员有睡觉的，格杀勿论。"

经过一番布置，龙旺又将自己对形势的判断宣讲一番，山寨的喽啰又稳定下来。闹腾了许久的喽啰们，刚刚放心睡稳，到丑寅之交，又被一声巨响震醒，巢穴又是一片混乱。龙旺带着人到栅门一看，栅门正在燃烧。凹陷的范围扩大了，凹陷的深度加深了。如果说第一次的爆炸和燃烧，龙旺不明白对方的意图，那么这一次的爆炸和燃烧，龙旺已然明白了。通过这样的逐渐燃烧，把原木做成的栅门烧穿，簪花顶的缺口就会被打开，天险的优势将不复存在。

他询问巡哨人员，都答没看见任何人影，这更增加了龙旺的隐忧。

修筑栅门时，考虑到敌人对栅门的威胁将是火攻，采用的最好方法当然是依恃弓箭，因而修筑时将弓箭有效威胁距离的50米以内的所有遮蔽物都根除了。但眼下，敌方对栅门的威胁来自50米之外，这是什么武器呢？龙旺站在天桥，眺望着黑夜深处，一丝忧惧从内心升起。

回到寨内，龙旺叫来一个小头领，咬耳嘱咐一番。

寅卯之交，天色微明。一队手拿斧子的喽啰走出寨门，他们是奉龙旺之命前去伐木的。在第二次火攻中，龙旺发现对方发动的火攻，都是处于弓箭有效距离之外。龙旺虽说不知对方使用什么武器，但有一点十分清楚，自己凭恃的天险已然变成了对方攻击的活靶子，而自己却没有打击对方的办法。改变劣势的办法就是将对方隐蔽的树木砍伐干净，将现在50米无遮蔽物的射界扩大到100米，逼着对方来强攻，自己才能将劣势转为优势。

拿着斧子的土匪走进树林，刚举起斧子要砍树，但见无数黑影，仿佛来自地下，随即凌空杀来，树林里响起沉闷的扑哧声，还有偶尔的闷哼声。不到半个时辰，树林又归于平静。

卯时已过，不见伐木的土匪回来，龙旺心知不好，径自向栅门走去，登上了天桥。50米外，未见一棵倒地的树木，森林中平静如常。偶有清风飘来，少了往日的清新，反而带有一股令人作呕的血腥味。

龙旺明白，伐木的喽啰全部被杀。子时到卯时，四个时辰之间，连遭对手三次攻击，都不见人影，且第三次将30多名喽啰杀尽。刹那间，"刀王"顿觉对手的强大可怕。龙旺思忖，如何逼对手露面，如何短兵相接。只有这样，才能消除对手的神秘感，破除所有喽啰的恐惧。

回到寨里，龙旺从亲信中挑选10人，将他们带到一间密室，两人一组，分别到5个地方送信，请这5个地方的瑶变军前来支援簪花顶。其意图是由外面的土匪向簪花顶的西南方向攻击前进，簪花顶的土匪则由山上向下攻击，形成合围之势，将攻击大栅门的敌方消灭。龙旺交代，在晚饭之前一定要赶回来。说完，拉开逃生通道的暗门，将10人送走。

中饭前，就有送信的喽啰回来了。只回来了一个，多处负伤，满身血迹。

这人报告龙旺，送信的人通过密道下山后，刚走到后山的隘口，就被人截杀。这些人一身黑衣，一手执蛮刀，一手执方形盾牌，动作迅捷异常。这人走在最后，见前面的人被截杀，撒腿逃回，被飞来的蛮刀击伤多处，亏了反应迅速，捡回了一条命。

簪花顶外援的路断了。龙旺无招可使，心里却在想，对方还有什么招呢。刚想到这儿，轰隆轰隆声在巢穴周围响起。

出门一看，只见不少的火药包正从空中飞翔而来，落地即炸。沙石随着炸点翻飞，停留在外的众多小喽啰正抱头鼠窜。

送给龙旺这份新"礼物"的正是在栅门外指挥狼兵投送火药包的莫镇威。莫镇威看不到巢穴内的惊慌失措，但他心里知道，自己的战术布置正一步一步地起作用。

如何攻破簪花顶？莫镇威经过和岳父的密谈，首先排除了北道的攻击，北道绝壁的台阶陡峭，强攻伤亡太大。又接着排除从东南方位的攻击，东南方位有龙旺留下的秘密逃生之路，此路龙旺必然布置了人手暗中监视，一被发现，断无可能再前一步。唯一的攻击方向，是西南方位的栅门。构筑栅门的原木，直径一尺，当时的任何武器，都难以攻破，唯一的办法，就是火攻。火攻也分巧攻和硬攻两途。硬攻便是携带各种易燃物，强行推进到栅门，引火燃烧，如此办法，牺牲必大，不是首选。后来，莫镇威想到利用先进武器进行火攻的办法，即利用明军弩箭射程远的优势，在50米开外的距离，将绑着火药的箭镞密集钉射在栅门上，再利用明军的火铳攒射，引爆火药，将原木点燃。一次烧不穿两次，两次烧不穿三次。

确定了攻坚办法后，又确定了栅门方向为主攻方向，北道为辅攻方向。谁为主攻谁为辅攻，翁婿俩虽有争执，但因罗忠辅拗不过女婿，最终还是由莫镇威担任了对簪花顶的主攻。罗忠辅则从北面推进，呼应栅门方向的主攻。

从岳父处出来，莫镇威立即到了参将倪中化处，要借10把火铳，10把弩弓。倪中化问借了干什么，莫镇威说是破寨所用。倪中化要细问，莫镇威推托说："参将先别问了，破寨后我再详细汇报。"

深夜第一次火攻，爆炸和燃烧，不仅破坏了栅门，更对土匪产生了强力震慑，莫镇威亲身体验了先进武器的威力。

黎明前的第二次火攻，莫镇威在暗夜中见到站在天桥上的龙旺，龙旺远眺夜幕的神态，十分忌惮。莫镇威感觉火攻已给龙旺套上了枷锁，并预估到龙旺必将采取的反击措施，预先在林中潜伏狼兵，果然料敌机先，一招制胜。

龙旺招招失利，下一步会采取什么招反制呢？

莫镇威和韦东、蓝虎等人商议，大家一致认为龙旺会请求外援解围。莫镇威即派杨豹率部分潜伏战队前往埋伏，果然一击便中。

接下来，莫镇威加紧了攻势，集中弩弓和火铳，对栅门、栅门上的天桥和掩蔽的厚木进行攒射，整个栅门燃烧成一片火海。有来救火的喽啰，就用弩弓和火铳一并对付。

为扰乱喽啰的秩序，莫镇威让狼兵将高而笔直的树木压弯，挂上小袋火药包，点上捻子发射出去，树木不够长的，则砍来竹子绑上加长，飞天土炸药凌空而来，虽然不至于将人炸死，但惊吓却是空前的。

莫镇威见飞天土炸药的效果甚好，即派人报告给岳父罗忠辅。

在北面辅攻的罗忠辅也没闲着。北面虽说是"千丈绝壁一条路"的天险，但罗忠辅为减轻莫镇威的压力，正千方百计地想招突破这天险。久经战阵的罗忠辅，虚实结合，选精兵隐匿而上，接敌时呐喊诈攻，待敌投石或放滚木时，则隐于早已选好的蔽障处。攻敌是虚，寻其接近敌军时的隐蔽处是实。

数次攻击，大量消耗敌之准备的滚石檑木的同时，这些精兵早已找好了近敌的隐蔽所，为攻击做了最好的准备。

罗忠辅还将武功高强的狼兵集中起来，分成几组，命其在绝壁间寻找可攀缘的地方，罗忠辅相信，在武功高强者的眼里，绝壁处依然藏有攀缘的天梯。

当莫镇威所派的人到来时，绝壁处可攀缘的地方已找到。听了来人描述莫镇威怎样投射飞天土炸药时，罗忠辅喜悦地说："这小子，点子就是多。"

来人还告诉罗忠辅，莫镇威判断栅门当在午时烧毁，双方在未申之交开始进攻。罗忠辅对来人说："你回去转告你们知县，我会在约定时间准时发起攻击。"

来人走后，罗忠辅一边命人到绝壁下寻找适合发射炸药包的地点，一边寻思整个攻击方案。

寻找发射炸药包的地点的人也回报，找到了一座适合的山峰。诸因素具备，罗忠辅勾勒出了整个攻击计划，并做了周密布置。

攻击时间到。密集的土炸药包从绝壁下飞上簪花顶，在北面的关口附近形成密集的炸点。守关的喽啰被炸得四处乱跑。

趁此机会，武功高强的10名狼兵已攀缘到顶，占领了关口，向下发出信号，早已掩蔽在绝壁后的狼兵蜂拥而上，罗忠辅上来后，马上命令一个头目带着50人向栅门运动，接应莫镇威，自己则带领大队人马向巢穴攻去。

莫镇威此时也已越过栅门，与来接应的50人合兵一处，向匪巢进击。

瑶变军的巢穴建在簪花顶南边，龙旺手持瑶刀，带着众喽啰列队于巢穴前，一副顽抗到底的样子。

莫镇威与罗忠辅一碰头，罗忠辅就说："龙旺不投降，就地全部消灭。"莫镇威心有不忍："爹爹，我先劝劝。"罗忠辅道："好！你试试。"

莫镇威走出队列，看着龙旺道："如我猜得不错，此位应是龙大当家吧？"

龙旺上前一步，把瑶刀往怀里一抱道："正是。"

莫镇威回头指向罗忠辅介绍道："龙大当家，这位是那地罗知州。跟随广西总兵李大人，久经战阵，屡战屡胜，英雄了得。他率精兵从北面攻击，如神兵天将，攻下了簪花顶的绝壁天险。"

龙旺对于绝壁天险被攻破，一直在纳闷，谁有这天大的本事呢？此时，见到眼前的罗忠辅，不得不佩服，冲罗忠辅双手抱拳道："能将我簪花顶北面绝壁天险攻破的人，当得'英雄'二字。"

龙旺盯着莫镇威问道："阁下是谁呢？"莫镇威静穆道："我是忻城知县莫镇威，负责栅门方向的攻击。"龙旺问："莫知县，今年贵庚？"莫镇威回答道："刚好30岁。"龙旺又问："原来打过仗没有？"莫镇威道："没有。"

龙旺摇摇头，好似不相信的样子："30岁，还没打过仗？第一仗就如此的智计百出。今天一仗，你必名扬天下！"虽是胜者，莫镇威脸上丝毫不见倨傲神色："我确实幸运，人生第一仗，就碰到你这样厉害的对手。"龙旺叹息道："有你这句话，我的天险虽被攻破，但我不遗憾。"莫镇威问道："天险被攻破，你还没觉得失败吗？"

龙旺淡然道："天险被攻破不假，但我还完好无损，我的刀还完好无损，'刀王'的名号还完好无损，何谈失败呢？我的部卒还完好无损，我用原木建成的防御工事还在，里面成千上万的箭矢还完好无损，里面存有数年的粮食，我有本事让部卒完好无损地转进工事里，与你们周旋数年，何谈失败呢？"

龙旺这番言辞出乎罗忠辅和莫镇威的意料。莫镇威沉吟少顷："想不到龙大当家还有此仗恃，只不过在我眼中，龙大当家费心无数心思建成的工事，结局比栅门不会好到哪里去。"

话落，手持弩弓和火铳的狼兵向一栋独立的小屋操演了一番火烧栅门的故技。刹那，小屋在毕毕剥剥的火声中熊熊燃烧起来。

龙旺转瞬间明白了大栅门被损毁的原因了，这一招要用在自己身后的木屋上，近千喽啰都会变成烤肉。不过龙旺还有个希望，出言试探道："贵知县的奇技淫巧确实不错，不知贵知县还有什么真功夫让我开开眼界？"

莫镇威心知龙旺还不死心，还想依恃自己的刀技讨回一点要价的砝码，但莫镇威也想找到一个办法为龙旺手下的近千条生命开一生路。莫镇威直言："龙大当家心里有什么想法就请直说。"龙旺语气无奈道："我一生嗜武，学了一点粗浅功夫，想和两位土司大人切磋切磋。如我侥幸赢个一招半式，一切罪孽由我承担。我手下的兄弟请两位大人给他们留条生路。"

莫镇威正寻思找个什么法子保全一干喽啰的性命。听龙旺一说，法子来了。

莫镇威转过去和罗忠辅低声商量一番，然后转过来对龙旺道："我和罗大人商量，罗大人菩萨心肠，不忍见这么多人死于非命。生死相搏，不是武林中声望素著之人所乐为之事，罗大人遣我这个后生小辈与龙大当家较量较量。我要清楚地说明一件事，龙大当家胜了，我们会保全龙大当家所有手下人的性命。龙大当家负了，我们也会保全龙大当家所有手下人的性命。这一条，龙大当家意下如何？"龙旺双手一抱，拱手谢道："两位高义，足感盛情。"

说完，龙旺跨前一步，手持瑶刀，右脚前踮。莫镇威将刀衣取下，总长五尺、刀身长三尺八寸、刀柄一尺二寸，既能当枪使又能当刀用，既可单手握把又可双手执柄的万人斩引起了龙旺的注意。

龙旺好奇道："恕我眼拙，莫知县这件似枪非枪、似刀非刀的武器称呼什么？"

莫镇威道："这武器本叫万人斩，我外公给添了两个字，桂溪万人斩。"

龙旺问道："为什么要添这俩字？"莫镇威道："曾有人有把桂溪刀，我外公为纪念那个人才添的。"

龙旺追问道："那个人叫什么？值得你外公纪念？"莫镇威道："那个人叫黄庭坚，是宋朝的大文人。"

龙旺讶然道："土司居然佩服中原文人，奇哉怪也。"莫镇威仰慕道："我外公有高远的眼界，老人家认为，我们这些边远地区和汉地的融合是大势所趋。"

站在莫镇威身后的罗忠辅见莫镇威对自己的父亲如此的钦佩，既为父亲深感自豪，又对莫镇威多了一层怜惜之情。

龙旺脸上悠然神往："你外公是人中龙凤，你的刀法武功应是你外公传授的吧。"莫镇威回答道："正是。"龙旺问道："老人家名讳是什么？"

莫镇威掷地有声地说："罗廷凤！"龙旺一脸落寞地叹息道："哦哦，那不是名扬两广的罗一刀吗？嘿，人生有两样不可错过，遇见贤人不可错过，遇见英雄不可错过。我可是都错过了。"龙旺再问："你老祖又是谁呢？"莫镇威道："老祖莫保，在江山换代之际，他从五品官变成了种地的平头百姓，然而老祖没有一句怨言，带着儿孙埋头奋斗了100多年，莫家又从种地的平头百姓走上世袭知县的道路。老祖有一句话概括了家族的命运：'委屈与天命同在。'你能承受多大的委屈，你就能享受多大的天命。"

龙旺一脸神往道："委屈与天命同在！我要早几年听到这话，也许不会走上今天这条路。莫知县，与你一席话，获益匪浅。来来来，再在刀法上切磋切磋。"

说着，瑶刀卷地攻了过来。莫镇威坳步前行，万人斩横撩，解开龙旺的第一招。龙旺展开刀法，气势如虹。浸淫数十年的刀法非比寻常，既绵密细致，又大开大合。招招抢攻，刀刀不离要害。

莫镇威展开万人斩，远施以枪法，近御以刀技，看似在防御，偶尔施枪从外线反攻，一种武器，两线出击。

刚开始，龙旺展开的一轮进攻，尚能完整地展开，后来，能施展到三分之二，后来，能施展到一半，再到后来，能施展到三分之一。几轮下来，突听莫镇威大吼：“龙大当家，小心，我要抢攻了。”

万人斩招式一变，莫镇威使出了破刀式。唰唰唰，刀风响起，当年莫镇威和外公析解各种刀法后，重组各种刀法中的秘杀技，组合习练，自成一体。又将各家刀法中可互相破解的刀法，又重新组合习练成破刀绝招。

莫镇威使开破刀绝招，刀刀趁敌之隙、枪枪击其要害，有进无退。被称为"刀王"的龙旺大惊，转攻为守，守招招招被破，凭其久经战阵的经验，勉强守御，可也是步步后退。一个攻得紧，一个退得急，龙旺手腕处忽然一阵剧痛，瑶刀离手下坠。莫镇威抢前一步，快速捡起瑶刀递回龙旺手中，又如轻风退了回来。

龙旺低头瞧，手腕处一道创口，心里明白，这是莫镇威手下留情，否则一只手已离体而去。刚才拾刀递刀，也是为保存龙旺的颜面。龙旺抱刀一揖：“谢谢莫知县为在下保留颜面，但输了就是输了。”话头一转，让所有人讶然："我有个不情之请，请莫知县答应。"莫镇威心有所感，答道："龙大当家请说。"

龙旺低沉道："这把瑶刀随我数十年，'刀王'不再，但王刀不能失传，请你收下。"众人明白龙旺这话的意思，承认莫镇威才是真正的刀王。莫镇威还有更深的理解，但他没说，只是默默地将刀收下。龙旺期盼道："莫知县，看你的刀法中，夹杂着瑶刀刀法，但威力更胜我所知的瑶刀刀法。"莫镇威解说道："我老祖在八仙屯当千户时，老祖的部卒佩戴的就是瑶刀，其刀法当然也是瑶刀刀法了。我的部伍里，专门有个瑶刀战队。我自小跟随外公习武，瑶刀刀法也在其中。"

龙旺眼神殷殷："我一辈子痴迷瑶刀，一辈子也最喜欢看别人施展的瑶刀刀法。莫知县，能满足我这个愿望吗？"

虽然是敌对阵营，莫镇威却心中一酸。他认真地看着龙旺道："我从小到大，还没专为哪个人施展过刀法，今天，我就专为龙大当家施展一次瑶刀刀法。之后，再让我的战队为你施展一套改造过的瑶刀刀法。"

莫镇威手握龙旺送的瑶刀，从第一招"锋刃霜草"开始，一招一招地使将出来。一招一式，缓慢凝重，清晰可见，又势不可当。龙旺边看边寻思，寻寻常常的招式，经莫镇威施展开来，方见精微之义，方知潜在之势。

接着莫镇威上场的是蓝虎带领的瑶刀战队。百人狼兵，百只瑶刀，在夕晖下军容严整。

刀法展开。陆战十八式、水战十八式、马战十八式。风声霍霍，刀光闪烁。

龙旺闻所未闻，见所未见。龙旺大喊："大饱眼福，大饱眼福。"然后一头摔倒在地。莫镇威疾步上前扶起，只见一把小瑶刀插在龙旺胸口。

龙旺望着莫镇威，气息微弱地说："你家先祖说得好，委屈与天命同……同……在。"

范团暗流

那边厢，莫镇威在罗旁激战沙场；这边厢，后方范团则暗流涌动。

莫镇威带兵出征后，罗柔即代理莫镇威管理县务。

这日，罗柔正在县衙处理事务。办事谨慎的罗柔，不坐县衙大堂，而在厢房设了一张桌，带着一个贴身丫鬟小香。小香本是那地一个常年在罗家做饭女厨师的女儿，罗柔从忻城回去探亲时，路边碰到一个六七岁的小女孩儿，见到罗柔就跑上去问："你是小姐吗？"罗柔饶有兴味地问道："你问的是哪个小姐？"小姑娘："罗土司家的小姐，会武功的小姐，最聪慧的小姐，最漂亮的小姐，嫁到忻城的小姐。"罗柔轻笑道："我像吗？"

小姑娘眼睛一眨一眨道："你不是像，就是。"

聪明伶俐的小女孩，罗柔一见面就喜欢。小香母亲在罗柔家做饭，罗柔几乎天天都能见到小香。小香见天腻在罗柔身边，罗柔与孩子自然亲密。

罗柔回忻城，把小香带了回来，让她成了自己的贴身丫鬟。

莫镇威远征罗旁，罗柔管理县务，小香随侍身边。

这天，罗柔刚坐下，拿起户房送来的全县户口田赋资料正看，刑房的总番进来了。

忻城土县的机构设置套用的是朝廷的那套。朝廷正常运作的机构是六部——吏部、户部、礼部、兵部、刑部、工部，各部负责人官称"尚书"。

忻城土县比照着设了六个部门，但不称六部，称六房，即吏房、户房、礼房、兵房、刑房、工房，每房的负责人称为"总番"。

今天来向夫人罗柔进禀事情的是刑房总番李大好。刑房负责全县民事、刑事诉讼案件的处理，以及人犯的处决。罗柔问李总番道："有什么事？"李大好拱手肃立，回答道："夫人，归仁发生了一件命案。"

归仁一户狼兵人家，父母健在，父亲诨号徐老赖，育有三儿一女。大儿子徐石头，莫家战队的狼兵，他的妻子为黄彩江。按照规定，家里分得兵田10亩。如无战事，徐石头和父亲以及两个兄弟一起种田和打理一些山坡地，粮有盈余。徐石头每次参战回来，都会带回一部分战利品。黄彩江就是在一次剿匪中被徐石头救下，成为夫妻后，感情相得，日子也过得滋润。

一家7口人，因一人是狼兵，比别人家就多了10亩兵田，还有缴获的战利品，日子也就小康了。可父亲徐老赖嗜酒如命，喝醉之后，闯到儿媳屋里欲行不轨之事，被儿媳用斧头砸死了。

听完，罗柔问道："这事怎么处理啦？"李大好回道："归仁里的里正莫荣田给我捎来口信，杀人的黄彩江已被抓起来了，说这是杀人大案，归仁里不敢处理，要送县里来处理。"罗柔语气急促道："李总番，你马上带人去归仁，将人犯带回县衙审决。如遇有人阻拦，说是我的命令。"李大好走了一袋烟工夫，罗柔忽对贴身丫鬟小香说："小香，你赶紧去找总管蓝凤和王皆管马上来见我。"

"皆管"这个词让人听着别扭，殊不知当时"八大皆管"可是忻城响当当的人物。

忻城土县下设16个里、堡，里和堡相当于现在的乡镇一级区划。靠近县治的称为"里"，计8个"里"；距离县治远的称为"堡"，计8个

"堡"。每两个"里"或两个"堡"设一个"皆管",负责传达知县的政令,催征粮赋,处理民事纠纷。总计8人,被称为"八大皆管"。

王皆管本名王追牛,就是负责归仁里和广胜里的"皆管"。两人到来,罗柔说道:"我们马上去归仁,处理一件急事。"

罗柔先行,蓝凤、王皆管、小香紧跟于后。四人快马加鞭奔归仁而去。

路上,罗柔把归仁发生的案件告诉蓝凤和王皆管,也说出了自己的担心。担心黄彩江被徐老赖的族人用私刑处死,黄彩江杀徐老赖有罪,但其情可悯,罪不至死,这是其一。其二,黄彩江丈夫是狼兵,正在前线为国征战,如果黄彩江被处死,将会影响前线的军心,必须阻止。

广西庆远土司管辖的地方,有按故俗治之的习惯法,罗柔的担心不无道理。

罗柔对蓝凤和王皆管说道:"到时,你们按我的安排行事。"

快到归仁,追上李总番一行数人,合为一队继续奔驰。罗柔对李总番重复了一遍刚才说的话,特别强调说:"记住刚才我的布置。"10骑如风卷地,不多时到了归仁板良村,就见前边一群人呼呼号号,推推搡搡。里正莫荣田见是知县夫人,马上过来迎接。

莫荣田对罗柔拱手道:"归仁里正莫荣田迎接夫人。"罗柔一行下马,缰绳被小香接了过去。

罗柔问道:"荣田,这一群人是怎么回事?"莫荣田惭愧道:"我管辖的归仁板良徐老赖酒后无德,欲非礼儿媳黄彩江,黄彩江在反抗中用斧头砸死了徐老赖。今天一早,我和几个人正带黄彩江去县衙投案,徐老赖的族人赶来阻挠,要就地处理,声称要按族规处死黄彩江。"

罗柔唔了一声道:"我知道了,我们过去。"一群人也知道知县夫人来了,不再推搡吵嚷。

里正莫荣田提高声音道:"乡亲们,知县夫人听闻板良村发生了人命大案，忧心如焚，带着相关人员亲自赶来了，从此时开始，此案由夫人亲自过问。"

罗柔看了一眼众人，开口问道："众人大都是徐家宗亲吧？谁是主事的？"

一个年约50岁的男子走上前道："我是徐老赖的哥哥徐老鬼，也是板良村的村老，徐家族长。"

罗柔叹息一声，望着天空，喃喃道："徐村老，莫家自世袭忻城以来，到镇威知县，刚好五代。五代100多年来，莫家治下，可说是乾坤朗朗，世界清平。我夫君莫镇威的曾祖父莫继清理事的弘治十六年（1503年），庆远知府车份来忻城视察，盛赞忻城在战事纷乱中能一枝独秀，莫家把忻城治理成世外桃源，还为此写了一首诗。五代没有出过杀人案件的忻城，五代人和谐安宁的世外桃源，这本是莫家治理忻城的梦想，却被你徐家给打破了。"

罗柔一席话，没一句讲案件怎么处理，话里话外却指责徐家破坏了忻城100多年来的和谐安宁的环境。作为村老、族长的徐老鬼那是责无旁贷的。徐老鬼本要借着此事带着族人闹事，威慑里正，将徐家媳妇按族规乱石砸死，提高自己在族众中的威望，没想到被罗柔几句话噎得吭哧了半天说不出话来，只得将主动权让出来，说道："夫人看怎么处理呢？"

罗柔轻声道："这话才像个村老说的。不过我办事是讲规矩的。今天我带来了专管处理案件的李总番，今天就在归仁里现场审案。专跑归仁的王皆管为同审。县衙总管蓝凤今天就委屈了，给李总番做审讯记录。里正莫荣田准备案桌和凳子，将审案现场就设在村边这棵大榕树下。"

蓝凤听后心想，夫人智计了得，一下就把徐老鬼给装到自己画好的圈里。

现场安排好，李总番坐案桌的中间，两边分坐着蓝凤总管和王皆管。罗柔则单坐一边，小香站在后边打着伞。不少村民听说知县夫人来了,都跑来远远地观看。

本来容光焕发的黄彩江此时一脸的憔悴,沉默地跪在地上。

李总番威严地高声喊道:"应堂的徐家人,跪到前边来。"徐家老二,即徐石头的兄弟徐二水连滚带爬地跪到案桌前。李总番拖曳着声音问道:"谁是原告?"旁边的徐老鬼答道:"老二是原告。"李总番威严道:"旁人不得随意插话。"李总番接着问道:"原告,你告谁人?"徐二水回道:"告我嫂子黄彩江。"李总番审理道:"你告你嫂子什么罪?"徐二水抬起头来,喊道:"告我嫂子杀人罪,杀我爹爹罪。"李总番说:"原告,你暂跪一边,别吱声。被告黄彩江,原告徐二水告你杀他爹爹,也是你公爹。你为什么要杀你公爹,又是怎么杀的,原原本本地说出来。"

李总番话没说完,底下的徐老鬼坐不住了,要让黄彩江一五一十地说出来,徐老赖想要对儿媳妇行不轨之事的丑闻那不就天下皆知了?这下,徐老鬼急得大叫起来:"哎,哎,李总番,李大人,我请求这案件就按习惯交由我们处理吧。"李总番怒喝道:"差兵,把骚扰法堂之人扔出去。"两个差兵上前,一边一个,提着徐老鬼扔到外边去了。徐老鬼挣开两个差兵的捉拿,爬着来到罗柔脚边,哀求道:"夫人,求您……"可是他话没说完,就被罗柔打断道:"徐老鬼,你要是求我把黄彩江交给你处理,你就闭嘴。"徐老鬼进退失据,不得不哀求道:"不,不,夫人,我求夫人把黄彩江带回县衙审理,不要在这里公开审理了。"

罗柔脸上飘来一丝倏忽而逝的轻笑,道:"徐村老,我不是听错了吧。你不是带人堵住里正,不让他带黄彩江去县衙审理吗?"徐老鬼嗓音沙哑,惨然道:"夫人,我错了,这样的大案理应到县衙审理。"罗柔淡然道:"徐村老,你真是这样想的吗?"徐老鬼低头道:"夫人,真的,千真万确。"

罗柔哦哦两声,仰起头道:"李总番,徐村老说这样的大案村老无权按故俗处理,理应由县衙审理。带上黄彩江回县衙吧。"李总番痛快道:

"是，夫人。"李总番又转头对徐老鬼训斥道："徐村老，按故俗治之，指的是一些邻里小事。大案、要案你一个小小的村老根本无权管辖。你今天阻止莫荣田里正将案件提交县衙，超越了权限。你的目的是什么，你心里清楚。要不是夫人答应你的请求将此案带回县衙审理，我必定坚持现场审理，把一切审个清清楚楚，让你灰头土脸，无地自容。现在你保住了颜面，你感谢夫人吧。"

徐老鬼满脸羞惭，一个劲地给罗柔磕头。

罗柔见此行目的已达到，温言道："徐村老，你是一个村的带头人，不要一个劲地拨自己的小算盘，你做事要想想莫家的荣誉，要为莫家争点脸。起来吧，回去好好想想。"

莫荣田找来一辆马车，让黄彩江坐上，送回县衙。罗柔阻止了莫荣田相送，一行人踏上回返县衙的路。

离开归仁十来里路后，黄彩江跪在马车上，向罗柔行起大礼，感谢道："谢谢夫人的救命之恩。要不是夫人前来，我今天就死在族人之手了。"

蓝凤插言道："黄彩江，你应该好好谢谢夫人。我们今天这些人被夫人带着奔跑到归仁，就是为配合夫人演一出'智救黄彩江'的好戏。"黄彩江好奇地问："什么叫'智救黄彩江'？"

蓝凤道："原本是夫人命令李总番带人到归仁，将你接到县衙审理。后来夫人又带着我和王皆管亲自赶来了。今天如果不是夫人亲自来，我们中的任何人都不能从徐老鬼的手中把你接走。"

黄彩江感激地看着众人，说道："是呀！莫里正要把我押回县衙，徐老鬼不让，很是嚣张。他说'今日不要说你莫里正，就是任何人来都带不走黄彩江'，不信你问问在场的其他乡亲。那徐家人的喊声像要炸了天，喊着说要用石头把我砸死。"

蓝凤说道："没有夫人去，任何人都无法把你带回来，这是其一。其二，夫人用大道理压倒了徐老鬼。夫人说100多年来，忻城都没发生过命案，徐家发生了，就是给知县抹黑，给忻城抹黑。这是村老、族长的责任。换句话说，这就有警告的意思了，你这村老还想干不？有这样的威压，徐老鬼再也不敢自作主张，只能听夫人的了。他才不得已说：'夫人看怎么处理呢？'把主动权递给了夫人。其三，现场审理更是一步妙着。"

黄彩江想了想，摇头道："妙在哪呢？"王皆管也同样没看出门道，好奇道："是啊，这一着的妙处在哪呢？"蓝凤道："你们想想，现场审理是徐老鬼同意的，到后来他为什么不干了，跪着请夫人提回县衙审理呢？"

小香也掺和道："我也想不明白，这个徐老鬼的模样可以说是气急败坏，苦求小姐提回县衙审理。"说到此，小香娇笑道："蓝总管别装了，知道你是老到的鸟。竹筒倒豆子，痛快说吧。"蓝凤笑道："黄彩江，李总番让你说为什么要杀徐老赖的，怎么杀徐老赖的。你想怎么说呢？"黄彩江气道："徐老赖酒后无德的丑事，我一想起来又羞愧又愤恨，无颜面对天下人。可当时那场面，我又不得不说。"

蓝凤这才把豆子倒了出来，说道："徐老鬼也是你这种想法，他弟弟的这个丑事你要是当着这么多人的面说出来，他那个老脸真是没地方放了。夫人给徐老鬼挖了一个坑，徐老鬼毫无知觉地就掉进了这个坑。等到他看到黄彩江要讲他弟弟的丑事时，才不顾一切地去求夫人不要现场审理，求夫人提回县衙审理。夫人亲自到归仁的目的就是为此，但夫人没用权力这么做，而是设计让徐老鬼主动将人交到夫人手上。夫人的智计百出，别人难及啊！"

罗柔脸上带着笑意，说道："蓝总管也聪明啊，把我的一点小把戏都看穿了。其实，我这也不是什么智计，就是办什么事都想办得圆满一些。徐村老这几年为莫家做事，没有功劳也有苦劳，但他有时真把他管的一亩三分地当成自己的了，自己想怎么样就怎么样。这可能吗？莫家说是世袭土官，老百姓还有话说，天是莫家的天，地是莫家的地。可我们莫家人是怎么想的？我们是替朝廷管理这块地方，管理得好，朝廷继续用我们，管理不好，可能就换人了。我这么做，是要让徐村老明白，他当村老，是要替莫家负责，恰如我们莫家要替朝廷负责一样。你们这些个总管、总番、皆管都要有这个意识。"

久不出言的李总番这下发话了："今天这事，让我领略了夫人在有关人命大事上的审慎，在处理事情上思虑的周密，和怜悯天下苍生的情怀。"

李总番还要说下去但被罗柔打断了，她笑道："再要说下去我都成圣人了。我从小跟私塾先生学习，知道了仁政。到了莫家这几年，我才知道，心头想着仁政还不行，还得有智慧，有智慧才能把仁政实施好。"

小香稚气道："你们说的这些我大都不懂，我就知道小姐好，我要好好跟着小姐，把小姐服侍好。"罗柔笑笑说："你想办法把我服侍好，是对我最大的仁政了。"手下人一阵哈哈大笑。

第二天早上，罗柔按时坐到了案桌旁，继续看着户房送来的全县的土地资料。李总番来了，递给罗柔一份笔录道："夫人，黄彩江杀人案审理完了，这是笔录。"罗柔道："我不看了，你说说怎么判决呢？"李总番谨慎说道："黄彩江对杀徐老赖一事没有抵赖。但从前因后果来看，徐老赖酒后强奸是因，被杀是果。而且从黄彩江的供述中看出，黄彩江没有杀人的主观故意。她说她当时就想把徐老赖打了让他出去，但是情急之下，抓到什么就用什么打过去。结果抓到的一把斧头，打在徐老赖头上。黄彩江还说她已经怀孕了。"罗柔问道："她怎么说的？"李总番道："黄彩江说她是不久前才发现怀孕的，她非常高兴。心想，等丈夫打完仗回来，有了孩子，这个日子就过得有盼头了。"

罗柔问："如何判决呢？"李总番道："以防卫过当来判，判半年监刑。"

罗柔道个"好"，回头吩咐小香："你在院里找间房，找人收拾收拾，伙食你也给安排好。这样明上是判她坐监，实则让她养胎，对各方面也算是有个交代了。"黄彩江的事情安排好，户房的石总番来了。石总番禀报说："官族群有异动，他们想推倒前知县莫鲁公《分田例议》的规定，让分给他们的土地永不再收回。"有人要推倒祖制，罗柔心中震动，少顷平息道："谁是主谋？"

石总番回道："莫鲁公的小儿子莫继恒的后代，莫镇云。莫继恒一支发展到现在有了四户，莫镇云成了四兄弟中的主心骨。到他这一代刚好要交回莫鲁公时所分的田地。他们不想放弃手中的利益，异动图谋推翻莫鲁公定下的家规。还有莫凤公的兄弟莫龙公的后代，这一支也是在莫鲁公完全世袭后分到田地，现在发展成了五户，主心骨是这一支的大哥莫翔华。"

罗柔道："莫镇云为主，莫翔华次之，是这样吧？"石总番回道："夫人，是这样。"罗柔详细询问他们要如何推倒前辈定下的规矩，石总番道："他们私下蛊惑众人，说莫鲁公的《分田例议》是不存在的虚妄。我想，他们会来找夫人闹事。"罗柔心想，单凭此就想扳倒莫鲁公的《分田例议》，莫镇云会这样傻吗？他们一定还有别的仗恃，遂又发问："还有别的异常吗？"石总番想了想道："我还听说他们从外地请了个武林高手，教后辈子孙武功，称是发扬莫家'武定祸乱'的传统。"罗柔霍然一惊。如果官族子弟为争利益而闹，只是癣疥之疾，如有篡位之想，则为心腹大患。这晚夜深，罗柔吩咐小香："换好夜行衣，跟我出去。"

打小跟罗柔习武的小香功夫了得，加之时不时能还得到莫镇威的指点，其成就已不是寻常武师可比。但她成天跟在罗柔身边，一身武功没有施展处，忽听罗柔要她换夜行衣，就像见到前边有一座让她施展身手的擂台，高兴得小心脏都急速地跳了起来。

见小香的高兴劲，罗柔抿嘴笑道："今晚考考你的轻功。"说完纵身先行，小香紧紧跟上。

夜深人静，不少的人家已进入梦乡，偶尔有一声狗吠传出，更衬托出黑夜的寂静。穿街过巷，又穿行于一条乡间小道后，一丝灯光从夜隙中透了出来。

近了，一栋两套院的房屋在黑暗中露出轮廓。罗柔两人抵达莫镇云的庄园，绕到后院，纤腰一扭，跃上院墙，伏身观察四周。但见院落静悄悄不见任何动静，只有堂屋中有灯光透出。罗柔附在小香耳旁说："你眼力好，仔细看看院里有没有狗。"小香道："不用看，我闻一闻就行。"

罗柔知道，小香的嗅觉最为灵敏，什么味道，老远就能闻出来。小香闻了闻道："院里没狗的味道，连鸡的味道也没有，但有黄鼠狼。"

罗柔轻轻摆摆手，刚要跳下，忽听开门声。随着开门亮起了光屏，一人掩门而出，警惕地沿四周看了一圈，上了个厕所才开门进屋。罗柔借开门之机轻跃下地，轻柔无声，捷如灵猫，转眼就到了门口，小香无声紧跟其后。罗柔贴耳于板壁，就传来说话声："莫里正，你也太小心了，不是杀人越货，也不是篡位夺权，不就是偷一份先祖的分田遗嘱吗？那是手到擒来的事，你还用半夜三更商量？还用出去窥探？"另一个声音道："一马二猴，三猪四虎，这是在庆远地区响了百年的名号宝店，艺高人胆大。我不行，小心驶得万年船，我们虽然想趁莫镇威出外征战时把这事办了，但莫镇威的夫人智计百出，不要偷鸡不成蚀把米。"

罗柔听得"一马二猴，三猪四虎"，恍然觉得在哪里听过，可一时又想不起来，随即便摇头不想了。探头寻觅，见一道缝隙透出光来，贴眼过去，屋里只有两人，一人即莫镇云。另一人，精瘦，一副猴相。罗柔缩回头，将嘴贴着小香耳朵说："走，回去。"

两人循原路回道宅邸。回到屋里，小香卸下夜行衣，心里还在寻思听到的话。

整理好仪容，小香转向罗柔说道："小姐，莫里正好像怀着歹意，心里惦记县衙的东西。"罗柔摸摸她的头，说道："咱们的小香长大了，能分析问题了。你等着看，更多的好戏在后头呢。"

春节临近，罗柔找来总管蓝凤合计："知县带兵远征，春节难得热闹了。但要创造点热闹，让春节过得有意思。"刚说完，罗柔又突然问了一句："一马二猴，三猪四虎，是江湖上的名号吧？"蓝凤眼珠转了转："夫人又有什么奇遇见闻了吧？"罗柔笑笑，把几天前夜探莫镇云庄子的事告诉了蓝凤。蓝凤将百多年前莫敬诚、蓝龙、蓝强设擂台擒杀马长山、苟老虎那段历史原原本本讲了出来。

罗柔笑道："我就说嘛，有印象，但就想不起来。你这一说，我记起来了，是小时听我爷爷跟镇威讲江湖历史时听来的。那时镇威才十三四岁，可得我爷爷宠爱了。"

说到莫镇威，罗柔的两眼都亮起来了。蓝凤笑问："夫人，知县大人是不是打小就很聪明。"

罗柔给蓝凤讲个故事，道："有一天，我和爹爹坐在厅里说话，就见我爷爷满脸笑容地走了进来，像捡了个金元宝似的。我和爹爹都问，什么事这么高兴？爷爷却笑着让我们猜。后来爷爷说，他教镇威练完万人斩之后，给镇威一本藏刀刀法的书，镇威自己照着书练，不两天我爷爷去看，镇威已把藏刀刀法练得有模有样了。爷爷感慨说，他这才体会到古人揽天下英才而教之的愉快心情了。"

想到自己自小和莫镇威一起练武、一起读书、一起游玩的往事，罗柔满脸的幸福。精明的蓝总管，自然能猜出夫人此时的心事，也就静静地坐着。罗柔一愣神间回到现实，看看眼前的蓝总管，不好意思地笑道："想到过去的事，走神了。今天找你来，实为商量一件重要的事情。"一阵商议后，过热闹春节的细则就定了。

春节期间，莫家在县务上有个封印的时间，为期10多天，为的是在这段时间内，让百姓该唱歌唱歌，该喝酒喝酒，自由自在地过个节日。这也给不少的百姓创造了到县衙里参观原来只流传于莫家人手中的宝贝的机会。

如莫保为莫家开创一方新天地的青钢棍，凝聚了莫家智慧——"委屈与天命同在"的用青钢木雕刻的胸坠，韦御史上奏给皇帝称赞莫贤的奏章抄本，忻城百姓保荐莫敬诚的抄本，皇帝批复莫敬诚为忻城世袭知县的抄本，广西大臣上奏皇帝裁撤流官、独留莫敬诚完全执政忻城的抄本，韦天刚、蓝双玉、杨秀用过的瑶刀，颜色艳丽、既可用作斗笠又可用作武器的盾牌，蓝妮、韦小蛮用过的小蛮刀，刘隐山送给莫家的庆远地图，庆远府知府赞赏忻城的诗文，当然也还有莫保留下来的《力田箴》，莫凤的临终遗言，莫鲁留下来的《官箴》《分田例议》，莫继清答庆远府知府的诗文，等等。一件件，都是莫家的传家之宝；一件件，记录着莫家的足迹。

在忻城走过的莫家，其历史仿佛一条河流，这一串串足迹，一件件宝物就是一代一代的奋斗者散落在河流中带有自净功能的物质，有污染自动净化，从而营造了这个家族500年的历史。

过完春节，一切恢复正常。县衙开门，开始处理公务。

户房的石总番坐等莫镇云等几家前来交还田地，但这几家人仿若无事人一样，无动于衷。石总番禀报给罗柔，罗柔也像无事人般轻描淡写地说："你通知这几户人家，明天上午来县衙，看看祖宗定下的规矩。"

第二天上午，八九户人家的当家人陆续来到县衙的议事堂。

一张长条桌，阳面，罗柔坐中，蓝凤总管、石总番分坐两边。小香仍站在罗柔背后。阴面，莫镇云坐当中，紧挨着的是莫翔华，其他兄弟分坐两边。罗柔云淡风轻地说："今天找你们兄弟几个过来，是有关交割田地的事。这是祖宗成说，蓝总管一家，从先祖莫保公起，就与我们莫家休戚与共，这事先请蓝总管说说。"

蓝凤回溯道："莫家艰苦创业200多年，开始是莫、蓝、韦、杨四家为中心，后来扩展到忻城韦家和湖南刘家，六姓人以莫家为中心，不离不弃。有一个原因，是五姓人看到莫家有个好风气，先祖莫保的《力田箴》，告诫子孙要谨守本分。先祖莫凤为国战死，临去世还告诫后人要好好为国尽忠。先祖莫鲁公的《官箴》，条分缕析地告诉后人怎样做个好官，还有《分田例议》，是庆远地区所有土司中的创举。其实就我们别姓人来看，这是莫家人的情怀，这情怀就四个字，叫享受有度。如不这样，田地只分不收，人的增长无限，田地有限，官田分光分尽时，就要抢占百姓的田地，就把百姓逼成我们的敌人。忻城还能有我们的容身之地吗？我们之所以把《分田例议》总结为祖宗成法，实在是这里面包含了对子孙后代绝大爱护的大眼界、大情怀。"

罗柔心中赞许，总管总管，必须有总体的眼光。然后开言道："具体的事就由石总番布置吧。"

石总番接着说道："据莫鲁公留下来的祖宗成法，还有一代一代记载下来的资料，当年莫鲁公分给你们两支名下的田产，后来虽因人口增加又重新分配过，点点滴滴，历历在案，名有改变，田亩仍在，按祖宗成法，你们两支要将田亩交回了。"坐在对面的人谁也不吱声。石总番点名道："镇云里正先说吧。"

莫镇云推辞道："各位兄弟先说吧。"莫翔华望着莫镇云道："你是哥，你先说，给我们引引路。"

莫镇云说道："既然兄弟们让我先说，我就先抛个破砖头吧。靠着祖宗的庇荫，我们分到一点田地，也听别人说，先祖留下个《分田例议》，叫祖宗成法吧。说过了三代后将田地收回。听是听说了，但一直没见过。祖宗在写《分田例议》时怎么想的我们不知道，但我们想看看，祖宗留下的这份文件是怎么说。见到了，我们也就踏实地按祖宗成法办了。"

罗柔一副无可无不可的模样，道："好，好，既然莫镇云有这意思，要见到祖宗留下的这份文件，才按祖宗成法办，你们其他兄弟也是这意思吧？""是。"几个人一起回答。罗柔若无其事道："小香，把莫鲁公的《分田例议》取来。"快腿快手的小香一会儿就取了回来。罗柔吩咐道:"打开。"

小香将其慢慢展开,然后向右跨了半步,站在罗柔和石总番之间,好让这份文件显现给大家。莫镇云脸色骤然大变,别的人也是一脸的狐疑。

莫翔华脱口而出道:"这是假的。"话音没落,罗柔迅疾反问:"真的在哪?"莫翔华嗫嚅道:"在……在……"罗柔追问道:"真的在哪?"

莫翔华无奈道:"不知道。"罗柔紧紧逼问道:"真的在哪儿不知道,你又怎么知道这是假的?"紧紧追问下,莫翔华一脑门的汗珠。罗柔眼神一扫几人,质问道:"你们兄弟几个也认为这是假的吗?"几人你瞅我我瞅你,一会儿都瞅着莫镇云。罗柔直逼莫镇云:"他们哥几个都瞅着你,你认为这是假的吗?"

莫镇云神色瞬息万变,数秒钟后才镇静下来,道:"嫂子,不不,夫人,我从来没见过先祖莫鲁公的《分田例议》,不敢说是真是假。"

罗柔眼神凌厉如剑,直刺莫镇云道:"不敢说是真话,不知道真假则是假话。"

说话间,罗柔停了停,眼神扫过莫家几兄弟道:"先祖莫鲁公的《分田例议》的确有一分真的,一分假的,但假的被人偷走了。如何被偷走的,蓝总管跟大家说说。"蓝凤恭敬地回说:"是,夫人。今年春节封印期间,县衙给百姓创造了一个参观莫家传家宝的机会。展览的物品中就有莫鲁公的《分田例议》。这份文件因涉及县衙的田户管理,也涉及不少官族的田产管理,好人惦记,歹人也惦记。为了安全,就找人做了一幅仿制品放着展览。有天深夜,一个长得像猴一样的人偷偷摸摸偷走了这幅仿制品,又放了一幅假的在原处。然后把偷出去的仿制品送到了一个庄子。长着一张猴脸的人以为任务完成了,就离开庄子走了,没想到走到半道,让人逮住送回县衙了。夫人很是震惊,她没想到,官族里竟然

219

有人背着县衙与外人里外勾结，偷窃莫家的传家宝。你们都是官族子弟，知道与外人勾结的后果。"莫镇云脸上阴晴不定，内心的紧张已无所遁形。

罗柔看在眼里，决定再给他们增加点威慑力，说道："听了蓝总管的分析介绍，问题的严重性大大超乎了我的想象。我还听说，有的官族子弟与外人勾结时还说，武定祸乱。祸乱指什么，是我和镇威知县吗？有人要篡位夺权吗？"

这一来，一干官族子弟坐不住了。莫翔华赶紧澄清道："我没有与任何外人勾结过，我只是受人影响，对祖宗成法有所怀疑。现在我没有任何怀疑，我将向石总番尽快把我名下的田地交割完。"其他几人也纷纷表态，按祖宗成法办理。

莫镇云被孤立了。

手握胜算的罗柔以退为进，摆手道："今天到此，你们回去吧，好好想想，孰里孰外，孰大孰小。"

一群官族子弟耷拉着脑袋走了，小香要去关门。罗柔制止道："先别关，一会儿有人来。"小香不解道："小姐，谁会来？"罗柔低头不经意道："里正莫镇云。"小香更是不解道："莫里正已经走了。"罗柔扑哧笑道："一个人长双腿，不但能走出去，也能走回来。"

罗柔左右看看蓝凤总管和石总番："你们说对不？"石总番沉吟有顷："夫人算得准，两害相权取其轻。莫里正在权衡与外人勾结和不想交割官田的图谋中，洗清前者、承认后者，当然是聪明的选择。"

蓝凤总管眼往门外看去，期盼道："经过这一番角力，按祖宗成法管理官田，不会再起风波了。"话音刚落，莫镇云回来了。他到了罗柔面前，深深施了一礼："夫人，我来认错了。"小香用惊奇的眼神轮流在莫镇云、蓝凤总管和石总番身上扫来扫去，待看罗柔时，终于想明白了夫人话中的深意，于是眼神里更添了几分崇敬。

睦族匡王的家族使命

1577年四月，莫镇威带着殊荣回到忻城。1576年冬月开始的罗旁大战，至第二年三月结束。经过四个多月的进剿，朝廷官兵破罗旁山瑶变山寨564个，捕杀瑶变军16100余人，招降23151人。

第一次参战的莫镇威因功勋卓著被朝廷记了一等功，赏赐官服，并赐黄金20两，官衔从七品晋升至四品。数一数莫家的前辈，经历战阵无数，因战功为家族带来了无数的荣耀，但唯有莫镇威的战功带来的荣耀可独步莫家五百年历史。

忻城准备了盛大的迎接仪式，庆功宴更是必不可少。忙得脚不沾地的罗柔喜气洋洋，满心欢畅。莫镇威首先拜见70多岁的奶奶，覃氏夫人。和同生共死的部下推杯换盏更是成了几天来的常态。

罗柔自14岁与莫镇威一道离开那地，一起游历，16岁结婚生子，14年两人从未分离过，这次莫镇威远征，一分就是大半年，思念和挂牵常萦罗柔心中，除了要倾诉私情，还有许多公事有待禀报。莫镇威经历过沙场血战后，也有很多的见闻和感受要和罗柔诉说。

夫妻俩抽个空，带上12岁的儿子莫志明，还有丫鬟小香到彩江楼散步。

晨风轻轻，花香山岗。彩江碧绿，水波缱绻。俩人欣赏着彩江的美景，心里却沉浸在那地初次见面的美好回忆里。

莫镇威笑看妻子道:"每次来这,就会想到初次到你家时,你给我讲那地的龙泉沟,薄暮时分,一半是火红的残阳,一半是碧蓝的江水,还有白居易'半江瑟瑟半江红'的诗句。"

罗柔一副温柔的模样,回忆道:"你描述彩江的神奇和美丽,勾起我无限向往,就想有一天来此欣赏。"翻起往事,罗柔记起莫镇威练藏刀的模样,嘴角浮起无限的笑意。莫镇威和小香都看到了,同时发问:"柔儿,想到什么好笑的事啦?""小姐,什么事让你这么高兴?"

罗柔抚摸着儿子的小脑袋问:"志明,你知道妈妈在笑什么?"12岁的孩子正是好奇心最重的时节,连忙拉着妈妈的手道:"妈妈,你告诉我,你笑什么?"

罗柔温柔道:"妈妈想起你爹爹在你外祖父家练藏刀的模样,小屁股一撅,小腿一伸,袍里藏刀,袖底偷袭。"边说边模仿,把一个10岁孩子练藏刀的稚拙模仿得惟妙惟肖。孩子和小香边看边鼓掌,莫镇威也是一脸笑意。

莫志明歪着脑袋问道:"妈妈,我常听爷爷和太祖母说,爹爹的武功是外祖父教的。爹爹怎么跑那么远去学武功呢?"罗柔抬头看向远处,回忆道:"你爹爹本意不是去学武功的,是去看你外祖父。哎,你爹爹小的时候很不幸。很早就没有了母亲,10岁那年跟随你爷爷去那地看你外祖父,你外祖父看你爹爹聪明善良,是个可教、可造之才,才把自己一身的功夫教给了你爹爹。你要像爹爹一样,好好学本事,好好学做人。莫家的土司一定要能文能武。"

小香过来招呼莫志明:"少爷,那边的牛正生小牛犊,我带你去看。"

小志明转身跟小香跑了。

在俩人单处的时间内,莫镇威将罗旁之战的经过讲给罗柔,罗柔也将处理黄彩江的事讲给莫镇威。听完,莫镇威十分满意,赞道:"柔儿,你处理得很好,狼兵在前线,生死常常就在须臾之间,不能伤了他们的心。我马上让徐石头去看看黄彩江，一切看他们两人的意见。"

罗柔道："我也是这么想的。他们俩要不能在一起过了，我就想把黄彩江留在县衙里，以后让她学织壮锦，有个事做，也有生活来源。他们俩要还在一起过，如果怕回去面对乡亲尴尬，也留他们在县里，黄彩江照样织壮锦，带孩子。有征调时，徐石头跟你出去打仗，没征调时，徐石头回归仁种地。"

莫镇威道："夫人想得周到，我赞成。"罗柔道："从全县的角度讲，这是对狼兵及家属应有的照顾。从私心讲，狼兵归心，你带他们才能每战获胜。"

两人闲聊中，罗柔把怎样施计，怎样迫使莫镇云认错，并把田地交割归县的事一一道来。夫人老练的手段，思虑周详的做法，很让莫镇威佩服。

末了，罗柔说："怎样管理官族、里正、堡目还有像徐老鬼一样的村老，是县务大事。他们一手遮天，欺压百姓，我们常常看不到。我们为皇家尽责，部下却不对我们尽责。如果把皇家交给我们这方天地治理得民不聊生，土匪丛生，那是愧对皇家。"

莫镇威理解道："我在回来的路上，也在想这事。带兵作战，如臂使指，方能打敢战之仗，方能打敢胜之仗。管理县务，也要向这方面努力。我们先辈在这方面有些经验，我要好好琢磨琢磨。"

莫镇威在说这些话的时候，心里记起在罗旁时，明军将领在一起议论王阳明的心学时所说的四句话：

  无善无恶心之体，有善有恶意之动。
  知善知恶是良知，为善去恶是格物。

树立善恶观，既是对接班人的教育，也是对官族和各级官吏的教育。莫镇威后来将这些思索写成了《训荫官》一文，并发布开去，名上是给承袭者看的，实际是给官族和各级官吏看的。

莫镇威认为：慎乃修身，是为官根本。为官怎么修身，莫镇威有具体的说明：

> 汝其静听予，正为圣功。学古有获，勿荒于嬉。惟精于勤，射以正心。琴以清神，心周即情。

为官的要怎样待人，莫镇威从怎么对父母，怎么对伯叔昆弟，怎么对百姓三个方面加以细说。为官的在生活方面怎样要求自己，莫镇威举吃、穿、住三个方面详细论说。为官者要以感恩的心态对待自己的官位：我托斯宇，谁其予之？我食斯禄，谁其锡之？天王之恩，皇祖之力。为官者要具备什么样的工作态度：王事商鞅掌，勿让贤者劳。膂力正方刚，勿推老成人。官不可旷，位何可尸。车马驱驰，难补其疲。宵旰不惶，尚恐允越。

用今天的话来说，莫镇威的所作所为，是要通过教育激发各级管理者的内生动力。一代又一代的土司，正是这样做才保持了家族发展的活力。

再战八寨，领赏皇城

岁月荏苒，时节不居。

正当莫镇威和罗柔专注于县务改革和家族治理的时候，与忻城一河之隔的十寨，正酝酿着一场世纪末的大风暴。

上林、忻城两县之间，山高林密，地势险要，以壮族为主的少数民族多靠山而居，结寨称雄，方圆500里散落大小村落百余个。先有八寨之说，后来加上乔贤周围的龙哈和咘咳，始有十寨之称。

十寨包括周安、古卯、思吉、古钵、罗墨、古蓬、都者、剥丁、龙哈、咘咳。

1314年成为动乱武装巢穴渊薮以来，200多年间，十寨叛服无常，剿抚难平。

莫镇威1575年掌忻城县政以来，匪乱气焰大炽。

1576年，八寨武装首领蓝万德，流劫广西，杀害广西布政使，还夺其大印并带回巢穴炫耀。1578年，朝廷派驻八寨各地官吏被土匪赶走，所辖田土被夺占。

万历七年（1579年），十寨复乱，督臣刘尧诲、抚臣张任请旨征剿。总兵王尚文调土汉兵10万，分为四部，约定时间，同时进剿。

官军兵力数倍于八寨动乱武装。从容布置，四面围剿。此时已是1579年冬季。

到约定时间，四路大军分头并进。思恩参将李应祥率领2万人马从三里攻击前进。浔梧参将张邦率领二万人马从上林向咘咳冲杀而去。

夷江参将于嵩率领人马从夷江围剿而来。守备童元镇率军从忻城经罗墨渡直捣八寨。莫镇威和岳父罗忠辅同时接受军令，两人联合攻击龙哈寨，与参军李应祥部协同作战。

龙哈寨山峦丛聚，腹地纵深，与其西边的咘咳相接，两地面积达数百平方公里，占十寨总面积的45%。

李应祥是当时的一员名将。他负责主要攻击方向。龙哈寨是八寨的大门，攻下龙哈寨，等于踹开了八寨的大门，但攻击并不顺利。李应祥带兵从三里出发，沿途不断遭遇小股动乱武装的骚扰。到高祥庄西南方的石米山脚下，即遭盘踞金鸡营动乱武装的邀击。

龙哈寨腹地广阔，纵深回旋，巢穴众多。金鸡营是面向三里的第一个动乱武装的巢穴，其首领樊公宾对朝廷的进剿十分重视。得知李应祥到来，立即赶到金鸡营率众阻击，阻击顽强激烈。李应祥所率的数千明军难以前进一步，双方胶着。时间一长，明军粮草消耗将尽，士气受到严重影响。动乱武装探知此信息，商议由首领樊公宾即刻赶回龙哈寨，率领援兵回来，意图击退李应祥一路，使原来建立的优势更为巩固。

关键时刻，莫镇威借着先祖的地图，已从小路赶到了战场，并与岳父罗忠辅在李应祥大本营会合。李应祥见到二人，刚才还阴沉的脸突然放晴了。李应祥欣喜道："二位来得正是时候。"

客套话刚撂下，李应祥马上介绍当下的战势，并分析说："眼下战势胶着，粮草消耗殆尽，局势于我不利。老奸巨猾的樊公宾看清了这一点，给咱们摆了一道。回去搬兵，明早回来击退我军。二位到来，局势马上改观，主动权又回到了我们这边。可怎么将死樊公宾，还得想个好道。罗知州，莫知县，你们有何高见？"

莫镇威看看罗忠辅："爹爹先说。"罗忠辅直来直去道："你要有道就先说。"

莫镇威也不客气道："好，李参将、爹爹，我先说点看法。今晚回去，我和爹爹就分头堵住龙哈寨东西两大寨门，明早即开始攻寨，将樊公宾和他的增援人马堵死在龙哈寨。再抽部分人马出来，给参将大营送粮草过来，解眼下的缺粮之急。"

李应祥乐呵呵道："莫知县这一道摆得好。樊公宾来不了金鸡营，也带不回援兵，金鸡营动乱武装的战力就大打折扣。如果我军的士气提升起来，我就能把金鸡营这股喽啰送回老家去。"

罗忠辅补充道："参将，我们的军粮半夜三更送过来，你的士兵也不知道，不如就在军粮上做点文章，让士兵以为是神灵帮助，必定士气大振，军威大盛。"

话说到此，只见一老鼠从一个漏斗形出口的石缝跑出来。李应祥部下都指挥何清一见，心生一计，说道："我们在这地方叫石米山，山中有漏斗石缝，将莫知县和罗知州送来的军粮放到漏斗石缝中，以红布盖上，在清晨天将亮之际，参将集合部将于石米山下，自言夜里得仙人托梦，天军已将军粮托仙家运到石米山上，军中粮食充足，只要大伙努力作战，仙家可助我军一举歼灭叛乱的土匪。说罢掀开绸布，拿掉堵石缝口的小石块，漏斗形出口中自然流下了涓涓的米粒，士兵看是清香的白米，必然以为有仙家支持，军中必定振奋，饱食一餐后，剿匪杀敌，必获全胜。"

李应祥认为此计很好，众人大赞。方略已妥，莫镇威和罗忠辅即带亲兵告别李应祥赶回军中。路上，两人商定了攻击的时间和战术上的配合方法后各自回营。

莫镇威回到营地，弟弟莫镇武和一干领队正候着。莫镇威简略地将与罗忠辅及参将李应祥会面和定下的方略介绍完，即命负责伙房的胡大驾车带人给官军大营送一车军粮，并命杨豹带潜伏战队护送，天亮前回营。随即布置凌晨寅卯之交的攻击。

莫镇威布置道:"攻破寨门的任务交给火炮战队。"

经罗旁一战,莫镇威认识到火铳在战场上的优势,找到广西总兵李锡,领了10只火铳。在几个月的搜山剿匪中,又见识广东官军携带的佛郎机,见猎心喜,千方百计搜罗到一门轻型佛郎机。回来即组织了一支火炮战队,10只火铳10个人,5人射击,5人装填。佛郎机7人,发射手两人,装填手5人。平地车载,山林险道拆卸肩抗。火炮队队长蒙化,蒙化的老祖就是用两把锉刀当武器跑上擂台找蓝强比武的蒙豹。为保护火炮队,莫镇威抽调10个短刀战队队员和两组狼兵战队随行保护,并指定队长为刘雄。

蒙化听知县点到自己,马上站了起来。

莫镇威指示道:"蒙队长,这是忻城火炮战队成立的第一仗,也是我们拥有佛郎机大炮以来的第一仗,你们打头阵,就是要借大炮的威力,轰开龙哈寨的大门,震慑动乱武装。轰开龙哈寨的大门后,佛郎机所属人炮马上随莫镇武赶去我岳父罗忠辅处,帮他们用大炮轰开大门。"

莫镇武和蒙化回答后,莫镇威继续命令道:"大门打开,樊公宾会给我们准备一个反冲锋,蒙化指挥你的火铳手在距敌100米开外实施射击,阻住土匪的冲锋波。此刻,潜伏战队、瑶刀战队、短刀战队、狼兵战队发起冲锋,有进无退。"

众人回答:"得令。"

寅卯之交,东方欲晓。莫镇威带来的忻城军布阵于龙哈寨后寨门百步之外。

佛郎机一阵惊天动地的轰响,龙哈寨后寨大门轰然洞开。10名火铳手在10名短刀战队队员和两组狼兵战队的配合下逼近寨门。寨墙上有露头的喽啰即被短刀战队队员的弓弩射倒。

将近寨门,就听一阵喊声传来。喊声中,黑压压的喽啰举着各种武器向寨门冲杀过来。蒙化高喊:"火铳手准备,短刀队员和狼兵战队两翼掩护。"

众喽啰逼近百步时,火铳的排枪响起。第一排枪射击完毕,身后的装填手迅即递过装弹完毕的火铳。四阵排枪响过,喽啰躺下了数十人,但冲锋的脚步仍未停止。要走未走的莫镇武对莫镇威说:"让大炮轰他一炮我再率人运走吧。"

莫镇威看看依然架好并已装填完毕的佛郎机命令道:"火铳手和掩护队员撤向两边,给大炮让出位置。"佛郎机推向前,射手稍作瞄准,即开始发射。

轰响声中,火炮从众喽啰中洞穿爆炸,数十具尸体腾空飞起,数十名受伤的喽啰发出阵阵号叫。被火器强大的打击力震蒙的喽啰停止了冲锋,一脸惶恐地停止了攻势。

短刀战队口衔短刀,手执弓弩冲锋了。行进中,箭雨如注射向喽啰。快逼近时,短刀战队突向两翼散开,狼兵战队跟进。100组狼兵战队展开队形,攻击前进。这是强大的绞肉机,周围的喽啰不一会儿就被吞噬殆尽。

潜伏战队、瑶刀战队则在两翼有序地攻击前进。莫镇威带着数名亲兵和火炮战队组成指挥部随后跟进。且说莫镇武带着大炮赶到罗忠辅大营时,罗忠辅正组织冲锋进攻寨门,攻了两次仍未攻下。

莫镇武边跑边叫:"老亲爹,我大哥让我来协助您。您停下冲锋,我用大炮助您攻破寨门。"罗忠辅叫停了冲锋,给莫镇武让出了地方。

莫镇武边指挥架设佛郎机,边向罗忠辅汇报道:"我大哥就用这尊大炮轰开了后大门,现在已杀进寨里了。"佛郎机架好,发射手瞄准,随着莫镇武的一声命令,轰响声中,大门倒塌。

罗忠辅一声令下:"杀进寨去。"人流滚滚,卷地而去。

刚抵达寨门,喽啰的一波反冲锋在喊声中攻向寨门。莫镇武对身旁的罗忠辅说："老亲爹，您让您的战队向两翼散开，我再轰他一炮。"一声炮响，喽啰的冲锋群像被割麦子一样被割倒了一大片。见识了佛郎机巨大战力的罗忠辅，笑呵呵对莫镇武说："我这个姑爷真是奇才。"罗忠辅攻陷西门，由西向东攻去。莫镇威攻陷东门，由东向西攻来。众喽啰拼死顽抗，但狼兵的强大战力，任喽啰如何顽抗都难挽颓势。

狼兵战队在韦东和牧英的指挥下，碾压任何抵抗力量，滚滚向西。遇有喽啰中武功高强者，企图挑战狼兵的战术威力时，韦东即腾身向前，挥动瑶刀将其斩于阵前。

蓝虎、杨豹、刘雄等人带着各自的战队扫荡向前，但眼睛也是专瞄着喽啰中有武功者，见则斩之。一般的喽啰留给战队队员收拾。不到一个时辰，众喽啰被杀者已过半，余下者心已胆寒。

龙哈寨的首领樊公宾，正做着带兵增援金鸡营，从而击破明军的美梦。美梦被炮声惊醒，得知攻破寨门的人是忻城莫镇威，恨意大炽，提口大刀在寨内横冲直闯，大叫道："莫镇威，你这个王八蛋，坏了我的好事，我要杀了你。"

莫镇威执刀向前，口中叱喝道："樊公宾，死到临头，尚无悔意，纳命来。"

樊公宾挥刀迎头砍来，莫镇威万人斩唰地横撩而上。樊公宾大刀几乎脱手，斜趔着退了几大步。

此时，李应祥平定了金鸡营，率队赶到龙哈寨，早就闻听莫镇威刀法了得，罗旁一战，被称为刀王的龙旺临死将自己的瑶刀送给莫镇威，实是承认莫镇威才是真正的刀王。今天见莫镇威刀战樊公宾，也赶上前来，欲见识见识莫镇威的刀法。

樊公宾稳住脚步，以不可思议的眼光打量着莫镇威。十寨之中，樊公宾以大刀威震众喽啰，所到之处无不恭敬，无不奉承。今天第一刀被莫镇威打得丢人现眼，遂收起狂傲之心，谨慎出刀。

莫镇威经历罗旁5个多月的战事，与成百上千的喽啰过招，多番品评，仍以簪花顶龙旺的刀法为上。龙旺虽然造反，但行事颇有君子之风，莫镇威对之心存尊敬。樊公宾的行事，过去多有龌龊传闻入耳，今日一照面，更增其嫌恶之心。施之于刀，少了怜惜之心，多了斩绝伐断之意。

再次交手，樊公宾多了个起手式，莫镇威则岿然不动。樊公宾挽了几个刀花，拦腰横斩，莫镇威刀背一磕，樊公宾噌噌噌又斜退几步。站稳桩后，樊公宾以刀当枪，直刺而来。莫镇威一个错步，5尺长的万人斩直刺樊公宾手腕。后发先到，一寸长一寸强。樊公宾赶忙撤刀后退。喘喘气，樊公宾舞动大刀着地卷来。莫镇威摧动万人斩，啪地拍在樊公宾的刀把，一脚踏住刀叶，万人斩倏地击其虎口。樊公宾大刀落地，噌噌噌地后退。莫镇威看樊公宾不知进退，立身问道："樊公宾，你所使的刀法是壮刀刀法，你知道我使用的是什么刀法吗？"樊公宾茫然道："不知道，也没见过。"莫镇威凛然道："今天就让你见识见识。"

说完，倏地展开万人斩，使开刀法劈、扎、撩、绞、格、拦、推、架等。然后是第一招云横秦岭九式，第二招朔边巡夜九式。

然后倏地一个收式，森然问樊公宾道："看出是什么刀法了吗？"

樊公宾："没看出来。"莫镇威不屑道："这是万人斩刀法，知道万人斩刀法源自哪呢？"樊公宾道："听说源自那地土官家族。"莫镇威正色道："正是。我外公、我岳父的万人斩刀法庆远无人不知，无人不晓。罗旁的龙旺号称瑶刀刀王，也是败在万人斩之下。樊公宾，你还不投降吗？"樊公宾心有不甘道："大言不惭，唬不住我。你不就靠着万人斩刀长刺远的优势吗？我换个短的跟你试试。"说完，樊公宾从腿部抽出一柄短刀，穷凶极恶地奔莫镇威而去。待樊公宾近身，莫镇威用万人斩啪地击掉樊公宾的短刀，袖底藏刀直刺其胸，近身一靠，樊公宾被摔出数丈，瘫在地上。首领一死，众喽啰纷纷投降。

八寨一战，莫镇威功劳卓著，喜获进京领赏的殊荣。于当年五月十三日进京，向万历帝行五拜三叩大礼，接受颁发的奖礼。皇城领赏，忻城莫家荣耀无双。

万历九年（1581年），忻城县边界同其、功德（今马泗）、窑灰（今欧洞）、凉阴等地的韦王朋、韦王长、李公坛、蒙公占等聚众叛乱，莫镇威奉两广制置使刘尧诲、右都御使郭应聘之调，听广西总兵王尚文、参将李应祥节制，与下雷峒土官许宗荫率狼兵往剿，征剿两年，破阵摧寨，生擒各匪首。朝廷嘉其勋绩，除赐金帛等奖励外，还将同其、功德、窑灰、凉阴等地划归莫氏领地，归其管辖。

第六章 胸怀千秋

说土官的千秋大业，潜意识出现的就是家世千秋、百代长传。

莫镇威的千秋大业则是刻在忻城山川上的，百代之下，仍惠泽后人。这好像与土官的情怀风马牛不相及，实则不然，历史已有明晰的结论，只是我们扭曲了正确的认知。

穿越时空的建筑经典

1582年，大明王朝的不幸之年。这年六月初一，出现日食。初四以后，彗星在天空出现，苍白的光芒，像一匹白练，由西北直指五车星。

大明王朝的台柱子张居正梦见皇帝派自己去祭祀女神，不想，六月二十日，张居正就舍下他的皇帝，舍下他的亲人，魂归西天。

远隔皇城数千里之外的忻城，1582年同样也是个不幸之年。夏初，彩江通河血赤。有人说，这是矗立于彩江河两岸的两棵巨树，盘结在河底的根被人砍断，流出来的血染红了彩江。同时，一股谣言甚嚣尘上：莫家的风水被破坏了，莫家要触霉头了。种种迹象表明有人在暗中针对莫家。

总管蓝凤进行暗访，无迹可寻。莫镇威制止了蓝凤的暗访，莫镇威说："天命不可测。"

莫镇威回家与罗柔说知此事，罗柔想了想说："我也不同意暗访。古人有句话，君子之泽，五世而斩。莫家在忻城已经九代人了，早已超越了古人的命运法则。况且，按照先祖传下来的天命诗，莫家的天命运长500年，没有大恶大奸的败德之辈，天命是不会改变的。"

莫镇威在县衙办公时将夫人一席话说与总管蓝凤，蓝凤赞成道："夫人说得对，敬畏天命，做好人事。但我们且把彩江通河赤红的自然现象看作上苍的警醒，要我们改变什么或适应什么。"

莫镇威看看蓝凤，又四下看看土屋茅舍的县衙，说道："循天道而变，即是命运。先祖鲁公逐马而迁，依凭的是天道，住了数代人，天道又将循环，我们当另寻居所。蓝总管，风水你有家学渊源，你就重操旧业，为县衙另寻新址。"

蓝凤刚想回话，就被快步走进来的护卫长杨武打断了："知县，马找到了。"县衙的马平常都由马夫放到三堆一带吃草。三堆离范团有几里路，也在彩江边。地势低洼，水草丰茂，多年来，这里成了县衙的放马场。近日连续几天，马夫到傍晚去收马时，嘿，马不见了。马夫到处找，最后在十多里地外的翠屏山下找到。

偶尔一天也就罢了，连续几天都是这样。马夫觉得奇怪，把这事当稀奇事反映给了杨武。莫镇威和蓝凤听了，嘴里同声说道："潜于板，逐马迁。"同口而出，自然是莫家的天命秘诀。莫镇威带上蓝凤、杨武策马奔向翠屏山。

翠屏山映入眼帘，万丈苍崖，白云流逝；千寻危峰，朱霞摇曳。千屏万嶂，森森然然；千树万枝，陆陆离离。实为一方之雄镇，万代之边陲。

几人满心欢喜，奔驰到北面山麓，大片平坦开阔之地，风吹草低。县衙的马正在吃草。一匹红褐色马的背上，落着两只翠鸟。

蓝凤口中喃喃道："马背落翠鸟，阳宅风水好！"下得马来，蓝凤抬眼望去，平地之背的山峦处，有三个小山峰，宛似交椅的靠背。蓝凤喜道："建屋于此，如人坐官椅，好地。"

随后，三人弃马登山。山顶一水池，清澈见底，两尾锦鲤悠闲地游戏其中。蓝凤道："这叫锦鲤登天处，也叫鱼化龙池。锦鲤登天待有时，鱼化龙时一飞冲天。"

蓝凤拿出罗盘，经一番勘测说道："下面的阳地正处于太极晕位上，建房时，注意中堂的位置，必须坐落在该区域的主太极晕位上。朝向与传统的坐北朝南相背，是坐南朝北，但风水也是绝佳位置了。"

莫镇威笑道："好，新的县衙就建于此。蓝总管全权负责，先拿出方案，一个是设计方案，一个是物料方案，一个是用工方案。在设计上，一定要超脱范团的形式，可参考我们在北京见到的庭院形式。既是办公场所，又是家庭生活的地方；既有衙署的庄严，又有生活的趣味。最主要的还有两点，大格局上要体现中原风格，细节上要表现本地的特色。"

约在1584年，忻城土司衙署建成了，当时的模样没有留下来，但是围绕土司衙署的劫难却是一波又一波。1605年，莫氏土司家族内讧，土司衙署遭遇毁城焚署的劫难。1615年，土官莫恩达组织力量进行了部分维修。清顺治九年（1652年）十二月，莫氏土司家族再次内讧。土官莫猛继子宗启、宗昌俱遭杀害。土司衙署再遭毁损之难。康熙二十一年（1682年），土官莫宗诏全面维修了土司衙署。康熙五十年（1711年），土官莫元相重修土司衙署。光绪二十八年（1902年），会党覃火生率部攻入忻城，烧毁土司衙署三堂和东花厅等处。民国十六年（1927年），土司衙署重新修葺。1963年，广西壮族自治区人民政府将土司衙署定为省级重点文物保护单位，拨专款6万元维修。1981年至1986年，政府拨款14万元进行维修。1987年至1991年，政府相继拨款30余万元进行维修。1996年，土司衙署被列为全国重点文物保护单位，国家文物局拨款60万元，全面维修，并重建跨街辕门、三界庙大殿等建筑物，整座土司衙署建筑群基本恢复原貌。当后世的人们以审视的目光打量着这座来自明代的建筑时，都备感震撼，这不就是穿越时空的建筑经典吗？土司建筑群背靠翠屏山而建，尽得自然山水的精华。

为配合这种地形山川之美，土司建筑的色彩在避开帝王宫廷建筑常用的金黄颜色外，很巧妙地使用以赤红色为主调，辅以绿、黑、白的颜色。在大门、柱子、屋架、檩条、椽皮、花窗甚至床架、茶几、桌凳都使用赤红色，与苍翠的山色、明朗的青空融合成一个和谐的整体。土司衙署主体建筑由照壁、大门、牢房、兵舍、正堂（头堂）、长廊（亦称花廊）、东花厅、西花厅、二堂、东厢房、西厢房、三堂、后苑（闺房）等组成，建筑面积3100平方米。进深为院落，格局为宫廷，并将家居庭院组合其间，配合园林的要素，体现了家国一体的文化情怀。土司衙署建筑皆为砖木结构，穿斗构架，硬山翘角，雕梁画栋，朱漆柱梁，一派中原古典宫廷建筑的风格。观其色彩和装饰，前窗皆镂空花窗，花鸟图案，形象逼真，栩栩如生，这花窗的图案都是仿忻城壮锦图案制作的，又是一派地方特色。面对这一座穿越时空而来的建筑经典，遥想当年的建筑者莫镇威，其文化情怀，我们当赞叹不已。

重塑忻城地理格局

康熙末年，土知县莫元相陪着庆远府负责文教的陈元迪来忻城观光，还越过忻城县有名的斗二关隘去观游外堡。古人传言，斗二关隘需吃一斗二的米饭才能爬过。其陡峭险峻由此可见一斑。

当然，来此游历，莫元相还有一个私心，展现先祖艰苦创业的精神。

由县治到思练，原来只有一条崎岖的小道。

莫镇威为改变县治到思练的艰难交通，组织土民重新整修。开山凿石，填沟壑、铺石路，特别在修筑斗二关隘路段时，于无路处筑路，几乎都是一锤一錾凿出来的，特别艰难，历时数年方得完成。过去单人行走都很艰难的羊肠小道变成可以骑马、可以坐轿而行的坦途。

莫元相矗立于关隘之巅，回望忻城，平畴交错，青葱满眼，对于先祖重塑忻城地理大格局的非凡气势，无限自豪。有感于此，游历回来提笔一挥而就，留下来一首气势雄浑的《过斗二隘》诗：

  峭壁层峦奇且怪，相传此处斗二隘。
  回环百里势凌空，重叠千山多窒碍。
  霭霭浮云逼面生，青青林木张华盖。
  四时天气暗晴阴，万壑烟光迷远黛。
  鸟道羊肠去路艰，攀藤附葛行人惫。

我来勒马驻高峰，剑气光芒侵上界。
虎啸风生两腋间，鸟啼花落春常在。
何须别地觅天台，葺翠如斯聊可爱。
仰探碧落抹残霞，俯视群山皆下拜。
牧童不识问何来，笑而不答过山寨。

莫镇威重塑忻城地理大格局源于朝廷的军事大局。

1579年至1580年对十寨的剿匪取得完胜后，广西的地方大员在反思十寨的叛乱为何时剿时起，为何延续数百年之久。一个重要原因：交通阻隔，迟滞了军事行动。匪患初起，不能消灭于萌芽。匪患大炽，祸患周边，一经打击，就窝回匪巢，得以休整坐大。

忻城在庆远府区域内，位置独特，具有重要的军事价值。以宜州为中心的庆远府，在很长的时间内，都是中原王朝对外管控的军政管控州。元朝之前，广西曾分宜州、容州、邕州三路。宜州一路统领融州、柳州、象州，管下数十个羁縻州，这是一条对外的边境线。未入版图的大理国、西南蕃想进入中原进贡，必须经过宜州官府批准同意，发放关文。

元明清的庆远路（庆远南丹溪洞等处军民安抚司、庆远府）一直作为地区统辖行政中心，它的地理位置及军事地位至关重要，这是600多年历史的选择。

由此形成的以宜州为中心的古驿道，成为联系其他府州的主要官道，并兼及其他州县、长官司、巡检司（含流土）、寨堡塘铺、土舍（土寨）的支线，它们的主要作用当然是作为重要军事设施而存在的，是转输军队、军用粮草物资、军令军情的通道，还是民间商贸、旅游、邮递等的交通要道。

庆远府的南边官道为：宾州上林县（清三浪塘）—忻城（明罗木

堡）—永定土司（石别堡/石别塘）—草塘堡—香山观（香山寺）—庆远府城，是自宾州到达宜州乃至融州的重要驿路。十寨之战后，修通宾州经三里至忻城的道路，成为广西府城的战略选项。忻城土县自然责无旁贷。

两广总督刘尧诲和广西巡抚张任，在十寨东部设琴水、路东和龙哈等六营，在西部设咘咳、良举等营，北部设罗墨、高阳等堡，相成掎角联合，忻城需要配合修通从范团至红水河的道路。

莫镇威组织土民，先修通了从县治范团向北，经高阳、大塘、喇营、烽火等地抵达庆远府城、忻城境内的30里长的乡道。从县治范团向南，山地道路崎岖难行，莫镇威带领土民，克难攻坚，修通从范团抵达罗墨渡的35里山路，经上林并通宾州。以忻城为节点，向北，经宜州、融州、抵达桂林；向南，经宾州抵达南宁的一条战略大通道得以贯通。

在为朝廷修路中，莫镇威受到启发，朝廷要贯通战略要地的大动脉，忻城本就交通梗阻，有的峒寨与外界素少来往，何不"使羊肠之道尽变康庄"呢？于是，一场前无古人的修路大战出现在忻城。

思练素来是忻城重镇，但也是路途最困阻之地。莫镇威带领土民在石壁上开路，修通6个山隘，70里长的路段至少修了5年才完工。最后又集中人力攻克斗二隘，历经3年才将2里之长的斗二隘修通。

从忻城经三冲、隆光、龙田、索定直达迁江县（今来宾市迁江镇）白露村的忻白古道，全长80里，莫镇威带领土民修通此道后，打开了滴水、古万等峒长期与世隔绝的险阻，昔日的阻隔变成了今日的大通道。

修通了县城到达同其堡的山间古道。以思练为中心，往东北方向，修通经三寨、石牛，到达马平县（今柳州市）高村的乡道；往东方向，修通了经中峒、思里，到达马平县之力牌峒的乡道；往东南方向，修通经桃园，到达迁江县之七峒的乡道。

逢山开路、遇水架桥是交通建设上一体两面的事，莫景隆于乾隆九年（1744年）纂修的《莫氏宗谱》记载，莫镇威带领施工人员，先后在大小多条河流上建造大小桥梁100多座。如今虽然没有资料记载莫镇威在忻城道路的建设上投注了多少年的时间，但是可以想见，这样巨大的工程必然是旷日持久的。

工具原始、技术落后的当时，修筑2里的斗二隘花了3年时间。70里的忻城至思练的古道，80里的忻城到迁江白露村的古道，80里的忻城到同其堡的山间古道，以20里计的以思练为中心的3条短程乡道，再加其他短程路段，总计将近300里的古道，全凭着一镐一钎，一凿一錾加以修筑。由是，忻城道路建设的用时当在20余年。莫镇威用自己的后半生完成的这项庞大工程，如果没有远大的人生追求，没有要让忻城变得富饶美丽的远大理想，是不可能20年如一日坚持下去的。

站在斗二隘之巅，环顾忻城周遭，万历年间200平方公里的忻城山川之间，300多里的古道萦绕在崇山峻岭之中，蜿蜒在沟壑深涧之上。大小河川，一百多座桥梁连接着南来北往的乡道行程，僻远的拉近了，阻断的畅通了。自有人类以来，天天打着照面，天天依偎一起的大自然，被重新塑造了。人类的伟力重建了忻城地理格局。

今天再大的事，到了明天就是小事。

今年再大的事，到了明年就是故事。

今生再大的事，到了来生就是传说。

莫镇威铭刻在忻城地理上的伟绩丰功，不会变成小事，不会变成故事，不会变成传说，只会如斗二关隘矗立山巅，供人们遥望，仰望。

农亭遗爱

思练，是忻城很特别的地方。莫家有不少的墓葬在思练，但远近闻名的是思练莫家的"六一亭"墓葬。其中的一副墓联，被称为莫家名联：

六房虽系六支，彻底算来，远近依然同个祖；
一族即如一树，从根观去，亲疏都是自家人。

忻城莫家出了不少的仕林人士，但要说名气，思练的莫震和莫云卿可说是名震庆远府。莫震是叔叔，莫云卿是侄儿，两人都是举人，两人都是满腹才情，都有诗文传世。莫云卿的诗成就了如今的思练八景。其中一首叫《农亭遗树》：

风暖云亭劝力农，偶来树下仰高踪。
桑田税驾星初落，麦垄停旌露正浓。
自昔苍生歌五绔，于今世泽享千钟。
甘棠遗爱空陈迹，凭吊荒烟对古松。

诗中，一位官员在拂晓麦垄里露水正浓时来到田间，询问耕种情况，督促要按时治理农事。这位官员正是曾任忻城知县的莫镇威。

1582年，莫镇威在36岁的时候，因父亲莫应朝去世，按明朝的惯例丁忧，1583年让儿子莫志明承袭了土知县的职位。卸下了知县的重担，莫镇威又担起了更为沉重的担子。

莫镇威以游历过北京、游历过大江南北等多地的广阔视野，以一种超越了壮民族以及庆远地区的文化心胸，规划着忻城未来的发展之路。成功建设忻城土官衙署，是莫镇威发展忻城的第一个思路。

"复开崎岖之路，使羊肠之道尽变康庄"是莫镇威发展忻城的第二个思路。1600年之前，重塑忻城地理大格局的宏图初步实现，莫镇威又开始了第三个思路发展农业生产。

第一步，莫镇威在忻城思练下街今吴家门前菜园处，一株浓荫覆盖的苍松旁，建造了"劝农停车所"。翻翻历史，要在县级行政找一个专门管理农业的机构，忻城的"劝农停车所"应是开先河。有人说，莫镇威此举是施先王之道。古代君王有"躬稼之举"，《论语·宪问》中说："禹、稷躬稼，而有天下。"农耕是中国的立国之本，历朝历代无不重视农业。

莫镇威是不是施先王之道，我们难以猜测。但莫家最有种粮的经验，则有史为证。先祖莫保本就是管屯田的千户，屯田就是把农民种田变成军队种田的变称，管种粮的官岂能不明白种粮的事。莫保罢官后，到忻城，直接带着家人和亲随一起种粮，怎么把地种好，成了莫家的看家之本。

莫镇威设置"劝农停车所"，出发点还是推广莫家经验，把地种好，让粮食丰收。种好地要不违农时，不违天时，不违地利，这是莫家的经验，莫镇威按此经验督促耕种，无形中也把经验传给了农民。种好地要善于利用水利，更是莫家的经验。

莫镇威设置"劝农停车所"后，忻城的水利设施得到了空前的发展。对此，乾隆版和道光版的《庆远府志》均有记载。

板罗小河，因水利设施的修建，得以灌溉板罗、得厄、北河、板海等3000余顷田；大杨塄，灌溉都治、坡旺等处4000余亩。动辄灌溉数千亩的水利工程，都是莫镇威组织众多劳力修建的。成功的示范，逐渐影响到一村一寨或一家一户的引水灌溉。或是沿河修建大小水坝，或是建水槽、架水筒车车水灌田，或是用大竹相接做水槽，引导山泉水以资灌溉。

依凭其技术或所修建的水利设施，至今仍施惠于后人。穿越时空的土司衙署，至今仍印迹于山川间的道路，以及仍施惠于后人的水利建设，成了莫镇威的千秋大业，彪炳忻城。

莫镇威一生中建立了无数的功绩，青壮年时，非常出色地履行了为朝廷征战的责任；盛年时，则为发展忻城的千秋大业拼搏不止。

1587年，年仅39岁的夫人罗柔撒手人寰，既是青梅竹马的恋人又是知己和帮手的妻子，竟然舍己而去，莫镇威痛彻心扉。1595年，给莫家带来教育之风，并把文化的重要性灌注在莫镇威心灵的奶奶覃夫人驾鹤西去。留下一生功业的莫镇威，也在1610年去世，终年64岁。生时荣耀，死亦哀荣。去世后，获万历皇帝赐谕祭。惜哉，所刻石碑，毁于兵燹。

第七章 血溅土司府

盛极而衰，千年古理。

盛也因人，衰也因人，也是千年古理。

忻城莫家自1370年来到忻城，形成谨守本分、享受有度、睦族匡王的家风和政风。前推后拥，因而才有了万历前期的极盛时代。十代人的不懈努力，又有一个杰出人物莫镇威的杰出贡献，才造就了一个极盛时代的到来。

万历三十三年（1605年），莫家由极盛时代突然急转直下，血系世袭几乎在此断绝。

父亲莫志明患上了莫名其妙的眼疾，因而卸职于嫡长子。孱弱的嫡长子袭职不久患天花去世。四六不懂的任性小少爷袭职，用任性之手开启了忻城莫家百年劫难。

万劫临门，是因这只任性之手。但详细推敲，此只任性之手的主人，也是被诸种因素合力推上了招祸入门的位置，成了牵动诸恶的罪人。

灭门之祸

1605年九月二十五日，风静烟轻。忻城衙署一片安宁。骤然间，数百人手拿各种武器强闯衙署，直奔知县的官桌而去。正办公的知县被杀。人流又奔向知县卧室，知县幼小的儿子也被杀。一干人众转而寻找知县夫人，遍寻不见，愤怒的人群一把火烧了官衙。一场灭门惨祸，对象是16岁的小知县莫恩辉、夫人麦氏和儿子莫昂。是什么深仇大恨，要把一家人灭门。说出来让人匪夷所思。杀害莫恩辉一家的罪魁祸首竟然是莫恩辉叔父莫志仁的儿子莫付稳、莫付定、莫付连、莫付才，还有莫恩辉同父异母的大哥莫恩耀的儿子莫贵。自家骨肉，有什么事不可以商量，竟要置之死地而后快呢？只因为莫付稳兄弟四人的父亲莫志仁被莫恩辉所杀。莫贵的父亲莫恩耀也被莫恩辉所杀。被莫恩辉所杀之人，前者是莫恩辉的叔父，后者是莫恩辉的同父异母的兄弟。莫恩辉的父亲是莫志明。莫志明的父母亲是鼎鼎大名的莫镇威和罗柔。莫镇威因1582年父亲莫应朝去世而丁忧，因而让儿子袭替。时间是1583年正月初二，袭职的莫志明才不到19岁。莫志明袭替后，连年征战沙场，表现优异。万历十四年（1586年），莫志明应调率兵随征东兰、武缘作乱"诸蛮"，战后论功，获上赏。万历二十六年（1598年），恭城、平乐两地民变，攻劫郡邑，莫志明奉檄率兵协剿，擒其首领斩之。特别是万历三十二年（1604年）调征思明府北禁诸巢这一战，莫志明率领狼兵战队，被任命为破阵先锋。为什么会任命莫志明为破阵先锋？土匪知道官军不善于山地战，遂选择崇山围绕、峭拔干霄、崎岖险峻之地，与官军周旋。官军将领一看，嘿，小毛贼以为我好欺负呢。要打山地战，我这儿有你的祖师爷呢。忻城莫家狼兵战队中的短刀战队、潜伏战队，是专门的山地战队，名声在外。因此专委莫志明为破阵先锋。

为打好率先破阵这一仗，莫志明战前动员土兵，激励道："此战，我莫家战队被委任为破敌先锋，是我狼兵战队的荣耀。我与莫家狼兵战队，关系犹如父子兵，胜则同荣耀，利则同分享。行动开始，目标，直捣巢穴，有进无退。"

随即命火铳手先行，短刀战队继之，潜伏战队和瑶刀战队相机跟进。遇悬崖伐竹为梯，遇深险架木为桥。偃旗息鼓，衔枚疾进。抵近巢穴，贼尚不知晓。

一边按预定计划，燃火堆为信号，告知大军。一边吹响号角，发起攻击。遭此骤然打击，众土匪大惊之下，四散惊逃奔溃。

莫家战队追杀于后，大部队堵截于前。莫志明此战被上司奏闻于皇上，受到朝廷金帛赏赐。莫志明能征善战，被人称为有父亲莫镇威的风采。就在这一战快结束之时，莫志明突然双目昏蒙，不能视物，回家治疗一段时间，仍目疾不愈。不得已，乃让嫡长子莫恩光袭职。

莫志明一生共有四个儿子。老大莫恩耀，是莫志明与奴婢覃氏所生，虽是老大，但在以嫡为长的继承法系里，没有继承优先权。

莫志明正妻韦氏，是东兰州土司的女儿。生有两个儿子，老大莫恩光，老二莫恩辉。老大莫恩光享有优先权，按照兄终弟及的规矩，老二莫恩辉享有次级优先权。正妻韦氏因病早逝，莫志明因而娶继室慕氏。继室慕氏，生一子，莫恩达。按慕氏生莫恩达于1594年计，莫志明娶慕氏当在1593年。按此推测，正妻韦氏大概去世于1592年。此时，韦氏的大儿子莫恩光才6岁，小儿子莫恩辉方满4岁。

失去母爱的两个儿子，性格分化成了两极。老大柔弱，老二任性暴烈。

被命运借其恶手拉开诸恶之门的正是老二莫恩辉。母亲韦氏去世后，爷爷莫镇威在忙着发展忻城的千秋大业，爹爹莫志明忙着为朝廷四处征战，难免无法顾及年幼的儿孙。虽说有人照顾，但照顾之人对其没有任何母爱，照顾孩子仅是工作的一部分，故而十分敷衍冷漠。除了父母亲，世上少有真情的爱，成了4岁小孩对人与人关系的第一个认识，并从此根深蒂固地扎根于其思想中。

后来有了本性善良的继母慕氏，给了兄弟俩无微不至的关怀，但慕氏囿于嫡庶之分，勤于照顾而怯于管教。莫恩辉越来越偏激，性情十分暴烈，不明事理，不辨是非。

莫恩辉不爱在家待着，喜欢与几个狐朋狗友搅和一起，东溜西达，胡搅蛮缠。每每这时，知县的儿子，天然的身份，自然所到之处都有人抬举奉承，令他越发狂妄自大。

稍长，粗晓人事便呼朋唤友，三个一群，五个一伙，混在歌圩，听人唱歌，自己也唱歌。有人撺掇说："才扣村有个美女，人美歌美，忻城无双。"

有这好事，当然要去。到了才扣村，歌圩上，一群少男少女，东一簇，西一簇，互唱互答，好不热闹。人群间，见一少年立起身，眼望前方，轻展歌喉：

> 这苑大树阴森森，
> 爬到树尾望妹村；
> 望见妹村不见妹，
> 眼泪淋湿树脚跟。

随少年的眼光望去，乡村路上，一少女摇曳着腰身，娉娉婷婷地走来。

身旁的人推推莫恩辉:"少爷,麦家美女来了。"歌圩上的一众少男,见麦家美女来,都立身唱和道:

　　这菀大树阴森森,
　　爬到树尾望妹村;
　　望见妹村不见妹,
　　眼泪淋湿树脚根。

腰身婀娜的少女回应道:

　　山高不见山顶柴,
　　水深不见水深苔;
　　哥在哥家不见妹,
　　无人传话妹出来。

歌喉清脆,飘荡云间,久久回响。

近了,只见这叫麦艳的美女,腮红脸白,鼻直睛黑。一众少男,纷纷上前,嘘寒问暖,殷勤呵护。麦艳眼神流转间,见到人群外的莫恩辉,径直走来,声音糯糯地道:"少爷,你来了。"

像多年老友的一句问候话,莫恩辉的心里充溢少有的温情,问道:"你认识我?"麦艳的声音像从悠远的地方传来:"很多年前,我去操场看练兵,你妈妈带着你也去看。你不听妈妈的话,跑到正操练的狼兵之间,看看这个,看看那个。模样可爱极了。"

莫恩辉伤感道:"有母亲在的日子,我心里充溢着温暖。可母亲不在了,我的心里再也没有过温暖。今天见了你,我的心里又突然充满了温

暖。"麦艳凝视莫恩辉轻轻唱道:

少爷哎,
妈在时,
你的生活绿意婆娑;
妈不在,
你的生活青少黄多;
莫提起,
莫提起,
一提起,
泪洒江河。

莫恩辉回唱:

妹在上江撑船来,
哥在下江撑竹排;
竹排到时船也到,
浪花开时情也开。

歌圩认识的麦艳,给缺少母爱的莫恩辉带来了慰藉。麦艳成了莫恩辉精神的依赖。两人的感情发酵迅速,一日不见,莫恩辉都会魂不守舍。莫恩辉的缘分在歌圩结下,可莫家的规矩,不准子女与平民百姓结亲。暴烈任性的莫恩辉,完全不管这些陈规旧俗,完全不听家人的劝阻。到后来,干脆背着家里和麦艳成了亲。如果莫恩辉只是个莫家官族少爷,违规就违规了,照样可过平常的生活。可在命运的驱使下,莫恩辉后来从莫家官族少爷承袭为土官知县,这就开启了忻城莫家土司的百年劫难。

制度缺陷

1604年，莫志明战场归来，目疾久治不愈，遂让嫡长子莫恩光袭职，并命自己的亲弟弟莫志德为权官，辅助莫恩光。

莫恩光袭职不久，因出天花而去世，莫家的土司继承法统到此出现困境。

按照兄终弟及的惯例，莫恩光去世，莫恩辉自然是袭职的不二人选，但莫恩辉存在两大问题：一是人格缺陷。性格暴烈，不明事理，更不用说身负知县之职者应具有的家国情怀，自身不具备袭职者的政治素质。二是不守家规，不遵门当户对的婚姻家规，背着长辈自娶平民之女为妻。

明王朝关于土司世袭制有诸多规定，也很严格，但具体执行起来，却有诸多疏漏。假如直接管理忻城的庆远府来考核，发现莫恩辉作为一个土官不具备基本的政治素质，也将其排除在承袭者之外。袭职者，要为国担当，为家族担当。凭此两条，莫恩辉当然不合格。讲为政者所需的条件，莫恩辉最不具备资格。但讲土司继承法统，莫恩辉又最具合法性。莫志明另外两个儿子，小儿子莫恩达，10岁出头，太小。老大莫恩耀，20多岁，因是奴婢所生，无名无分，被排除在法统之外。面对继承的困境，莫志明一定和父亲莫镇威商量了多次，最后不得不选择莫恩辉。

1605年春季，莫恩辉承袭了知县职位。父亲莫志明和爷爷莫镇威为让这个因母亲去世而心理不健全的孩子能好好执政，设计了一个纠偏机制：为莫恩辉安排了一个权官，安排了一个协理。

权官莫志仁，是莫镇武的儿子，莫恩辉的叔父，但不是亲叔父。本来将莫恩光的权官莫志德安排给莫恩辉当权官最为妥当，因为莫志德是莫恩光和莫恩辉的亲叔父。不知莫镇威和莫志明出于什么考虑，让莫志仁来当权官。熟悉这段历史的莫家后人说，莫镇威和兄弟莫镇武关系最好，把权官安排给莫镇武的儿子，恐怕是出于这种关系的考虑。而协理一职由杨双担任。杨双是从莫保起就与莫家一起打江山的杨家后人。

从后来发展的结局看，这个安排确实不妥。

莫镇威与莫志明的安排不谓不尽心。可惜，莫志仁和杨双这两人不明白莫志明和莫镇威的良苦用心。

不管莫恩辉和麦艳的婚姻如何不门当户对，不管莫恩辉如何任性浑蛋，但既然已坐上了知县的位置，就要承认这个现实，两人就要帮助莫恩辉走正道，帮助莫恩辉处理日常事务，把莫恩辉一点一点地往正道上引。可是两人反而明里暗里指责主母麦艳出身低贱，没有做主母的资格。

就事论事，莫恩辉和麦艳的婚姻，就是一见钟情的自由婚姻。莫恩辉在当时就是个少爷，不然麦艳即使有攀高枝的想法也不敢有所行动。后来的境遇，都不是人力安排的，突然成了土官衙署的主母，麦艳的心里一定是既高兴又自卑。特别是麦艳生下了儿子莫昂后，如何保护莫昂顺利承袭，成了麦氏如山的压力。

麦艳从平民摇身一变成了土司夫人，要管理的事务、处理的人际关系极为复杂，未经过相应引导的她自然缺乏应对的智慧。她会的方法只有正面交锋：谁说她出身寒微，谁说她的儿子没有资格承袭，谁就是她的敌人。

权官莫志仁和协理杨双公开诋毁她，自然成了她的敌人。有句话说：女人是女儿时，温柔如水；女人是母亲时，坚强如钢。成为母亲的麦艳，不仅坚强如钢，而且因爱子心切更是变得心狠手辣。

谋杀起于谣言

矛盾的爆发源于一个节点。

离土官衙署不太远的地方有座山,名为黄竹岩,山腰上有个洞窟,是忻城的风景点。莫志仁和杨双有一天走到这地方,就攀爬到洞窟里喝酒,恰好遇见另一个熟人付刚,邀着一道喝酒。

这事被亲近麦氏的头目萧士文知道,就到麦艳处汇报,说莫志仁和杨双在黄竹岩歃血结盟,拟状推举莫恩耀为土官。要推举别人为土官,这不就断了麦艳儿子莫昂的前途?麦艳听到这消息,认为有人要将她和儿子推到绝路。大怒大恨之下,一场血雨腥风掀了起来。

任性的莫恩辉听了麦艳的话,派人在思练板石村刺杀了叔父莫志仁,接着又派人抓住杨双将其勒死。本来与此事无关的莫恩耀逃到三都后又被设计诱回,在大塘的三寨毡条村被勒死。血雨腥风之下,三位死者的后人纷纷逃离忻城。

莫付稳、莫付定、莫付连、莫付才曾为此找过莫恩辉,讨要一个说法,讨要一个公道。任性的莫恩辉胡扯浑赖,大言不惭。几兄弟明白,有这么个浑蛋兄弟当政,公道只能靠自己去争取了。

莫家内部厮杀的恶门由此打开。

不多久,莫恩耀的儿子莫贵和莫志仁的儿子莫付稳组织人马前来报复,攻进土司衙署,衙署被焚烧一空。莫恩辉逃奔永定,请兵回来厮杀，莫贵和莫付稳的人马不敌，四散奔逃。

1605年九月二十五日，莫付稳又组织人马杀回来报复，这一次他们袭杀了莫恩辉及其子莫昂。麦艳躲过一劫。因擅杀土官知县，官府介入，莫付稳一系的人马又被追杀。

这次灭门之祸，由莫恩辉、麦艳而起。更直接的祸因，是传递假消息的萧士文。

黄竹岩洞窟距离下边的乡道，少说有数十米远，有双听风耳也听不到洞窟里说的话。没有智慧的麦艳和任性的莫恩辉，因失去了判断能力而以假当真，残杀了自己的亲属，莫恩辉只做了6个月的土官就成了刀下鬼，连带不足一岁的儿子也无辜遭屠。

要再追问前因，只能说如果莫志明没有患上莫名其妙的眼疾，如果莫恩光没有患天花去世，如果权官莫志仁和协理杨双有点智慧，莫家的诸恶之门就不会打开。

第二次灭门之祸

1652年十二月十五日，距离1605年莫恩辉父子被杀之事已有47年，但在这天，灭门之祸又在土官衙署重演。

莫氏官族莫付祥率领部下突袭衙署，土官莫猛被杀。莫猛的大儿子、二儿子无辜惨死。

这次的灭门之祸，不是报复所为，而是夺权争袭的野心所致。

此次祸事的首恶是莫恩胜。

莫恩胜是莫志明亲弟弟莫志德的二儿子。

莫志德生七子，老大莫恩极。莫恩极生一子莫贵忠。莫贵忠生三子，其中一子莫宗威。这几人在后面章节中还要说到。而莫恩胜则是莫志德的第二子。

莫恩胜杀的人是莫志明的孙子莫猛，也是莫恩胜的侄子。叔父为何要杀侄子？为篡权夺位。第一次灭门之祸中，莫恩胜就落下了篡权夺位的病根。

1605年，莫府官族的厮杀中，卸任的莫镇威、莫志明依然在世，看着不肖子孙在他们修建的衙署中厮杀，把他们辛辛苦苦留给家族、留给后人的成就肆意地损毁，心里的哀痛难以言表。

最不幸的父母，就是养育了不肖子孙。

不肖子孙，就是把父母的荣誉和成就肆意践踏在脚下的人。

莫镇威、莫志明看着莫恩辉残杀自己的亲族，看着莫付稳、莫贵报复残杀莫恩辉父子，心里万般哀痛但束手无策。可是后来莫付稳私立莫贵，想要把莫贵捧上知县宝座时，莫镇威、莫志明立即呈文上宪，请兵镇压。

以今天的角度解读，莫付稳、莫贵在前期的厮杀中，是报复寻仇行为，尚有可怜之情，可一旦到了莫付稳、莫贵将土司权力私相授受，妄图动摇莫家世袭法统时，就是对莫家的根本背叛，万万不能容忍。背叛家族根本的人，因之成了"叛族"。莫付稳、莫贵成了忻城莫家历史上被冠以"叛族"的第一代人。

绝地反转，莫恩胜出局

莫镇威、莫志明呈文上宪，请兵镇压"叛族"，南丹土兵及各路兵前来进剿，抓住"叛族"莫付才、莫良护处斩。带兵前来平叛的南丹莫继华，因功被委以代理知县，在任时间为1606—1607年。而后莫继华奉调广东，遗缺又委南丹莫自城代理，在任时间为1608—1612年。

代理不是常法，庆远知府便采取公议推荐土官成法：经由忻城众人的推荐，确定由在平叛过程中出了力的莫恩胜暂代其祖职。时间从1613年五月二十一日开始，到1614年。

长达10年的过程中，南丹两人，职责是代理。莫恩胜是暂代其祖职。

做出如此安排，为的是等一个合理合法的承袭者长大，那就是莫恩达。从莫恩辉到莫恩达，形成长达10年的执政断档期，莫志明一系无执政人才的现实，无形中助长了莫恩胜一党的野心。

以有暂代祖职经历的莫恩胜与其侄儿莫贵忠为核心，形成了一个山头，这个山头中还有莫恩辉的遗孀麦艳；以莫志明、莫恩达、莫猛、莫宗诏等正出一系为核心也形成一个山头；还有一个以莫付稳、莫贵为核心的山头。

以莫付稳、莫贵为核心的山头，后来退出了竞争。以莫恩胜和他的侄儿莫贵忠、麦艳等人为核心的山头，看到自己方面的优势多多，竞争之心大炽。莫恩胜以为自己执政，手握资源优势，便可广交人脉，为自己争得舆论支持，影响庆远府的决策。

莫恩胜分析形势，认为自己这一系占有的优势有三。其一，自己平叛有功，大哥莫恩极的几个儿子都很有出息。对立面莫志明系的莫恩光太软弱，莫恩辉太不成器。我强彼弱，自己在族亲中具有被挑选的优势。其二，对手莫恩达无兄无弟、无子无女，只有一个失明的父亲，可说孤身一人，势单力薄，连做对手都无资格。其三，莫恩达为继室所生，己方可以以庶出为借口，攻击莫恩达缺乏承袭的正当理由。分析之后，莫恩胜信心满满，多方布局，等待时机。

时机到了。

万历四十二年（1614年）五月二十三日，莫志明去世。莫恩胜抓住时机，让麦艳上控莫恩达为庶出，无资格承袭。然后又让人报告庆远府，摇旗呐喊为自己争袭造势。庆远府一时难以决断，袭替一事便僵持下来。关键时刻，势单力薄的莫恩达有应对之策吗？

莫恩达记取了父亲留给自己的话："车到山前没有路了，就去找你姐。你爷爷说，你姐有你奶奶的聪颖，智计百出。还有，莫家的根基不会变，关键时候要依靠他们。"

莫恩达的姐姐嫁的是永定长官司长官韦世兴，一个有实力的土官。关键时刻，姐姐从永定长官司回来了。姐姐说是回来探亲，实则在暗地里找了莫家的基本盘和忻城有名望的人洽谈。

莫恩达姐姐说："麦氏攻击恩达是庶出，纯粹污蔑。恩达母亲是原配去世后续娶的，名正言顺的正妻，恩达是名正言顺的正出。"此言一出，麦氏污蔑之话不攻自破。聪明的姐姐首先为恩达正了身份，同时，也不忘打点一番。姐姐走时，这些人与她同到了永定。经永定长官司长官韦世兴一番面谈，这些人跟随韦长官到了庆远府，在支持莫恩达袭职的文书上签字画押。

莫恩达在姐姐的支持下绝地反击，一招反转战局，莫恩胜出局了。

《刘三姐》中的"莫老爷"

电影《刘三姐》中名叫莫怀仁的莫老爷，就是绝地反击中获胜袭职的土官莫恩达的儿子，姓莫，名猛，字怀仁。莫猛生于明朝末期，江山将易未易，社稷动荡无期。莫猛出生于父亲莫恩达袭职的1615年八月十二日。崇祯十一年（1638年），24岁时以嫡长承袭。

1647年至1652年，永历小王朝流亡于肇庆、柳州、南宁和桂林之间，清军则从湖南、贵州和云南方向杀来。这与1367至1370年元、明革故鼎新的大势如出一辙，又是一派风雨如磐之势。元明之际的莫保冷眼旁观，对当时的形势洞若观火，乱世中保全了5000军民安宁平静的生活，率领一家人从头再来，历经几代人的努力，终于在忻城撑起了一片天。

保全性命于乱世，需要智慧。如今的莫家人，还有这智慧吗？有人正暗生异心，叛乱夺权。那就是在莫恩达袭职时使过阴招但没得逞的莫恩胜。

纵观莫恩胜的所为，就是想趁乱世把莫志明系的承袭法统夺到自己手中，将其变成志德系的承袭法统。为此，莫恩胜又在莫家掀起一场血雨腥风，杀害了自己的侄儿和两个孙子，夺了土官大印。但是，人算不如天算，土官大印没等在莫恩胜手中焐热乎又被夺走，还使得莫恩胜的下两代人被迫生活在被追杀的恐惧中。

再说莫猛。耳闻目睹了家族的杀戮，莫猛希望重建一个和谐平安的家族氛围。在江山革故鼎新之际，他没有犹豫地选择了归顺清王朝，在顺治九年（1652年）献图纳土。

莫猛深受父母影响，心地善良，并希望以自己的善感化族人。

父亲莫恩达袭职，莫族官基元气大伤，百孔千疮，就连莫保为莫家开创一方新天地的青钢棍，凝聚了莫家智慧的"委屈与天命同在"的用青钢木雕刻的胸坠，韦御史上奏给皇帝称赞莫贤的奏章抄本，忻城百姓保荐莫敬诚的抄本，皇帝批复莫敬诚为忻城世袭知县的抄本，广西大臣上奏皇帝裁撤流官、独留莫敬诚完全执政忻城的抄本，韦天刚、蓝双玉、杨秀用过的瑶刀，颜色艳丽、既可用作斗笠又可用作武器的盾牌，蓝妮、韦小蛮用过的小蛮刀，刘隐山送给莫家的庆远地图，等等，都被焚毁一空。后人在编纂族谱时，因这些传家之宝的缺失，在世系的排序上常常不知谁先谁后。

莫恩达执政，没有先祖莫保的历练，没有爷爷莫镇威受教于外公的经历，也没有父亲莫志明目睹爷爷莫镇威如何施政的实践，一切都要摸着石头过河。

亏得夫人贤惠，多方宽慰，与夫君探讨莫家理政的得失。他们共同的感受是莫恩辉的暴烈、残杀导致莫家由盛转衰。目下应做的是，以善政收获民心，以善心化解恩怨。

莫恩达生于艰难之际，治理于百废待兴的多舛之时，心劳神累，44岁即去世。莫猛袭职，牢记父母亲"以善政收获民心，以善心化解恩怨"的经验之语，凡事出以善意，力图以此重振家声。

可堪欣慰的是，莫猛有一个甘于共苦、勤于持家的夫人。

夫人韦氏，是永定长官司长官韦萌发之女，韦印娘。

韦印娘的身世很奇异。韦印娘的父亲和兄长韦世兴留在有关记录中的形象是土豪。父亲韦萌发很霸道，他治理下的土民有过错，被他割下两只耳朵。兄长韦世兴则作风纨绔。率领土兵50余人拜谒知府时，韦世兴"首饰金抹额，身披绣甲"，随从的士兵"皆手长矛，以墨竹甲"。

《历史名人在河池》中的一篇文章《岳和声：南荒一季延教化》中曾提到：岳和声曾在庆远府任过短短四个月的知府，其间永定长官司长官韦萌发因割下其治理下的土民两只耳朵被岳和声处罚。

此文还记载，岳和声是1612年到庆远府的，当年即调走，韦萌发第二年病死，刚满17岁的儿子韦世兴袭替永定长官司长官一职。

韦萌发去世时，女儿在哪里呢。

莫景隆的《莫氏宗谱》对此高祖妣孺人，高度赞扬。其生卒时间有载：高祖妣孺人韦氏，永定长官司萌发公女也。享寿七十有七，生于万历四十五年二月初六，卒于康熙三十二年十一月十九日。

万历四十五年是1617年，而韦印娘的父亲韦萌发已于1613年去世，父亲去世4年了，女儿从何而来？可能是记错了韦萌发去世的时间。即使是时间记错了，也可这样判断，韦印娘应是遗腹子，是韦萌发最小的女儿。

韦印娘刚出生，哥哥韦世兴已经结婚。给韦印娘当嫂子的这人正是莫恩达的姐姐。

韦印娘长大，该执子之手、与子同归时，执她手的人竟是她嫂子的侄儿子莫猛。

出身土豪家庭的韦印娘十分讲究朴素之道，她把朴素讲得很有水平。她说："菜根味长。"韦印娘不但说菜根味长，还将朴素之道实践得很好，不是逢年过节或是祭祖迎客，是不杀猪宰羊的。韦印娘还把讲朴素和讲节俭结合起来，自己先行实践。自己不穿绫罗绸缎不说，还亲自织布，自己织的布自己穿不说，还供整个土官府的人穿。夫妻两人，一个倡导善良之风，一个倡导节俭之风，目的也是要以新风气振举莫家精神。

不过，他们身边的莫恩胜，篡权夺位的贼心仍不死。莫恩胜在莫猛身边安排了一些人，目的是窥伺莫猛的一举一动，找机会下手。莫猛看出来了，但揣着明白装糊涂。反而给莫恩胜安排个好活，到江信堡做个堡目。当了堡目，就可分到堡目田，甚至为土官收租时，可增加二成归己。有这样的待遇，一家人生活无忧，莫恩胜可放下不良企图了吧？干了两年，莫恩胜辞职不干了。

有人看见，不干堡目的莫恩胜忙着奔走在各个里堡间，别人猜测，那是到各地串联，图谋造反。可是莫猛不信，他不信也有其理由。自己和父亲莫恩达与莫恩胜没有血仇，父子俩执政时没有为难过莫恩胜，自己还对莫恩胜释放了很大的善意。勉强还有一条，莫恩胜还是莫猛的叔父，难道他连一点血缘之情都不顾吗？莫猛坚信自己的判断。可是莫恩胜以篡位为最终目的，为达目的不择手段，不怕洪水滔天，不管人伦泯灭。

《土司史话》记载：顺治九年（1652年）十二月十五日，付祥（莫恩胜）纠集族内外头目付水、付廷、付帮、莫贵忠等，各带领手下操戈入室，进县衙将土官莫猛及长子宗启、次子宗昌杀害。夫人印娘身受重伤。

又一次灭门之祸降临莫家。

第八章 天佑莫宗诏

忻城莫家历史上，曾有这么一幅场景：暮年长者，伏案泣血写《遗训》。

暮年长者即莫宗诏。这位一生深陷家族仇杀的土官，回想个人惨痛经历，深思家族命运的教训，为让子孙牢记家族的惨痛史，奋笔写下《遗训》。

对此，莫景隆在《莫氏宗谱》中有更为准确的总结：天道难知，屡出数奇，智为亲短，仁以爱迷。借此厚德，培厚材殊。一根未拔，百世蕃起。

莫家历史上，莫宗诏命运最坎坷，但上苍对他最眷顾，每到大难关头，总有天意人力的救拔护持。

奶娘义救三岁孩

1652年十二月十五日，当莫恩胜带领着一群人杀进衙署时，屠刀挥起，一阵腥风血雨。

奶娘蓝氏跑进小少爷莫宗诏的房间，将正在睡梦中的莫宗诏抱到猪圈，将猪草覆盖身上藏好。又怕盖得密实了影响了孩子的呼吸，便重新找了点粗的散放在孩子的脸上，薄薄地再盖了一层，在铺好的猪草上拨拉拨拉，使其自然一些。她边做边祈祷道："各位菩萨，莫家各位先祖，一定要保佑这棵莫家的独苗苗。"

刚想离开另找个地方自己藏起来，听见有脚步声踢踏踢踏地进来，奶娘立即矮下身去。一阵风起，进来的两人说道："猪圈太臭了，猪屎淹了这么深，三岁小孩儿掉进去得淹死。往回走，这里没得。"奶娘看看，奇怪地想，这里没有猪屎，怎么他们说淹了多深。

奶娘刚摸到一个犄角旮旯藏起，便听衙署里夫人骂道："莫恩胜，你这个王八蛋，知县明知你没安着好心，你在他身边安排眼线，东堡窜到西里的，可知县想着都是自家亲属，不但没有收拾你，还给你安排个好差事，希望你知道好歹，回心转意。没想到你这没人味的畜生，竟恩将仇报，来把你侄儿杀了，还有两个孙子辈的小孩也杀了。"

只听棍子呼啸一声，夫人哎哟叫了起来。

夫人大骂道："莫贵忠，有本事连我也杀了。"莫贵忠喝道："你再骂，就连你也一起杀了。"莫贵忠是莫恩胜大哥莫恩极的儿子，莫恩胜眼中的未来土官。莫恩胜连忙对莫贵忠说道："不能杀，杀了她永定长官司出兵，我们将死无葬身之地。你找两个人，把她送到奶娘家去。"莫贵忠怒气冲冲问道："叔父，那不找第三个孽种了？"一阵旋风从地卷起，晴朗的天突然阴风晦暗，风声瘆人。

霎时间又突然风散云消，天还晴朗。莫恩胜急促地对莫贵忠说道："快快快，找人给她送到奶娘家去。"莫贵忠找人把韦印娘送走了，莫恩胜告诉莫贵忠道："我们也走吧。"莫贵忠十分不情愿地说："不找到那个孽障，终归是个祸害。"莫恩胜沮丧道："刚才一阵阴风惨惨，我看到你老祖手持万人斩，对我怒目而视。我做这事，难道真要背祖叛宗，遭天谴吗？"众人一听，不由得心生恐惧，一窝蜂地向门口拥去，一哄而散。

莫恩胜和莫贵忠的话，让躲在里边的奶娘听去了，心里想，这是镇威公显灵来救少爷了，莫家有救了，小少爷有救了。

天擦黑，蓝氏奶娘用壮锦襁褓背上莫宗诏，拣着黑路面走。边走边嘟囔："请列祖列宗，好好保佑小少爷，保佑小少爷逢凶化吉，让莫家后继有人，法统有人承袭，让祖宗的香火不灭，永享祭祀。"

情急智昏，走了一阵，路越走越黑，伸手不见五指。奶娘忽然间清醒过来，自言自语道："我这是要到哪儿去呢？"说完，不辨方向，只任腿往前走去。心想离衙署越远越好，越远小少爷就越安全了。

走着走着就觉得眼前有颗亮光在闪烁，要追也追不上，要远也远不了。奶娘觉得眼睛发困，刚眯上，就听有人说话了："奶妈，亮光往右去了。"声音把奶娘惊醒了，这不是小少爷的声音吗？连忙说："小少爷，你醒了。"小少爷道："奶妈，我早醒了，一直盯着前面那人看。骑着一匹大马，手拿着一把很长很长的大刀，刀尖上闪着一团亮光，让我们跟着走。"奶娘道："我怎么看不见呢，就见一团亮光。小少爷，你有先祖保佑，福大命大。"忽听小少爷惊讶道："奶妈，奶妈，这人突然使开了

265

大刀。"奶娘看去,只见一簇火光在空中忽而东忽而西,忽而上忽而下。火光舞动中,但听狗叫声,鸡鸣声响成一片。见火把出现,见人影出现。在门闩的抽拉声中,两扇大门洞开了。

奶娘眼前,出现了一座庄园。奶娘被引进正厅,当间坐着一人,40多岁,身材魁梧,正是永定长官司长官韦世兴。

永定位于宜山北,东西长88里,南北宽25里。弘治年间设立长官司,韦氏先祖韦槐于弘治五年(1492年)任第一代长官司长官,以后世袭。传到现在的是第六代韦世兴。且说这天夜里,韦世兴一家人睡梦中忽被一阵天摇地动的动静惊醒。醒来后只听周围仿佛千军万马正在厮杀,伴随着犬吠鸡鸣。一家人惊慌起床,打开屋门,只见一片星光笼罩着奶娘和背上的孩子。奶娘如魂魄出体,呆立当地。韦世兴和夫人出门将其扶进屋。韦世兴望着奶娘问道:"你怎么半夜三更背着个孩子来到永定了?"

连问数遍,呆怔在地的奶娘恍如梦中醒来,傻傻地看着韦世兴夫妻一会儿,才突然问道:"这不是韦长官吗?我们到永定啦?"韦世兴的夫人就是莫志明的女儿,心里正为半夜三更突然来家的奶娘犯合计,见状回答说:"奶妈,这是我的家,你有什么急事,大半夜背着个孩子来我家?"

奶娘清楚自己到了永定韦家,呜呜哭开了,边哭边说:"韦长官,你妹妹一家可遭了大难了,一家人只剩你外甥了。"奶娘边哭边说,把莫猛一家人的遭遇断断续续地讲了。边哭边说中解下了襁褓,把小少爷递给韦世兴道:"看看你可怜的外甥,转眼间,父亲没了,两个哥哥没了,就剩下自己孤零零一个人了。"

小少爷甫到舅舅怀里,就呱呱哭开了。

正站在旁边的韦夫人一把抱过小少爷哭道:"儿啊,我可怜的儿,这么命苦,你让姑奶奶的心都碎了。"小少爷的姑奶奶,是韦世兴的夫人。

众人哭一阵说一阵，说一阵哭一阵，说的才将惨祸的过程说清了，听的也听明白了。

韦世兴也才明白，自己的妹妹还活着。但仍忍不住骂道："幸亏他们不敢把我妹妹怎么样，要不我明天就去把他们灭了。"随即问奶妈："天这么黑，你背着宗诏是怎么走到永定的？"奶娘把猪圈的奇异事、把叛族们遇到的奇异事、把路上的奇异事都给讲了。

韦夫人听完怔了一会儿才说："这个神灵手拿一把很长很长的大刀？那一定是我爷爷莫镇威，他手中拿的那把刀叫万人斩。我爷爷英雄了得，可他的子孙后代却不给他争气。哎！"韦夫人又对丈夫道："老爷，现在宗诏的母亲也没回来，我们夫妻俩由我代表莫家那头，老爷代表韦家这头，感谢奶娘救了宗诏，奶娘不仅救了莫家官基的香火，也救了宗诏母亲的命。"韦世兴连声道："夫人说得对，我们夫妻这声谢谢先表达个情意，如此大德，不是一声道谢就能完事的，等我妹妹来了再一起商量如何报答你。"奶娘急得连连摆手，推拒道："夫人和韦长官别客气，我这么做也是为了报恩。"韦夫人哦了一声问道："这是从何说起？"奶娘回忆道："是镇威公的夫人，从那地嫁过来的女杰罗柔夫人，曾救过我外祖母。"

奶娘将当年罗柔如何智救黄彩江的事叨咕了一遍，说黄彩江留下遗言，一代一代传下去，后代一定要替黄彩江报恩，今天她总算完成了先辈的遗嘱，心中总算放下了三代人的担子。

大家听了，无限感慨。韦夫人叹口气道："一饮一啄，莫非前定？"

请兵南丹报血仇

奶娘蓝氏的丈夫石公排和儿子石光鸾还有家人黄奉奇、罗奉太一起护送莫猛夫人韦印娘来到永定。小少爷宗诏见之，一头扑进母亲怀里，搂着脖子号啕大哭。印娘不断亲着儿子的小脸，泪水如线滚滚而下。少顷，宗诏的叔父莫谨带着几个族人也到了。莫猛兄弟二人，莫猛是老大，老二莫谨。

莫谨得知兄长和侄儿被残杀，心痛如搅，心恨如潮，急忙赶来永定，欲与韦长官商定报仇雪恨一事。韦印娘和莫谨先拜过韦世兴和韦夫人。

韦夫人对印娘和莫谨说道："昨晚我和老爷已替你们拜谢过奶娘了，不是奶娘豁出命来救了宗诏，不要命地赶黑夜把宗诏送到永定，我们这一支的根就断了，忻城莫家土官世袭的法统也就断了。奶娘说这是为了报恩，我们先祖镇威公的神灵成全奶娘的报恩心愿，一路护送过来。奶娘这天大的恩情，我们莫家可要想想怎么报答。"

印娘听完这话，转头拉住奶娘的手就要跪下磕头，莫谨也过来准备磕头，奶娘拉住印娘不让磕，石公排拉住莫谨不让磕。奶娘道："夫人和莫二叔千万不能如此，折杀我们了。"莫谨道："蓝家妹妹，你对我莫家有再生之恩，大恩大德难以为报。"说完莫谨转脸对嫂嫂印娘说道："大嫂，我有个建议，不知当不当说？"印娘诚恳道："二叔有话就直说。"

莫谨道："怎样报答蓝家妹妹，我想了几条。第一条，请大嫂和蓝家妹妹结拜姊妹，以后你们姐妹相称，奶娘的称呼以后不准再提了。"印娘点头道："二叔，我正有此意。"

韦夫人道："择日不如撞日，就趁今天，印娘妹妹和蓝家妹妹就在香案前磕头结拜，我和老爷，还有莫谨一起做个见证。"蓝氏一再推辞，看莫家一片赤诚，便不再言语了。

印娘拽住蓝氏的手走到香案前，拈香点上，一起跪下，对案桌上的关公像磕了三个响头。印娘说："妹妹，平常我俩论过，我痴长你几岁，我就是姐了，你就是妹妹了。关老爷在上，昔日刘、关、张桃园三结义，凭的是以善为人的生活态度，遵循正义的生活选择，以敬为先的待人之道，明辨是非的处世之智，有信誉的担当精神。刘、关、张是担当天下的大英雄，我妹妹蓝氏，虽是一介女流，但在忻城莫家莫镇威、莫志明一系子孙处于危难之际，仗义救援，大仁、大义、大礼、大智、大信，五常俱全，俨然豪侠之举，英雄之举，实为我女流之楷模。今日请关老爷为证，莫氏媳印娘与蓝氏妹妹赤诚结拜，必以五常之道相处，有违此者，上苍不容。"

两人站起，将手中香插在香炉。印娘两手拽住蓝氏双腕道："从今我们就是姐妹了。"蓝氏羞怯叫了声："姐姐。"印娘欣然应道："哎。"印娘转身从下人手中抱过宗诏，递给蓝氏道："干娘抱抱，儿啊，这可是你的救命恩人，你要以一世之心回报干娘。"

小宗诏将小脸贴在蓝氏脸上喊道："干娘。"

蓝氏称赞道："小少爷可是大富大贵的命。虽然遭遇劫难，莫家先祖镇威公一直都保护他。"

印娘嗔道："还叫小少爷？叫宗诏。"蓝氏："习惯了。"小宗诏喊着干娘道："干娘昨晚上背着我，前边是先祖引路。"

蓝氏眼睛看看腿说道："我这腿现在可疼了。昨晚韦长官说我不到一个时辰从忻城跑到永定，我还不信。"小宗诏看着韦夫人走过来，就喊道："姑奶，姑奶，抱抱。"韦夫人："儿啊，知道姑奶想你了。"

韦夫人边说边走过来抱小宗诏。莫谨又走到印娘和蓝氏身边恭喜道："恭喜恭喜，二人结拜成了异姓姐妹。大嫂，我们莫家还要为蓝家妹妹做两件事。"印娘道："二叔吩咐。"莫谨道："等宗诏治理忻城时，划拨官田给蓝家妹妹。这田不能收回，蓝家妹妹的后人可永世享用，这是第一件。第二件，蓝家妹妹的家里人，有合适的，选拔到官衙来用，或是到里、堡负责。"蓝家妹妹听了这话，连忙招呼丈夫："公排，你过来。"

石公排快步过来。蓝家妹妹看着丈夫说道："我们夫妻俩一起谢谢二叔、谢谢夫人的好意。"

这边安排完，莫谨和印娘过去向韦长官夫妻表达感激之情。

莫谨刚想说话，就被韦世兴给截住了。韦世兴伸手挽着莫谨走进另一间屋，商量报仇的事。在桌子旁东西对坐，韦世兴不兜圈子直接说道："莫家二叔，不幸的事已经发生了，我们活着的要想办法替他们复仇。"莫谨对韦世兴道："韦长官，我在来永定的路上，走了一路想了一路。我兄长这仇，一定要报，但具体怎么做，韦长官见多识广，请您给我拿个主意。"

纨绔年岁过去的韦世兴，老于人情世故："我们说事前，先把称呼改了。你姑妈嫁给我，你就叫我姑父，我就叫你名。要不，听你叫我韦长官，我听着不得劲。"莫谨笑笑道："好，听姑父的。"韦世兴也轻轻笑道："这听着得劲。好。"然后马上转入主题："莫恩胜杀莫猛，这是擅杀朝廷命官，我具文上报庆远府，请知府派军追杀，但仅此还不够。"莫谨直直身子，眼睛盯着韦世兴，等其下文。

韦世兴详细分析了眼下形势。庆远府刚迎接了清朝的知府胡允，负责军事指挥的仍是明朝旧臣戚辅臣。革故鼎新之际，百废待兴，新任官员难有精力放在土官的杀与被杀的案件上，即使是调派军队，数量也不会多。在复仇这事上，除了需要新政府支持外，还要寻找别的力量。

不熟悉官场力量和运作的莫谨对韦世兴的分析十分佩服，但他不知道哪儿有自己需要的力量。其实，韦世兴指的是与忻城莫家土官有谊亲的南丹莫家。千年土司的南丹莫家，此时有兄弟俩最有势力。一个叫莫自英，一个叫莫自翀。莫自英官居总兵之职，挂彰义将军印。莫自翀官居千总，两人手握兵权，求之正好。

两人商量后决定由韦世兴具文过去，言说忻城莫氏土官的惨况，请予兵复仇。

转眼已是第二年。庆远府文已到达，委派指挥戚辅臣率兵剿捕。

南丹的音信也到了。南丹的音信只有对忻城土官一门惨遭屠戮致以深切的同情和慰问，但对出兵事没有一言提及。

莫谨对替兄侄复仇一事望眼欲穿，于南丹没一言提及出兵事更感惶急，迫不及待地来找韦世兴寻问端由。韦世兴有所猜测，但没与莫谨说，叫人去请夫人和小姐前来，有事商量。

韦夫人和韦印娘来了，各自坐下。

韦世兴眼睛扫扫几人，然后将与莫谨商量的结果，以及庆远府和南丹回文的事都说了，末了道："此事与妹妹关切深厚，妹妹必须来参与意见。夫人身为莫猛的长辈，关系非轻，也须到场。对于南丹莫自英来信不提派兵的用意，大家一起参详参详，是直接的不想出兵，还是有其他含义？"

急于复仇的印娘，心急如焚地问："哥哥，没有南丹参加，再找找永顺副长官司，请其出兵，两下组合起来，兵力也差不多了吧？"韦世兴给予详细解说。如果单为征剿，有戚辅臣的兵，永顺的兵，再加上永定的狼兵，应该够了。但剿完之后，宗诏还小，不能回忻城执政，造成执政空当期，这是最危险的阶段。执政空当为什么最危险，韦世兴举了莫恩辉的例子。莫恩辉被杀之后，因袭任者不到12岁，造成了长达10年的执政空当期，从而养成了莫恩胜的夺袭野心。要汲取这样的教训，必须有兵驻扎忻城，替宗诏守着这份基业，等宗诏大了，再去承袭。

焦虑中的印娘和莫谨都认为由韦世兴派兵驻扎忻城是最好的选择。可韦世兴认为，自己这样做了，好事马上变成坏事。

韦夫人为丈夫做了解释。如果韦世兴这么做了，庆远地区马上会有一个天大的谣言四处流传，说韦世兴打着替莫土官复仇之名，干的是夺占莫土官基业的事，官府要征剿他，忻城所有莫家人都会起来围攻他。

莫谨和韦印娘都点点头，表示明白了。形势如此，大家明白，韦世兴不适合做这事，戚辅臣、永顺副长官司也不适合，适合的只有南丹莫家。南丹莫家奉命前来征剿，剿完将忻城土官印送交府库保存，然后奉府台之命驻守忻城。

可眼下南丹回信没提一字出兵的事却令莫谨和印娘不解。韦世兴心里明白，自己又无法说，安慰地猜测："南丹也没说不出兵，吊问的语句也是满含同情之意。哎，夫人，你分析分析，看是什么意思。"把球踢给了夫人。

莫谨和韦印娘眼睛求救似的看着韦夫人，印娘一个劲地夸韦夫人得到了先祖母罗柔的遗传。

韦夫人含笑道："别瞎捧我，我要有你曾祖母的智计，还让你哥哥天天欺负。嘿，那天见你与蓝家妹子结拜时，信口引用五常称赞蓝家妹子，我佩服得不行。你是怎么学的？"

谦虚归谦虚，韦夫人分析中洞烛先机的智慧真让人佩服。

韦夫人郑重道："我先问一件事，请南丹一事，我们修了一封书信，人去过没有？"莫谨和印娘同声说："没有。"韦夫人道："要人家出兵复仇这么大的事，我们人都没去见一面，人家没看出我们的诚意吧？"

韦世兴看着夫人一开口就抓住了关键，颔首微微笑着。这种事，他心里明白，他也同时明白，这些话由夫人说出来，比自己说出来合适。

莫谨和韦印娘经历少，想不到这一层。

莫谨面带愧色道："姑妈，我没想到这些。"韦印娘也说道："嫂子，我思虑不周。"韦夫人指点道："这下明白了吧，不是南丹不出兵，是南丹没见到我们的诚意，人家才不提出兵的事。"莫谨表态道："姑妈，经此一事，小侄才明白，曾祖为何夸奖您了。小侄这就去南丹一趟，亲自去请。"韦夫人循循善诱道："请有三种，面请是一种，力请是一种，倾情而请又是一种。侄儿，你要用哪一种方法去请呢？"韦世兴看着莫谨道："这才是你姑妈的智慧，办事的智慧。"莫谨央求道："姑妈，您教教我。"韦夫人道："一般的事，农家要收割了，请人出点力，帮个小忙，找到人家，当面去请，那是面请。"韦印娘："嫂子，那力请不会是带几个彪形大汉，把人抬走吧？"韦夫人笑嗔道："你就会瞎掰。力请不是说人力，而是社会力量。你哥哥为恩达办理承袭的事，我从忻城带了几个堡目、里正还有莫家的基本盘来永定，你哥哥又把这几人带到庆远府，这几个人代表的就是忻城的社会力量。社会力量是民愿，是一个地方的民情。你带着这样的力量去请别人，背后是强大的社会力量。"

莫谨又问："那倾情而请呢？"

韦夫人郑重道："所图事大，为打动被请的人，你要想方设法知道对方最缺什么，最需要什么，最喜欢什么，并想方设法搜罗到这些并送给对方，这是最重要的相请。莫谨，我们莫家要办的是什么事，要用哪种方法呢？"

莫谨这下开窍了，回答道："姑妈，复仇是天大的事，守护宗诏的成长是天大的事，保存莫家的承袭法统也是天大的事。相请的方法必须三法并用。一、我要当面去请；二、我要选一些官族的人和堡目、里正带过去。不过，倾情相请的方法我不知怎么实施，还请姑妈教我。"

韦夫人引导道："莫自英带着兵马过来，最大的事是粮草。兵马未动,粮草先行。以后人马驻守忻城,粮草仍然是大事。当然,说粮草是大事,你也不能只想粮草的事。"莫谨道:"我的理解是,天大的事,就是天大的人请。这事,宗诏小,我先和嫂子说说。"莫谨望着嫂子道:"办天大的事,我们就要回报天大的人情,宗诏还小,兄弟我只能向你禀报,请动莫都爷来时,我们将收入的全部分作两份,以一半为酬劳。以后驻守,划拨部分官田给莫都爷收租,并以合同规定下来,嫂子看如何?"韦印娘道:"好,此事就劳动二叔全权办理,我手中现有的银子,我拿给二叔,怎么花是二叔的事。"莫谨转脸看着身旁的韦世兴道:"南丹这一趟,要劳累姑父了。姑妈说的力请,姑父是最大的力量。还有,我去了和南丹还要签个合同,这中人非姑父不行。"看莫谨凡事一点就通,韦世兴高兴地答应了。诸事商量完,莫谨站起来,给姑父作了一个揖,又给姑妈作了一个揖,诚挚道:"莫谨能报杀兄之仇,能报两个侄儿被杀之仇,全赖姑父、姑妈全力支持,我欠姑父、姑妈最大的人情。跟姑父、姑妈不能说还人情的话,但如果姑父姑妈有一天需要我做什么事,只要我知道,风里风里去,火里火里去,一定把姑父、姑妈的事办好。"韦印娘也嘤嘤地哭道:"感谢哥哥、嫂子,帮我报杀夫之仇、杀子之仇。"韦夫人揽着印娘的肩劝道:"快别说了,那还是我侄儿,我孙子呢!"韦世兴也笑道:"夫人的孙子还是我外甥呢,这关系乱得很。"

"宗诏之运"

事情果真如韦夫人分析一样，1653年三月，韦世兴、莫谨等人的南丹一行，进行得十分顺利。

莫谨一番泣血阐述，印娘所带数百金的延请之礼，让莫自英等人悲愤异常又感慨莫名，双方歃血为盟，折箭为誓，并立合同为证。

一支征剿联军于此形成：南丹兵600，永定兵300，莫谨亲族亲丁100，会合后由戚辅臣指挥直攻忻城而去。叛族设置在翠屏山后山的巢穴顷刻被攻破，莫付鸾被杀，莫贵忠趁夜烧了营寨奔逃，亲随被追杀无数，其妻也命丧于此。

土官衙署被夺回，莫自英留头目李德贞领兵守护。县印收缴后交由郡府保管。

这年八月，莫谨又和南丹莫自英签了另一份答谢合同。南丹兵经此驻守忻城，守护莫宗诏的官基，莫宗诏则在母亲韦印娘的看护下生活在永定。

莫恩胜、莫贵忠与莫宗诏有关承袭权的争夺至此已大势分明，优势并不在莫恩胜、莫贵忠一边，但莫恩胜、莫贵忠依然不放手。

在这场承袭争夺战中，莫恩胜一党看到4岁的莫宗诏才是这局棋中的老将。有老将在，车、马、炮、士等棋子才有作为，老将没了，任何棋子的战力都没用了，因而他们将心思转到永定的莫宗诏身上。谋害莫宗诏，需要抓手。莫恩胜他们手中的抓手是韦世兴的祖母。

韦世兴的祖母是莫恩胜一党中莫贵进的妹妹。莫贵进指使弟弟莫贵保带着金子来到永定，通过莫贵进妹妹的手送给韦世兴。韦世兴将祖母训斥一番。莫贵保看此事办不成，又带着金子回去了。

1654年，莫宗诏舅舅韦世兴不幸因病去世，这让莫恩胜一党又看到了机会。也是天遂人愿，韦世兴弟弟韦俊的妻子，是莫恩胜一党中一个成员的女儿，莫恩胜他们借此线索要加害宗诏。韦俊是莫宗诏母亲韦印娘的弟弟，韦印娘将此事告知外太祖，外太祖找来韦俊大骂道："你姐夫父子三人，命丧逆贼之手。你和你姐你哥本是一脉，当以保护你姐的儿子延续莫氏宗嗣为己任，为什么还要攀附虎狼来害你姐的骨血？你死后有何面目见你姐夫于地下？今天将你姐和你外甥都交给你，两人如有什么不测，就以你的命来赔偿。"

挨了一顿臭骂，韦俊彻底死了暗害莫宗诏之心。莫恩胜一党暗害莫宗诏之计穷矣。

莫宗诏13岁回忻城承袭土官一职，执政成长期面临诸种危机。好在有一个好叔父莫谨全力帮助，全心全意地付出，将危机逐个破解。

叔父莫谨出谋划策，很多的时候都是代莫宗诏处理。叔父代侄儿勤政，本是理所当然，却招致南丹莫自英留守忻城驻军头目李应春的嫉妒，他蓄意杀害莫谨。幸亏莫谨机警，逃脱一劫。

莫宗诏承袭的第二年，戚辅臣的儿子戚杨烈挟隙招贼覃明贵越境强占同其三寨堡，叔父莫谨会同莫恩泽率兵攻之，戚杨烈等战败逃走。

莫宗诏16岁时，本来是莫宗诏依恃的莫恩泽藐视年幼的莫宗诏，擅自杀害族人莫贵汉。在忻城，按律治理忻城的权力在莫宗诏手中，莫恩泽虽为长辈，却不懂规矩，骄横有之，骄狂有之，莫宗诏遂请莫自英率兵攻之，莫恩泽自是败走。

莫宗诏21岁时，莫恩泽联合戚杨烈合攻三寨。先是莫恩泽从三寨前出攻击，莫谨率兵防御，接触首战，莫谨获胜。莫谨撤退防守三寨时，莫恩泽与赶来的戚杨烈率众反攻过来，莫谨兵士四散奔溃，莫谨夫妇俩仅以身免。

信报至莫宗诏时，从18岁起励志练兵的莫宗诏率数百狼兵赶到三寨。一番查看后，莫宗诏将狼兵战队分为四支，分别从四个方向发起攻击。

沉寂多年的狼兵战队，经莫宗诏两年多的训练，士气全面提升，战术动作得以娴熟运用，莫恩泽的乌合之众，戚杨烈遗留下的残兵败将遭遇强大战力狼兵的攻击，魂摇魄动，莫恩泽和戚杨烈俯首投降，退出三寨，从此不敢再踏入忻城土地一步。肆虐数年的这股敌对势力自此剪除。

自21岁一战起，莫宗诏运势如虹，遇鬼斩鬼，遇魔杀魔。

此时的旧叛族，势孤力穷，常要借助外力来起事。1672年，莫宗威勾结楚人雷春轩图谋反叛，被发觉，雷春轩被抓获处死。1673年，莫宗威勾结吴三桂手下将领李象新反叛，李象新被追获斩杀。

1674年，宗诏承袭的第十二年，此时的宗诏25岁。自小在舅舅家受智计百出的姑奶奶的影响，受母亲人情伦理的影响，更受舅舅传授土官历史中防患于未然的治理之道的影响，与敌对势力的斗争之术日趋老练，渐至娴熟。他在与自己敌对的里、堡间安置耳目，窥探叛族、叛目的动向，做到知己知彼。

是年，叛目黄奉祥勾结莫贵忠准备攻击土官衙署，宗诏得此信息，亲到南丹请到莫与煌，率百余名土兵回来加强防御。走到半道，遇黄奉祥之叔，当即斩之。回到衙署，则按兵不动。对方也不敢动，在僵持中宗诏略施一计，黄奉祥被骗至衙署杀死，敌对势力只剩下旧叛族莫贵忠父子一党。

莫宗诏在和政敌的对垒中，每战必胜，连对手都觉得"宗诏之运"无法阻挡。

时者运也，运者命也。莫宗诏单看其命形，一生坎坷，但仔细研究，上苍对他宠眷多多。

劫波度尽兄弟散

1685年，莫宗诏以目疾告休。1662年承袭，至今24年。他一生和政敌斗争，政敌一个个倒下了，他也在37岁的年龄因目疾选择退休。

莫宗诏退休后，叛族的后裔又在1707年间发起过一次攻击。58岁的莫宗诏又一次振奋起来，激励他的四个儿子要打好和叛族的最后一仗。一仗下来，叛族大部被歼。此时有人问他，活着的叛族怎么处理。莫宗诏宽厚地回说："父、兄之仇已报，而残杀之机，亦非所以为治也。"

晚年的莫宗诏，对家族的仇杀多方总结。对于如何避免悲剧命运，专门撰写了《遗训》。后犹觉不足，在《宦迹碑志》中又不断提及。莫宗诏在《遗训》中写道："付稳之前车，付祥（莫恩胜）之后辙，言之莫不酸心。"在付稳的刀下，爷爷莫恩辉父子惨遭屠戮。在付祥刀下，爹爹和两个哥哥血溅衙署。写到此处，莫宗诏泪眼婆娑。

两相伤害之中，莫恩胜的后代在哪儿？莫宗威的后代又在哪儿？土官承袭，本有法统，有一定之规，如果谨守本分，又何来两相伤害。过去是亲兄弟的莫镇威和莫镇武，后代却反目成仇。过去是亲兄弟的莫志明和莫志德，他们的后代也反目成仇。

度尽劫波兄弟在是天命，度尽劫波兄弟不在莫非也是天命？

第九章
文化融合成大势

土司之林中，能称得上土官诗杰的，非莫元相莫属；能在土司之地，展旗推动教育，弦歌不辍的，唯有莫振国；提笔著史，成就家乘县志，并为府志编纂者，播撒一方史学息壤，只有莫景隆而已。

三人都是忻城的土官知县，且还是祖孙三人。三人前承先贤，后启来者，将忻城塑造为文化之邦。

最后的武者莫昌荣屹立乱世，以武功辉耀夕阳下的莫家。

恩怨难断

康熙三十二年（1693年）十一月十九日未时，莫宗诏母亲韦印娘去世，享年77岁。莫宗诏看着母亲已经毫无生气的面容，心里哀感万般。父亲被叛族残杀后，平常柔弱的母亲在失去依靠后突然坚强起来，她要变成一座山，给莫宗诏以依靠。她要变成铁布衫，保护3岁的莫宗诏。她的眼神变得凌厉起来，变得警惕起来。

在永定的10年，面对一次又一次的暗算，莫宗诏虽有兄长韦世兴的保护，但她仍不放心，每天食不甘味，寝不安枕。印娘的百般警惕，才保护了宗诏的周全。为请兵南丹，她毫不犹豫地拿出数百金做礼仪之资。

宗诏5岁时，韦印娘让其跟随哥哥韦世兴习练武艺。韦世兴说："莫家的青钢棍驰誉庆远，莫镇威的万人斩赫赫有名。"韦印娘眼睑下垂，伤感道："再好的武术得有人传啊。莫猛一死，所有的棍法、刀法都失传了。"自此，宗诏跟随舅舅习练瑶刀刀法。

莫宗诏13岁回到忻城袭职，韦印娘习惯难改，每夜都要起来数次查看。

莫宗诏17岁结婚，韦印娘夜里仍旧习惯来看，往往在开门的刹那间想起儿子已结婚了才又将手缩回，又慢慢走回自己的房间。面对劫后重生的家庭，韦印娘辛勤操持，不几年莫家生机重现。儿子面临一个又一个的危机，每次危机都要生死搏杀才能破解。印娘知道那是儿子的宿命，唯有坚强地面对，唯有把家建设好，唯有把家建设成坚强的后方，才能让在前方搏杀的儿子心无旁骛。

一个3岁孤儿的母亲，一个儿子13岁就成为知县的母亲，生命中承受的不是风光，而是无尽的担忧。莫宗诏看着母亲不再担忧的脸，心里将母亲一生的点点滴滴连接成线。身旁的莫元相轻轻喊道："父亲。"

莫宗诏答应后吩咐道："元相，你奶奶装殓的事你别管了，你把元彪和你叔家的元吉叫过来帮我。你们与几个叔还有几个堂兄弟一起把整个葬礼的程序列出来。迎宾、待客各方面的人员安排好。派元魁带几个人到永定去报信，家祭、外祭、道场还有下葬四件大事要布置周到，细节安排好。"

莫宗诏生有四个儿子，长子元相、次子元卿、三子元魁、四子元彪。元彪伶俐勤快，跟着莫宗诏使唤方便。元魁口齿伶俐，到永定报信。元卿虑事周到，跟随元相。

叔父莫谨已去世，共生有四子，宗泰、宗茂、宗伦、宗扬。宗茂无考。宗伦生一子，元泰。宗扬生二子，元恩、元泽。宗泰生有四子，元普、元吉、元恩、元芳。莫宗诏要元吉来帮自己。

莫宗诏有四个女儿，大女儿嫁永定长官司长官韦国柱，次女嫁黄应利，三女嫁诰封柱国将军戚辅臣曾孙戚以勋，四女嫁永顺长官司官叔邓启聪。

莫家与永定韦家，世代姻亲。韦国柱的爷爷韦世兴，在莫家危难时，倾力相帮，莫宗诏才得以重回执政。韦世兴的夫人，是莫宗诏的姑奶奶。现在，韦世兴孙子韦国柱的夫人又是莫宗诏的女儿。去世的韦印娘是韦世兴的妹妹，韦国柱的姑奶奶。按当地的规矩，韦国柱和夫人要到忻城来祭祀，这叫外祭。

且说元魁头裹孝带，腰扎孝布，一手持缀花杖棍，一手拿着香和纸，带着几个兄弟一路撒着纸钱，一路烧着香往永定报丧。到了韦长官的庄园，在庭院里失声恸哭。韦国柱和夫人闻声就知道有人来报丧了，急急忙忙走了出来。元魁边哭边把奶奶何日何时去世，何日何时举葬的信报上。

忻城这厢，各色人等白布缠腰号哭于前。莫宗诏带上元吉，手持一桶来到衙署前的水榭花园。莫宗诏跪于水边，焚香化纸，并将银币抛于水中，完成了买水的仪式，持桶取水，与元吉一起提水回到母亲身边。

夫人莫氏和一应女眷都号哭于此。韦印娘的结拜姊妹蓝氏，即将莫宗诏藏在猪窝里后又将莫宗诏背到永定的乳娘也来了。见老爷买水回来，蓝氏即和几个女眷取水在韦印娘胸前点点洒洒，以示净身尽孝。浴身后，夫人和众女眷即开始为韦氏穿寿衣。先穿黑的，再穿白的，然后一层黑，一层白，穿了九层。为什么寿衣要黑一层白一层地穿？当地俗信说法黄泉路上不太平，常有鬼抢劫人衣服，脱了一层黑衣，鬼见白衣会误认为是人的皮肤，就此罢手了。

早已备下的朱红色棺木抬了出来。入殓前的准备，莫宗诏不让别人搭手。

莫宗诏将新烧的禾草灰倒在棺底，有缝有凹处填死垫平，上覆白布，一层一层又一层，将棺底的草灰盖住塞死才罢休。莫宗诏将枕头安置平稳后，才让阴阳先生指挥入殓。装殓后，棺木被安置在前厅长条木凳上。灵位设好，香案摆好，果品放好，燃香烧烛，彻夜不灭。棺木两侧，铺上了厚厚的草席，自此，莫宗诏就日夜守在草席上。七天的道场，每天上午一场，下午一场。每场的程序都是先生读祭文，颂扬死者身世、功德。道公念经文，挂道家先圣像。击锣鼓镲，围绕立幡起舞。莫宗诏则穿白色孝服，带领孝男孝女，恸哭随后。

一天两场，七天十四场，莫元相担心父亲受不了，可怎么劝莫宗诏都不听。

道场做完，出殡那天，孝男莫宗诏腰束白布，头扎白带，一手持幡，一手提燃烧的长明灯前导引路。

下葬后一日，莫宗诏亲自到墓前烧一堆火，引导逝者灵魂归宗。第二日亲自在途中烧一堆火。第三日亲自在衙署前烧一堆火。满三日，到墓前祭奠。其间守孝满36日，再行祭奠。莫宗诏哀痛道："我只能用40天的灵前守孝，回报母亲一生的不离不弃。"葬礼结束，莫宗诏足足躺了半个月。

康熙三十三年（1694年）元月，阳光温暖，莫宗诏有了精神头，一人拄根棍子上翠屏山。

翠屏山风静树寂，光影斑驳，一派安谧。莫宗诏边走边嘀咕："蛮烟耶？瘴雨耶？莫染此雄伟。千屏耶？万幛耶？谁知彼险巇！愚公移来，未必安百里之巩基；神功妙化，殊难画一座之峨眉。攀藤与附葛，入霄路之歧异；云蒸而霞蔚，穿林枝之陆离。峙一方之雄镇，壮万代之边陲。"嘀咕到此，站下寻思一会儿又自语道："'峙一方之雄镇，壮万代之边陲。'好好好。翠屏山得此两句，山色增辉。"一个鬓发苍白的老人坐在路边的石凳上喝酒，看莫宗诏的棍子杵杵戳戳，不满地嘀咕道："边走边瞎嘀咕什么，快要踩到我了。"莫宗诏收住棍子停了下来，瞅瞅这个人道："有人写诗形容翠屏山，'峙一方之雄镇，壮万代之边陲。'写得大气，写得好。"喝酒人赞同道："不错不错，翠屏山得这两句诗，可以传名天下。谁写的？"

莫宗诏自豪道："莫元相。"喝酒人睁大眼睛，质疑道："你儿子，你儿子有这诗才？"莫宗诏也疑惑道："你认识我？"喝酒人鄙视道："认识你有什么荣耀的？你又不是封疆大吏，什么天下名人。"莫宗诏平淡道："没儿子的羡慕有儿子的。儿子没才的羡慕儿子有才的。我有儿子，还是个有才的儿子。与你相比，我就很满足了。"这下轮到喝酒人诧异了，问道："你认识我？"莫宗诏冷冷道："你有什么值得认识的。不守规矩，叛祖背宗的不肖子孙。"喝酒人回道："既然叛祖背宗，为何不杀了呢？"莫宗诏不以为然道:"我的责任是恢复莫氏先祖的传承法统,不是杀人。"

莫元彪不见了爹爹,出来寻找,有人说往翠屏山来了,寻过来,见爹爹和人闲唠,站在一边听着。喝酒人道:"什么狗屁法统,自己有茅坑占了,就说茅坑是规矩。"

莫宗诏轻蔑道:"这你就不懂了,茅坑是茅坑,规矩是规矩。这几年我也在想,这个社会不是没茅坑,而是我们没有占茅坑的本事,怎么能让大家拥有占茅坑的本事,莫家官族中才不会出为抢茅坑而叛族背宗的人。"

喝酒人满眼疑惑道:"你还会有这个好心?"说完,眼神怪怪地看了看莫宗诏,然后起来拍拍屁股走了。

喝酒人走远了,莫元彪才对父亲说:"爹爹,我看这人怪怪的,对你也不尊重。他是谁啊?"莫宗诏不以为意:"谁?莫宗威。"莫元彪啊了一声道:"莫宗威,大仇人啊。爹爹,那你怎么不把他杀了呢?还跟他说话。我还以为你们是老朋友呢。"莫宗诏平静道:"想杀他,他早就死了。很多事情不是杀人解决得了的,只有愚蠢的莫宗威才是这样认为的。"莫宗诏在莫元彪陪伴下下山回家了。

莫元相知道爹爹和莫宗威见面的事,晚上带着夫人、抱着5岁的莫振国一起来看爹爹。元卿、元魁也因这事聚了过来。兄弟四人都结婚了,姊妹四个都远嫁各地。今天兄弟几人听说爹爹与莫宗威见了面,还唠了半天嗑儿,一是担心,二是好奇,不约而同地来看爹爹莫宗诏。夫人见几个儿子都来了,脸都笑开了花。兄弟几人虽然都想知道爹爹见莫宗威的由来,但都等着大哥莫元相来问。

莫元相心里笑了笑,开口道:"爹爹,他们几个嘴上都不说,但心里都在催我,问问爹爹与莫宗威见面的事。"莫元魁调皮道:"大哥,我们嘴上又没说,你怎么知道我们心里催呢?"莫元相含笑道:"相由心生。你们嘴上没说,但看我的眼神都是笑着,嘴角都往爹爹那边歪着。"莫宗诏笑笑说道："今天我是上山闲走，碰上了莫宗威。说碰上也不对，是莫宗威有意要见我。"兄弟几人同声问："要见你，为啥呀？"莫宗诏道："他要问一件事。"老二莫元卿眼睛转了转道："他和我们是几代人的仇恨，什么事值得他大费周章来当面问呢？"哥三个认为老二问得对，头都不自觉地连点了几下。莫宗诏的回答出乎众兄弟的意料，他道："莫宗威来问我为什么不杀了他。"兄弟几人做出同一副难以相信的表情。

莫宗诏接着说道："按莫宗威的思维，我回来执政了，首要做的是报复。将杀了你们爷爷还有两个叔父的人一个一个地清除掉。"莫元魁道："我们都是这样想的。"莫宗诏笑道："我的做法完全出乎他们的意料。"莫元相很想知道父亲内心深处的想法，里边含着治理忻城的思路，他需要借鉴，遂请教道："爹爹，你详细讲讲，我们也好学学。"莫宗诏也想让儿子们了解自己治理忻城的一些做法作为参照，遂说道："我13岁回到忻城，面临莫宗威一党的危机，同时还有戚杨烈侵占我土地、莫恩泽的叛乱危机。按莫宗威一党的想法，我一定先灭了他们，再应对其他危机。"莫元彪快言快语道："要是我，一定这样做的。"

莫宗诏陷入回忆中，他道："我袭职前也是这想法，叔父莫谨更恨不得吃了他们的肉，剥下他们的皮当垫子。可一旦坐上知县的位子，权衡全局时，报复莫宗威一党就不是最紧要的。我和叔父分析，莫宗威一党的力量十分有限，对我们的威胁不大，放着他们，不动他们，还可稳定官族，给我们时间应对戚杨烈和莫恩泽带来的危机。三寨一战，彻底消除了这两人带来的危机。但有一条，你们要记住了，我虽然选择了处理最为紧要的危机，但我布置好了对莫宗威一党的监控，留有应对他们的后手。"

处于知县位置上的莫元相，对父亲的处置方法有着更深切的理解。他说："爹爹常拿爷爷的惨剧告诫我们，人要有仁义之心，但不可没有防人之术，我们后代一定要以此为戒。不过，爹爹，在消除危机之后，莫宗威一党又制造了三次危机，怎么不借机将其一网打尽？"

这个问题也是哥几个想问的，四兄弟都伸长脖子看着父亲。莫宗诏道："我知道你说的是莫宗威勾结雷春轩、李象新、黄奉祥制造的三次危机，我将这三人全部清除，但没动莫宗威。"莫元相接口道："是呀。"莫宗诏道："别急，等我慢慢说。我那时也很矛盾，有时想，不如借此机会把莫宗威一党都给杀了。有时又想，我不能像他们那样残杀，毕竟还是同一个老祖留下的根。后来我自己定了个原则，只要他们不叛乱，我就不动他们，如果再叛乱，毫不留情收拾。"

"嘿嘿。"莫宗诏忽然很欣慰地笑了。此时，躺在母亲怀里睡觉的小振国醒了，看见爷爷那副高兴笑容，张着小手叫："爷爷，抱抱。"莫宗诏抱过小振国，小振国摸摸爷爷的嘴："爷爷，笑笑。"莫宗诏抱起小振国贴个脸道："孙子，爷爷笑，莫宗威那个王八蛋都羡慕爷爷，爷爷能不笑吗？"一家人听了都发蒙了，莫宗威羡慕什么呢？

莫元彪一把抱过小振国道："来，小叔抱抱，小叔想想。"一边转脸问："爹爹，我没听见莫宗威说什么呢？"莫宗诏道："他说这话时你还没到。"莫宗诏将自己念着元相写的《翠屏山赋》上山和莫宗威见面的情形告诉了大家，特别强调了当知道这是莫元相写的时候，莫宗威脸上的表情无限惊讶，惊讶之后就是羡慕。莫宗诏道："他能不羡慕吗？他没儿子，我有四个儿子四个女儿。女儿们嫁得好。儿子还个个有才。"莫元彪追问道："爹爹，我还有个事觉得奇怪。莫宗威临走时说了句'你会有这好心？'脸上表情还怪怪的。"莫宗诏道："我当时由莫宗威一党的事联想到整个官族，这么多官族子弟要没个发展渠道，一些人难免就盯上承袭这事。要为官族子弟创造发展的渠道，必须开办学堂，鼓励读书，开辟科举之路。"小振国听到这不知怎么高兴起来，手舞足蹈："爷爷，我读书，我读书。"莫宗诏捏捏小振国肉嘟嘟的小脸，说道："好好，孙子读书，还有办学。"小振国嫩声嫩气道："爷爷，我读书，我办学。"莫宗诏道:"好好,你爹爹读了多年书,在庆远所有的土官里,学问最高,诗文写得最好,你也要像你爹爹一样,好好读书。"

小振国嫩稚的声音,给全家人带来无比的欢乐。但令全家人没想到,多年后,就是这个小振国,果然办起了学校,为忻城引来了以文化人的新风,从此,文教之风在忻城大地劲吹。

弦歌声响扫蛮烟

康熙末年，六月的一天，板县村旁小山下的官栈前，知县莫振国的脸上略显焦急。也是，在此候人，难免焦急。出现在前文里才5岁的莫振国，怎么一眨眼就做了知县？今天在板县候什么人呢？

莫振国的父亲莫元相，被称为土官诗杰，庆远地区文名远扬。但关于莫元相承袭时间，却有各种说法，让人迷惑。

莫景隆《莫氏宗谱》在关于莫宗诏一生行状中载：宗诏乙丑二十四年（1685年），以目疾告休。告休后当然是长子莫元相袭职。但与另外的记载"莫元相在康熙四十八年（1709年）承袭"的说法相矛盾。1685年袭职，莫元相时在19岁，如在1709年袭职，莫元相则43岁。

蓝承恩《忻城莫氏土司500年》记：莫元相是康熙四十八年袭职，时年43岁。1712年终职，则在职4年。卒于雍正八年（1730年）。寿64岁。

《忻城土司志》记：莫元相康熙二十四年（19岁）袭职，终职康熙五十一年（1712年），在位29年。

带着疑问相询于忻城莫氏土官后裔，得到解释：1685年莫元相开始管事，1709年朝廷任命书才下达。此解释甚为合理。前一代土官因身体原因或其他原因不能任事，报请朝廷任命下一代土官，朝廷的任命书不能今天报明天下，通行的做法就是后一代土官先把事管起来，慢慢等着朝廷的任命书。

1707年，莫元相带着元卿、元魁、元彪三兄弟剿灭了盘踞后山准备攻击县衙的叛族。1711年，官族莫元彩图谋不轨，莫元相密禀上宪，檄擒解治，100多年的官族动乱至此平息。

莫元相在打击官族动乱一事上，一方面秉持父亲"不动则安""动则严打"的做法，一方面精心撰写《劝官族示》，悬挂衙署前。劝官族：一要读书，读书则明理；二要耕田，耕田则富足，富足则生礼义；三要学曲艺，学曲艺则增加生活的乐趣；四要经商，经商则治产，延数世之富。

经文武之道的治理，忻城出现和平安宁的局面，一生喜欢文学的莫元相于1712年退职，莫振国于1714年袭职，走上了忻城的政治舞台。此时的莫振国24岁。

忻城的县务虽然繁忙，但莫振国的文学情怀没因政繁而放弃。这不，来板县就是为此。莫振国闻听府署官员梁益从南宁返回宜州，路经忻城，即赶来迎接。这一手，也是跟爷爷莫宗诏学来的。莫宗诏请陈元迪来游忻城，目的是为儿子莫元相开阔眼界。学问需要开阔眼界，学识需要开阔眼界。读万卷书，行万里路，其意在于此。板县，是莫保初到忻城的落脚处。板县地处三岔路口，往北通往宜州，往南即是忻城腹地，往西经龙头过红水河，取道上林、宾阳直达南宁。因是通衢之地，才成了莫保的选择。

通衢之地，官来官往，莫家在此建了官栈，供往来官员住宿。官栈旁，有个闷水潭，水波清幽，山影倒映，爽人心目。

莫振国欣赏山光水影时，梁益到了。莫振国迎上前，双手作揖道："梁大人，旅途劳累，辛苦辛苦。"梁益下得马来，双手一拱道："有劳莫知县，不敢当，不敢当。"

一番客气后，梁益打量莫振国有顷，赞道："知县丰神俊朗，青年才俊，可喜可贺。"不到30岁的莫振国，五尺身高，温文尔雅，彬彬有礼，能不让人眼喜？莫振国诚挚道："大人见笑，大人的文章诗歌，名动庆远，我仰慕得紧。今天来接大人，请大人到忻城观风问俗，我也趁机讨教讨教。"

一行人上马奔行，半个时辰即到衙署。莫振国将客人引到东花厅，弟弟莫振邦正等候于此。莫振国介绍道："梁大人，这是舍弟莫振邦。"莫振邦眼看梁益欢迎道："梁大人好，一路辛苦。"眉清目秀，锦心绣口的莫振邦，梁益一见倾心。开口赞道："知县弟弟一看就是诗书满腹之人。"莫振邦拱拱手，回礼道："大人过奖。"一番寒暄，梁益被引到主宾位坐下，侍女随即递上手巾。递还手巾，梁益趁空观察东花厅。东花厅坐北朝南，小青瓦屋面硬山顶勾连搭的砖木结构，抬梁式大木构架，富丽通透。外面则为一小花园，有假山、水池等景致。梁益赞叹道："如此雅致的衙署建设，在别的土司境内，实难见到。"

三人分别坐下，莫振邦为梁益斟茶道："梁大人请品尝品尝，这是三江明前头茶。"然后又给哥哥斟上。

梁益慢慢呷了一口道："三江，是广西阳光最早照到的地方。三江明前茶，清香润喉。"茶过三盏，梁益说话："莫知县，我想参观参观衙署，不知方便否？"

莫振国口中连连回答道："方便方便。我陪你。"说完转头对弟弟道："我陪梁大人前去参观，你去厨房安排菜肴，晚上请梁大人品尝品尝忻城的土特产。"

说完又附耳压低声音道："告诉爹爹，请爹爹过来喝杯酒。"莫振邦道："知道了。"莫振邦临走时对梁益拱拱手道："大人慢慢参观，我们晚饭再见。"

莫振国陪梁益重出大门，沿头堂、二堂、三堂走来。莫振国边走边介绍先祖莫镇威怎么建的衙署，中间又经过几次的动乱焚毁。边讲边向西边走去。就听孩子的读书声传了过来："学而时习之，不亦说乎？有朋自远方来，不亦乐乎？人不知而不愠，不亦君子乎？"

梁益有点惊讶地问道："莫知县，这是你办的学校吧？"牙牙学语时就在爷爷怀里稚嫩地喊着要读书、要办学的莫振国，自小就爱读书，常和弟弟莫振邦一起读四书五经和诸子百家，惹得庆远府的官员都称赞其有汉官才具。

当时忻城的民风习俗，仍是喜欢唱歌跳鬼，击鼓招灵，家家藏有鸟枪，男人身佩环刀，仇杀成了陋俗，司法审理成了常见的事情。莫振国此时深感爷爷莫宗诏所说的兴文教之风、以文化人不单是对于教育官族很重要，对于一般百姓的教育也很重要。

莫振国捐资在衙署的右侧建了义学三间，请来名士执教。招收的学生不但有官族子弟、里正堡正的弟子，还有民间的优秀后生。到每年的春耕时节，莫振国到各地劝农时，还要当面劝诫里正、堡正和当地的百姓，一定要把读书看作最重要的事。梁益感慨道："庆远地方，土官管理的地方都没有学校。"

梁益接着说道："据我所知，忻城在明代初年曾由政府设过学校，后来因招不来学生，政府又不得不把学校撤了。"莫振国答道："我们莫家在长期治理忻城的过程中，总结了两句话，武定祸乱，文致治平。明前期，在没有朝廷设置学校的情况下，莫家自己设学馆请人来教。经过内乱后，我爷爷和爹爹深切认识到，忻城改流复土100多年来，在土地上实施了耕者有其田的一系列措施，给忻城带来了和平和安定。随着形势的发展，很多人追求新的发展，莫家的治理要与此相适应。读书就是一条新路，我才把对官族的教育提到如此的高度，把读书育人当成了莫家治理忻城的重要内容来实施。"

一个偏僻之地的土官还有这种认识？梁益从心里对这位年轻的土官知县有了好感，心生钦佩。

莫振国看梁益很感兴趣，又说道："梁大人，为了让学子读好书，我还琢磨着写了十六条的《教士条规》，请你看看，并提出意见。"走进学堂，梁益认真看了悬挂墙上的《教士条规》。"一崇道统：道统渊源为纲纪万化之本……斯道之传，于今为昭。凡读书怀古者……毋失正学为异端所窃也。"梁益赞道："一句话点到了读书的根本。"

然后逐条看去。

"一讲性学。"

"一博经史。"

"一文礼乐。"

…………

梁益是读书出身的官吏，深知引导对读书人的重要性，但想想自己读书路上的老师，就是做了一辈子教学的官员也没人这么总结过。这需要学识博洽，需要自我读书的悟道，还需要有更高的人文情怀。梁益满怀感佩之情，向莫振国深深作了个揖。

莫振国问道："梁大人，这是何意？"

梁益真诚道："莫知县，经此一见，我真心地佩服你。你不但是土司地区教育的开创者，你的《教士条规》，其中包含的教育教学思想是广西所有土官中绝无仅有的，就是流官中专管教育的官员也没有，你对教育具有开创性贡献。"莫振国摇摇手，谦虚道："梁大人过奖过奖，教育是千秋大业，也是个慢功夫，还需要后人持之以恒地坚持下去。"莫振国开创的教育局面，为忻城的所有后来者立下了示范的丰碑，为忻城后来的科举之路做了奠基，为后来忻城士人之风的形成刮起了一缕原始之风。当晚，莫元相身体不舒服没过来，莫振国哥俩陪梁益，心情愉快，淋漓酣畅。

第二天一早，莫振国兄弟俩陪梁益游览忻城的名胜。先游黄竹岩。黄竹岩在衙署的北边，相距一里多路，骑马而行，须臾即到。

游黄竹岩，目的是游黄竹岩之石洞。洞在半山之上，好在已有修葺的山路，层层石级垒砌，不用攀树缘藤。行至半途，山下有人见山上众人影影绰绰，遂高声喊道：我们修的路好走不？莫振国回应道："好走。"山下人道："是知县大人啊，这路还是老知县带领我们修的呢。"梁益问："这路还是老知县修的？"

莫振国道："是家父带人修的。家父还亲自进洞游览，洞中千奇百怪的岩石夺人心魄。父亲感慨说，这洞要在江南地带，早成风景名胜了。后来写了篇《黄竹岩记》。"梁益道："早听说老大人写的诗气势磅礴，胸怀博大。以其诗风行文，想必也是如行云流水，气韵酣畅。我来忻城，不见老大人一面，人生遗憾。"

梁益如此尊崇父亲，莫振国俩兄弟甚是高兴。莫振邦道："大人这般看重家父，十分感谢。游览完毕，再见老人不迟。"进了黄岩洞，洞中复分12房，逐房看完，出洞中午。赶回衙署，匆匆就餐，又赶向西山。

西山是忻城最早的名胜。景色殊胜，风光独特，宋时即有庙宇修建，当时的县令即有题诗刻石。前人诗踪，今人寻迹。一行人上得山来，寻断碣残碑，读石壁刻文，登高望远，寻幽探奇。满怀希望而去，一腔兴奋而回。

回到衙署，梁益先去拜见莫元相。50来岁的莫元相，精神十足，梁益来拜，自是高兴。

客气一番，各自坐下，梁益提出拜读莫元相写的《过斗二隘》诗以及《夏日登黄竹岩二首》诗。莫元相谦虚一番后，找出诗稿递给了梁益。梁益双手接过，坐下即静读起来。一会出声了："这四句境界阔大，境界阔大。"边说边念道："四时天气暗晴阴，万壑烟光迷远黛。""我来勒马驻高峰，剑气光芒侵上界。"一会儿又道："这四句想象丰富，意境雄奇。"边说边念："虎啸风生两腋间，鸟啼花落春常在。""仰探碧落抹残霞，俯视群山皆下拜。"梁益望着莫元相道："老前辈，这诗我喜欢，想象力十分丰富，气势雄浑。但要让我写，我写不出来。"莫元相呵呵笑着说:"再看看写黄竹岩的两首。"

梁益认真读完,又沉思默想一会儿,才开口道:"第一首,前四句写景,后四句抒情。境界辽阔,情自邈远。'披襟一笑傲,万壑应相连。'情生于高岸辽阔之境,景当然应和于千山万水之间。"莫元相高兴道:"解得好,解得好,梁大人高才。"梁益看完第二首后,对莫元相说道:"第二首,别的好处我就不说了,只说一个了不得的地方,想象奇特。看这两句,'酒浇东井日,箭射火云天'。夏季的天空,弥漫炽热的红云,那是美酒喷射在太阳上发散形成的。"

莫振国兄弟俩一直在听梁益对父亲诗的解读,那真是方家之解。兄弟俩佩服梁益的解读,也深为父亲自豪和高兴。

深为感动的莫元相,站起来走到梁益身边说道:"梁老弟,你真是我的知音,晚上我一定要敬你一杯酒。"莫元相说完吩咐莫振国:"晚上不在衙署的东花厅吃了,就在我这儿吃。我这还有一坛老酒,你们兄弟俩都在这陪梁老弟。"莫振国道:"爹爹,我让厨师过来做菜。"莫元相朗声道:"好。"莫元相接着说道:"振国、振邦,把两个儿媳妇和孩子一起找过来,热闹热闹。"

兄弟俩眼神一交,知道爹爹在家请客的用意。如果在东花厅请客,规矩很多,女性不能上桌,孩子不能上桌。在家里请客,一家人可以随意,遂连声答应。

晚宴的菜肴很丰盛,有思农的鸡,东兰的木鸭,天河的枪鱼,忻城清水河的海船钉,地蚕,郎棒,瓜花,打包,永顺的木耳,河池的马姜,各种时蔬。

人分两桌,一桌莫元相、梁益、莫振国、莫振邦。另一桌摆放别屋,莫元相的夫人蓝氏领两儿媳和几个孩子。莫元相夫人放在今天来说,是典型的才女。莫元相请梁益坐主位,梁益谦虚坚辞,并将莫元相硬扶到主位坐下。莫元相将梁益拉在主宾位坐下。莫振国挨父亲肩下坐下，横对梁益。莫振邦挨莫振国坐下。莫元相唤用人将特糯酒取来。用人去了一会儿才将一个陶罐取回来。陶罐呈酱色，口被密封。用人将封口打开，满屋飘香。

莫元相问梁益："梁老弟，猜猜这酒有多少年了。"梁益听这话赶快站起来道："折杀我了，千万不能这么叫。以我和莫知县的交情来说，您老人家是我年伯，如果您老人家不嫌弃我官卑职微，我就叫声您伯父吧。"莫振邦帮腔道："爹爹，就让梁大人叫您伯父吧，要不我和哥哥成了梁大人的晚辈了。"莫元相顺坡下驴道："哎，梁大人，儿子不愿意。我也不客气了，称呼你为年侄吧。"

梁益谦虚道："正该如此。"

莫元相举起杯道："今儿个听了梁……不，年侄对我几首小诗的精彩点评，入心入肺，大慰老怀。诗为心声，你说出了我的心声，知音感油然而起，真想与你处个忘年交啊！"顿了顿，莫元相接着说道："虽然没有这个名，但有这个情。一起喝杯酒，快意人生。把酒倒上。"众人举杯，将喝未喝，就看梁益将杯停在嘴边，眼看莫元相道："不问清一个事，这酒不敢下。"莫元相的笑意从嘴角升起，道："年侄请问。"梁益意味深长道："伯父让我猜猜这酒多少年，这酒一定有它的特殊处，我想请伯父告诉我。"

莫元相看看梁益，又看看酒，一阵欢笑声随即响起，道："年侄，你真看到我内心深处。我们忻城莫家前辈中有个文武双全的人，叫莫镇威。先祖母闺名罗柔，先祖母智计百出，看到忻城产的糯苞谷，就用糯苞谷酿酒，酒酿制出来，味道独特，远近闻名。镇威先祖到罗定征剿土匪时，还给同在罗定的岳父带去了两桶特糯酒。镇威公的岳父喝后喜欢上了这酒，每年都得从忻城送过去。镇威公夫妇去世，莫家又遭遇百年的动乱，酿酒的方法失传，余下的酒被抢夺无存。我祖父莫猛十分喜爱这酒，并为之常常沉溺于醉乡。祖母为防祖父喝酒误事，将其中的部分酒藏于别处。唉，后来祖父被叛族害死，我父亲以此为戒，滴酒不沾。我袭职后，才接手了这批酒，这么多年来，送人一部分，喝了一部分，就剩下这最后一坛了。今天见你高兴，好酒要与对的人喝，就用这酒来请你了。"

梁益无限感触，轻声道："伯父，您请我喝的酒是绝品了，过了今夜，世上再无此酒。高情盛谊，莫过于此。感谢伯父。"一仰脖，杯中酒全干了。突然站起，一拱手道："伯父，两位兄弟，请恕我不恭，诗兴来了。"然后走向一旁案桌，就其墨，就其笔，就其纸，一首七律一挥而就。

过忻城

踏破苍苔一径幽，人间信是有丹邱。
云间铁障千寻碧，泉落岩扉六月秋。
仙鹤护巢尘不染，青牛出峡迹空留。
遥闻绝顶飞霞帔，疑是群真拜玉楼。

莫振邦将诗递给父亲，莫元相看后连赞："才思敏捷，下笔如神。"莫振国看完也叫了声好。随即将酒杯斟满，端杯说道："梁大人，才刚家父敬了第一杯酒，我接着敬第二杯酒。首先对梁大人来忻城观风问俗表示感谢；其次，梁大人解读家父的诗，其中的见解让我受益无穷；再次，梁大人一挥而就，给忻城留下了一首让山河增辉的诗作。感谢之意，与家父的情分之意，可喜可贺之意，都在这杯酒中了，我敬梁大人。干。"梁益干完，举杯示意道："谢谢知县。"

莫振国道："梁大人既已称呼我父亲为伯父，我们三人就以兄弟相称吧。不知梁大人意下如何？"梁益应道："莫知县是朝廷任命的世袭知县，我高攀了。"三人论论，40来岁的梁益为兄，莫振国次之，莫振邦老三。有了如此情分，梁益就想举杯从莫元相敬起，可被莫振邦阻住了。

莫振邦说道："大哥，先听小弟说一句，我们三人以兄弟相论，你先敬爹爹本是应该的，但从酒规矩来说，爹爹敬了你一杯，兄长敬了第二杯，父兄敬后，第三杯酒该我敬你了。大哥说对不？"梁益没法反驳，只好说道："三弟说话很在理，说得对。"莫振邦随杆上道："既然大哥认为我说得对，我就再说两句。我敬完大哥，第一轮酒结束。第二轮怎么喝我提个建议。"梁益听完，看父兄两人都没说话的意思，那就是认可莫振邦的提议。心想，在父兄面前不表现的莫振邦，关键时候很有主意，是个厉害人物。

莫振邦往下说道："第二轮酒，第一杯，我们兄弟三人同喝一个，那是恭喜我们以兄弟相交的酒。第二杯，我们兄弟三人同敬父亲酒，第三轮酒那就看大哥的了。"梁益有点谨慎地说道："三弟，喝酒讲个入乡随俗，你能指点指点我，客人敬酒在忻城有什么说道不？"

莫振邦道："大哥，不管哪儿喝酒都脱不了来而不往这句话。现在弟弟敬你酒了。要说的第一句话，大哥来了，让我父亲大畅老怀，这是做儿子最高兴的事。爹爹一高兴，我就有口福了，绝品酒，要在平时，任我怎么想喝，父亲都舍不得拿出来。思农的鸡，东兰的木鸭，天河的枪鱼，都是各地土官送我父亲的，平时我也吃不到。郎棒，瓜花，打包，则是忻城的特产，大哥知道是怎么做的？"

梁益笑道："我连名都是第一次听到。"

莫振邦道："大哥，小弟给介绍介绍。郎棒的制作方法，猪肠洗净后，把米饭与猪血、盐及香料拌匀灌入猪肠内，用麻搓成的线绑成数节，放入锅里煮熟，捞起滤干，即可切成小段宴客，也可风干后，要吃时，再煮熟即可。瓜花的做法是将南瓜花心抠出，花茎剥去皮，将拌好的肉酱、糯饭及佐料灌入其中，再把花瓣合起封口，插入花茎固定后，装盘入锅蒸熟，味道鲜美极了。"

莫振邦边说边用另一双筷子将菜夹给了梁益。梁益尝了一口，果真鲜美无比。

莫振邦此时也将菜给父亲和哥哥夹去。至此，梁益观察到，忻城莫家的待客之道和流官的待客之道没有多大分别。

莫振邦自己夹了一口菜吃了，解嘲道："我介绍了这半天，口也渴了。还是敬酒吧。大哥，难得你和我们父子这么投缘。敬大哥。"一口干了。

第三轮喝酒，梁益主敬，先敬伯父，再敬兄弟知县，三敬小弟莫振邦。敬莫元相时，梁益故作高深地说："伯父，我写的《过忻城》，伯父看出来写的是哪儿吗？"

莫元相哈哈笑道："我家的一亩三分地，拿来考我，有点小瞧我了吧。你写的地方不就是西山吗。"梁益跟着哈哈大笑说："伯父眼力如神。不过我游过黄竹岩，游过西山，为什么不写黄竹岩而写西山呢？"父子三人互相看看，没人回答。梁益道："我在之前看过伯父写的《游黄竹岩二首》，我要再写，一定超不过伯父写的，不敢写了，才来写西山。"莫振邦道："大哥，你这不是说李白在黄鹤楼的境遇吗？"两人齐声道："眼前有景道不得，崔颢题诗在上头。"四人笑声一片。笑着笑着，莫振国突然站了起来，急不可耐道："我的诗兴来了，振邦，你陪大哥多喝几杯。爹爹，你少喝点，看个高兴。"莫振国倚案提笔即写道：游西山寺。

在另一桌吃饭的6岁的儿子莫景隆见父亲写诗了，赶紧跑过来观看，边看边念："《游西山寺》。"然后一路往下，不停口地念道：

西山胜迹自天开，著屐登临载酒来。
雨润丹崖光似洗，风回松壑净无埃。
追寻故址遗仙弈，欲读残碑半土灰。
坐对深林听鸟语，几回不禁意徘徊。

梁益这边听完,刚想说句称赞的话,没等说出来,小景隆嫩稚的声音又传了过来:"《迎晖楼文》:浩浩乎!大造行生之无已,忽消而忽息;茫茫乎!人事变迁之无定。"小景隆念到这里念不下去了,莫振邦起身接着念道:

俟存而俟灭。古以及今,今复成古。时运如故,景物已非,不特一人一事已也。所以学士名人往往考遗徽、探旧迹,台榭丘墟而简断碑横之下,莫不歔欷而太息焉。余治之西山,有迎晖楼者,建自宋代,于今近千年矣。登其山,履及故址,因忆当时之峻宇雕墙,刻桷丹楹。石砌砖垒,既壮而永固;桂栏黎柱,亦丽而可观。其广可容数十榻,高直干霄。故朝而带雾衣云,寅宾出日;暮而冠霞顶露,挥送夕阳。虽不能志其全,而碑碣残文一片糊模中,尚可寻忆其大略。在昔兴筑者彩焕规模,原欲光永南极。而接踵游企者,岂忍草茂西陵。特是兵火残毁,风雨倾颓,榛棘含烟,虹栋之飞舞灰烬;鼪鼯栖壁,虹梁之偃寒澌灭。呜呼!江山尚在,台阁已墟。白龙之深隐,空蟠无际;绿林之荒蔓,长青谁倚。欲问昔日之峻丽,不可得矣。由是而叹齐云之悲歌莫响,凌烟之图绘何存?翔鸾栖凤,射雁放鹤,无有踵而修之,同归尘土,岂特一迎晖然哉!故游人达士,触物致怀,即此而推天下事。当时赫赫,瞬息汶汶。有其善者,骨虽朽而灵魂犹栖岩巅;无可名者,身未泯而姓氏已阙史册。是则人事之修废,又何不可借此楼之存亡,为千秋之金鉴耶!余因作文以吊之,庶后之览斯文与斯地者,知其猛省自修乎!重兴斯楼之志,盖有待焉。

梁益听完，一副痴迷模样。数百字的文章一挥而就，这份才思后面的天赋让人叹服。行文一波三折，感慨遥深，既感人事无常，又抒发奋发有为的情怀。

不知为何，梁益感受到莫振国的诗文中郁结着一股悲凉之情，透出宿命之感，心中有种隐隐的不安。

史笔纵横写千年

忻城有个故事，《莫氏宗谱》没有收纳。不被《莫氏宗谱》收纳的故事是这么回事：一天清晨，莫氏官族的候任土官被摔出土司衙门后，三步一跪，跪到西街尾，出西门发配到云南。被发配的候任土官愤恨远走他乡。

这一出人间悲剧，发生在土官莫景隆门下。

莫景隆有一妻一妾。正妻韦氏，生有三子，莫若顺、莫若宽、莫若长。妾欧阳氏，生一子，莫若恭。

兄弟之间，如按年龄排序，莫若顺是长子，莫若恭是老二。如按承袭法统，莫若顺是当然的荫官。可欧阳氏不甘心。有了这个想法，欧阳氏处心积虑思谋损招给莫若顺下套。

欧阳氏正在澡房里洗澡，忽听外边有莫若顺的说话声。欧阳氏灵机一动，想出了一个损招。洗完澡，欧阳氏怒气冲冲去找莫景隆告状，说莫若顺行为乖张，前去偷看自己洗澡。

其实，这样的损招，并没有什么技术含量，但针对男人的心理而发，劲道十分强大。男人遇到这事，必定冲动，理智丧失后也就失去了判断力。这是其一。其二，即使能保持理智，可要问自己的儿子，你做这事没有。儿子回答说没有，父亲也不会相信，抑或是半信半疑，毕竟谁做了这样的事，还能承认吗？所有的理智，所有的判断力都飞到天外了。

多少优秀、有智慧的男人都栽在这上面，可以说是屡试不爽。莫景隆也不例外。

听信了欧阳氏的诬告，先入为主的莫景隆盛怒之下问罪于大儿，不听大儿子的解释，将大儿子发配云南。满肚冤屈的莫若顺遭此大难，对父亲的愤恨超过了对小娘的愤恨，发誓不再与忻城官族来往，并将此作为家训告诫后人。

以后忻城官族曾数次前往云南查访，毫无收获。最后一代土官曾命莫玉璇专程到云南查访。聪明的莫玉璇到云南查访时改姓为黄，还真给查到了。另据忻城老人凡日荣说，1921年时，云南军打到广西，一个姓莫的营长曾到忻城查访祖宗。

这个故事，是关于莫景隆的。

乾隆十九年（1754年）秋季，《庆远府志》初刊面世会正在庆远府举行。知府李文琰满脸笑容，为官一任，为当地留下一部志书，是不少有为官员的心愿。

李文琰名留《宦迹》，自然是政绩斐然，有此一部志书，让他的政绩更加圆满。当然，几位主纂是他要由衷感谢的。

与会的各级官员听到李文琰点名感谢忻城知县莫景隆时，只觉事出意外，不免讶然于形。也难怪，庆远府各级官员的意识中，庆远所辖的六个土官州县及长官司，重武轻文，划地自守，土俗浓郁。竟然有人能纂修志书，当然让人匪夷所思。

李文琰见众人的表情，拿出一本书来，指着封面说道："这本书名《莫氏宗谱》，既是忻城莫家的家谱，也是忻城县的县志。我们庆远有三个土州，一个土县，两个长官司，拥有家谱或县志的只有忻城。这说明忻城对文化的重视。这本志书谁写的？忻城知县莫景隆，这说明忻城莫家对文化的重视。莫景隆的才情怎么样，大家看看他写的《青鸟山赋》。

我看完了，一句话，那叫深为折服。土官，在有些人的想象中，无法与用赋体写文章的人挨边。可莫景隆这赋，敷陈排序，明白晓畅，写得行云流水，回肠荡气，我们流官，我们做教育的官也不见得都有这水平才气。说到教育，莫景隆的父亲莫振国写的有关教育教学的16条《教士条规》，深得教育之三昧。"

莫景隆因史志的贡献名列《庆远府志》，这在庆远地区的土司中绝无仅有。

莫景隆命途多艰，11岁时父亲莫振国辞世。莫振国辞世时刚35岁，正是年轻有为时节。天妒英才，梁益从莫振国诗中读出了其宿命之感，才心有戚戚焉。夫人邓氏与丈夫伉俪情深，伤以继忧，夫君去世4年后也撒手人寰，年仅32岁。4年间，莫景隆遭遇父母先后辞世的惨境，心中之情伤，心理之裂变外人实难揣度。幸亏祖母健在，精心抚慰；幸亏叔父莫振邦仁义正直，代理县务至莫景隆17岁时，还政于莫景隆。

莫景隆一生贡献良多。

对国家的贡献有：

乾隆六年（1741年），迁江捉梁文臣，加功一级。

对社会的贡献有：

乾隆八年（1743年），兴建莫氏祠堂。

乾隆十六年（1751年），与永定韦日隆同建涌水河石拱桥，重建思练双拱桥。

乾隆十八年（1753年），建观音阁，重修关帝庙，建社仓3间。

乾隆十九年（1754年），协编《庆远府志》。

可是要论莫景隆最大的贡献，那还是纂修《莫氏宗谱》一书。

此书是1744年纂修，距莫保1370年到忻城时，已过374年；距1496年莫鲁独自执政忻城县事，也有248年。如果从唐贞观初年置芝州，辖忻城等七个小县为置县之始，相距1100多年。不管是从县志或家乘来说，莫景隆《莫氏宗谱》的纂修，都具有开创性的贡献。

蓝承恩《忻城莫氏土司500年》中有比较客观的评价：

第一，它是忻城土县出现的年代最早的一部史书。忻城建制于唐代，经历过正县和羁縻州并存时期、流官正县时期、流官和土官共治时期、土官时期，至乾隆九年1100多年间，没有一本记载忻城历史的书。莫景隆《莫氏宗谱》的问世，填补了这一历史空白。

第二，《莫氏宗谱》比较全面地记载了忻城土县的历史。如果没有《莫氏宗谱》的记载，我们将无从了解和研究忻城的社会历史。从这方面来说，《莫氏宗谱》起到了史志的作用。

第三，《莫氏宗谱》是土官亲自编纂的书。莫景隆怕子孙"罔识先业，罪孽深重"，因而亲自主笔编纂。他对祖先世系，先业纪实、事件、诗文自然了解得比别人多，运用准确，可知其责任之所在和求实的思想观念。

第四，《莫氏宗谱》记载历史比较真实客观，这在各地土司的族谱中是比较可贵的。可以说，《莫氏宗谱》记载莫氏土官乃至社会的历史，具有较高的客观性和真实性，具有史志的功能，起检讨过去和警示未来的作用。

全书一手精美的小楷，数百年后观之，犹闻典雅之墨香。

写人分一生行状和点评两部分，所著诗文附录于后。

行状和点评词文句雅，写人状物讲究词意，拿捏准确，读之如见其人。

不少的篇章如人物小传，坎坷经历，不屈不挠，音容笑貌，宛在目前。

蛮荒之地变文物之邦

莫元相时代，莫家子孙中有一个被称为奇才的人愤而出走忻城，走时留诗一首：

骏马登程往异乡，为人随处立纲常。
今居外境犹家境，久住他乡即故乡。
早晚不忘失庶考，晨昏须念至宗香。
老夫但愿多庇祐，凡我儿孙总盛昌。

从诗句中我们可以品味出，作者的心境像极了被冤屈后气愤莫名的莫景隆儿子。这个人是莫禄，莫镇威之子莫志新的孙子。当然，莫禄的冤屈不是被小妈污蔑成耍流氓，而是因为科考。莫禄三级科考皆中，被称为奇才，这样的奇才只因母亲不是正妻的身份而不被忻城衙署录用，岂能不委屈、不气愤？

莫禄是忻城莫家最早参加科考的人，竟然能三级皆中，属实是奇才。

清朝的初级科考是县试。县试由知县主持。二月考，内容有八股文、试赋、策论等，要考四到五场。县试的严格程度，是今人无法想象的。首先，要本地同考的童生五个人互相具结，互相证明；其次，要请本县一名廪生担保。

古时科举考试，成绩名列一等的秀才称为廪生，廪生享有公家供应膳食的待遇，具体说每月可获得国家供应6斗米粮。廪生资格是严格控制的，府学40人，州学30人，县学20人。廪生须为应考的童生具结保证无身家不清及冒名顶替等弊。

在严格的县试中，莫禄考过了。县试后是府试。府试由知府主持，四月考，内容为八股文、试帖等，考四到五场。莫禄也考过了。

府试之后是院试。院试由全省管教育的学政主持，三年举行一次，考八股文、试帖等，正试和复试共二场。莫禄也考过了。

开天辟地第一次科考，莫禄以气势如虹的成绩震惊了忻城县。但也招致了一些人的嫉妒，他们所谓的因莫禄的生母不是正妻而不录用莫禄的理由，恐怕只是一个借口而已。

有人说莫禄是奇才，可谁知莫禄为准备科考花了多少年的时间。但看诗里说"老夫但愿多庇祐"，可以推想，从青少年走上科考之路，三级考完，人已两鬓斑白，本想以优异科考证明自己，为祖增光，为家族添彩，谁料想，来自家族一些人的嫉妒，让莫禄雄心顿消，才有了远走他乡之举。

不过，本文引用此案例，不在于明证是非，而在于说明一个新的时代，即追求科考的时代已经来临。对读书的追求，科考是必然；对科考的追求，文化的普及是必然。忻城自1426年裁撤儒学，至1521年近百年间，全县没有县学。首倡办学并开办学馆的是1521年后袭职的第五任土官莫廷臣，中间经莫镇威的推波助澜，又有莫宗诏、莫元相的实践力行，莫振国捐办义学三间，并提出了学生读书所应遵循的十六条《教士条规》，读书成为推升官族发展的新途径。科举道路延展到官族子弟的脚下。过去，吟诗作文只能是土官的专利，现在一个普通的官族子弟也能借吟诗来抒发一腔的豪情了。读书带来了人行为的文明，一改以前有不满就刀枪相见的陋俗。

读书萌芽的科举之花，第一朵盛开在莫震身上。莫震经历了莫禄经历过的三级科考后，踏上了第四级科考的台阶。

第四级科考叫乡试。乡试的主考官，与前面的三级科考全然不同，不再由本地官员担任，而由皇帝派来的钦差大臣负责。有名的文臣如纪晓岚、王尔烈都曾经由皇帝亲自委任为钦差，到外地主考。

王尔烈到江南主考，和当地参考的士子还留下一副很有趣的对联。江南才子想为难为难新的主考官，在王尔烈安歇的驿馆贴了半联，只有上联没有下联，这种形式的单联字条俗称为春条。王尔烈问："怎么将春条贴在门首了？"

江南考生中的一人回答："并非春条，乃是一联，贴出上联，忽听大人到了，急忙出来迎接，现在反而把下联忘了，还请大人指点。"

聪明的王尔烈明白江南才子的心机，随即说："将上联念给我听。"

一考生念道："江南，江之南，南山南水南才子，才子满江南。"

王尔烈道："我且对下联，笔墨纸伺候。"

有人将笔墨纸砚取来，王尔烈挥毫写道："塞北，塞之北，北天北地北圣人，圣人遍塞北。"

莫震的乡试地点在桂林。从京城前来主考的钦差是谁，莫氏族谱中没记下，但考试时间是嘉庆二十四年（1819年）秋季，己卯科，这是正科。考三场，每场三天。考下来是九天。考试内容是四书、五经、策问、诗。

就此一点便可看出考试的艰难。没有真才实学，很难应付这样大的阵仗。乡试考中者为举人，第一名称解员。莫震考中第三名成为举人，这一年莫震48岁。成为举人，就有了进京参加会试的资格。之后，莫震三次上京会试不第。虽然三次没考中，但莫震已进入了皇家的人才库。

1826年后，莫震获得了朝廷颁发的任职教育官员的资格后，先后任迁江教谕、镇安府教授。教谕为正八品，教授为正七品。莫震才是莫家真正的诗人，他在乡试"诗"考中写下来的诗后结集成书《芹陵草草诗》二卷，深获广西督学朱方增赞赏，并为之作序。另有辑录古今廉者为《廉书》一卷，辑录魏晋以下辟佛之书为《传傅传》二卷。莫震成为莫家诗成专集、学有专著第一人。他的影响力已超越忻城，超越了忻城县的地理局限，为后来的跟进者提供了超强的精神动力。于是，忻城的科考史上，出现了一支超大阵容的家族赶考队伍。

莫云卿，道光甲辰（1844年）恩科举人。云贵总督张凯嵩还在任庆远府知府时，十分器重莫云卿，聘莫云卿主讲龙江书院，还委托莫云卿为团总，主办团务，维持地方秩序。在作战中，莫云卿所率亲族140余人被杀，后来朝廷批准立昭忠祠以旌表。

莫云卿中举不说，他的两个儿子、三个侄儿都是岁贡，一个孙子是增生，一个孙子是拔贡。有一年乡科时，莫云卿率领子侄及诸孙8人应试，成为一时奇观。

有这样的科考氛围，原来只会动刀习武的莫氏官族出现士子群：举人3人、拔贡3人、恩贡2人、岁贡23人、附贡8人、廪生等共100多人，不少人去外省做知县或学官。官族中另有十人获得武秀才头衔。做了贡生，也就进了皇家的人才库，就有了做官的资格。

莫震，官至教授。

莫云卿，官至团总。

莫蒲森，官至知县。

莫汝让，官至知县。

莫有葵，官至知州。

莫子通，官至部诠教谕。

莫有莲，官至部候选训导。

莫谦曾，官至独山右堂。

士子群的出现，带来的是文学的兴盛。忻城的山川，成了士子文学创作的对象。

思练莫镇威留下的"劝农停车所"、白帝庙的钟声、石女山、马鞍山、思练双拱桥、玉屏山、练江之夜、古竹浮江八种人文及自然景观，经文人的艺术提炼，遂成了思练八景。

莫云卿创作了《农亭遗树》《古寺鸣钟》《玉女捧盘》《天马行空》《双拱摇波》《玉屏积翠》《练江夜月》《文漂浮藻》八景诗。莫萱莛也题有《思练八景诗》，与莫元卿不同的是其中的一景有异。莫元卿八景中的《古寺鸣钟》被莫萱莛换成了《梅山烟雨》。

日常的生活场景，一进入文人的创作视野，马上焕发艺术的生命力。平常的三月，人人司空见惯，人人习以为常，可在莫震的笔下，场景就变得独特而美妙了：

三月邻村少妇来，彩江清水采青苔。
姑姑煮熟黄花饭，盛在香篮待尔回。

忻城的壮锦是贡品，可是织贡品人是什么样的生活呢？莫震留下了唯一的一幅图景：

十月山城灯火明，家家织锦到三更。
邻鸡乍唱停梭后，又听砧声杂臼声。

莫子随《金家二烈婢诗》，莫蒲森《南山寺习习茶亭诗》，莫人瑞题咏诗，莫萱莛述祖诗，莫伊农六一亭和诗，等等，忻城的山川间由此诗风吹拂，诗情洋溢。

还有那享有盛誉的题联，衙署大门两侧的楹联，郑献甫撰：

守斯土莅斯民，十六堡群黎谁非赤子；
　　辟其疆治其赋，三百里区域尽隶皇封。

挂于莫氏祠堂二堂大门的楹联，为学政鲍源深题赠：

　　数典无忘，入庙仰先型，永念三朝勋业；
　　受恩罔替，绾符承世泽，常留百里河山。

莫萱莛题六一亭：

　　六房虽是六支，彻底算来，远近依然同个祖；
　　一族即如一树，从根观去，亲疏都是自家人。

另有东花厅联、西花厅联、龙隐洞联及有关莫家建筑的楹联，可谓是忻城文学珍珠，洋洋大观。还有碑刻文化、建筑文化、桥梁文化，再加之历代土官留下来的西山诗文，黄竹岩诗文，独正山诗，《过斗二隘》诗，等等，正可谓五百年前的蛮荒之地，五百年后的文物之邦。

最后的武者

土司大幕即将落幕时，有场精彩的谢幕大戏。大戏的主人公是莫昌荣，但他的出场并不是一出正剧，反而带有滑稽感。咸丰年间某年二月初五子时末刻，忻城衙署知县莫昌荣起床了，随后，把总管韦燕、总番刘英、皆管石敢都叫来了。

这是莫家新的根基。

莫家旧的根基是蓝、韦、杨、刘、胡五大家族。在百年内乱中，杨家杨双被杀，家人奔他方逃难，杨家自此消散。蓝、胡两家看到莫家大势如此，实在不愿看到一家人的残杀，悄悄离开忻城，远奔他乡。留下来的韦、刘两家，不参与内乱中的任何一方，直到内乱平息，后来朝廷又有征调，韦家才被起用，刘家随即也被起用。石家是救了莫宗诏的奶娘蓝氏的后代。蓝氏后来与莫宗诏的母亲拜了姊妹，蓝氏也成了莫宗诏的干娘。莫宗诏为感恩，送了10亩永业田给干妈家，石家的子孙有可用之人则用之。

这样一来，韦家后人韦燕成了狼兵战队的训练人、领兵人。刘家后人刘英名义上是总番，实则是衙署的大总管。石家后人石敢名上是皆管，实则成了知县的亲随。三个家族成了莫家新的根基。知县莫昌荣起来了，韦燕、刘英、石敢也来了，几人因一件大事要奔永定长官司方向而去。

同时间，永定长官司长官韦炳铅也起来了，相关人员也在同一时间起床，护送长官韦炳铅奔忻城方向而去。

这般大动干戈，所为何事？

忻城莫家和永定韦家，如唇齿相依。永定长官司韦启邦盗窃官银被杀，亏得韦启邦夫人莫氏主持永定长官司事，永定四境得以安然度过一劫；莫家内乱，法统承袭者莫宗诏得到永定长官司韦世兴的周到保护，忻城莫家的世袭法统才不致断绝。前有莫家和韦家几代的姻亲，后有莫景隆和永定长官结拜兄弟的情谊，多少代人的情谊难道要以兵戎相见为结局吗？当然不是。那双方半夜三更的忙碌所为何事？因为划界之事。双方的地界一直不太清楚，可在双方感情热络时，此事没人提及。到了莫昌荣时代，双方为地界的事争执不已。庆远地区的六个土州、土县、长官司之间，为争夺地界发生过不少的血腥事件，但忻城和永定之间，虽有争执，但都想和平解决。

双方将争执上诉到庆远府，知府听后，一时也没有解决之道。思忖良久，想出一招，找两位土官来说："两位，我想了一个办法，说出来你们听听，行了你们照办，不行，我也没办法了。"两位土官齐声道："大人请讲。"知府清清嗓子道："你们双方，选择一个时间点，然后莫知县从忻城出发，奔向永定。韦长官从永定出发，奔向忻城。双方碰面的地方，就是你们两家的分界线。"

两位土官听完，虽说不是很满意，但又没有其他很好的办法，只得同意。然后找到一位有名的巫师，算出一个吉时。巫师算出的日子是二月初五的子时。

莫昌荣在这一天的这个时候起床，手下三人也同时起床。总番刘英是个虑事周详的人，问道："大人，带轿子走吗？"莫昌荣摆摆手道："这是去办事，讲什么排场？准备点吃的和喝的，轻马简从。"常在知县身边的石敢知道莫昌荣的生活喜好，立即到厨房叫人准备。负责知县安全的韦燕把火铳、瑶刀、弓弩一一安置在马背上。丑时末刻，一切准备停当，几人上马奔永定方向而去。

星稀月斜，路窄坡多，路平坦时放马奔跑，坡陡路窄时控马徐行。永定这边，则是另一番景象。韦炳铅爱好排场，把勘界之事看成张扬排场的机会。从起床开始就忙碌着安排仪仗队和鼓手队的事，忙乱多时，开拔走，寅时已过。韦炳铅坐上官轿，放炮出行。乐队、鼓手队奏着八仙乐曲开路，手持五色彩幡的仪仗队簇拥着官轿，浩浩荡荡沿大路南行。

心里得意的韦炳铅想，莫昌荣也一定跟自己一样，坐着官轿排场出行。忻城到永定的路坡多路窄，官轿难行，行进缓慢。莫昌荣这里则是路宽地平，好走易行，多得地面的一定是自己。高兴之余，他便下令队伍加快脚步。队伍放开脚步，越走越快。

韦炳铅走了十来里路，到了一个叫九龙湾的地方，莫昌荣四人四骑正等在那。莫昌荣上前施礼道："韦公无恙，兄弟有礼了。"韦炳铅下得轿来，十分尴尬，眼睛四下望望道："莫知县来得好快。大人的官轿呢？"莫昌荣道："忻城山多路陡，兄弟我平常外出多是骑马。韦公，依前日之言，就以你我相会之地为界吧。"韦炳铅心说，这里离我的衙门十来里路，离忻城则是50多里路，吃亏吃大了。可这是有证人的君子协定，无法毁约，只好忍痛答应。

站在一旁的总番刘英见韦炳铅虽然答应，但心里是万般无奈。心想，如果今天不把这事敲钉转角钉死，难免韦炳铅有一天反悔，就对莫昌荣说："大人，您和韦长官的君子之约，要有个物证。不如趁今天两位大人在此，还有这么多的见证人，将此事刻碑立于此处，为千秋后代留个美谈。"莫昌荣心思正转于此，刘英的话正合自己所谋。遂笑着对韦炳铅说："韦公，我看此议甚好。"韦炳铅哑巴吃黄连，只有点头附和。传令差人找来石匠刻碑，立于九龙湾两土官相会之处。这块界碑高三尺五寸，宽二尺，上刻有两土官共拟的分界碑文。双方交换了签字文书，结束了定界仪式。韦炳铅拱拱手回身要走时,莫昌荣却将手中的一根榕树枝递过去:"韦公,还你这根榕树枝,我在你的地界三寨折的。"韦炳铅马上反应过来,莫昌荣已跑到我家大门口三寨了,又从三寨退回到了九龙湾。

韦炳铅双手一揖:"莫知县,您的仁义我领教了。"一个手下插嘴说:"大人,界碑离我们只有十里,还有什么仁义。"韦炳铅道:"莫知县要不是从三寨退回到九龙湾,界碑就立到三寨了,立到我家门口了。"两位土官划分边界一事,有点滑稽。不过,从中看出莫昌荣的行事风格:务实,凡事能让人一步。

莫景隆1759年终职后,接班的是妾室欧阳氏的儿子莫若恭。莫若恭任职41年,于嘉庆四年(1799年)病故,终年61岁。莫若恭无嗣,将堂侄莫世禧过继在名下袭职。

莫世禧于1799年袭职后,荒废县务,在位16年后被废。

莫世禧后继无嗣,导致莫振国、莫景隆、莫若恭、莫世禧世系法统流转到莫振国的弟弟莫振邦的世系上。莫振邦的世系是莫尚隆、莫若嵩、莫世矖、莫昌荣。

被废去的土官莫世禧,是需要重新认识的一代土官。家谱提到莫世禧,有一句话:按清工部营造法式重建土司衙门,规制宏大。很多人对这句话并不在意,其实这里面有很大的学问。

中国古建筑中的木质结构,如栱、枋、柱、梁、椽等任何组成部分,都可以按标准分开来进行批量生产,不用担心做完了组装不上,这是中国古代木结构建筑建造神速的"终极秘密"。在县务上没有建树的莫世禧,却能按清朝工部颁布的《工部工程做法则例》重建忻城衙署,可以说是莫家少有的建筑专家。

莫昌荣踏上忻城莫家土司的舞台时,已是1846年二月了。他面对的环境空前恶劣。

雍正七年（1729年）改土归流，将忻城土县功德、窑灰二里划归理苗分县，缩小了忻城莫家的治理范围。莫家认识到改土归流的大势，治理忻城的积极性减弱了。光绪二十四年（1898年），废除土知县审批权，即废除了忻城的刑事案件诉讼司的司法权。缩减土地面积，取消其治理的权限，等于明确告诉土司，世袭制的终结为期不远了。土司的进取心被进一步削弱，消极成为常态。奋发有为的莫景隆，将进取的心态转化为对莫家历史的总结，才完成了《莫氏宗谱》。才情等而下之的莫若恭居其位而无所成。莫世禧则干脆不理县务。以后代理县务的莫若嵩和莫世暚也是做一天和尚撞一天钟。治理不力，秩序松弛。正气不彰，邪气上扬。秩序松弛则匪生，邪气上扬则鱼龙混杂。

嘉庆十二年（1807年）六月十二日深夜丑时许，宜山县令赵品金率兵在思练堡附近巡缉，忽听思练堡卜佑村人喊狗叫。有人大喊："土匪抢劫，土匪抢劫。"赵品金闻信即分途堵截。当场杀死土匪陈老三、伍亚三等人，抓捕了李桂、潘老草、黄添尔、李发胜等人，还有24人逃逸。

审讯得知，这是一伙以天地会首领李桂、周宗胜为首的匪贼，匪贼探听到思练堡卜佑村土官后裔莫骄家颇有家财，遂率人众趁夜抢劫。这是忻城匪贼以会党名号组织抢劫之始。

嘉庆十九年（1814年），蓝扶惠、韦广昌等人也以结拜兄弟会为名，在思练堡抢劫。在一次聚众持械抢劫卜佑村时，土司官族莫震率村民追捕，格杀7人。敢作敢为、有侠义之气的莫震，即是前文提到的忻城县第一个考中举人的人。

莫震率人抗匪，保护了一村的平安，百姓应欢天喜地为他请功吧。没想到，竟遭与土匪同流合污的一些村民诬告，说莫震滥杀无辜，罔顾人命，因此被拘押。幸亏负责此案的宜山知县博敦心里清楚，又将匪首蓝扶惠等十余人逮捕，结案为：蓝扶惠等人以结拜兄弟会为名的土匪抢劫，莫震获释。

人心不稳，匪情汹汹，是莫昌荣面临的内部环境。

外部大环境呢，情势更为严峻。1840年鸦片战争爆发之后，洪秀全大规模的起义掀起了足已沉没清王朝大船的惊涛骇浪。僻处一隅的忻城已感受到时代的风雨飘摇。

1846年袭职的莫昌荣，以务实的风格，任职即抓两件事：一是调整衙署官吏和各里堡的里正和堡目；二是抓狼兵战队的训练。刘家后人刘英，被任命为总番，实则是衙署的大总管，为的是考核监管各里堡的里正和堡目。韦家后人韦燕，家传武术，且精于火铳的射击，被委任为把总，负责狼兵战队的训练和管理。

身边需要得力人选，选取了石家后人石敢，给其挂了个皆管的头衔。莫昌荣的武术源于老祖莫宗诏。莫宗诏三岁避难到了舅舅韦世兴家，后来跟随韦世兴习武，并习练瑶刀刀法。永定韦家自先祖韦启邦后，十分重视武功一道的习练。到韦世兴时，其武功刀法，俱臻一流之境。莫宗诏获益匪浅。

吴三桂派手下总兵李象新到忻城，莫贵与之勾结，欲在忻城采购粮草囤聚，支援吴三桂的叛乱。李象新身为总兵，自是武功高强。到忻城后，虽匿居巢角山，仍夜夜酒肉欢歌。

莫宗诏侦知李象新居处，率领数十狼兵前往擒杀。他们趁夜潜行到李象新匿居的地方时，只见李象新在灯下饮酒，边饮边歌。旁边数人，皆佩兵器在旁侍卫。

莫宗诏腾跃而上，欲一刀击杀李象新。

李象新功夫了得。危急中，手中杯直飞莫宗诏脸面，另一只手抓起酒坛将抵达胸口的刀击歪一边。莫宗诏将头一偏，躲过酒杯。握刀之手顺势下划，将李象新两腿划伤。就在此时，李象新身边的侍卫已被跃上的狼兵斩杀。李象新见势不好，立身跃上身后的山岗，准备逃走。莫宗诏飞身追来，手中刀上下翻飞，将李象新击杀于刀下。莫宗诏的功夫后来传给了莫元相，莫元相将之传给了莫振国、莫振邦兄弟。莫振邦传给儿子莫尚隆，莫尚隆传给莫若嵩，莫若嵩后来考取武生后更加苦练，将父祖的功夫发扬光大。莫若嵩传给莫世曦，莫世曦传给莫昌荣。

功夫需要苦练，也要看禀赋。禀赋异常的莫镇威年龄不大，就将刀中之王的万人斩刀法融会贯通，成为高手。莫昌荣承继了父祖的武功基因，具先天禀赋，且又酷爱，少年时常浸淫此道而难自拔。跟武术世家的韦燕自小一起练武，不同的武功家数经过互相磨砺，常会产生不同的光芒淬炼在武术之道中。

道光二十九年（1849年），形势骤然紧张。袄峒人张亚增，聚2000余众，打着吃大户的旗号，四处抢劫，并与附近州县的严文龙部、文亚部、黄亚佑部、陈兴晚部相勾结。

有消息传来，张亚增将率匪部于是年十二月十六日到大唐圩、思里堡、思练一带抢劫。人数接近千人。莫昌荣闻讯，即带狼兵战队出发，直奔离匪巢不远的木罗隘。木罗隘位于木罗堡，是土匪出入的必经之道。隘有两重，一重为外隘，一重为里隘。里外隘都是崇山峻岭，各有一道关门成为隘口。两隘之间相距三里许，为一片盆地。到了外隘口，石敢立即派韦燕以及韦燕的三个副手牧顶天、蒙大好、樊山道找到隘口并隐蔽起来，莫昌荣一番布置后诸人即各自带队埋伏去了。

午后申时，匪首张亚增带着众匪来了。因接近匪巢，土匪都很松懈。刀枪有横扛着的，有直拿着的，有的在枪尖上还挑着个包袱。

山道难行，过了半个时辰，大队人马才过完。还有一部分土匪稀稀拉拉地落在后边，两队之间出现了时间上的空当。

约莫半炷香后，才又听到齁喽气喘声响起。50多人，身背肩挑，弓腰弯身，手拽着山道两旁的藤蔓和树枝，从山脚拉到山顶，慢慢往上爬行。这些人有的是百姓，被土匪抓来当挑夫的。还有40多土匪，夹杂在百姓中。

韦燕手下的50人，嗖嗖嗖，从山凹处跃出，将隘口卡住。

牧顶天、蒙大好带领着各自狼兵战队，纷纷从山道两旁压来。

被抓来的百姓喊爹叫娘地往山下跑去。押送的土匪打着喊着制止，但一点用没有。

逃得快的已奔逃到山下，樊山道带领的狼兵早已等候多时了。300名刀法娴熟、阵法娴熟的狼兵对阵40多个土匪，那就是小菜一碟。只听一阵扑哧声，不多一会儿，40多个土匪全给报销了。被抓来的挑夫跟不少的狼兵都熟悉，纷纷诉说土匪如何抢劫，如何抓他们当力工给土匪运输抢劫的物资。这工夫，刘英安排人牵来马匹，将土匪抢劫来的财物驮好，剩下轻的给民工背上，沿思练方向走了。莫昌荣咬着韦燕的耳朵嘀咕了一阵，韦燕带着50名狼兵也走了。随后，莫昌荣命令三个狼兵战队：'向风岭隘出发。'

这边张亚增带着土匪翻过了木罗隘，在山下找个地方休憩，并等着后边的挑夫队。隔着一座山梁，这边的叫喊声，传不过去。过了一炷香，仍不见后边的挑夫，张亚增传个小喽啰前去查看。不多时，小喽啰慌慌忙忙跑回来报告道："挑夫队不见了，山路上不少血迹，还有不少东西落了一道。"抢劫的东西不见了，张亚增急得跳起来喊："起来，往回追。"

下岭上山，一路上不时见有东西遗落道上，众匪见了，越加努力地追着。

过了三寨，又是一片连绵群山，中间一条宽阔的道路，两岸山势陡峻，长约10里。走完这段路，山势收紧，路向上攀缘，中间一个隘口。隘口名风岭隘，三寨与同其分界于此。一口木箱正横放在隘口中央。

见有木箱，前头的土匪奋力撵去。快接近隘口，一排枪声响起，数个土匪栽倒路旁。枪声过后，弩箭密集飞来，众匪成了活靶子。走在前头土匪还没醒过神来，后边的土匪又遭到从陡峻山上飞滚而下的石头的砸打，哭爹喊娘乱成一片。

张亚增所率的土匪落入了莫昌荣的口袋阵。

在木罗隘，莫昌荣布置了韦燕带领50人的狼兵卡住隘口。50人的狼兵战队是两栖战队。20人是火铳手，一人一只火铳，还配有一把瑶刀。还有10人是装填手，装填手也都配有瑶刀。还有20人是弓弩手，弩机连发，射伤力强大。当然，弓弩手也配有瑶刀。

50人的任务，埋伏关隘两侧，待土匪大队人马过后，剩下身背肩挑抢劫来的财物的后队时，即堵住隘口，同时堵住前队土匪的进攻。20只火铳的弹雨，20把弓弩的箭网能堵截住土匪的攻势。山势绵远，阻隔了挑夫队的喊叫声。

莫昌荣能够判断，土匪知道挑夫队被救后，一定会拼命前来追击，就将风岭隘前的长长山沟选择为又一战场，命韦燕率50名双栖狼兵前来设伏，把木罗隘没有发挥的作用给补上。

莫昌荣带着150人的狼兵战队埋伏在一侧山岭，刘英带着另外150人埋伏另一侧。韦燕的枪声一响，那就是信号。两侧山岭的狼兵掀石滚礌，山沟的一众土匪被砸得血肉横飞。瘦小的张亚增仗着一身功夫，在礌石阵中蹿来蹿去，高声喊道："都往山脚躲，山脚砸不到。"土匪渐渐都靠到了山脚，张亚增的手往后指一指，向来时的路移去。脱出包围圈，张亚增高声喊："是谁手段这么高超，让我大败亏输。"莫昌荣高声道："是本知县莫昌荣，你敢到我县抢劫，难道不知道忻城莫家是靠打仗起家的吗？今儿个让你尝点苦头，以后你再敢危害忻城，我还有更厉害的手段对付你。"

自此，张亚增再不敢到忻城县境来活动。初战，莫昌荣表现出来的多谋善断和对战场形势的把控能力赢得了狼兵的信任和尊重。狼兵战队信心的建立，对于第二年的严峻局面，是一支强力镇静剂。

道光三十年（1850年）二月十四日，土匪2000余人到忻城南部古万圩，抢劫万源当。十九日到思练圩，抢劫五美当，然后由思练直接去了袄峒圩。是年九月，土匪头领陈兴晚率2000余人由罗墨渡抢劫范团，但是失败了。怎么失败的？莫昌荣利用山地战，将陈兴晚的部下东吃一块西吃一块地吃了不少。陈兴晚寻找莫昌荣报复却找不到。暴怒之下，陈兴晚攻入土司衙署，但莫昌荣的家属及部下全部转移，陈兴晚捉住了土差莫远，将其杀死祭旗。

随后，土匪黄晚部和黄亚佑部都陆续进入忻城，每部近2000人，经忻城抵达袄峒，与张亚增会合，达5000之众，图谋北上攻占庆远府。

莫昌荣将此信息条陈报府，并贡献剿匪一策。上宪依策调动各地驻军和狼兵秘密汇聚忻城东部。莫昌荣依计率狼兵潜行袄峒，一把火将存放土匪从各地抢劫来的财物仓库点着，多次吃过莫昌荣苦头的张亚增、陈兴晚上马即追，众土匪随后跟踪追击。紧跑紧追，过了木罗隘的里隘，下到约莫方圆三里的平坝，中间小山，过了小山，就快到了莫昌荣曾在此收拾张亚增的挑夫队的外隘口。

莫昌荣所率300多人马没有穿山而过，而是迅速攀缘上了小山。山顶如巢形，几百人马沿山散开，刘英、牧顶天、蒙大好、樊山道分散四方，一人负责一个方向。

7人一组的狼兵战队，一个方向7组，每组寻找平阔之地展开队形。50人的瑶刀战队，10人一队分散在狼兵战队之间。50人的潜伏战队，10人一队分散在狼兵战队之间。50人的铳弩战队，集中巢形之内，韦燕统一指挥。

莫昌荣站在山巢内，石敢紧跟后边。

那时没有诸军种联合作战的叫法，可莫家的战法已具有这种战法的意思。

7人一组的狼兵战队，阵形堂堂。战术足以震慑敌方。

瑶刀战队和潜伏战队，如奇兵隐于阵形之中，杀敌于无形。

50人的铳弩战队，用作火力支援，哪个方向危急，即支援哪个方向。

不同战队之间，以己所长，互相策应，互相支援。

追来的土匪，如潮水般向山上攻来。号手一声长号，300多狼兵杀声喊起，惊天动地，盖过了如潮水般的土匪的嘈杂声。狼兵战队的杀声此起彼伏，连绵不绝。

南面的狼兵战队，四组所处的地势相对平坦，利于战术水平的发挥，钩镰枪往前一突，一个土匪就被钩进阵中，刀斧手手起斧落，土匪就被了结。

另外三个组的地形不太好，钩镰枪钩住土匪，从下往上拽，吃力不说，有个土匪用手死死拽住旁边的树枝，怎么都拉不过来，还嗷嗷乱叫。

镇守于此的牧顶天手执瑶刀，抢出一步，一个后倒身往下滑去，脚掌蹬住树根，瑶刀一扬，将土匪拽住树枝的手砍断，土匪在惨叫声中被钩入阵去，被一斧毙命。

牧顶天命令这狼兵战队改为单兵防守，互相支援。

山巢内的莫昌荣目睹了牧顶天的新部署，即果断命令石敢道："到西边和北边，命令蒙大好和樊山道，如果地形不利于狼兵战术的展开，可改为单兵防守。"

东部是进山的路口处，路口宽敞，土匪如潮水般涌来，狼兵的压力增大。

几个匪首模样的人正向这边奔来。莫昌荣命令韦燕："火铳手和弓弩手瞄准那匪首射击。"一阵枪响，一阵箭鸣，倒下一簇人。仍有两个匪首带着喽啰冲了过来。

莫昌荣喃喃自语道："我的秘密武器可派上用场了。"右手一扬，刀衣脱落。

五尺长的万人斩一手在握。

莫镇威之后，家道沦落，万人斩刀法无人继承。但其刀和刀法被莫宗诏母亲保存，莫宗诏没工夫学，莫元相、莫振国、莫景隆没兴趣学，刀和刀法辗转落到莫昌荣手中，莫昌荣学了瑶刀刀法后才开始习练万人斩，没人教，自己偷偷地练。除了韦燕少数几人，没人知道莫昌荣会使万人斩。今天是个大阵仗，莫昌荣才将其随身带来。

莫昌荣手持万人斩，大步向路口走去。到了路口，大手一挥，狼兵战队退到身后。土匪冲到身前。莫昌荣一招凌空劈下。头前的匪首举刀一格。力道太沉，没格动，自己噌噌倒退几步，将身后的土匪撞倒。另一个匪首见机则挥着瑶刀扑来。莫昌荣刀背一格顺势一扎。此匪首向后一跃，又将身后土匪撞倒。莫昌荣随即展开刀法，远刺近挑，左绞右撩。刀锋到处，群匪纷纷避让。刀光闪闪，风声嗖嗖，一人对阵两个匪首，兀是攻多守少。使到霹雳惊空时，一个匪首手中的大厚背刀被磕飞，另一个匪首持刀的手被掠伤，亏得众匪簇拥着向后退去，没被当场击毙。匪首退后站定，其中一个说道："莫家万人斩，不是已无传人了吗？"莫昌荣听声是在山谷里被打了埋伏的张亚增，嘿嘿一笑道："张亚增，我告诉过你，莫家是打仗起家，厉害的手段不止一招。"张亚增豪横道："莫知县，你纵然有万人斩，但你敌不过我人多，何况，我用箭远攻，你有万人斩也无可奈何。"说话间，一众土匪张开弓，瞄向莫昌荣。将射未射，远处有声传来道："这一招也不见得好使。"话到人到。一人从群匪的头上如飞而来，刀光闪处，众匪所持弓箭弓弦全被划断。

这时，韦燕声音从山上传来："蓝兄，轻功高妙，佩服佩服。"这当儿，狼兵将盾牌围在了莫昌荣前面。韦燕道："知县大人，蓝兄是莫家原来的根基中的蓝、韦、杨、刘中的蓝家。"说这话时，来人已深深拜了下去，口中道："小弟蓝箭，见过知县大人。"

莫昌荣双手紧紧握住蓝箭，感谢道："蓝兄一来就解了我的危急之难。客气话不说了，既然蓝兄你我的机缘在此，我们兄弟携手灭了这群土匪。"蓝箭睁大眼睛惊讶道："莫家300多狼兵，要灭了5000多土匪？"莫昌荣笑道："蓝兄别惊讶，你看看四面山上。"话音刚落，寂静的山峦，突然长号声起，战旗透林而出。莫昌荣笑对蓝箭说："蓝兄，我将土匪的牛鼻子牵到这里，周围埋伏着2万多官军和各路狼兵。"蓝箭也笑道："我本赶来救你，没想到却得以参加这场剿匪盛会。好，好！"喊杀声响起，莫家狼兵从山上冲杀下来。

完美的一战，莫昌荣因军功钦加知州衔，赏戴花翎。

1858年八月，大成国李文茂部雷大孽、邓成等率部入忻城会合李亚科、蓝红源部屯驻大塘、峒口寨等地，虎视忻城衙署。

莫昌荣协同知府张凯嵩以及宜山令况逢春、都司梁贵春、团绅王汝弼合兵逼营忻城外堡。九月初二日，破大塘，俘获李亚科。初六日，破峒口寨，俘蓝红源。

动乱，莫昌荣凭借多谋善断的军事才干，率领狼兵战队以寡击众，平暴安良，让忻城避免了更多的血腥、更多的动荡。

同治三年（1864年）四月，土官莫昌荣续修《莫氏族谱》完成。广西学政鲍源深、象州进士郑献甫为之作序。

莫昌荣卒于光绪十年（1884年）十月二十四日，终年72岁。

死后诰授奉直大夫。

22年后，最后一任土官莫绳武为莫家落下五百年世袭土司的大幕。

时间是1906年。

帷幕落下，曲终人散，唯见江上数峰青。

附文

历任土官

1. 开山之祖莫保

莫保，字裕定，其父莫亮。莫保约生于元延祐元年（1314年），至正年间任八仙屯千户兼管忻城。明洪武三年（1370年）迁移忻城。为莫氏土官始祖。

忻城土官莫景隆于清乾隆九年（1744年）编纂的《莫氏宗谱》载：

> 始祖……裕定公讳保……原籍江南苏州府太仓州人，生而奇俊，有智略，好善乐施，每倾囊济人危急。元至正年间（1341—1368年），粤西蛮寇犯边，奉命随征，设计擒贼，著有功绩，授千户屯于庆远宜山之八仙。明洪武初年，罢管兵官，籍其屯兵为民。遂携子孙亲丁数人移居忻城界。时年已老，惟适志畎亩，督率子弟力田。凡往来晋接，无不以诚相待，以义相临，人号其门曰：德门。

> ……地方不宁，宰是邑者申请为副理。奉檄之时，矍铄以起，竭意调停，震威布德，人俱慴服。

莫保卒年与墓不详。相传临终时，命子孙扶柩归葬原籍江南苏州太仓府。《宗谱》云：因"年远地遥，未获确据，谨载之以望后来之考证"。另有口碑相传，"死后归葬木寨附于祖茔"。其妻葬于宁江龙头村古采屯后岭，当地人称"莫奶岭"。生子莫明。

莫保所著《力出箴》：

> 箴曰：追维帝降，嘉种为重。复思厚生，稼穑为先。昔我江左巨族，今作粤西细民，汝其收甲兵之锋……将征战之力，瘁厥锄犁。是货不弃地，食为所天。勿荒干嬉，山头岭角皆金珠。勿舍乃业，耕耘收获是根本。刿粢盛果馐之祖考，以此为孝。菽粟布帛贻之，来世以此为慈。物畜然后有礼，耒耜之利普矣。子若孙其勿忘乃训。

2. 上达天听莫贤

莫贤（1377—1443年），为莫保之曾孙，莫明之孙，莫记本之子。明朝御史韦广"忻城残贼则委土人莫贤抚化……选土人之有智识兵力如莫贤者，俾为长官，从府管辖，则瑶壮畏服，地方宁谧，实为军民永远之利"。

韦广赞其"有智识兵力"。

韦广的话，"上嘉纳之"。皇帝认为说得对，并采纳。

莫贤，是忻城莫氏土司第一个上达天听的人。

永乐二十一年（1423年）至宣德三年（1428年），忻城县"土人"覃喜、覃首、蓝公广、覃朝喜、覃团等先后起兵反明。宣德三年，总兵官山云镇压覃团后，为做好善后工作，任命莫贤为忻城县土官知县，协助流官知县抚化忻城地方。

据韦广奏言，正统六年（1441年）莫贤还在任上（见《明英宗实录》卷76），可能终职于正统七年（1442年），殁于正统八年（1443

年),生子莫敬诚。

3. 开辟世袭莫敬诚

莫敬诚(1401—1463年),莫记本之孙,莫贤之子。忻城地区第一个民间推举的土官知县。忻城莫家土司第一个获得世袭资格的土知县。

《土司底簿·庆远府忻城县知县》载:"莫敬诚,系本府宜山县民,前八仙屯千户莫保之子孙。总兵三司保擒治房族土兵一千名目纳粮,追出原掳去良民人口一十六口送官,升本县知县,世袭。"

嘉靖《广西通志》卷51载,推荐莫敬诚任忻城县土官知县是"壮老"韦公泰具结的。莫敬诚任土官协理知县,为1442—1463年。任职期间,还有流官知县掌印管事,"一邑二令"。

《莫氏宗谱》载:(敬诚)"奉檄领兵入瑶峒剿诸蛮,兵威大振,后以军功奏闻,授世袭土知县,协理忻城。正统年间,宾州八寨蛮寇蜂起,征蛮将军阵,檄调协剿"。

生一子,莫凤。

4. 少年名将莫凤

《忻城文史资料》:莫凤,字武靖,第四任土官。正统年间(1436—1449年)代父出征八寨。当时武缘县(今武鸣)有村民百余人被八寨劫持,莫凤直入巢穴救回,被推为少年名将。

八寨暴乱的同时,大藤峡侯大苟暴乱(实为1442年),莫凤从武鸣移兵,隶山云麾下,与莫祯排闼而入,擒杀蓝受贰等30余人。

1463年再战大藤峡,回师龙城去世。

《莫氏总谱》(全集第六谱):莫凤(1426—1463年),1438年,八寨蛮寇蜂起,时年13岁,代父出师,救回武缘被八寨抓去的良民。同年(实为1442年),大藤峡侯大苟暴乱,挥师前去,擒蛮首蓝受贰等30

余人杀之。

1463年，再征大藤峡，回师，去世龙城。

蓝承恩《忻城莫氏土司500年》：莫敬诚授世袭知县后，即领土兵随总兵山云镇压覃团，继而奉檄攻打八寨，以年老患疾，遣子莫凤代征。

《忻城土司志》兵事部分有载：正统初年（1436—1441年），忻城土官莫凤代父协剿八寨，深入武缘，救出良民100余人。

1442年，大藤峡侯大苟暴乱，莫凤率忻城土兵自武缘移师大藤峡，此战大胜。

《土司史话》：1437年（12岁）左右，八寨暴乱，派陈姓征蛮将军征剿，敬诚协剿，奈身体有病，莫凤代父出征。

莫凤1442年代父出征，生于1426年，去世于1463年，38岁。

5. 独掌忻城县事莫鲁

莫鲁（1443—1506年），1466年袭父职，1477年皇帝御批准予世袭。

当时，忻城县有流官知县一人，典史一人，又有土官知县一人。该县粮米不满400石，人归土官管，粮归流官。衙门久废，流官知县及典史俱居住在庆远府城，每年只是催粮时到忻城一次。"事柄尽入土官掌握，流官徒抱印居府城。"时任两广军务总督邓廷瓒题奏裁撤流官事，弘治九年（1496年）十月朝廷下令："裁革广西庆远忻城流官知县一员，止留土官知县掌印管事。"至此，忻城莫家开始了独掌县事的历史。

莫鲁还有一项重大贡献，他规定莫氏官族享有的土地权益，仅止三代，防止了官族对土地的兼并。

另著有《官箴》和《分田例议》。

公寿六十有四，生有三子：莫继清，莫继珠，莫继恒。

6. 土官第一诗莫继清

莫继清号承先，生于成化六年（1470年），正德元年（1506年）37岁时以长承袭，在位17年，1522年病逝，享年53岁，有子廷臣、廷学。

弘治十六年（1503年），庆远知府车份来忻城视察，盛赞忻城在战事纷乱中能一枝独秀，把忻城治理成世外桃源。车份写道：

松岭不惊月下犬，彩江常放夜中舟。
篱园菊小农家酒，茅屋拙朴王孙留。

当时还未袭任土司职的莫继清只得谦虚地回应：

牧童闲吹笛，青女曼采莲。
不须案牍累，江畔看渔船。

这是莫家土官留在历史上的第一首诗。

7. 弦歌第一声莫廷臣

生于弘治二年（1489年）四月二十一日申时。嘉靖元年（1522年）34岁袭职，卒于嘉靖十四年（1535年）三月十九日酉时，在位14年。享年47岁。

莫廷臣任土官，衣着皆粗布，也不唯山珍是食。想先祖操弓挟矢、徒有武功而深知不足，于是延名师，教子侄读书，刻列祖业绩垂训后代，诗书之声，渐出蛮乡。

妻覃氏，廷臣卒时年仅36岁，生于弘治十三年（1500年），卒于万历二十三年（1595年），享年96岁。生子应朝、应府、应喜、应云。

8. 萧规曹随莫应朝

生于嘉靖三年（1524年）二月初十日戌时，嘉靖十九年（1540年）17岁袭职，终职于万历三年（1575年）。在位36年，卒于万历十年（1582年）。时年59岁。施政按先祖成法。

公自幼失怙。妻罗氏，那地刺史公女也，生于1520年三月十五日，卒于嘉靖三十四年（1555年）十一月二十一日酉时，享年36岁。生三子，镇威、镇武、镇降。

9. 战功无双莫镇威

嘉靖二十六年（1547年）生，卒于万历三十八年（1610年）三月十一日寅时。万历三年（1575年）袭职，终职万历十一年（1583年），在位九年。

万历四年（1576年）远征广东罗旁，即罗定。擒杀贼首龙旺等。功上闻，加四品服色，赐黄伞、金帛有差。

万历七年（1579年），征剿八寨樊公宾。功居二等。于万历八年（1580年）五月十三日，进京，到皇宫领赏。

万历九年（1581年），征同其、马泗、窑灰、凉阴等地，生擒韦王长、李公坛、蒙公占等匪首，同其、马泗、窑灰、凉阴划归忻城管辖，获金帛奖励。

万历十年（1582年），征马平获胜。

万历十年后，新筑土司衙署，建三清观、思练堡官房作劝农所；修西隆、古学等处桥梁100余座；开通县城至思练等各处山路多条。

著有《训荫官》《协剿八寨记》《石牛山记》《秋月同郡大夫游西山迎晖楼赋》等诗文。

妻罗氏，那地刺史公女也（那地十世土官罗忠辅女），生于1549年十一月十一日子时，卒于万历十五年（1587年）九月十三日辰时，享年39岁。莫镇威共生有嫡庶11子。

10. 承父英风莫志明

莫镇威长子，生于1565年三月十三日丑时，去世于1614年。1583年以长袭职，在位31年。

1586年，东兰叛目陈星私囚土官韦应龙，参议陈性学调莫志明率兵平乱，斩获贼首，乱平。同年，应调征剿武鸣寇乱，与官兵灭之。寇平叙功，蒙上赏。

1598年，恭城、平乐两地乘韦扶众等贼衅猖乱，奉巡抚戴耀调遣，提兵协剿，擒寇首斩之，乱平。

1604年，奉调征剿北府诸乱，大捷，功上闻，赐金帛。

殁于1614年五月二十三日酉时，终年50岁，葬盘鹤岭。

妻韦氏，生二子：恩光、恩辉。奴婢覃氏生一子恩耀。继室慕氏生一子恩达。

11. 早夭土官莫恩光

约生于万历十五年（1587年），万历二十年（1592年）承袭，身患痘疮早夭。未娶无嗣。万历三十三年（1605年）去世。《忻城莫氏土司500年》载：万历三十二年（1604年），其父莫志明病退，恩光于次年袭土官职，时尚弱冠，不善理事，由祖父镇威、父亲志明提携处理政事，不足一年，未娶而亡。

12. 任性土官莫恩辉

兄终弟及。约生于万历十七年（1589年），万历三十三年（1605年）承袭，同年九月二十五日被杀。在位6个月。

《忻城莫氏土司500年》载：万历三十三年（1605年）承袭。

13. 坚守土官法统莫恩达

恩达号秉贤。生于万历二十二年（1594年），万历四十三年（1615年）袭职，卒于崇祯十年（1637年）仲秋。时年44岁，在位23年。妻覃氏生于万历二十八年（1600年），卒于清康熙七年（1668年）二月初三。

14. 秉善而亡莫怀仁

讳猛，崇祯十一年（1638年）仲秋以嫡长承袭。生于万历四十三年（1615年）八月十二日，1652年献图纳土，35岁生莫宗诏。卒于顺治九年（1652年）十二月。妻韦印娘，韦萌发之女，生于万历四十五年（1617年）二月初六，卒于康熙三十二年（1693年）十一月十九日。葬盘鹤岭。

15. 饱受磨难又饱受眷顾莫宗诏

生于清顺治六年（1649年）四月二十五日，于康熙元年（1662年）袭职，终职于康熙二十四年（1685年），在位24年。17岁结婚，18岁生子。卒于康熙五十三年（1714年）八月十五日。享年66岁。葬西山。

顺治九年（1652年），父亲莫猛和大哥、二哥惨遭叛族杀害。年仅3岁的莫宗诏幸得乳母救匿躲过一劫。送到永定长官司舅母家。在舅母家两次遭遇暗算，均有惊无险得以避过。

13岁承袭，第二年即被攻打，被占去同其、三寨两堡。令叔莫谨并莫恩泽、莫恩润反击，获胜。

16岁时，遭叔辈莫恩泽擅杀莫贵汉一乱之祸，请南丹莫自英带兵平之。再遭叔辈莫恩泽擅杀陆四二乱之祸，平之。

1670年，三遭叔辈莫恩泽霸占外八堡并勾结戚杨烈统兵攻三寨堡之乱，亲叔莫谨夫妇险些丧命。22岁的莫宗诏亲自带兵征剿，获胜而还。

1672年与1673年，族人两次勾结乱党图谋不轨，均被莫宗诏设计擒获或当场格杀。

1674年，堡目和族人合谋欲攻县衙，被莫宗诏请兵粉碎。

1682年修建县城城墙。

著有《遗训》《建关帝庙序》《重修城隍庙序》《独正山诗》等诗文。

妻莫氏，生四子：莫元相、莫元卿、莫元魁、莫元彪。

16. 诗杰莫元相

元相生于康熙六年（1667年）十二月二十三日，康熙四十八年（1709年）乙丑袭职。康熙十五年（1676年），官族莫元彩不循规矩，檄擒解治。卒于雍正八年（1730年）正月初五，夫人蓝氏生于康熙七年（1668年）三月十六日，卒于雍正十一年（1733年）。

莫元相之诗文：《过斗二隘》《夏日登黄竹岩二首》《黄竹岩记》《翠屏山赋》《劝官族示》。

17. 兴教黄钟莫振国

生于康熙二十九年（1690年）。康熙五十三年（1714年）袭职。康熙五十九年（1720年）奉檄调征上林，终职于1724年，在位12年。卒于1724年，终年35岁。夫人是永顺长官邓启明的女儿，生于康熙三十六年（1697年）四月初七，卒于雍正六年（1728年）六月十一日。时年32岁。

莫振国是少见的土官中有教育思想和教育见地的人，他留下的《教士条规》16则，被收录于道光本《庆远府志》。

18. 史笔一支莫景隆

生于康熙五十三年（1714年）。雍正七年（1729年）袭职，终职于

1759年，在位31年。其父卒时，仅11岁。叔父振邦暂管县务。景隆17岁时，振邦让位。卒于1763年，时年59岁。妻韦氏，生若顺，妾欧阳氏，生若恭。

莫景隆主持编撰《莫氏宗谱》前后，广交朋友，与知府李文琰等人交情甚厚，被邀参加协编《庆远府志》，与永定司官韦日隆结拜兄弟，情同手足，与翰林院庶吉士何畴介交往密切。

乾隆六年（1741年），剿迁江捉梁文臣，加功一级。

乾隆八年（1743年），兴建莫氏祠堂。

乾隆九年（1744年），纂修《莫氏宗谱》并刊印。

乾隆十六年（1751年），与永定韦日隆同建涌水河石拱桥，重建思练双拱桥。

乾隆十八年（1753年），建观音阁，重修关帝庙，建社仓三间。

乾隆十九年（1754年），协编《庆远府志》，莫景隆于此年写《青鸟山赋》。

莫景隆与父亲莫振国、祖父莫元相、曾祖父莫宗诏同入壮族文人行列。

19. 由偏入正莫若恭

生于乾隆四年（1739年）。乾隆二十四年（1759年）五月三十日，莫景隆退休，若恭袭职。袭职后，任职41年，嘉庆四年（1799年）病故，终年61岁。妻黄氏，生子世卓，早逝，未袭职。

莫景隆有妻妾二人，妻韦氏生子若顺、若宽、若长。妾欧阳氏生子若恭。按土司承袭惯例，应由长子袭职，欧阳氏为让儿子莫若恭袭职，诬告长子莫若顺偷看她洗澡并诉于莫景隆。莫景隆仅听一面之词，问罪于长子，并将其发配云南，改以莫若恭承袭。

20. 莫世禧

莫若恭堂侄，约生于乾隆四十六年（1781年），莫景隆之孙，若俭子。嘉庆四年（1799年）十一月二十九月奉朝命袭职，在位16年。

嘉庆十九年（1814年）被废，以胞叔武生若嵩之孙莫昌荣入继，道光二十六年（1846年）初病故，终年66岁，妻邓氏，无嗣。

21. 最后武者莫昌荣

莫若嵩孙，莫世瞎长子，过继给莫世禧。号向荣，生于嘉庆十八年（1813年）二月十二日巳时，道光二十六年（1846年）二月二十七日袭职，历咸丰（1851—1861年）、同治（1862—1874年）到光绪四年（1878年），在位33年。同治四年（1865年）修《续修莫氏族谱》，请郑小谷、学使鲍源深作序。

1849年会党攻县治，劫府库。

殁于光绪十年（1884年）十月二十四日，葬于盘鹤岭。死后诰封"奉直大夫"。原配王氏，继配朱氏，生三子：秉经、传经、立经。

22. 末位土司莫绳武

约生于1851年。

父亲莫秉经，爷爷莫昌荣。莫秉经未袭职已故，莫绳武是遗腹子，约于1879年袭职。

袭职期间，于1888年任意苛派，加重土民负担，激起民变。1889年，莫绳武被免去土知县职。1898年莫绳武复出，1904年率兵洗劫喇营，烧毁房屋620间，粮食5万多斤，家具用物4000多件，客栈、酒店、米粉摊共32家，于1906年被革职，并追回原领号纸和印信。忻城土司历史自此结束。

后　记

《土司大传》，试写一部以文学笔法演绎的500年家族史。这个家族，远在广西忻城。虽然姓莫，但与我这个姓莫的却相当隔膜。

一切起源于2017年5月6日的广西之旅。计划中，这是我与妻子一次单纯的旅行。想去桂林闻一闻雨后沁人心脾的空气，到甑皮岩看看万年前人类初做的陶器。

到了桂林，却一下坠入莫宁给我准备的莫家历史中，特别是忻城莫家土司创下的延续500年的家族辉煌中，那简直就是中华民族史上的一部传奇大剧，我的旅行计划因此被改变。下一站到柳州的旅行有了个明确的指向：看忻城的土司衙署。

莫家兄弟莫小樯是我在柳州的引线人，在小樯的引导下，我见到了忻城莫家土司的后人：莫仁丁。仁丁的先祖是土官中赫赫有名、能征惯战的莫镇威，在《土司大传》中，我着笔最多的就是莫镇威。

《土司大传》成为莫家人以自觉的莫家文化意识来写莫家历史的开篇之作，或许在今后能得以家族文学的身份留下印迹，能成为我生命中的一部重要作品，仁丁在其中起到了重要的作用。

在仁丁的安排下，我们到了忻城土司衙署参观。这是一座办公、家居生活联为一体的复合建筑，虽说重建，但其格局、风格仍保持着原有的设计。

衙署的最初建筑者为莫镇威，建筑时间为1582年，那是明万历年间。行走其间，500多年的土司历史纷至沓来，心里的震撼也油然而生。一个家族能在这里辉煌500年，凭的是什么？仅仅是皇帝赐予的世袭治权吗？我在思索中又借阅了不少的书籍资料，不少的资料都闪烁着这个家族在这片土地上奋斗、奋战的熠熠之辉，回荡着这个家族在这片土地上敲响的文化启蒙之钟的浑厚之声。

在饭桌上和莫仁丁谈及自己的认识和感受后我曾说，要有人站在这个认识上将此写成一本书，这对于挖掘莫家历史文化是一件很有意义的事。

仁丁说："莫家历史由莫家人来写，更有意义。永甫大哥，这本书必须由你来写。"

妻子适时插话说："你们哥俩合作，永甫负责采访和撰写，仁丁负责协调安排，给予资金支持，开启莫氏族人由作家和企业家合作撰写莫家历史的先河。"

妻子的倡议获得了同一饭桌的莫家人的赞赏。

仁丁和我都满怀喜悦地应承下来，并商定我的采访时间为2017年10月。

这年6月，广西莫氏宗亲联谊会在桂林召开族谱编纂会，联谊会秘书长莫东烽大哥请我去开个讲座，讲讲莫姓的历史。会上又与莫仁丁碰面，再一次确认了我到忻城的采访时间。

为做好到忻城采访工作，几个月来，我搜集了不少的有关忻城土司文化历史的书籍和文章，深入和反复研读后，拟出了采访提纲和整部书的目录，并暂定书名为《百战家族》。

到了确定的采访时间，我心里却纠结不已。

妻子因外伤致右肩肌腱断裂，在本钢总院做了微创手术，打了两个钛合金钉，虽已两月，穿衣吃饭仍需我照顾。去与不去，实让人纠结。

不去，有违年初与仁丁的约定；去，妻子没人照顾。权衡之下，只得带妻子同行。一路之上，妻子遭罪多多。

旅途的劳累以及不能很好地休息所带来肩伤的疼痛，折磨妻子夜不能寐。我打长途电话四处打听止疼良药。在柳州我们也四处寻医问药。

有一次，任何药都无法止疼，桂林的莫宁来电话为我们介绍了一位名医，我带上妻子，由莫崇台的儿子开车，莫仁丁的儿子莫兵陪伴，连夜赶到桂林，看完后又赶回柳州。

之后，则是妻子带着伤，带着痛，随我一站一站地往前采访。

第一站，在忻城采访穿越时空的建筑经典。

第二站，采访研究忻城莫氏土司文化的专家。

第三站，采访莫家土司直系后人。

第四站，采访"八寨"。

第五站，专寻龙哈寨。

第六站，寻找土司旧衙。

第七站，寻找文化的江山。

第八站，土司文化重镇思练之行。

第九站，追远寻源。

第十站，觅书之旅。

至今回想起来，妻子为《土司大传》付出良多。

作为采访的策划人和组织者，莫仁丁、莫崇台几乎一直陪我们走完了采访的全程，尤当感谢。

我在忻城的采访，忻城莫氏联谊会会长莫柳生、秘书长莫海志、副秘书长莫敬如全程参与，我对此深怀谢意。

宜州境内的采访，莫黎元和莫少仁既是接待也是向导，记忆尤深的是当我们离开宜州前往河池时，两人仍陪我们前往，再三劝之，仍坚持陪伴，宗亲之情，让人难忘。

到了河池，在河池金城区史志办工作的莫正果兄弟，忙前忙后地接待，还来往多地为我寻找资料，《河池市志》等书就是他为我寻觅得来。

莫声光是广西史志部门的一位副处长，采访的这一路，仁丁都是通过他与各地史志办联系，带来不少方便，我也从他手中淘到不少的志书。

进入创作是2018年下半年。

创作中，思路不断地打架。一会儿要往纯粹史论的路上走，一会要往文学情节的路上发展。

打来打去，打出了一个新方向：在尊重大的历史框架下，细节方面可发挥想象去拓展，写成一本家族文学。原来《百战家族》的书名变成了《土司大传》，原来的目录在不断地更改中成了现在的模样。

2019年11月，书稿完成，启程广西商定出版事宜。因莫仁丁方面遭遇变故，出版事搁浅。

2021年4月22日，应南宁市莫氏宗亲会会长莫立焕邀请，前往南宁商讨如何做好莫家文化发展的事。商讨中，签了一份《合作出版〈土司大传〉的协议》，达成了另一份"合作撰写《莫行天下之南宁篇》"的合作意向。2017年萌芽的《土司大传》，在历经5年后，终于有了个好的结果，这是我盼望已久的。

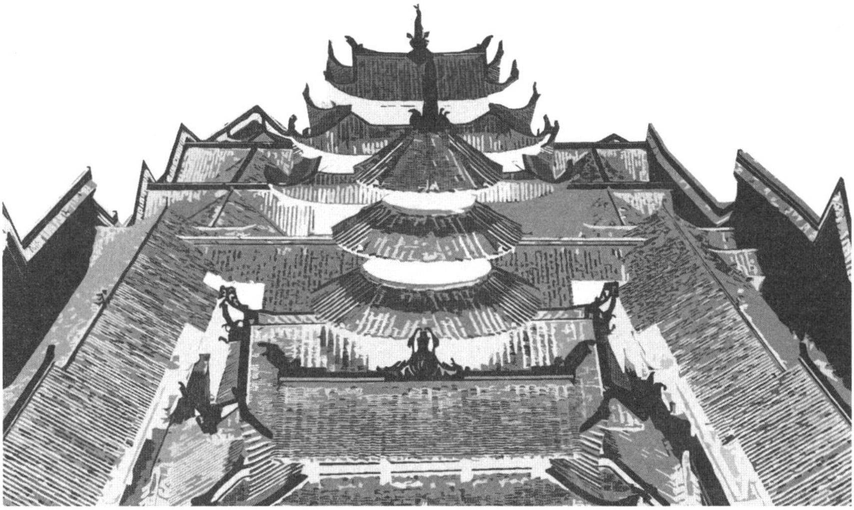